The Writings of
Henry David Thoreau

"There is no remedy for love but to love more."
"An early-morning walk is a blessing for the whole day."

소로의 일기

소로의 세계를 여행하는 법

1판 1쇄 발행 2017년 7월 12일

1판 3쇄 발행 2024년 6월 21일

지은이 헨리 데이비드 소로 | 옮긴이 윤규상

기획 임병삼 | 편집 백진희 김혜원 | 표지 디자인 가필드

펴낸이 임병삼 | 펴낸곳 갈라파고스

등록 2002년 10월 29일 제13-2003-147호

주소 03938 서울시 마포구 월드컵로 196 대명비첸시티오피스텔 801호

전화 02-3142-3797 | 전송 02-3142-2408

전자우편 books.galapagos@gmail.com

ISBN 979-11-87038-20-7 (03840)

갈라파고스 자연과 인간, 인간과 인간의 공존을 희망하며, 함께 읽으면 좋은 책들을 만듭니다.

청년편

소로의 일기

소로의 세계를 여행하는 법

헨리 데이비드 소로 지음

윤규상 옮김

갈라파고스

※일러두기

• 이 책은 1906년에 Houghton Mifflin 출판사에서 펴낸 소로 전집 『The Writings of Henry David Thoreau』에 수록된, 브레드포드 토레이가 편집한 14권의 일기 중 제1권, 제2권, 제3권에서 옮긴이가 가려 뽑은 것입니다.

• 본문 하단의 각주는 옮긴이 주입니다.

• 내용 이해를 돕기 위해 일부 고유명사에 외국어를 병기했습니다.

• 시대 상황에 따른 일부 차별적인 표현이 있지만, 당시 사회상을 나타내기 위해 그대로 실었습니다. | 예: 인디언

소로를 읽기 위한 안내서

소로는 소로 자신일 뿐, 그 어떤 누구도 아니었다. 좋아서든, 싫어서든 소로에 대해서는 여러 가지 말을 할 수 있을 터이나, 그 중에서 가장 먼저 이야기해야 할 것은 모든 면을 고려할 때 그는 어느 누구와도 같지 않았다는 점이다. 모든 면을 고려해서라는 이 구절에 특히 주목해야 한다. 어떤 이들은 사회의 통념을 경멸하고, 또 어떤 이들은 자발적으로 가난의 길을 걷고, 또 어떤 이들은 이웃이나 이웃의 작태를 깔보는 듯한 태도를 지니고서 이런저런 방식으로 자신의 견해를 드러낸다. 또 어떤 이들은—더 적은 수이기는 하나—세상은 악하므로, 세상이 자신을 타락시킨다고 생각하여, 약삭빠르게 사는 것은 비겁함일 뿐이라고 여기면서 세상의 지혜를 어리석음으로, 세상의 도덕을 타협으로, 세상의 종교를 거래로, 세상의 재산을 오욕이자 장애로 보고 인간의 지식을 넘어서는 절대적인 선과 지혜를 믿는다. 그러면서 그들은 어떻게 해서든지 악한 세상에서 초탈하여 세상과 떨어져 살려한다. 또 어떤 이들은 애인 못지않게 자연을 사랑하여, 모임은 그다지 내키지 않아 멀리하고 자연을 관찰하고 즐기는 데 일생을 바친다. 하지만 이 월든의 은자는 그 누구의 길도 따라간 적이 없다. 모든 면을 고려할 때, 소로는 시인, 이상주의자, 금욕주의자, 냉소적인 이, 박물학자, 정신주의자, 청정을 사랑한 이, 완벽주의자, 우정을 높이 친 이, 숲속의 은자, 자유사상가, 성자와 같은 이들 중에서 누구와 동류인지 알기 어렵다. 소로 앞에 아무도 없었듯, 그의 뒤를 이을 사람 또한 거의 없을 것이라고 말하는 편이 사실을 가장 진솔하게 표현하는 것이 아닐까 한다.

소로의 전문 분야는 문학이었다. 소로는 이 점에 대해 어떤 의혹도 품지 않았던 것 같다. 그래서인지 소로는 일찍부터 글로 적기 전까지는 자신의 생각이 무엇인지 알기 어렵고, 글을 자꾸 써야 원하는 표현을 쉽게 찾을 수 있으므로, 글쟁이가 실천해야 하는 것은 글을 쓰는 것이라는 점을 잘 이해하고 있었다. 소로는 에머슨에게 일기를 써보라는 권유를 받았는데, 날마다 보고 느끼고 생각한 바를 일기에 적는 것만큼 좋은 실천이 없다는 것을 깨닫고 바로 일기를 쓰기 시작했다. 소로는 대학을 나온 직후부터 일기를 쓰기 시작하여 거의 죽는 날까지 일기를 썼다. 다행히도 소로의 일기는 그의 사후까지 살아남았고, 이러한 행운에 마침표를 찍듯 일기 전체가 출간을 앞두고 있다. 소로는 도그마를 믿지 못하고, 지혜를 사랑하고, 거짓을 미워하고, 인습을 멸시하고, 자연을 극진히 아끼고, 가난을 부끄러워하지 않으며, 거침없이 이야기하는 독창적인 천재였다. 그런 그가 하루가 끝날 무렵 자기 자신에게 무엇을 토로했는지 궁금한 이가 있다면 이 일기를 차근차근 읽어보라.

이 일기에 담겨 있는 것은 다름 아닌 소로 자신이다. 우리가 소로와 관련하여 막연히 짐작만 해오던 많은 것들을 그가 남긴 39권의 노트에서 고스란히 확인해 볼 수 있다. 이 노트들은 50~60년 전 대부분의 상점에서 쉽게 구매할 수 있었던 그런 "공책"이다. 구매할 때 상황에 따라 크기와 모양이 제각각인 이 노트들은—이런 공책을 찾는 손님이 특정한 것만을 고집하는 경우는 드물었을 것이다. 소로 자신이 세상 어디나 돈에 매여 있는 탓에 달러나 센트로 셈해지지 않는 공책을 찾기 어렵다고 토로한 적이 있음을 기억하면 좋다—아마추어급을 넘어서는 목수였던 소로가 이 노트들을 간수하려고 짠 튼튼한 나무 상자에 차곡차곡 쟁여져 있었다.

이 노트들을 집어 들고 한 장 한 장 넘기다보면, 그의 짧은 생애에 비춰볼 때 결코 양이 적지 않음을 금방 알 수 있다.(가장 큰 노트 하나에만 10만 단어 가량의 글이 쓰여 있다.) 하지만 이 육필 원고는 글쓴이가 급하게 쓰느라 글씨가 비스듬히 기울어져 있고, 여기저기 판독하기 쉽지 않은 단어들이 뒤섞여 있어 읽기가 지독히 어려웠기에, 아무래도 느릿느릿 읽어갈 수밖에 없었다. 철자를 정확하게 쓰는 이가 힘차게 펜을 놀려 자신의 생각을 최대한 빠르게 적으면서 실수는 내버려두고 지나가는 것 같은 그런 글인데다가, 문장부호를 대시로 대신한 것 같은 문장 또한 적지 않았다.(소로가 글을 쓰다가 무심히 대시를 그은 것처럼 보이는 문장들이 상당히 많았다. 다음 두 가지만 예로 들어본다. "I heard from time to time—a new note." "Another alighted near—by—and a third a little further off.") 따라서 나는 이 문제와 관련하여 고심하고 매우 세심하게 주의를 기울였다. 많은 일기가 산과 들로 나가 "대상을 앞에 두고" 연필로 쓴 초안을 옮겨 적은 글이면서, 또 다시 이런 글을 지우개로 지워가며 주의 깊게 고친 것임을 소로가 군데군데 적어 놓은 글을 통해 분명히 알 수 있었다.

앞서 말했듯 소로가 누구인지 알고자 한다면 반드시 이 일기를 읽어야 한다. 우선 이 글을 읽는 독자들은 남의 말을 엿듣는 것 같은 그런 꺼림칙한 느낌은 전혀 없이, 자존감 강한 친구의 말을 듣는 듯한 인상을 받을 것이다. 사실 소로는 고백해야 할 어떤 특별한 일을 저지른 적이 없는 사람이었다. 그는 몽테뉴도 아니고, 루소도 아니며, 새뮤얼 피프스Samuel Pepys[1]는 더더욱 아니었다. 소로는 안식일을 지키지 않았고, 어떤 교회에도 나가지 않았으며, 히브리인의 성경을 좋은 책 가운데 하나라고 여겼다. 그럼에도 그는 매사추세츠의 청교도였다. 그러므로 새뮤얼 피프스와는 여러 면에서 사뭇 달랐다. 소로는 서른네 살 때 어느 "파티"에 간 적이 있었다. 그는 이 파티에서 유흥에 휩쓸리는 듯한 느낌을 받았고, 그런 느낌이 싫었다. 소로는 일기에다 이렇게 토로하고 있다. "차라리 가지 않는 편이 더 나았을 것이다. 30~40명이 좁고 답답한 방에 모여 떠들고 있었다. 젊은 여성이 대부분이었다." 그는 예쁘장하다는 말

---

1. 1633~1703. 영국 작가이자 정치가. 왕정복고 후 정계에서 활약했고, 해군장관, 왕립 협회 회장을 지냈다. 관료들과 상류사회의 생활을 섬세하게 묘사한 『일기』가 유명하다.

을 듣는 한 여성을 소개받았으나, 그녀를 거의 쳐다보지도 않았다. 그는 주변에서 "떠드는 소리" 때문에 그녀가 무슨 말을 하는지 알아듣기 어려웠다. 이어 소로는 이렇게 생각한다. "어느 정도 침묵이 존재해서 대화 나누기에 좋은 그런 장소에 대해 생각해보았다. 오늘 오후만 해도 그런 곳에서 노인 요셉 호즈머 씨와 대화를 나누지 않았던가. 숲에서 그와 함께 크래커와 치즈를 나눠먹었다. 말을 그리 많이 하지 않았으나 나는 그가 하는 말을 모두 알아들었고, 그 또한 그랬다. 그는 아주 편하게 휴식을 취하면서 말을 했고, 말하는 사이사이에 크래커와 치즈를 입에 물곤 했다. 그래서 그의 일부가 나에게 전달되었고, 나의 일부 또한 그에게 전달되었을 거라 믿는다."

소로는 이런 모임이 젊은이들을 짝지어주기 위해 생겨난 것이 아닐까 의심한다. 좌우간 그로서는 "자신이 한 번도 본 적 없고, 상대방 또한 자신을 전혀 본 적이 없는 사람들을 만나러 가는 게" 무슨 쓸모가 있는지 의아해 한다. 그의 몇몇 친구들은 가끔씩 엉뚱한 짓을 하곤 했는데, 그들은 예쁘장한 젊은 여성들과 이야기를 나누고 싶어 안달이었다. 소로는 예쁘장하다는 게 여성들을 만나고 싶어 하는 이유라는 점을 충분히 납득하면서도, 그밖에 다른 이유가 없다면 그들과 이야기를 나눌 까닭은 도대체 무엇인가 하고 묻고 있다. 그는 "사교적인 감각을 잃어가고" 있는지, "그저 그런 젊은 여성과 한 30분쯤 이야기를 나누어 봐도 아무런 즐거움을 느끼지 못한다."

세상을 초탈하려는 철학이란 이토록 까다로운 것이란 말인가!

뒤이어 소로가 "내 경험에 의하면 젊은 여성들과 교제하는 것은 백해무익하다"고 결론을 맺더라도 우리는 그다지 놀라지 않게 된다. 그러니 소로에게서는 새뮤얼 피프스가 한 그런 고백 같은 것은 기대하지 않는 편이 좋을 것이다.

여기서 덧붙이자면, 소로가 이렇게 되바라진 것 같은 말을 했을지라도 젊은 여성들이 모욕감을 느낄 필요는 없다는 것이다. (글쓴이가 흥미를 느끼는 일만을 적는 일기의 특성상) 이 날의 일기는 이런 부류의 기록으로는 거의 유일한 것인 반면에, 소로가 윗세대의 남녀 모임에서 반감을 느끼고 불만을 공공연히 털어놓았다는 것을 짐작케 하는 구절들은 적지 않기 때문이다. 소로는 사실 "파티"나 클럽은 물론이고, 일반적인 교제조차 그다지 내켜하지 않는 인물이었다. 몽테뉴는 "사회와 우정을 타고난 나는 늘 바깥에서 사람들을 보며 지낸다"고 말했다. 하지만 소로는 그렇지 않았다. 사색과 고독을 타고난 그는 늘 자기 안에서 지냈다. 우리가 타고난 것이 무엇이든 그것이 우리고, 그것이 신의 뜻이다. 결과야 어떻든 소로의 철학이 그러했다. 소로는 이렇게 말한다. "우리는 끊임없이 진정한 자기 자신이 되라는 초대를 받는다." 이것은 소로의 많은 경구警句 중에서 에머슨의 에세이 『자기신뢰』를 한 마디로 요약한, 기억해둘 만한 문장이다.

대체로 소로는 주위 사람들을 그다지 마음에 들어 하지는 않았다. 소로는 솔숲이나 들판에 있을 때와는 달리, 사람들과 어울릴 때에는 좀 더 나은 생각을 하기 어려웠다. 그들은 소로에게 일용할 양식이자 없어서는 안 되는, 영혼을 일깨우는 영감을 주지 못했다.

소로는 자신의 이런 면모를 두어 차례 꾸짖기도 한다. 인간과 인간의 일상사를 무시하는 태도는 잘못된 것일 수 있으므로, 이런 결점을 고쳐야 한다고 다짐한다. 그러나 스스로를 꾸짖는 이런 예외적인 순간에도, 발람Balaam[1]의 역할을 뒤집어놓는 그의 펜이 이 자기비판을 오히려 자기 칭찬으로 애매하게 바꿔놓는다. 그의 말을 들어보자. "그렇다고 돌다리를 손질하고 있는 저 돌장이들 옆을 지나가기를 꺼려하지는 않을 것이다. 거기에 시는 없는지, 또 반성의 재료는 없는지 알아볼 것이다. 숲이나 벌판 같은 자연의 커다란 모습만 보려는 것도 일종의 편협함이다. …… 여기 태양 아래 서서 땅에 그림자를 드리우는 저 사람들을 일종의 나무라고 여기지 못할 까닭이 어디에 있겠는가? 짐승을 만나면 기뻐하듯이 사람들을 보고 즐거워할 수도 있지 않겠는가?"

이 일기는 1851년에 쓰여졌다. 1년 후 우리는 똑같은 문제를 더 거침없이 다루고 있는 소로를 만난다. 이제 그는 어느 누구의 눈치도 보지 않고 당당히 말한다. "철학의 언덕 위에 선 이에게는 인간과 인간의 일이 모두 시야 밑으로 가라앉는다는 게 내 생각이다." 소로의 견해에 따르면, "너무 지나치게 인간이 강조되어 왔다." "시인은 '인간이 연구해야 할 대상은 인간'이라고 말하나, 나는 차라리 그 모든 것을 잊는 연구를 하라고 말하겠다. 우주라는 더 넓은 시야에서 바라보라. …… 마을, 도시, 주州, 나라라는 문명

---

1. 민수기에 나오는 선지자. 이스라엘인들에게 저주를 내리러 가다가 나귀가 세 차례나 방향을 바꾸는 통에 천사를 보고 나서 이스라엘인들에게 저주 대신 축복을 내린다. 즉 여기에서는 펜이 곧 나귀다.

화한 세계가 무엇이기에 한 인간과 이토록 많은 관련을 맺어야 하는가? 내가 슬기의 눈을 뜨는 시간에는 이런 것들이 내게 미치는 영향이란 우드척 굴집 앞을 지나쳐가는 그런 것과 다를 바 없다."

당당하지 않은가! 하지만 이 비교는 겉보기와는 달리 인간을 결코 얕잡아보고서 하는 말이 아니다. 소로는 오랫동안 우드척에 깊은 관심을 기울였고, 여러 번 우드척을 다룬 꽤 쏠쏠한, 긴 글을 남겼다. 봄에 우드척을 보면 벗이 돌아온 듯 반가워 했고, 어느 날에는 1시간가량 굴을 파헤쳐 굴이 뻗어나간 경로와 길이를 공들여 꼼꼼히 기록하기도 했다. 여주인공의 침실을 묘사하는 소설가라도 소로처럼 이렇게 세세하게 그려내기는 어려웠을 것이다. 소로가 이웃사람이 우드척과 같은 흥미를 불러일으킨다고 말을 하면, 그것은 사실상 그 이웃사람에게 꽤나 멋진 칭찬을 해준 것이나 다름없다고 해야 할 것이다. 소로 자신의 말에 따르면, 이른바 인간이라는 짐승도 거만이나 너스레를 떨며 그의 귀를 어지럽힐 수는 없었다.

하지만 우리는 이어지는 그의 말에 귀를 기울일 필요가 있다. "나는 인간과 인간의 제도가 우주에서 아주 커다란 몫을 차지한다고 보는 견해에 동의하지 않는다." …… "인간은 철학적으로 지나간 현상일 뿐이다." 이어 소로는 약간 구체적으로 언급하기 시작한다. "어떤 이들은 거의 하루종일 집 안에 머물러 있고, 밤에는 대부분이 늘 집 안에 머물러 있다." 콩코드 주민들은 교양 있게 자라난 덕인지, "야외에서 밤을 지새운 적이 단 한 차례도 없는 주민이 거의 대다수이고, 게다가 인간 세상의 이면을 살펴보면서 독버섯과 같은 세상의 제도를 꿰뚫어본 이는 거의 찾아보기 어렵다."

소로는 꽤 길게 이런 철학적인 "호언장담"을 늘어놓으면서 인간을 아주 하잘것없는 존재라고 제쳐놓고, 뒤이어 이날 가장 중요했던 사실들을 적어나가기 시작한다. 그는 이날 오후에 톨스 섬에 내렸다. 실망스럽게도 날씨가 그리 차지 않고 바람도 별로 없어서 초원이 "그다지 진지한 인상"을 남기진 않았으며, 해면海面에서 50~60센티미터쯤 솟은 돌밭에 건초 부스러기가 흩어져 있는 것을 보았다. 게다가 크랜베리나무 몇 그루가 바닥에 놓여 있는 것을 (이 나무들이 어디에서 온 것인지는 밝히지 않았으나) 보았으며, 이날 아침 기선에서 뿜어져 나오는 증기가 언덕 기슭과 대비되어 매우 하얗게 보였다고 말했다.

이렇게 만물의 영장을 짐승보다 아래에 놓으면서 모든 통상적인 가치 판단을 뒤집어놓으므로, 천진한 독자들은 옛글에 나오듯 이렇게 외치고 싶은 마음이 들지도 모른다. "주여, 인간이 무엇이기에 인간에 마음을 쓰십니까? 인자여, 어찌하여 인간을 찾아오셨나이까?"

우리는 그럼에도 이런 글들을 단순히 야유 내지 희롱 정도로 가볍게 다루어서는 안 된다. 이런 극단적인 예에서조차 소로가 단지 말을 하기 위해 말을 하거나, 자신이 좋아하는 수사학적 무기인 역설을 휘둘러본 데 불과하다고 생각해서는 안 된다. 어쨌든 소로가 기대했던 "진지한 인상"은 웃고 지나갈 문제가 아니라 오히려이 날의 주된 사건이었고, 이웃 농부가 점심과 저녁 식사를 대하는 것 이상으로 소로에게는 깊이 고려해야 할 중요한 문제였다. 우드척과 관련해서는, 분명 소로에게는 동물 세계에서의 지위가 높고 낮고는 아무런 문제가 되지 않았으므로, 자신의 그날그날 마음 상태에 따라 이런 굴집에 사는 짐승들의 모임이 교양을 뽐내는 마을 사람들의 모임보다 더 나아보이기도 했을 것이다. 소로의 저술에서는 이런 글 외에도 우리 신경을 거스르는 글들이 적지 않다. 하지만 무미건조한 사람이라도 늘 산책을 다니는 살아 있는 사람이라면, 자신을 염세가 내지 철학자로 내세우겠다는 꿍꿍이속이 없더라도 이와 같은 말을 말짱한 제정신으로도 능히 할 수 있지 않을까 싶다.

한 예로, 우드척은 주제넘게 끼어들거나 마음을 어수선하게 하지는 않으므로, 고독을 느끼거나 고독이 필요할 때 아무런 방해가 되지 않는다. 우드척은 무서워할 필요가 없는 그런 존재인 데다가 사귀기 좋은 부류에 속하는 것도 아니기에 심각하게 고려해볼 만한 대상은 아니나, 그렇더라도 언급할 가치는 충분한 존재다. 소로가 놀랍다는 어조로 능청맞게 이야기하듯, 거침없는 자유사상가라면 "정직한 생각이 최상의 진실은 아니라는 듯 어떤 부류의 의견도 참지 못하는 성직자들"과 그다지 다를 바 없는 사람들이 대부분이라는 생각을 갖게 되는 건 지극히 당연한 일이 아닐까 싶다.

소로는 대체로 혼자서 숲과 들을 거닐기를 좋아했으나, 어느 날 오후에 올콧Amos Bronson Alcott[1]과 함께 걸으면서 유쾌한 시간을 보낸다. 소로의 말에 따르면, 올콧은 "말 속에 늘 공허함을 느끼게 할

---

1. 1799~1888. 초월주의 모임의 주요 일원으로, 채식주의자, 노예제도 폐지론자, 페미니스트면서 교육자로 활동했다. 『작은 아씨들』을 쓴 루이자 메이 올콧의 부친이기도 하다.

뿐, 어떤 감동을 일으키지는 않는" 무기력한 천재였다. 허나 올콧은 무엇보다도 좋은 동행인이었다. 물론 혼자서 걷는 것만은 못했을지라도, 대부분의 사람들보다는 훨씬 나았다. 올콧은 적어도 같이 걷고 있는 사람의 정직한 말에는 귀를 기울인다. 올콧은 하나의 교의만을 떠받드는 꽉 막힌 사람은 아니어서, 정직한 이의 생각에 충격을 받는 일은 없었다. 즉 그와 이야기하면서 "어떤 제도"에 맞닥뜨릴 위험 따위는 없었다. 소로가 이런 말을 한 적은 없지만, 한마디로 말해 그는 우드척에 뒤지지 않는 이였다.

소로는 분명 "고독이라 부르는 영예로운 사회"를 열렬히 그리워하고, "지나간 현상"에 불과한 인간이 스스로를 지나치게 높이 평가한다고 못마땅해 했다. 그럼에도 소로는 여가 시간에 동료 인간들과 친숙하게 교제하며 자기 나름대로 진정한 인간적인 기쁨을 누렸다. 우리가 기억해야 할 인물인 채닝은, 약간 애매하긴 하지만 소로의 "훌륭한 사회적 자질"에 대해 이야기하면서, 소로를 "늘 사근사근하고 붙임성 있는 엔터테이너"라 부르고 있다. 그리고 또 한 사람, 우리가 기억해야 할 인물인 리케슨 씨는 "소로만큼 가족과 좋은 관계를 맺고 있는 이가 얼마나 있을지 의문"이라고 말했다. 하지만 소로 인격의 이러한 측면은 일기에서는 거의 찾아보기 어렵다. 실로 일기에서 꾸준히, 그리고 때로는 지나치다 싶을 만큼 뚜렷이 드러나는 것이 우정을 바라는 은자의 모습이다. 겉으로 드러난 모습만 보았을 때, 소로가 우정의 단맛을 즐긴 경우는 극히 드물었던 같다. 소로는 집안에서 가족이나 친척과 어울리거나, 아이들과 허클베리 소풍을 떠나거나, 고기잡이를 나온 어부나

입심 좋은 나무꾼이나 선한 인디언을 만났을 때 한껏 이야기보따리를 풀어놓기도 했으나, 동류同類나 친구들과 교제할 때에는 사뭇 다르게 행동했던 것 같다.

소로는 이 점에서 결코 타협하지 않는 이상주의자였다. 소로는 인간을 그리워하는 마음보다는 우정에 대한 갈망이 더 컸다. 그 우정은, 소로 자신은 받아들일 능력을 갖췄을지 몰라도 주변의 누군가가 주기는 어려운 것이었다. 소로는 물질과 관련하여 자신이 추구하는 진정한 부는 아무 것도 원하지 않는 것이라고 말했다. 하지만 우정과 관련해서는 얻기 어려운 것을 원했기에 극심한 빈궁을 면키 어려웠다. 소로는 스스로를 왕관을 살 여유가 없어 시대가 궁핍하다고 불평하는 사람과 같다고 말한 적이 있는데, 이 말은 스스로를 비꼰 것일지 모른다. 하지만 이렇게 비꼰 것이 공정한 척하는 것보다는 훨씬 나았다. 소로는 이런 궁핍을 묵묵히 받아들이려 하지는 않았다. 소로는 일기에서 자신은 정직, 성실, 서로에 대한 진솔한 평가, 즉 "1년에 한 번 진실을 말할 기회" 이외에는 벗들에게 아무것도 원하지 않는다고 거듭거듭 털어놓곤 했다. 하지만 소로는 완벽을 고집했으므로, 중도에서 늘 헛헛증을 느끼는 지경에 이르곤 했다. 완전무결을 바라는 이상주의자가 동료 인간들에게서 실망을 느끼는 것은 대체로 어쩔 수 없는 일이 아닐까 싶다.

가장 심각하게 소로의 인내를 시험한 이들은 바로 그가 가장 아끼는 벗들이었다. 소로는 그들이 초대해놓고서는 "정작 자신은 나타나지 않는다"고 푸념한다. 소로는 "그들 곁에서 굶주려 수척해진다." 어떤 처방도 소용이 없다. 그들은 소로를 소홀히 다루므

로, 소로는 "1,000마일쯤 떨어져 있다고 느낀다.""나는 일찍 벗들
의 모임을 떠나 우정에 대한 생각을 품고서 멀어져 간다." 이보다
철저하게 소로의 특질을 잘 보여주는 문장은 찾아보기 어렵다. 이
얼마나 깔끔한 반전인가! 이에 못지않게 씁쓸한 내용이긴 하나 표
현상으로는 거의 완벽하다고 할, 다음과 같은 글귀에도 귀를 기울
여보라. "인간만큼 척박한 들판은 본 적이 없다. 온갖 것을 기대하
나 아무것도 얻지 못한다. 나는 이웃과 사귈수록 사회에 대한 갈망
을 느끼며 고통스러워진다."

　소로는 이런 일들을 겪으면서 어리둥절해 하기도 한다. 소로는
"나는 벗을 간절히 원하는데도, 어째서 실망만 깊어지는 것일까?
벗들은 내가 얼마나 낙담하는지 알고 있을까? 이 모든 게 내 허물
일까? 나 자신을 내주고, 나 자신을 넓히는 일이 불가능할까? 차라
리 나 자신을 원망해야 할 것이다." 소로는 또 다시 자신의 장기인
역설로 스스로를 위로하며, 이렇게 애처로이 멀어져 간다.

　　"차라리 덜 사랑했더라면, 그를 사랑할 수 있었을 터인데."

　많은 이들은 소로가 벗이자 이웃인 에머슨과의 관계에서 이런
식의 고통을 겪어야 했던 것을 기이하게 여길 것이다. 두 사람은
친구였으나—둘 다 인간임을 말하는 것이나 마찬가지이긴 하나—
이 두 사람의 관계도 전혀 나무랄 데가 없는 것은 아니었다. 하지
만 양측의 갖가지 증언을 모아서 판단해볼 때, 이들의 경우에는 가
까운 관계가 흔히 그렇듯, 간혹 말다툼을 하긴 했으나—물론 이

"말다툼"이라는 표현은 두 사람 사이에서는 그다지 어울리지 않는 말이다―대체로 사이가 좋았다고 해야 할 것이다. 여기에서 소로가 죽고 난 직후 에머슨이 발표한 「소로 소전小傳」과, 소로가 이보다 9년 전쯤에 쓴 일기를 나란히 놓고 살펴보면 꽤나 흥미로우면서 재미난 점을 발견할 수 있다.

에머슨은 여러 가지 이유로 뭔가 방어적으로 글을 쓸 수밖에 없었던 것 같다. 에머슨은 이렇게 털어놓는다. "소로는 결코 굴하지 않는 대담하고 강인한 군인 기질을 지니고 있었다. 따라서 나긋나긋한 태도를 보인 적이 거의 없다. 허위를 드러내고 악폐를 웃음거리로 만들고 싶어 했다. 어쩌면 둥둥 울리는 북소리와 같은 진군소리를 들으며 한껏 재능을 발휘하며 나아갔던 것이 아닌가 싶기도 하다. …… 어떤 제안을 들으면 본능적으로 논박부터 하고, 사람들의 일상적인 사고의 한계를 정말이지 못견뎌했다. 물론 이러한 기질은 인간관계를 약간 얼어붙게 했다. 결국 상대가 악의나 거짓이 없음을 알게 되더라도 이러한 기질이 대화를 망쳐놓곤 했다. 소로는 너무 솔직하고 외곬이어서 자신과 대등한 상대와는 다정한 관계를 맺기 어려웠다."

이제 소로가 쓴 1853년 5월 24일자 일기를 보자. "에머슨과 대화를 나누었다. 아니, 대화를 나누려 애썼다. 시간은 물론 내 정체성마저 잃고 말았다. 에머슨은 의견 차이가 없는데도 짐짓 반대 입장을 취하면서, 마이동풍 격으로 내가 아는 사실들만을 되풀이해서 말했다. 나는 그와 맞서려고 내가 아닌 다른 이가 된 듯한 느낌을 받으며, 내 시간을 허비하고 말았다."

이것은 제각기 다른 연필로 그린, 그림자 위치만 서로 다른 동일한 그림이다. 두 스케치 사이에 9년이라는 간격이 있음에도, 둘 다 같은 것을 묘사하고 있다고 봐야 하므로, 쓸데없는 따라서 아주 흔하게 나타나는 그런 전형적인 논쟁이었다고 결론을 내리는 편이 옳을 것이다. 분명 이것도 소로 자신이 "1,000마일쯤 떨어져" 있는 사람처럼 대접받았다고 느끼고, "우정에 대한 생각을 품고서" 일찍 집으로 돌아간 여러 경우 중의 하나일 것이다. 소로가 시간과 정체성은 물론 다른 어떤 것도 잃지 않았기를 희망해본다.

하지만 우리는 또 다시 여기에서 이 일을 가볍게 취급할 위험이 있다. 소로의 이해에 따르면, 우정은 무한히 거룩한 것이다. 최상의 벗이라도 가끔씩 그의 부아를 돋우긴 했으나, 그의 꿈에 나타나는 이상적인 우정은 더럽혀지지 않은 고결한 것이었다. 게다가 소로가 아끼고, 소로를 아낀 벗들은 대개 말수가 적은 뉴잉글랜드 사람들이었다. 소로는 그들에게서 멀리 떨어져 있을 때 그들을 가장 사랑했다.(우리에게도 이런 일은 드물지 않다.) 소로는 무리 속에서는, 심지어 친구들과 함께 있을 때에도 자신의 진실된 생각을 털어놓을 수 없었다―이 또한 우리 모두가 그렇지 아니한가―. 소로 못지않게 훌륭한 한 위인 역시(이 위인도 콩코드 사람이다) "우리가 만나려면 생각을 덜 하고 기대를 낮추어야 한다"고 말했고, 쉰 즈음에는 "내가 사는 동안 진실로 대화를 나눠본 사람이 대여섯 사람이나 될까 의문이다"라고 토로한 적이 있다.

소로는 자신이 사람들과 잘 어울리지 못하는 것이 자연에 깊이 빠져 있기 때문임을 자각하면서, 가끔 자신의 심경을 털어놓곤 했다. 하지만 소로는 혼자 있는 것을 좋아했고, 이런 성향을 바꿀 생각도 없었으며, 바뀌기를 바라지도 않았다. 소로는 어떤 일이 있어도 "떡갈나무 관목 밑에서" 점심을 먹는 진정한 "컨트리클럽"이 아니면 어떤 클럽에도 들려고 하지 않았을 것이다. 광활한 숲과 들판, 오솔길, 강이나 호수 같은 자연이 그의 진정한 이웃이었다. 그들은 한 해가 들고 나면서 그에게 얼마나 더 가까워졌던가. 이루 말할 수 없이 가까워져 그들의 존재가 자신과 둘이 아닌 완전한 하나처럼 느껴지기도 했다. 천박, 경솔, 변덕, 편견 따위는 그들과 무관한 것이었다. 그들과 함께라면 의미 없는 논쟁도, 오해도, 실망도 할 필요가 없었다. 그들이 그를 알았고, 그가 그들을 알았다. 소로는 그들의 사회에서 몸과 마음이 새로워지는 느낌을 받았고, 그곳에 살면서 자신의 삶을 깊이 사랑했다. 그곳에서 "주의 영"이 그를 찾아왔다. 바람이 나뭇가지를 스치고 귀뚜라미가 풀밭에서 찌르륵 우는 서늘한 8월 아침, 다음과 같은 소로의 말에 귀를 기울이면서 과연 그가 우정을 맺기엔 너무 냉혹한 이였는지 생각해보자.

"숲의 바람 소리에 소스라치게 놀란다. 어제까지만 해도 천박하고 산만한 삶을 살던 내가 이 소리에 돌연 나의 참마음과 영성을 회복한다. …… 아, 어떤 산만한 순간도 없는 이런 삶을 살 수 있다면 …… 언제까지나 경건히 걷고, 앉고, 잠들 수 있을 터인데. 새처럼 즐거이 기도하며 냇가를 따라 걷듯 큰소리로, 또는 조용히 기도할 수 있을 터인데! 나는 기쁘게 땅을 껴안을 수 있고, 즐거이 땅에 묻힐 수 있을 것이다. 그리고 사랑을 고백하진 않았으나, 내가 사랑한다는 걸 알고 있을 내 사랑하는 이들을 생각하며 즐거워할 것이다. …… 하느님, 감사합니다. 나는 상을 받을 만한 어떤 일도 하지 않았고, 존중을 받을 하등의 값어치가 없는데도, 세상은 기쁨으로 밝게 빛나고, 앞에는 축제 기간이 마련되어 있으며, 앞길에는 꽃이 흩뿌려져 있다. …… 언제까지나 내 감각이 이렇게 맑기를!"

이 마지막 외침에서 특히 소로의 특징이 잘 드러나 있다. 소로에게 오감은 감각적인 만족을 얻는 몸의 기관이나 수단이 아니라, 영혼의 다섯 관문이었다. 소로는 늘 오감을 맑게 열어두려 애썼다. 이 점에서만은 아직까지 소로를 능가하는 이를 찾아보기 어렵다. 무엇보다도 소로는 오감을 결코 응석받이처럼 제멋대로 놔두려 하지 않았다. 그렇게 할 경우 오감이 본연의 신선함과 미묘함을 잃게 되고, 따라서 그 거룩한 쓰임새도 잃게 될 것이기 때문이었다. 소로에게는 지옥으로 가는 문이 바로 여기에 있었다. 언젠가 한 여성이 강연을 하려고 콩코드에 왔을 때, 소로가 그녀의 손수건에 싸인 원고를 홀까지 가져다준 적이 있었다. 그 후 소로는 근 하루 동안 자신의 주머니에서 "여전히 향수 냄새가 난다"고 투덜거렸다. 소로에게는 철마다 집 밖 어딘가에서 풍겨오는 희미한 향기가 커다란 기쁨이었을 뿐 아니라 의문의 여지없는 은총이었던 것이다.

따라서 소로는 아무리 경치가 기이하다 하더라도 그 경치를 구경하러 먼 길을 나서지는 않았을 것이다. 소로는 아름다움을 느끼는 자신의 감각이 잘못된 길로 빠지지 않는 한, 머스케타퀴드 초원과 그 주변의 낮은 언덕들이 언제까지나 자신을 만족시키고 자라게 할 것임을 의심치 않았다.

이와 관련하여 한마디 더 하자면, 소로는 부분적으로는 못마땅해서, 또 어쩌면 부분적으로는 무지로 인하여—마을의 유복한 주민들이 소로가 그토록 강조한 『일리아스』를 읽고 나서 실바누스 콥Sylvanus Cobb[1]의 작품과 비교해서 이루 말할 수 없이 지루하다고 느꼈던 것과 마찬가지로—오페라와 같은 정교한 형식의 음악을 종종 얕보는 듯한 말투로 이야기하곤 했다. 소로는 우리 귀가 맑다면, 단순한 음악에서도 만족을 얻어낼 수 있다고 생각했다. 소로에게는 이런 단순한 소리가 열광적인 기쁨을 표현하는 가장 뛰어난 언어였다. 그러므로 소로는 전선이 윙윙거리는 소리, 특히 밤에 멀리서 사냥개가 짖는 소리를 들으면서 "젊었던 순간의 모든 낭만"에 다시 흠뻑 빠져들 수 있었고, 곧 이어 "시간의 뚜껑을 열고 그 아래를 들여다볼" 정도로 황홀경에 사로잡히곤 했다.

소로가 이와 관련하여 몇 차례 털어놓은 바 있는 글들은 현대의 "음악애호가"들에게도 큰 기쁨을 느끼게 해줄지 모른다. 예를 들어 소로는, "내가 일을 하는 동안 아코디언으로 몇 곡조를 뽑아낸" 어느 이웃사람에게서 "큰 은혜를 입었다"고 느낀다. 그 이웃사람은 초심자에 불과한데도, 소로는 "곡이 그쳤을 때 기분이 고양됨을 느꼈다"고 말한다. 소로는 평생 동안 수수한 식단, 옷, 동행, 숲속 오두막, 손때 묻은 책 한 권, 그리고 영감을 주는 이웃의 수수한 아코디언 소리를 좋아했다.

또한 소로는 문명의 이기이면서도 시골의 흥을 돋우는 손풍금에 빚을 졌다고 인정한다. 소로가 보기에는 "그것이 우리가 지닌

---

1. 1823~1887. 대중소설 작가. 31년 동안 120편이 넘는 장편과 800편이 넘는 단편을 썼다. 일각에서는 문학적 가치가 전혀 없는 감각적인 이야기들을 양산한 작가라는 평도 있다.

최고의 악기일지 모르는데", 그 가능성을 인정한다 해도 시골 콩코드에서도 이 말은 거의 사실일 리 없다고 봐야 할 것이다. 소로는 이어서 얼마쯤 떨어져서 들으면 삐걱거리는 악기의 잡음이 사라져 "나의 존재를 깊게 하는 그야말로 장엄한 쓰임새로 더할 나위 없는 음악이 된다"고 말하고 있다.

우리는 그의 이런 천진난만한 말을 들으며 미소 짓게 된다. 하지만 이렇게 웃고 난 뒤에도, 감수성이 섬세하면서 콘서트에 물린 음악애호가라면 소로가 무슨 생각을 했는지 어렵지 않게 짐작할 것이고, 따라서 소로의 말이 어느 정도는 타당하다고 쉽게 인정할 수 있다. 그들 또한 음악이 영혼에 미치는 효과는 음악의 완성도에 못지않게 영혼의 상태에 달려 있음을 몸소 겪어보았을 것이기 때문이다. 그들에게도 어떤 날에는 하늘에서 간단한 멜로디의 노래나 연주가 들려왔을 것이고, 또 어떤 날에는 늪지에서 심포니오케스트라의 웅장한 음악이 들려왔을 것이다. 취향이 어떻든 세련된 음악을 들으며 따분해하는 것보다는 삐걱거리는 잡음이 들리더라도 이렇게 아코디언의 소리에 취하는 편이 더 낫지 않겠는가. 소로는 무엇보다도 삶의 기술의 명인이 되기 위해 애썼다. 이 장인은 여느 다른 것을 실천할 때와 마찬가지로 삶의 기술을 평범한 방식으로 실천하여 비범한 성취를 이루는 것을 무엇보다 영예롭게 생각했다. 삶을 깊게 사는 데 이보다 더 바람직한 방식은 찾기 어려울 것이다. 그러므로 이 경우에도, 앞서 말한 평범한 "음악애호가"와 이 소박한 은자의 예에서와 같이, 처음에 보이는 것처럼 그렇게 한쪽으로만 치우친 것은 아닐 것이고, 더 나은 기회를 갖춘 것으로 보이는 쪽에만 늘 승산이 있는 것은 아니라고 해야 옳을 것이다.

소로가 가장 관심을 기울였던 것은 바로 자신의 삶, 즉 자신의 삶의 질이었다. 모든 일은 이 삶의 질을 나아지게 하는 데 도움이 되어야 했다. 소로에게는 자연, 사람, 책, 음악 등의 모든 것이 동일한 쓰임새를 지녔다. 소로가 한 일은 바로 이 하나, 즉 자신을 갈고 닦는 일이었다. 이런 소로를 누군가는 이기적이라고 비난하면서 박애나 자선 따위를 내세울지라도, 소로는 이미 답할 준비가 되어 있었다. 그는 서슴없이 다음과 같은 주장을 내놓곤 했다. 인간은 종종 선을 끼치는 것에 못지않게 해를 끼치기도 하는 박애나 자선 없이도 능히 잘 살아왔고(하지만 헐벗은 도망 노예 조니 료단이나, 고향에 사는 가족을 데려와 함께 살고 싶어 하는 아일랜드 이민자와 같은 눈앞의 구체적인 사례들이 소로에게도 강한 호소력을 지니고 다가왔음을 기억해야 한다), 설사 자선 따위가 필요할지라도 세상에는 자선보다 현재 세상의 목적을 뛰어넘는 더 높은 목적을 이루려고 애쓰는 사람들이 훨씬 더 절실하게 필요하다고. 어쨌든 소로에게는 가야할 길이 명확했다. "나는 나이므로, 아니라고 말하자. 존재만큼 더 좋은 설명은 없다."

사람은 누구나 자기 자신의 삶을 살아야 하고, 이 점에서는 누구나 진지해져야 한다. 소로는 진실과 거짓이 동일한 색채의 음영에 지나지 않고 미덕이 "두 악덕 사이의 중용"인 양 참과 거짓을 냉담하게 대하거나, 모른 척 하거나, 회의를 보인 적은 없었다. 다시 말해 소로는 "오, 저런!", 또는 "혹시 그럴지도 모르지"라고 한숨짓는 모습 따위는 보인 적이 없다. 조건을 따지거나, 타협하거나, 합의점을 찾거나, 안팎의 사정을 살피거나 하는 것은 소로의 고려 대상이 아니었다. 소로는 무엇보다도 신앙인, 즉 이상주의자로, 어떤 일이 있어도 어중간한 진실이나 판단을 참고 견딜 사람이 아니었다. 설사 현재의 상태가 어중간할지라도, 소로는 사두개파 Sadducee[1]처럼 마지못해 그것을 받아들일 하등의 이유가 없었다. 그런 것들이 더 나은 방책이 아닐 뿐더러, 온통 나쁘기만 하다면 어찌할 것인가? 그렇다면 어떻게 해서든 새롭게 시작해야 하지 않겠는가? 사람이 저마다 제 본을 보이고, 그 본을 따르는 것이 어째서 불가능하다는 말인가? 여론이란 게 도대체 무엇이란 말인가? 수십만의 바보가 믿는다고 더 나은 어떤 일이 이루어질 수 있단 말인가? 어리석음이 권세 높은 자리에 오른다고 슬기로움이 될 수 있겠는가? 오래된 유물이나 전통은 또 무엇인가? 1,500년 전의 장님이 현재의 장님보다 더 멀리 내다볼 수 있단 말인가? 그때나 지금이나 장님이 장님을 이끈다면 둘 다 궁지에 빠질 수밖에는 없지 않은가?

그렇다, 소로가 별났던 것은 분명하다. 그를 아는 사람들은 누구나 이 점에 동의할 것이다. 약삭빠르게 기회를 잡아야 하는 세상에서는 곧은길을 가는 사람만큼 기이하게 여겨지는 사람도 없다. 그리고 선하더라도 쓰디쓴 약과 같고, 어느 누구도 받아들이기 어려운 의견을 지닌 사람은 기분 좋은 이웃이 되기 어렵다. 나는 최근에 지적으로 뛰어난 어느 숙녀가 소로와 연관된 글을 읽고 나서,

---

1. 예수시대에 제관과 부유층을 수호하기 위해 활동하던 당파. 당시 흔히 '물질주의자' 또는 '현실주의자'로 비유되었다.

소로를 "틀림없이 매우 까다로운 신사"일 것이라고 평했다는 말을 듣고도 그리 놀라지 않았다.

소로는 언제나 이상주의자였으므로 자연히 극단주의자가 되었다. 이 점에서는 어느 모로 보나 받아들이기 어려울 만큼 엄한 말을 하곤 했던 나사렛 출신 사내에게 결코 뒤지지 않는다. 소로는 자신의 저서 『소로우의 강』에서 이렇게 역설하기도 했다. "세상 어느 설교단에서든 이런 말 가운데 어느 하나라도 제대로 읽히게 해 보라. 그러면 예배당의 돌 하나라도 온전히 다른 돌 위에 붙어 있지 못할 것이다." 소로는 청정함을 극히 귀하게 여겼다. 소로는 길거리의 일상적인 도덕 기준을 혐오했다. 소로는 이렇게 일갈한다. "저 사람은 '선한 사업'을 하고 있다고 말할 때처럼 하느님을 욕되게 일컫는 방식이 만연해 있다. 저주하고 맹세하는 말보다 이런 것들이 더 불경스럽다. 이런 말에 죄와 죽음이 들어 있다. 어린아이들이 듣는 곳에서 이런 말을 해서는 안 된다." 사업이 돈을 벌게 해주므로 당연히 선한 것이라는 양, 사람들이 "선한 사업"이라는 말을 아무렇지도 않게 쓰는 것이 소로에게는 몹시 진저리가 나는 일이었다.

소로는 기질적으로 원체 진지한 사람이었다. 실로 그의 일기에는 그 자신도 버거워서 주체하기 어렵지 않을까 하는 느낌을 주는 부분들이 더러 있다. 이렇게 한계에 이를 정도로 계속해서 전력질주하는 것은 어느 누구에게도 별로 유익하지 않고, 보는 이들 또한 조마조마한 느낌이 들 것이다. 따라서 소로를 읽는 독자들은 긴장이 풀리는 조짐이 보일 때마다 반가울 것이다. 예를 들어 "오늘 붉은 암탉이 알을 품었다", "파란 포도를 끓여 죽을 만들었다", "보트 바닥을 칠했다"와 같은 평범한 문장이 드문드문 나올 때마다 턱까지 차오르는 물속을 걷다가, 갑자기 발이 얕은 데를 디디기라도 한 듯 돌연 안도감을 느끼는 것이다.

또한 독자들은 구두끈을 묶는 일, 더 정확히 말하면 구두끈을 간단히 풀어버리는 일—소로가 오랫동안 "상당한 곤란"을 겪었던 것으로 보이는 문제—과 관련한 실로 유쾌한 보고를 접하면 반가운 마음이 들 것이다. 소로는 종종 산책 동무인 채닝과 서로 노트를 비교해보면서 여러 번 실험을 거친 끝에, 구두끈이 말하자면 스타디움이나 리그[1]에 못지않게 정확한 측정 단위로 쓸 수 있을 만큼 내구 기간이 정해져 있을 수 있다는 결론을 내린다. 사실 채닝은 이런 정신 나간 듯한 실험을 하며 구두끈을 끊임없이 괴롭히느니 차라리 구두끈을 꿰지 않고 나갔을 것이다. 그러나 당시 서른여섯 살이었고, 손재주가 빼어났던 소로는 이 매듭과 관련한 일에서도 빈틈없는 재치를 발휘한다. 운이 좋은 탓인지 재주가 좋은 탓인지는 모르겠으나, 소로는 자신의 목적에 부합하는 매듭을 찾아내고 자신의 발견을 제3자에게 알린다. 그러면서 학교는 물론 어느 곳에서도 배운 적이 없는, 큐브의 '스퀘어 원'과 같은 비밀의 "세로 매듭"을 평생 동안 시도해왔다고 말한다! 소로는 모든 아이들이 "이 매듭을 배운다면 좋겠다"고 끝을 맺고 있다.

하지만 독자들에게는 앞의 예에서와 같이, 소로가 고요하게 자

---

1.   스타디움은 길이의 단위로 약 200미터이고, 리그는 약 4.8킬로미터이다.

연과 교제를 나누는 시간, 무아지경에 빠질 정도로 "주의 영"이 자신을 축복하는 시간을 서술하고 있는 일기들이 훨씬 더 신선하고 상쾌할 것이다. 이런 일기들이 기대한 것보다는 꽤 자주 나타날지도 모르나, 독자들이 바라는 만큼 충분히 많지는 않다. 경축일이 그렇듯 무아지경 또한 다소 드문드문 나타나는 게 당연한 일이고, 소로가 다른 주제를 선택할 때와 마찬가지로 이 경우에도 그가 얼마나 솔직하게 그런 순간들을 회고하는지 살펴보는 일은—놀라울 것까지는 없더라도—흥미롭다. "천재성이 발휘되는 그런 계절에는 우리가 표현할 힘을 잃게 되는 것일지 모른다"고 소로는 말한다. 하지만 재능이 다시 빛을 내는 보다 고요한 시간이 다가오면 "이런 희귀한 순간들에 대한 기억이 우리 마음의 풍경을 물들인다. 말하자면 그것은 붓을 담글 영원한 물감통이다." 하지만 사실이 일기마저도 소로가 생각하고 느끼고 관찰한 바를 그대로 모아놓은 초고에서 가려 뽑은 것이다—노트 몇 권에는 소로 자신이 주의 깊게 색인을 붙여놓았다—. 소로는 이렇게 말한다. "나는 글쓰기를 통해 내게 영감을 불어넣으면서, 결국 부분으로 전체를 만들어낼 수 있는 경험만을 택해 일기에 적길 원한다. …… 이렇게 채택되어 기록된 각각의 생각은 그 옆에 더 많은 알을 놓기 위한 밑알이다."

타고난 작가였던 소로는 "기회가 닿는 대로 글을 쓰기 위해 애썼다." 소로는 "자신에게 맞는 한 가지 고무적인 주제를 찾아내려면 여러 가지를 화제로 써보고, 갖가지 주제를 시도해보는 것이 현명하다"고 생각했다. 소로는 이렇게 말한다. "자신의 생각을 표현할 기회를 놓쳐선 안 된다. 적당한 비유를 끌어 쓰려 애써야 한다. 우리는 수많은 큰길을 통해 진리를 자각할 수 있다. 아무리 하찮고 변변찮은 순간적인 자극일지라도 대상에서 좀 더 나은 연상을 하려고 애써야 한다. 이밖에 자신이 개선해야 할 점은 무엇인지, 어떤 기회들을 놓치는지 알아야 한다."

일기 작가도 농사꾼과 마찬가지로 어떤 씨앗이 잘 자랄지 미리 알기 어렵다. 오직 아침저녁으로 부지런히 씨를 뿌릴 따름이다. 소로 역시 마찬가지였다. 소로는 이렇게 적고 있다. "예측할 수 없는 일 가운데서도 가장 이상한 것이 일기를 쓰는 일이다. 일기에 대해서는 나는 아무것도 예견할 수 없다. 좋은 것이라고 다 좋은 것이 아니고 나쁜 것이라고 다 나쁜 것이 아니다. 내면의 가장 풍부한 창고에 빛을 비추더라도 나의 계산대에 올라오는 것은 그저 조잡하고 값싼 재료들뿐이다. 하지만 몇 개월이나 몇 년이 지나고 나면 이 혼란스러운 더미 속에서 육로를 통해 가져온 중국의 희귀한 유물이나 인도의 보물이 나올지 모른다. 마른 사과나 호박을 줄로 이어놓은 듯한 너저분한 것이 나중에는 브라질의 다이아몬드와 코로만델의 진주를 엮어놓은 보물로 밝혀질지 모른다."

이제 마지막 씨앗이 뿌려지고 나서 40년이 넘는 세월이 흘렀으므로, 이 더미들을 뒤적이는 이는 누구나 많은 보석을 줍게 되리라는 것은 확실하다. 많은 이들이 와서 뒤져보길 권하면서, 내가 최근에 급히 뒤져 찾아낸 보석 중에서 몇몇 구절을 골라서 소개하려 한다.

"개가 달려오거든 휘파람을 불어라."

"적어도 하루에 한 번씩은 삶의 길을 스스로 헤쳐 나갈 수 있어야 한다. 손에서 핸들을 느끼면서 어느 길로 나아가야 할지 정해야 한다."

"나는 글을 쓰면서 내 생각의 색조를 놓쳐버리곤 한다."

"젊음의 때가 지나고 나면 우리 자신에 대한 지식은 우리의 만족을 망치는 합금과 같다."

"벌떡 일어선 삶을 살고 있지 못하면서 조용히 앉아 글이나 쓰는 건 헛된 짓이다."

"침묵은 흙과 마찬가지로 갖가지 깊이와 비옥도를 지니고 있다."

"누군가를 칭찬할 때에는 꽃이 향기를 발하는 것마냥 단순하고 자연스럽게 해야 한다."

하지만 소로의 일기에는 이런 글 외에도 날아 들어오는 빛을 순간적으로 포착한 인상일 뿐 그 외에는 아무것도 아닌 것, 다시 말하면 코로만델의 진주 같지는 않더라도 적어도 뉴잉글랜드의 야생 사과를 한 입 베어 문 것 같은 그런 맛을 느낄 수 있는 글들이 꽤 있다. 어느 겨울에 소로는 이렇게 말했다. "숲에 들어간 적조차 없을 것 같은 황소 한 쌍이 숲길을 걸어 나왔는데, 마치 숲 속에 살고 있던 엘리사[1]의 곰 같았다." 오늘날에는 시골에서 자라며 이같

---

1. 구약에 나오는 예언자 엘리야의 제자이자 후계자. 아이들이 그를 대머리라고 놀리자 숲에서 곰 두 마리가 나타나 아이들을 잡아먹었다.

은 상황에서 이런 일을 겪었을지라도 당시의 경험을 정확히 기억하고 있는 아이를 찾아보기는 쉽지 않을 것이다. 게다가 아이가 그때 느낌을 말로 표현해볼 생각 같은 것은 하지 못했을 것이니, 하물며 잉크에 찍어 그 느낌을 보존하는 건 더 말할 것 없다. 이런 일이야말로 작가가 우리에게 주는 선물 중 하나다. 시골에서 자란 우리의 소년은, 이른바 인간 지식의 총계에 단 1센트의 값어치도 덧붙이지 못하는 이 허술한 문장 하나를, 소로가 공들인 수십 페이지짜리 식물 관찰 기록보다 훨씬 더 값어치 있게 여길 게 틀림없다.

박물학자로서 소로는 일기에서 거장이 아닌 초심자로 등장한다. 물론 이것은 일기라는 특성 상 어쩔 수 없는 일이었을 것이다. 우리는 이 일기에서, 학자들이 으레 그렇듯 어제 배운 것을 오늘 수정하고, 오늘 배운 것을 내일 수정하며 자신의 실수라는 디딤돌을 딛고 혼자 힘으로 날마다 교훈을 배우는 소로를 만난다. 감히 판단해보건대, 소로는 박물학의 여러 분야 중에서도 식물학에 가장 능통했던 것 같다. 소로가 가장 지속적으로 관심을 기울인 대상은 식물이었다. 하지만 이 분야에서도 소로는 새로운 사실들을 발견한 것에 못지않게 불확실한 사실들을 많이 남겨놓았고, 이런 사실들을 지칠 줄 모르는 열정을 지니고서 이루 말할 수 없이 꼼꼼하게 기록해놓았다. 많은 것들이 갖춰져 있긴 하나 옛 격언은 거의 무시한 채 초심자의 길을 배움의 왕도처럼 섬기는 요즈음 세태와 비교할 때, 소로는 거의 어떤 도움도 없이 전적으로 혼자서만 작업을 해냈다. 따라서 소로의 이런 인내는 감탄할 만한 것이었다. 당시까지만 해도 '초심자용 안내서' 시대는 아직 열리지 않았었다.

소로의 조류 연구와 관련해서는 여유가 있는 한 여기에서 보다 상세히 이야기하면 흥미로울 것이다. 소로는 식물학에서와 마찬가지로 이 분야에서도 어떤 도움도 받지 못해 고통을 겪었다. 오늘날 소로의 말년 일기를 읽는 독자들은 어째서 이토록 열정적인 학자가 비교적 하찮은 것들을 배우면서 여러 해를 보내야 했는지 의아해할 것이다. 하지만 소로가 1854년이나 되어서야, 즉 12년 이상의 세월이 흐른 뒤에야 망원경을 갖출 수 있었음을 알게 되면 이 수수께끼는 어느 정도 풀린다. 소로는 어떤 물건이 필요하더라도 "그것을 완벽하게 사용할 준비를 갖추기 전까지는" 구매를 미루었음을 그의 특징인 자부심 어린 말투로 설명하고 있다. 이것은 비경제적인 경제였다. 이러느니 차라리 현미경 없이 식물 연구를 하는 편이 더 나았을 것이다.

하지만 망원경이 있든 없든, 에머슨의 말처럼 "특별한 감각을 지닌 것 같은" 능력이 출중한 조류 관찰자가 어떻게 10년이나 15년 동안 거의 매일 들로 나가고 나서야 비로소 가슴이 불그레한 콩새를 볼 수 있단 말인가? 소로에게 이 기념할 만한 사건은 1853년 6월 13일에 일어났다. 12년이 넘도록 "총 없이 모든 새의 이름을 알아내는 것"을 자신의 임무로 삼았던 사람이, 몇 피트 떨어지지 않은 곳에 커다란 새가 있는데도 한동안 딴 데 정신이 팔려 서 있다가, 누른도요를 봤는지 도요새를 봤는지 확인하지 못한 채 돌아설 수 있단 말인가? 그리고 서른다섯 살일 적에는 어떤 참새과의 새떼를 보고, 또 그 울음소리를 듣고 나서도 그놈들이 갈색머리멧새 무리가 아닐까 하고 고개를 갸웃거릴 수 있단 말인가? 시간과 계절에 뛰어난 감각을 지녔고, 달력에 맞춰 정확히 날짜를 표시하는 이가 1852년경이나 되어서야 1년 내내 찾아오는 새 중에서도 흔하게 볼 수 있는 새인 '꼬마딱따구리downy woodpecker'를 이야기하다가, "겨울에도 이놈을 또 보게 될까?"하고 물을 수 있으며, 다시 1년 후에는 봄에 꼬마딱따구리가 여기 삼림지대를 가장 먼저 찾아오는 새가 아닌지 물을 수 있단 말인가? 서른여섯 살의 소로는 3월 29일이나 되어서야 비로소 '플리커flicker'[1]를 처음 보고 두 개의 느낌표를 찍을 정도로 감탄한다.

또한 우리는 1853년 5월 4일자 일기에서, 어떤 새가 그다지 음악적이지 않은 거칠고 빠른 소리로 '트위, 트위, 트위'하고 울고, "목이 검고, 몸 아래쪽이 밝고, 날개에 흰 점이 있다"고 묘사한 뒤 쪽빛멧새일 거라고 추정하는 글을 읽으면서, 놀라움으로 가득 차게 된다. 블루버드가 푸른 어치와 비슷하듯이, 또는 노란 사과가 오렌지처럼 보이듯이, 이 낯선 새는 쪽빛멧새와 아주 닮은, 목이 검은 푸른 명금류일 가능성이 아주 높다. 그리고 오늘날에도 이 쪽빛멧새는, 새를 눈여겨보는 콩코드의 학동이라면 여름철에 별 어려움 없이 자신의 "새 목록"에 덧붙일 수 있는 흔한 뉴잉글랜드의 새라는 것 또한 지적해야 한다. 반면에 문제의 명금류는 철새로 다소 깊은 숲에서 지내는 습성이 있긴 하나, 이동 경로가 일정하고 몸의 특징이 분명하므로, 산과 들 여기저기를 찾아다니는 관찰력이 뛰어난 소로가 어떻게 해서 해마다 이 새를 놓쳤는지 기이하게

---

1. 딱따구리의 일종. 목 뒤에 붉은 반점이 있다.

여겨진다.

에머슨처럼 사실상 거의 아무것도 모르는 이들에게는 소로의 지식이 놀랍게 여겨졌을지 모르나, 소로는 매사추세츠 동부의 텃새든 아니면 지나가는 철새든 흔한 종류의 새에 대해서조차 그 모습으로나 이름으로나 생애 대부분의 기간 동안 오직 작은 부분밖에는 알지 못했던 것 같다.(1854년 6월 9일자 일기에 소로는 다음과 같이 적었다. "숲의 새들을 더 많이 알았으면 한다. 우리의 숲에는 어떤 새들이 살까? 숲 여기저기에 새들의 갖가지 선율이 울려 퍼진다. 어떤 음악가들이 이 숲의 합창곡을 작곡하는 것일까? 이들은 언제까지나 기이하고 흥미로운 존재일 것임에 틀림없다." 하나 더 덧붙이자면, 마침내 소로가 구입한 망원경은 오페라글라스가 아니라 소위 단안식 작은 망원경이었으므로, 이 또한 숲의 새들을 관찰하는 데는 그다지 큰 도움이 되지 않았을 것이다.)

그렇다고 소로의 일기가 이런 문제 때문에 새를 좋아하는 독자들에게는 별로 흥미롭지 않을 거라는 말은 아니다. 오히려 거꾸로 50여 년 전 아마추어 조류학자가 어떤 수단과 방법을 썼는지 보여주고, 특히 겨울 저녁에 풀어야 하는 조류학적 문제는 무엇인지 알려주므로 더 흥미로울 수도 있다. 흥미를 느끼는 독자들은 여기 일기에 나오는 글들을 재량껏 대조해봄으로써 저 유명한 "밤새night-warbler"의 정체가 무엇인지 밝히는데 성공할 수 있을지 모른다.

어떤 이들은 "밤새"가 휘파람새만큼이나 흔한 새가 아니었을까 추측하기도 하지만, 내가 알고 있는 한 이 새는 아름답게 노래하며 날아다니는 두어 종의 평범한 작은 새가 아니었을까 싶다. 새의 정체가 무엇이었든 간에, 소로에게는 이 새가 문학적 상상력을 북돋우는 데 분명 쓸모가 있었다. 에머슨은 소로에게 이 새를 기록에 올릴 수 있도록 애써 달라는 당부의 말을 잊지 않았다.

하지만 소로는 이런 당부에 각별히 주의를 기울여야 할 필요를 그다지 느끼지 않았다는 것 또한 알아야 한다. 소로는 어떤 종류의 무지에 대해서는 꽤나 호의적인 의견을 갖고 있었다. 예를 들어 소로는 '밤새'와 같은 자신의 조류학적 미스터리와 관련하여, 자신의 좋은 점은 그들의 특징을 충분히 알기 전까지는 그 이름을 굳이 알려 하지 않는 것이라고—이런 글귀가 어떤 의미를 지니는지는 잘 모르겠으나—당당히 말하고 있다.

소로는 스스로를 "기질적으로 꽤 좋은 관찰자"라고 믿긴 했으나, 자신이 일반적인 박물학자가 아니고 "신비가이자 초월주의자이면서, 자연철학자" 부류에 속한다고 줄기차게 주장했다. 소로는 죽은 언어로 자연을 연구하면서 사실로 사실을 얻어내려 애쓰는 박물학자들과는 달랐다. 소로는 "언어적 수사와 비유의 원료"를 찾고자 하는 자신의 목적을 위해 자연을 연구했다. 소로는 "나는 자연이 의미하는 바가 드러나는 그런 경험을 하길 원한다"고 선언하고 나서, 곧 이어 다음과 같이 묻고 있다. "'제재소 샛강Saw-Mill Brook'에서 막 꽃을 피우기 시작한 저 식물이 그레이Thomas Gray[1]가 노래한 늦지 구스베리일까? 나의 꺾꽂이 가지는 가시도 바늘도 없지만, 아직 저 꽃은 꽃받침보다 더 길지 않은 암술과 수술을 지니고

---

1. 1716~1771. 영국의 시인.

있다……"고 길게 묘사해나간다. 어느 날의 일기를 보면 이런 부류의 식물학적 질문이 그야말로 가득 들어차 있어서, 이해심이 부족한 독자라면 비유와 상징을 찾아 나선 이 신비가가 때로는 사실이라는 죽은 언어를 배우고 있는 것은 아닌가 하고 추측하게 될 위험마저 있다. 그러나 일기의 미덕 가운데 하나가 서로 상반되는 말을 할 수 있다는 점이다. 일기는 예술 작품이 아니기 때문에 어떤 형식이나 스타일이 정해져 있지 않아 형식에 휘둘리지 않는다. 그의 말처럼, 소로는 계산대 위에 자신의 온갖 물건들을 올려놓았다. 사람이란 저마다 다르고, 기호 또한 다르므로 어떠한 고객이라도 모든 것이 다 마음에 들지는 않을 것이다. 그러니 이 더미에서 자신의 취향에 맞는 것들을 골라 가지도록 하자.

누구나 같은 마음일 터인데, 나에 대해 말하자면 그다지 귀하지도 않으면서 값만 비싼 물건을 여기저기에서 조금씩 고르고 싶은 마음은 없다. 소로는 고결하면서 엄격하고, 성실하면서 거침없고, 완벽을 추구하면서 결의가 굳은 사람이지만, 우리는 오히려 그가 인간적인 약점을 드러내는 순간에 그를 가장 좋아하게 된다. 예를 들어 소로가 한때 면전에서 자신을 자기중심적이라고 타박하는 한 여성을 한동안 찾아가곤 했다는 말을 들으면서, 우리는 절로 귀를 쫑긋 세우게 된다. 그러므로 이제 우리는 아첨을 멸시하고, 스스로를 "범인凡人"이라 칭하면서 예의범절에서 막 돼먹은 면이 없지 않다고 털어놓는 사내가, 언제나 진실을 가려내 그 진실을 거침없이 이야기하는 이와 같은 사내가, 이런 예의 없는 멘토의 꾸지람에 어떻게 응대했을까 궁금해질 것이다. 소로가 뒤이어 그 숙녀가 왜 더 자주 찾아오지 않는지 의아해한다는 말을 덧붙일 때, 우리는 '그렇구나' 하고 미소를 짓게 된다.

우리는 또한 2월 초순까지도 겨울옷을 입지 않고 지내다 이웃 사람들이 모피 목도리와 머프에 숄까지 걸치고 다니는 모습을 보고, 자신의 "단순한 식단"이 근섬유를 튼튼하게 만들어 "나무처럼 무럭무럭 크고 있다"고 뻐기고 난 뒤, 일주일 뒤에 기관지염을 앓으며 따뜻한 난롯가에 웅크리고 앉아 며칠간을 보내고 있다며 시치미 떼는 글을 읽으면서 절로 미소 짓게 된다.

이런 사소한 글들이 소로가 우리와 친숙한 사이라는 느낌을 북돋우며 우리를 즐겁게 한다. 소로도 결국 우리와 다를 바 없이 병고를 겪는다. 하지만 소로가 야생의 자연에 대해 넘치는 사랑을 표현할 때처럼 최상의 모습을 보여줄 때, 진실로 그가 가장 좋아지는 것은 물론이다. 여기에서 그런 모습을 보여주는 글을 하나 인용해 보자. "지금 나는 꼬불꼬불하고 건조하고 인적 없는 낡은 길을 그리워한다. 그 길은 마을 먼 곳으로 나를 이끈다. 나를 지구 너머 우주로 인도하는 길. 그러나 유혹하지는 않는 길. 발이 땅을 딛고 있다기보다 머리가 하늘로 향해 있는 길. …… 그곳을 나는 걸을 수 있다. 종소리가 들리지 않더라도 지금은 잃어버린 아이를 되찾을 수 있다." 이처럼 일단 불이 붙기만 하면 이 스토아 철학자만큼 실제로 온기를 전해줄 만한 사람은 찾기 어렵다.

또한 우리는 누구에게도 뒤지지 않는 그의 아기자기한 아름다움을 좋아하게 된다. 물론 이 스토아 철학자는 귀여움이나 예쁘장함 따위를 중시하지는 않았으나, 그럼에도 소로는 단순하고 꾸밈

없는 산문의 형식으로 기회가 있을 때마다 여기저기에 아름다움을 흩뿌려놓았다. 이런 모든 글들이 어쩌나 어여쁜지 우리는 만날 때마다 반가운 마음을 억누를 수 없다. 여기에 다시 조류학적 가치가 적지 않은 문장을 소개한다. "멧종다리가 한 여름날을 편곡하면서 들과 초지에서 노래한다. 이끼 낀 난간이나 울타리의 음악처럼 들린다." 또 잠자리에 대해서는 이렇게 말하고 있다. "이들은 얼마나 풍부한 색감으로 물들여져 있는가. 물감 값이 얼마나 헐했기에 창조주는 이들의 색을 풍부하게 칠했는가. 이들 창조주의 심미안은 얼마나 시원스러웠던가!" 나무에 잎이 돋아나는 6월 초순은 "여름이 텐트를 세우는 계절이다." 소로는 자줏빛의 사랑스러운 애기풀이 우아한 술을 달고 하얀 꽃을 흔들고 있는 모습을 보면서 이렇게 말한다. "이제 수많은 꽃들이 흰옷을 입은 수녀를 자매로 두게 되었도다." 높이 나는 매는 "연줄 없는 연"이다. 그리고 소로는 벗과 더불어 이따금 농부의 밭을 가로질러가기도 하면서, 인가가 보이지 않는 곳을 골라 들판을 여행할 때에는 "사과나무 한 그루로 모든 창을 닫는다." 이런 보석을 알아보는 데에는 특별한 심미안이 필요치 않다. 소로의 계산대 위에는 이런 것들이 지천으로 널려 있다. 이런 이유로 채닝이 소로를 "시인박물학자"라 이름 붙인 것이다.

하지만 소로의 창고에서는 이런 꽃이나 보석보다 훨씬 더 귀한 것들을 많이 찾아볼 수 있다. 이곳에는 당신이 지쳤을 때 힘을 북돋우는 강심제와 강장제가 있고, 미천한 데 뜻을 두고 속된 것에 만족하는 마음을 되돌리게 해주고 자신 너머의 높은 곳을 볼 수 있게 시야를 맑게 해주는 안약이 구비되어 있으며, 효능이 보증된 갖가지 치료제와 깁스가 마련되어 있다. 하지만 이미 구입해본 나 자신이 단언컨대, 진통제나 수면제 같은 약은 기대하지 않는 편이 좋을 것이다. 또한 이곳에서는, 어느 옛사람의 말처럼, "글쓰기의 근본이자 모범"일 뿐 아니라 예술 일반, 특히 삶의 예술의 근본이자 모범이기도 한 윤리적 지혜를 찾아볼 수 있다. 세상살이가 너무 버겁다면, 돈벌이에 휩쓸려 '파란 녹'이 영혼을 파먹어 들어가고 있다면, 한 번 쓰면 없어질 헛것들을 위해 인생을 팔아넘길 위험에 처해 있다면, 여기에서 자신을 바로잡는 방법을 찾아냄으로써 세상의 인장이 찍힌 어떤 돈보다 더 나은 돈으로 부자가 된 것에 기뻐하며 즐거이 세상으로 나아갈 수 있을 것이다. 이 삶의 거장이 거듭해서 말하는 것들은 우리에게 양약 못지않게 이로울 것이다. 병적 상태에 빠져 있을 때에는 충격요법만큼 빠른 효과를 내는 것도 드물다.

이제 소로의 삶에 대해 평을 하자면, 소로가 너무 엄격히 자신의 이상을 고집하지 않고 자신이나 다른 이들의 결점에 대해 보다 관대했더라면, 자신의 공부 즉 자신의 영적 포부와 열망을 그저 약간만이라도 누그러뜨렸더라면 그의 삶은 보다 순조로웠을지 모른다. 독자 여러분이 상상할 수 있듯, 소로가 이따금 천진한 장난을 즐기거나, 사심 없이 농담을 주고받거나, 트롤럽Anthony Trollope[1] 부류의 교화적인 연애소설을 읽으면서 자신의 까다로운 성미를 조

---

1. 1815~1882. 우체국 관리로 일하면서 날마다 출근 전에 소설을 써서 수십 편의 소설을 남겼다. 가공의 주 바셋의 풍속을 그린 연작소설 『바셋 주 이야기』가 유명하다.

금 누그러뜨린다고 해서 해가 될 일은 없었을 것이다. 모든 유머 작가가 다른 이들의 재미난 면을 알아보는 재능이 있듯, 소로가 자기 자신을 익살맞게 들여다보기도 하는 그런 유순한 유머작가 가운데 한 사람이었다면, 그것이—그의 행복은 별개의 문제로 치더라도—그의 안락에 좋았을 것임은 두말할 필요가 없다. 하지만 사정이 그러했다면, 소로의 타고난 정신적 시야가 좀 더 넓었더라면, 말하자면 그의 재능이 가문비나무처럼 하늘로 끝없이 높이 치솟기보다는 반안나무 같이 넓게 퍼져 자유롭고 여유롭고 다양하고 무성하고 유연했다면 소로는 더 이상 소로가 아니었을 것이다. 결과야 어떻든 그의 언어는 그만의 독특한 특성을 잃어버렸을 것이고, 긴 안목으로 볼 때 쓴맛과 신맛의 가미를 좋아하는 세상은 결국 소로를 그다지 흥미롭게 여기지 않았을 것이며, 그의 저서들 또한 그다지 기억에 남지 않았을 것이다. 그리고 소로 자신이 "자신의 일을 하러 태어난" 만큼, 자기 자신에 충실한 것 이외에 달리 무엇을 할 수 있었겠는가? 소로는 "우리는 끊임없이 진정한 자기 자신이 되라는 초대를 받는다"고 말했다. 이 글귀를 그의 묘비명으로 새겨 넣으면 알맞지 않을까 싶다.

브레드포드 토레이Bradford Torrey
(1843~1912, 미국의 조류학자)

차례

1837년, 20세

내 일기의 모토는
내가 나 자신에게 말하는 것이다

"진실이란 나를 더 나아지게 하는 모든 것이다."

16세인 1833년에 대학 예비학교인 콩코드 아카데미를 졸업하고 하버드 대학에 입학하다. 어릴 적부터 마을 사람들의 눈에 이상하게 비칠 정도로 수줍음이 많던 그의 기질은 대학에 들어와서도 별로 바뀌지 않았다. 친구를 별로 사귀지 않았고, 학점에는 거의 무관심했으며, 도서관에서 읽고 싶은 책을 읽는 것을 좋아했고, 무엇보다 걷기를 좋아했다.

1837년 8월 30일, 중간 정도의 성적으로 하버드를 졸업하다. 졸업식에서 〈상업의 정신〉이라는 제목으로 연설을 하다.

9월. 모교이기도 한 콩코드의 공립 학교 그래머스쿨에 교사로 취직하나 2주 후에 체벌에 반대하여 사임하다. 아버지의 연필 공장에서 일하면서 흑연 제조 방법을 개선하다.

10월 22일, 에머슨의 조언으로 일기를 쓰기 시작하다.

10월 22일　　　고독

"이제 무엇을 할 거니?" 그[1]가 물었다.

"일기는 쓰고 있니?"

그렇다, 오늘 나는 처음으로 일기를 쓴다.

혼자가 되기 위해서는 현재의 나로부터 벗어날 필요가 있다. 로마 황제의 방처럼 사방이 거울로 둘러싸인 곳에서는 혼자라는 생각을 할 수가 없다. 다락방으로 올라간다. 이곳에선 거미조차 아무런 방해를 받지 않는다. 마루를 쓸지 않아도, 재목을 나르지 않아도 좋다. 독일 속담에 이런 말이 있다. "진실이란 나를 더 나아지게 하는 모든 것이다."

10월 24일　　　모든 생명은 흙으로 돌아간다.

자연은 어디에서나 한 목숨이 사라지는 것은 또 한 목숨을 위한 자리를 마련해놓는 것임을 알려준다. 떡갈나무는 껍질 안쪽에

1.　랄프 왈도 에머슨(1803~1882)을 일컫는다.

기름지고 깨끗한 유기물을 남겨놓고 땅에 쓰러져 죽어감으로써 어린 숲에 강건한 생명력을 안겨준다. 소나무가 남기는 척박한 모래 토양으로 숲은 굳세고 알찬 땅에서 더 튼튼히 자라난다.

나 또한 끊임없이 닳고 썩어 내 앞날의 토양을 만들어 낸다. 지금 살아가는 대로 거두게 될 터이니, 나에게서 소나무와 자작나무가 자란다면 지금의 흙으로는 떡갈나무를 키우지 못할지 모른다. 하지만 소나무와 자작나무, 아니 어쩌면 잡초와 가시나무까지도 내 두 번째 성장의 토양이 될 수 있다.

10월 29일 　　구스 호수의 오리들

오리 두 마리가 호수에서 즐겁게 놀고 있다. 우리가 가까이 다가가자, 백조마냥 위엄 있게 다리를 저어 달아나는 모습이 인사도 없이 자리를 비우려는 듯 보인다. 우리를 척척 따돌리는 일류 수영선수인 오리들은 우리의 눈길에서 벗어나려고 1~2분마다 잠수하여 1미터쯤 물 밑에서 헤엄을 친다. 잠수하기 직전에 서로 의미심장하게 고개를 끄덕이는 것 같다. 이어 서로 의사를 소통한 양 날개를 흔들면서 두 다리를 쳐들고 머리를 숙인다. 이들이 이 같은 실험을 반복하며 '날 어떻게 해볼 테냐'는 식으로 거침없이 다리를 저어 헤엄치는 모습을 바라보고 있으니 꽤나 즐거웠다.

인디언 화살촉

5, 6주 전쯤에 기록해 둘만한 가치가 있는 이상한 일이 일어났

다. 형 존[1]과 나는 인디언의 유물을 찾아 나섰다. 다행히 화살촉 두 개와 막자 하나를 찾아낼 수 있었다.

일요일 저녁 무렵이었다. 과거와 과거의 유물에 대한 생각에 사로잡힌 우리는 스왐프 브리지 시내 어귀까지 천천히 걸어갔다. 강둑 위에 거의 다다를 무렵, 나는 과거의 야만 시대를 찬양하고픈 격정에 사로잡혔다. 나는 손짓 발짓에 온갖 미사여구를 끌어가며 그 시대를 찬양하기 시작했다.

"저기 나우샤우터크 언덕에 종종 그 부족이 모임을 가졌던 오두막이 있었어. 또 저기 클램셸 언덕에서 그들은 축제를 벌이곤 했지. 여기는 틀림없이 그들이 즐겨 찾던 놀이터일 거야. 이 언덕만큼 전망 좋은 곳은 없을걸. 그들이 즐겨 서 있던 곳이 바로 여기쯤이겠지. 해가 숲 저편으로 기울고, 마지막 햇살이 머스케타퀴드[2] 너른 강물을 금빛으로 물들이는 지금 이 순간에 말이야. 그들은 여기에 서서 오늘 일을 돌이켜보고 내일을 꿈꿨을 거야. 그림자 지는 땅으로 간 자신들 선조의 혼과 대화도 나누었겠지!"

나는 박자를 맞춰 시를 읊듯 말했다.

"여기가 타하타완[3]이 서 있던 곳이야. 저기(사실은 아니지만)그의 화살촉도 보이네."

우린 더 앞으로 나아갔다. 나는 둘이 앉을 만한 적당한 자릴 찾아냈다. 아무렇게나 손에 닿는 돌을 집어 만지작거리며 내가 읊은

---

1. 세 살 손위의 형 존 소로. 두 형제는 어렸을 때부터 함께 숲과 들을 쏘다니기 좋아했다.
2. 콩코드 강을 지칭하는 인디언 이름.
3. 콩코드 지역에 살던 인디언 부족 추장의 이름.

시가 진실인 양 흐뭇해 했다. 그런데 신기한 일이다. 내가 집어든 바로 그 돌이 상한 구석 하나 없는 화살촉일 줄이야! 그것도 갓 만들어낸 것 같은 날카로운 화살촉이라니!

11월 3일   냇물과 생각의 흐름

반성을 하려거든 평온한 냇가로 가서 물의 흐름에 몸을 맡기는 게 최고다. 음악의 신에게 몸을 맡기는 것이다.

우리가 내를 거슬러 오르려 온 힘을 다해 노를 저을 때에는 느닷없이 격렬한 생각밖에 떠오르지 않는다. 투쟁과 힘과 장엄함만 꿈꾼다. 그러나 뱃머리를 돌리면 바위, 나무, 야산, 짐승이 새롭고 새삼스럽게 보인다. 바람과 물이 스쳐 지나가 경치도 바뀌고, 넓고 숭고하면서 고요하고 부드러운 마음이 샘솟는다.

11월 9일   고요한 강이 가장 멀리 흐른다

이 시내의 은모래와 자갈은 봄과 함께 영원한 봄의 소곡을 노래한다. 때 이른 서리가 이 좁은 수로에 다리를 놓는다. 이제 중얼거림도 멎고 보는 이의 눈길을 잡아끄는 건 모래 바닥에서 반짝이는 햇빛뿐이다. 가파른 둑 위에서 내다보아도 온통 얼음에 덮여 있다. 가라앉은 바위나 떡갈나무에서 희미한 소리만 들려올 뿐이다. 흘러들어 오는 개울을 꽉 묶어 놓은 이 얼음 족쇄에게는 이런 숲의 잔해마저 생판 모르는 남과 같다.

11월 12일   하루의 교훈

아직까지 나는 오늘 하루의 교훈을 온전히 알아차릴 만한 능력을 갖추지 못했다. 그러나 이 능력이 아주 없는 건 아니므로 언젠가는 그럴 날이 올 거라 믿는다. 내가 지금껏 무엇을 하며 살아왔는지 알고 싶다. 그리고 앞으로는 어떻게 살아야 할지 알고 싶다.

11월 13일   진실

진실은 진실 자체로 되돌아간다. 오늘은 이 모습을, 내일은 저 모습을 힐끗 보여줄 뿐이다. 그리고 다음 날이 되면 그 모습들이 뒤섞인다.

11월 16일   괴테

괴테는 『이탈리아 여행기』에서 자신을 빙 둘러싼 농부들에게 한 고탑古塔에 대해 이야기한다. 그는 근처에서 나고 자란 농부들마저 "내가 들려주는 찬사를 눈으로 직접 보기 위해" 고개 돌려 어깨너머를 바라보지 않고는 못 배길 정도로, 있는 그대로 또렷하게 고탑을 그려내면서 "나는 어떤 것도, 수백 년 동안이나 담벼락을 장식해 온 담쟁이넝쿨조차 덧붙이지 않았다"고 말한다.

11월 17일　　　하늘

땅에는 새로운 것이 없을지라도 하늘에는 늘 새로운 것이 펼쳐진다. 하늘에는 늘 우리가 꺼내 쓸 만한 자료가 있다. 바람이 이 푸른 대지 위에 활자로 조판을 짜고 있으니, 의문이 드는 이라면 이곳에서 언제나 새로운 진리를 읽을 수 있다.

11월 21일　　　나우샤우터크 언덕

누구나 한 번은 산에 올라 자신이 어떤 곳에서 사는지 살펴볼 필요가 있다. 봄날처럼 맑고 온화한 날, 나는 나우샤우터크 언덕 꼭대기 바위에 앉아 남서쪽에서 불어오는 부드러운 바람을 맞는다. 바람의 원자들이 내 뺨을 간질이며 지나간다. 멀리 지평선 위로 솟은 수많은 언덕, 산, 첨탑이 돋을새김처럼 보인다. 나는 커다란 방패 한가운데 솟은 둥근 돌기 위에 앉아 있다. 방패 가장자리가 지평선까지 서서히 높아지고, 강은 그 끝을 휘감아 도는 은맥銀脈 같다. 구름 한 점 없이 맑아서인지 마을, 집, 숲, 산이 첩첩이 이어지다가 하늘로 사라진다. 탁 트인 대기 속을 멀리 바라보자 땅이 물러나고, 바람의 비단결 같은 가는 실들이 떠가는 듯 보인다.

11월 28일　　　서리와 강

오늘 아침 눈 위로 고개를 치켜든 나무, 울타리, 풀잎 모두 서리에 덮여 있다. 아직 햇빛이 꿰뚫지 못하는 후미진 골짝에는 나무들이 어둠이 낳은 공기마냥 회색 머리카락을 나부끼며 옹기종기 모여 있다. 마치 겉잠에 빠져든 가벼운 물체처럼 보인다. 반면에 산기슭과 개울가에 한 줄로 늘어선 울타리들은 어딘가를 급히 가고 있다. 관목과 풀들은 밤의 꼬마 요정들처럼 움츠린 머리를 눈 속에 감추려 애쓴다.

나뭇가지나 고개를 처든 풀들은 여름 옷 대신 감탄을 자아내는 얼음 잎으로 온통 뒤덮였다. 미세한 섬유질의 결이 너무나 뚜렷하게 보이고, 그 끝은 어김없는 톱니 모양이다.

이런 잎들이 아직 햇살이 미치지 못하는 서쪽으로 굽은 가지나 그루터기에 돋아나 있다. 대부분은 직각으로 붙어 있고, 또 다른 얼음 잎들이 갖가지 각도로 층층이 나 있다. 나는 이 잎의 유령들이 실제 잎과 다르지 않은 법칙에 따라 모습을 갖추고 있어 깜짝 놀란다. 수액이 올라 온전한 잎으로 서서히 부풀어 오르듯, 신통하게도 이 투명한 결정들이 같은 이치에 따라 나무에 모여 있다. 이것은 두 가지 다른 법칙으로는 도저히 이루어질 수 없는 일이다.

둑 위에서 내려다본 강은 풀빛이었으나, 가까이 다가가자 이 풀빛이 사라져 버렸다. 하지만 경치는 눈으로 덮여 있다.

12월 8일   괴테

작가로서 뛰어난 그의 면모는 사물이 자신에게 나타난 대로 그리고 자신이 사물을 느낀 대로 정확히 그려내고 만족스러워했다는 점에서 잘 드러난다. 그는 베니스와 주변 경치를 본 그대로 충실히 그려내기 위해 이해관계가 없는 구경꾼으로 말한다. 『이탈리아 여행기』가 뛰어난 까닭은 주로 이 때문이다. 아무리 열등한 정신을 가진 이라도 이렇게 할 수만 있다면 퍽 값진 책을 쓸 수 있을 것이다.

12월 12일　　　특징

사람이나 국가의 특징에 대해 말할 때 대부분의 사람들은 자신이 단지 어느 한 부분의 산술적인 특징을 표현하고 있을 뿐이라고 생각한다. 그러나 그것은 틀린 생각이다. 부분은 전체에 영향을 미친다. 어떤 한 부분이 다른 부분보다 핵심에서 더 벗어나 있을 수는 있다. 하지만 주변에 빛을 발하거나 그늘을 만들지 않는 부분이란 어디에도 존재하지 않는다.

가시

어떤 인간의 능력이라도 애초부터 쓸모가 없거나, 악한 의도로 생겨나지는 않는다. 어떤 면에서든 전적으로 나쁜 인간이란 존재하지 않는다. 최악의 열정이라도 오히려 최선의 열정에 뿌리를 둔 것일지 모른다. 따라서 가시는 그저 무위로 끝난 가지임을 알 수 있다. 가시에 불과한 데도 어떤 가시에는 잎이 달리고, 선인장의 일종인 유포르비아에는 꽃과 열매까지 달린다.

12월 16일 　　　　사실

자연의 진정한 의미를 알기 위해서는 자연을 정확히 고찰해야 한다. 사실은 언젠가는 진실로 피어난다. 오성이 싹을 틔워 나무를 자라게 한다면 이성은 나무를 숙성시켜 열매를 맺게 한다.[1] 장인이 재료를 모으듯 사실만을 쌓아놓는 이는 묘목을 어두운 숲 속에 심은 것과 같다. 꽃은 피지 않고 잎만 무성하다.

12월 19일 　　　　지옥

하나의 불꽃 속에 지옥 전체가 들어 있을 수 있다.

12월 23일 　　　　결정 작용

오늘 언 강을 걸어 건너다. 날이 춥고 으스스하다. 온 땅이 눈으로 덮여 있다. 울새 한 마리가 숲의 풋내기들에게 노래의 값이라도 받아내려는 듯 바삐 날아간다.

높은 둑 가에 비스듬히 자라난 솔송나무 옆에서 흥미로운 결정 작용이 일어난다. 물 흐름의 영향인 듯, 둑에 구멍이 생긴 곳마다 오래된 성채 입구에서 반짝이는 갑주처럼 얼음이 꽉 들어차 있다. 이 성채로 줄지어 들어가는 전사들의 물결치는 깃털들이 보인다.

1.　당시 에머슨 등 미국의 일부 지식인들이 받아들인 영국 낭만파 시인 콜리지의 견해에 따르면, 이성reason은 거룩한 초월적 진리를 직관적으로 파악하는 정신이나 영혼의 능력을 일컫는 반면에, 오성understanding은 오감의 대상하고만 관련되어 이해의 형태로 나타난다. 소로도 이 견해를 받아들인 것 같다.

소인국 군대의 번쩍이는 부채 모양 깃발들도 보이고, 소나무 씨앗의 날개들이 다발 지은 것처럼, 창병들의 방진方陣이라 해도 좋을 만한 바늘 모양 조각들도 보인다. 자디잔 결정들이 틈새에 무수히 박혀 반짝이는 언덕 전체가 하나의 커다란 석영 덩어리 같다.

나는 이러한 결정 작용에는 잎의 무성함을 닮으려는 경향이 있다고 상상해본다.

12월 27일   흥미로운 역사 사실들

인간의 안락과 불안이라는 종잡을 수 없는 역사의 어두운 페이지들을 힘써 거치고 난 뒤 해가 비치는 굳건한 땅을 찾아내거나 그늘 짙은 곳에서 쉬게 될 때 다시 기운이 불끈 솟아난다. 노섬브리아의 에드윈 왕은 "큰길가 맑은 샘물이 있는 곳에 말뚝을 꽂아 표시해놓고, 여행자들이 고단함을 풀 수 있도록 주발을 매달아놓게 했는데, 그 자신도 그런 고단함을 느꼈기 때문이었다." 이 일은 아서 왕이 치른 열두 번의 전투에 못지않은 값어치가 있다. 이제 다시 큰길을 따라 해가 빛나고, 어두운 야생의 숲과 더불어 양지바른 오솔길과 군데군데 경작지가 나타나는 경치가 눈앞에 펼쳐진다.

12월 31일

포도주 한 방울이 술잔 전체를 물들이는 것처럼 한 방울의 진실이 우리 전 생애의 빛깔을 결정할 수 있다. 진실은 고립된 섬이

아니다. 또 창고에 재물을 쌓듯 채워지는 것도 아니다. 이미 알고
있는 지식들을 잊고 나서 다시 새롭게 배워야만 전진할 수 있다.

1838년, 21세

사람은 무엇을 해야
부끄럽지 않을 수 있을까?

"영원의 바다에 이르러 한 방울의 물이 되다."

4월 11일, 콩코드 문화회관에서 첫 강연을 한다.

5월, 교사직을 얻으러 메인 주에 갔으나 교사직은 얻지 못하고 인디언을 비롯한 몇몇 사람과 우정을 맺는다.

6월, 가족의 집인 파크먼 하우스에 사설 학교를 설립해 운영한다.

1월 16일   복은 스스로 만드는 것이다.

인간은 어떤 폭풍우도 가라앉히지 못하는 코르크 마개와 같다. 언젠가 항구에 도착할 때까지 안전하게 떠갈 것이다. 갈라진 틈이나 옹이구멍을 통해 세상을 보더라도 그 아름다움엔 변함이 없다.

1월 21일

사람은 누구나 자신이 자기 행복의 장인匠人임을 알아야 한다. 상황을 탓하는 이가 있다면 자신이 탓할 건 자기 자신임을 알아야 한다. 이건 쓰고, 저건 거칠고, 저건 험하다면, 스스로 그 일을 만든 것은 아닌지 생각해보자. 자신의 태도가 모든 사람을 얼어붙게 만든다면 뚱한 대접을 받는다고 섭섭해 할 일은 아니지 않는가. 길이 울퉁불퉁해서 자신이 절뚝거린다고 푸념하지는 말자. 산이 가파르기에 무릎이 아프다고 탓하지는 말자. 어느 스웨덴 여관 벽에는 이런 글귀가 새겨져 있다고 한다. "이곳에서 최고급 빵, 고기, 포도주를 드시고 싶거든 부디 갖고 왕림하시길 청합니다."

서리

오늘 아침, 잎과 나뭇가지가 온통 반짝이며 일렁인다. 탁 트인 벌판의 풀잎마저 다이아몬드를 주렁주렁 달고 있다. 발이라도 스치면 '딸랑'하고 즐거운 소리를 낼 것만 같다. 말 그대로 보석을 잘게 부서뜨리고 수정을 깨뜨려 흩뿌려놓은 형상이다. 마치 누가 밤 사이에 땅을 한꺼풀 벗겨내어 맑은 수정층을 드러내 빛을 발하게 하는 것만 같다. 걸음을 옮길 때마다 풍경이 새롭고, 좌우로 고개를 돌릴 때마다 경치가 달리 보인다. 오팔, 사파이어, 에메랄드, 벽옥, 아콰마린, 토파즈, 루비 따위가 곳곳에 널려 있다.

아름다움이란 예나 지금이나, 로마나 아테네 그 어디에도 없으나 미를 느끼는 마음이 있는 곳이라면 어디든 존재하는 것이 아닐까? 아름다움을 찾지 못해 다른 곳으로 떠나는 여행은 모두 부질없는 짓일지 모른다.

2월 7일   제논

스토아 철학자 제논은 지금의 나와 조금도 다르지 않은 처지에 있었다. 오늘날에도 많은 이들이 그렇듯 제논은 밥벌이를 위해 장사에 나섰으므로 무역과 교역을 하며 흥정했을 것이다. 게다가 그는 우리의 수많은 존이나 토마스와 마찬가지로 배가 난파되는 바람에 아테네 근처 피레우스 해안가에 내동댕이쳐지기도 했다.

제논은 어느 가게에 들렀다 크세노폰이 쓴 책 한 권에 매료되어 곧장 철학자가 되었다. 이날 비로소 맑게 갠 고요한 삶이 해처럼 솟아났다. 육신의 제논은 여전히 폭풍을 만나 파도와 싸우기도 하면서 세파에 시달렸지만, 진정한 제논은 늘 잔잔한 바다를 항해했다. 바람이 몰아치든 눈비가 내리든, 걸린 판돈이 크든 작든 이 스토아 철학자에게는 하등 다를 바 없었다.

그는 저녁이 오면 하루를 돌이켜보면서 일이 바라는 대로 이루어졌는지, 아직 남아 있는 문제는 없는지 살폈다. 자신의 이해관계를 떠나 진리의 협조자로서 끈기 있게 앉아 있었다. 다시 말해 이 사이프러스의 상인은 페니키아와의 거래를 정리하는 부기와는 사뭇 다른 체계의 부기를 적어 넣고 있었다.

그는 어떤 수다스러운 젊은이에게 이렇게 말했다고 한다. "우리에게 귀가 둘이요, 입이 하나인 것은 더 많이 듣고, 덜 말하라는 것 아니겠어요." 그의 이 말은 자신보다는 청중을 향한 것으로, 말하는 것보다 듣는 것이 어째서 더 고귀한 것인지 알려준다. 수다쟁이에게 이런저런 수다가 무슨 의미가 있을까? 이 수확을 거둬들일 방법은 침묵뿐이다.

2월 9일   사회

'손님 발길이 끊이지 않는 사람이 되라'는 속담이 있다. 좋은 충고다. 내키든 내키지 아니하든 사회로 들어가 사회생활에 인간적인 관심을 가져보라. 이런저런 신사나 숙녀가 언젠가 만난 숱한 남녀와 헷갈릴지 모른다. 그렇더라도 큰 실수는 저지르지 마라. 어쨌든 그것은 그들의 잘못이지, 당신의 잘못은 아니니까. 진실함으로 무장한다면 우스운 꼴을 당하지는 않을 것이다. 그러니 이 인생 사업을 밀고 나가야 한다. 한 사람이 여러 사람을 흉본다고 가정할 경우, 얼마나 많은 사람을 소개받고 흉을 보게 될지는 문제가 되지 않는다.

2월 13일 　　　감화력

어느 누구라도 마지못해 감화되는 경우는 극히 드물다. 그것은 우리가 기대하지 않을 때 은밀히 엄습해온다. 따라서 사실을 깨닫기 전에 이미 모든 것은 이루어지고 만다. 만일 우리가 적극적으로 다가간다면 그것은 수줍어 할 것이고, 그 존재를 느끼고서 주춤거린다면 사라져 버릴 것이다. 그 결과로 우리는 우둔함 속에 홀로 남겨질지 모른다. 그것은 물이 가득 차 있으나 기울기가 없는 도랑과 같아, 넘칠 듯하면서도 한 자리에 머물러 있는 것인지 모른다.

두려움

진정한 정의를 위해 행동하려는 굳센 열망이 세상이나 결과에 대한 모든 두려움을 이긴다.

2월 18일 　　　봄

오늘 집밖에 그리 오래 나가 있지는 않았으나, 새 봄이 이미 태어난 느낌이다. 아직 젖먹이에 불과하나 그 존재를 분명하게 드러

내고 있다. 눈이 소복히 쌓였음에도 자연은 전과 다름없이 봄노래
를 부르기 시작한다. 나는 '뭐야, 이게 다야'하고 씩 웃으며 은근히
기쁨을 나타내본다.

3월 1일

3월은 봄을 부채질하고, 4월은 세례를 베풀고, 5월은 옷을 갈아
입는다. 봄은 결코 자라지 않는다. 그 여정을 느리게 이어갈 뿐이
다. 잎이 피면 곧이어 꽃봉오리가 돋아난다. 겨울이 오더라도 사라
지지 않고 눈 아래에서 두더지처럼 기어 다닌다. 샘과 수로 근처에
서 가끔씩 안개로 얼굴을 드러낸다.

봄은 이렇듯 인간과 함께할지니, 잎에 이어 꽃봉오리가 돋아나
듯 인간다움으로 나아가는 젊음이기를. 익어가는 옥수수 낟알 옆
에 콩과 순무를 심어 놓고 들판을 새로이 초록으로 장식해보자. 봄
이 오면 큰조아재비의 시든 수풀 한가운데에서도 제비꽃과 미나
리아재비가 꽃을 피운다.

3월 5일   무엇을 해야 하는가

이런 잡문으로 무엇을 이룰 수 있단 말인가? 순간의 열기로 휘
갈겨 쓴 글들이 잠깐 동안은 그럴 듯하게 보일지 모른다. 하지만
내일이 되면, 아니 오늘밤에 벌써 상하고, 밍밍하고, 낡아 보인다.
그리고 항상 버려지고 마는 불에 익힌 붉은 대하 껍질과는 달리,

그 껍데기가 길을 가는 당신 자신을 물끄러미 바라다본다.

사람이 무엇을 해야 부끄럽지 않을 수 있을까? 분명 아무것도 하지 않아도 된다. 대신에 "게으름뱅이"라는 별칭이 붙는다. 먼저 자신부터가 스스로를 그렇게 부를 것이다. 그렇지만 무언가를 한다고 해서 과연 더 나아지는 것인가? 실제로 무언가를 이루어놓을 것인가, 아니면 무언가를 망쳐놓을 것인가? 설사 무엇을 이룬다 해도 그것이 이루지 않은 것보다 못하거나, 기껏해야 보잘것없는 것에 불과하지는 않을까?

인간이란 길에 떨어진 빵 부스러기를 모아다가 곳간에 쌓아놓으려 버둥거리는 개미와 다를 바 없다. 그러다가 기진맥진해져서는 한숨을 내쉬며 하늘과 땅을 바라본다. 그동안 하늘과 땅 또한 서로를 바라본다. 인간으로, 세상으로, 성과로 보이는 것들이 밤의 어둠 속으로 사라진다. 인간이란 늘 같은 길을 달려가도록 운명 지워진 것은 아닐까? 자기 자신을 책하고, 억누르고, 비틀고, 몸부림치는 인간이 번듯하고, 온전하고, 신비스러운 삶의 무언가를 열어놓을 수 있을까?

3월 6일

천체의 요란한 소음 한가운데에서 지구가 빙빙 돌며 300만 킬로미터나 되는 원주를 하루 2만 5천 킬로미터씩 나아가고 있다는 생각을 하면, 사람이 조용히 앉아 손톱을 깎을 수 있다는 게 얼마나 신기한 일인지 모르겠다. 지구 표면에서는 또 얼마나 많은 소동이 일어나는가? 지구 위에선 하루라도 바람 잘 날이 없다. 서풍이 그치면 태풍이 몰려오고 바닷물도 부지런히 왔다 갔다 한다. 나이아가라 폭포는 줄기차게 석회암을 두들겨댄다. 그리고 우리 귀에 익숙한 푹푹 찌는 폭염의 여름 소리는 어떠한가. 역설적으로 '침묵의 소리'라 부르지만 혼란 중의 혼란이라 부르는 편이 더 좋았을지도 모른다. 게다가 끊임없이 고쳐대는 '산업의 소리'와 여기저기 부지런히 오가며 재잘거리는 사람들의 말소리는 또 어떠한가. 이런 생각을 하면 손톱을 깎으며 태평하게 앉아 있을 수 있다는 게 정말이지 얼마나 신기한가.

3월 7일   글쓰기

우리는 자신의 생각을 냉정히 뜯어보려 애쓰기보다는, 생각의 흐름에 따라 펜을 놀리면서 생각 자체를 그대로 그려내려고 해야 한다. 무엇보다도 그때그때의 생각을 그대로 나타내는 것이 가장 뛰어난 표현이다. 아리스토텔레스의 주장과는 다를지라도, 이렇게 하면 가장 마음에 와닿는 표현이 나올 수밖에 없다. 자신의 생각을 있는 그대로 단순하게 그려낼수록 더욱더 흠이 없는 글이 나올 것이다. 우리는 수동적인 상태에 있거나 무의식적으로 행동할 때에만 꾸준히 자기 생각에 몰두할 수 있다. 모처럼 애를 쓰고 있을 때에는, 더욱이 온 힘을 쏟고 있을 때에는 거의 그럴 수 없다.

이해 4월 11일 〈사회〉를 주제로 콩코드 프리메이슨 홀에서 강연했던 문화강좌Lyceum의 원고 일부가 3월 14일자 일기에 남아 있다.

3월 14일   사회

갖가지 신문에 실리는 온갖 격언엔 본디 어떤 진리가 들어 있었다. 그러므로 다른 중요한 진리와 어긋나지 않는 한, '인간은 사회생활을 하도록 창조되었다'는 격언이 누군가를 속이는 일은 없었다. 하지만 오늘날에는 같은 말이 전혀 다른 뜻을 지니게 되어 거짓말이 될 수 있으므로, 의미를 보존하기 위해서는 말을 새로이 바꾸어 써야만 한다. 따라서 이 격언은 '사회는 인간을 위해 창조된 것이다'라고 읽어야 타당할 것이다.

인간은 곧장 사회 안에서 태어나지 않는다. 세상 속이라고도 말하기 어렵다. 인간은 세상 속에 있더라도 한동안은 자신이 사는 세상에 감춰져 있다.

대중은 가장 나은 자의 수준으로 높아지지 않는다. 반대로 가장 못한 자의 수준으로 떨어진다.

우리는 진실한 사회로부터 점점 멀어지고 있다. 과거에는 침묵이 진실에 이르는 한 가지 방법이었다. 반대로 오늘날 사람끼리 만나 나누는 대화는 단지 위안에 불과하다. 인간은 머리가 아니라 발꿈치로 만나 만족을 얻는다.

서로 잘 알고 1마일 반경 안에서 같이 생계를 꾸리고 먹고 마시고 잠자는 그런 소위 지인 간의 사교적인 만남이나 작은 모임이라고 해서 더 나은 것은 아니다.

별의 안내를 받으며 설레는 마음으로 신들의 모임에 참석한다. 그러나 이내 환상은 사라지고 만다. 처음에는 불로불사한다는 신의 음식이라 여겨졌던 것이 그저 평범한 홍차와 넉넉하지 않은 생강 빵에 불과했음을 깨닫는다.

전쟁터가 객실보다 한결 더 낫다. 전쟁터에서는 적어도 위선을 떨거나 격식을 차릴 여유가 없다. 상대방을 의심하면서도 서로 만나 손을 흔들고 코를 비빌 그럴 여유가 없다. 싸움이 격렬할수록 사람들은 더욱더 진실해진다. 적어도 싸움터에서는 인간의 거짓없는 한 단면이 나타난다.

사람들은 오가며 이야기를 나눌 만한 거리에 각자 오두막을 세우고 옥수수와 감자를 심고 마을을 이루지만, 그저 모여 있을 뿐 뜻을 같이하는 것은 아니므로, 사회란 인간의 '모임'을 뜻할 뿐이다.

우리의 만남이 두 행성의 만남과 같았으면 좋겠다. 미묘한 인력의 영향으로 서로가 서두르지 않고 조용히 끌리면서 최대한 가까이 다가갔다가, 곧 각자의 궤도를 따라 다시 멀어지듯이 말이다.

극장을 생각해보면, 우리가 그날 하루의 어리석음을 있는 그대로 세세히 살펴볼 시간이 없으므로, 연극을 보고 웃거나 울면서 이렇게 저녁 한 시간을 때우는 것이 아닌가 싶다. 완벽한 교제란 바람직하지도, 가능하지도 않다고 생각하여 아예 단념한다. 그저 인생의 광대극이라 부를 만한 연극에서 돈을 위한 보잘것없는 전속 배우로서 무대를 그럴듯하게 꾸미는 자신의 역할에 만족한다.

극히 사소한 행동도 한 번 하고 나면 어린 참게처럼 인과의 바다를 향해 서서히 나아간다. 그리고 영원의 바다에 이르러 한 방울의 물이 된다.

만일 이웃이 당신을 반기며 세상이 어떻게 돌아가는가를 묻는다면, 당신은 그에게 명확하고 진실한 대답을 해주어야 할 어려운 처지에 놓였음을 알아야 한다. 상대방이 싫어하든, 좋아하든 개의치 말고 엄격하고 주의 깊은 공평함으로 발을 땅에 굳게 디디고서 응답해야 한다.

사회는 우리가 헤쳐 나가야 하는, 또는 물결치는 대로 끌려가야 하는 그런 바다가 아니다. 오히려 바다로 튀어나온 굳건한 땅으로, 그 기슭에는 날마다 밀물이 밀려오지만 그 꼭대기에는 한사리의 밀물만이 닿는 그런 곳이어야 한다.

그러나 사람들은 그 정도의 교제에 만족하지 않는다. 남편이 고깃배를 타고 먼 바다로 나가면 저녁에 바닷가로 나가 남편의 대답이 들릴 때까지 소프라노로 바다 저편까지 노래를 실어 보내는 말라모코와 펠레스트리나[1]의 여인들처럼, 우리는 멀리서 응답해줄

---

1. 말라모코는 아드리아 해안에 위치한 마을이고, 펠레스트리나는 베니스 인근에 위치한 섬이다. 두 지역은 나중에 베니스로 합병되었다.

친밀한 영혼을 기대하면서 노랫가락을 되뇌고 또 되뇌는 일을 끝없이 되풀이한다.

4월 15일   대화

토마스 풀러가 이런 말을 했다. "웨일스 북부 메리오네스 주에는 높은 산이 많다. 높이 솟아오른 정상들은 꽤 가까이 마주하고 있어 정상까지 올라간 양치기들이 서로 말을 주고받기도 하지만, 그 사이의 계곡은 아주 깊어 그들이 서로 만나려면 꼬박 하룻길을 가야 한다." 우리는 평지에서 만나더라도 정신적 측면에서는 이와 다르지 않다. 서로 이야기를 주고받지만 그 사이에는 심연의 골짝이 가로놓여 있다. 진정한 대화에 이르려면 실제로 여러 날의 여정을 거쳐야만 한다.

4월 24일   기선

이동 방식과 교통수단이 끊임없이 나아지고 있다. 최근 몇 주 동안 두 척의 기선이 대서양으로부터 서진西進해오고 있다. 정말로 우리 세대의 새로운 진화의 선도자들이다. 그래도 초목은 냇가에서 조용히 자라고, 물결치는 숲은 여전히 무심하기만 하다. 땅은 너무나도 고요하고 단지의 물은 끓어 넘치고, 사람들은 자신들의 일로 바쁘다.

5월 3일 보스턴을 떠나 메인 주 이곳저곳을 다니다.
5월 17일 콩코드로 돌아오다.

5월 10일   벵거에서 올드타운으로

벵거와 올드타운을 잇는 철도는 곧장 숲으로 뻗어나간 문명이
다. 나는 올드타운에서 한 늙은 인디언과 긴 대화를 나누었다. 그
는 강가 거룻배에 앉아 팔을 늘어뜨린 채 졸기도 하고, 사슴가죽
신을 뱃전에 두드리기도 했다. 나는 이 노인네처럼 말 많은 사람
은 보지 못했다. 우리는 옛날과 오늘, 그리고 사냥과 낚시에 대해
정말 많은 이야기를 했다. 그는 페놉스코트 강을 가리키며 말했다.
"이 강을 따라 3~4킬로미터만 가면 정말 멋진 경치가 나타나지"
그러고 나서 마치 먼 곳에서 나를 만나러 온 사람인양 "에그, 이게
뭔 고생이람"하고 투덜거렸다. 하지만 그는 나를 잘못 본 거다.

7월 8일   강가 벼랑에서

여기 산들바람이 실어오는 가장 큰 소리는
숲의 속삭임. 귀 기울이면 들리나
무심히 지나치면 깊이 잠기는 고요함
얄팍한 생각으로 혀 놀리는 거친 소리야
깊은 생각 솟으면 사라지듯
오감마저 있는 듯 없는 듯 황홀에 잠겨.

7월 13일   영웅

손가락 하나 까딱하지 않고도 영웅이 될 수 있다니! 세상은 마음에 드는 평야가 아니니, 우리는 트로이 평야에도 만족하지 못할 터이다. 내면에서는 장렬한 전투가 벌어지나 어떤 소리도 들리지 않고, 산들바람이 전하는 승리의 나팔 소리만 울려올 뿐. 이 하나하나에 거룩한 맛이 나는 열매를 맺을 영웅적 열정의 씨앗이 들어 있으니, 영감 받은 목소리와 펜으로 흙과 함께 휘저어주어야 한다.

7월 15일   의혹

친구들이 내 행동을 오해할지라도 하느님과 자연 앞에서 떳떳하다면 무슨 상관이 있으랴. 잘못이 있다면 그것은 잘못한 이에게 돌려야 할 일. 내가 세상과 맺은 진정한 관계에는 어떤 영향도 끼치지 못한다. 하지만 그들의 불신에서 용기를 내야 한다. 친구가 호의를 보이지 않더라도 서풍이 보내는 더 큰 호의가 있지 않은가.

8월 4일   진실

과거의 지혜이든, 현재의 지혜이든 이미 세상에 알려진 지혜는 그것이 내 옆으로 다가와 나에게 말을 걸기 전까지는 단지 허위에 불과하다.

8월 5일　　　천상의 음악

어떤 소리는 넓은 벌에 울려 퍼지다가 먼지처럼 땅으로 가라앉는다. 소음이나 잡음에 불과하다. 땅으로 가라앉지 않고 하늘로 솟아올라서 우리가 첨탑이나 언덕에 올라가야 겨우 붙잡을 수 있는 소리야말로 진정한 천상의 음악, 탄식 소리가 섞이지 않은 순수한 천상의 음악이다.

8월 10일　　　우주의 박자

인간의 영혼은 신의 성가대에 놓인 침묵하는 하프라 할 수 있다. 현에 하느님의 숨결이 닿아야 창조에 어울리는 음이 나온다. 우리 맥박은 벽 속에서 우는 살짝수염벌레의 똑딱 소리와 귀뚜라미 울음소리에 맞추어 박동한다. 괜찮다면 둘을 바꿔놓아도 좋다.

8월 13일　　　의식意識

귀를 닫고 눈을 감고 단 한 순간이라도 자신의 의식과 대화를 나눌 수 있다면, 모든 벽과 울타리가 사라지고 내 발밑에서 땅이 회전하는 것을 느낄 수 있다. 그리하여 끝없는 미지의 바다 한가운데에서 내 무거운 생각을 지구와 우주의 힘으로 공중에 띄울 수 있다. 그게 아니면 모든 수수께끼가 풀린 광대한 생각의 바다처럼 부풀어 오를 수 있다. 거기서 직선의 두 끝이 만나고, 그 깊이에서 영원과 공간이 한바탕 놀이를 한다. 나는 끝도 목적도 모르는 처음에

와 있다. 나 자신의 강렬한 빛이 모든 하찮은 빛들을 쉴 새 없이 흩어놓으므로, 나를 비추는 해는 어디에도 없다. 나는 우주라는 공간의 가장 중요한 핵이다.

8월 21일　　　거룩한 전쟁

열정과 식욕이야말로 우리가 가장 거룩한 전쟁을 벌이는 세속의 영역일지 모른다. 우리 믿음의 깃발이 적의 성채 꼭대기에 꽂힐 때까지 이 깃발을 충실히 따르도록 하자. 자신이 용맹을 떨칠 전쟁터나, 가치를 발휘할 궁핍이 모자라지는 않을 것이다. 한껏 나팔을 불며 주위 적들을 쳐부술 때에도, 요새에 납작 엎드려 보이지 않는 적들은 배를 곯고 있는 나를 여전히 괴롭히고 있을 테니까.

8월 22일　　　경전

호메로스, 조로아스터, 공자와 같은 오래된 책의 고귀한 정취란 얼마나 감동적인가. 시간의 산들바람을 타고 수많은 세대의 복도를 지나 우리에게 전해져 온 노랫가락들이다. 우리가 그 곁에 머무르며 귀 기울이는 건 바로 이런 고귀함으로 인해서다.

8월 27일　　　치아 하나를 잃고서

분명 나는 환경의 소산이다. 치아 하나를 잃었으므로 이제 온전한 인간이 아니라, 절룩거리는 위태로운 한 부분이다. 하지만 내 영혼에 어떤 틈새가 생긴 것 같지는 않다. 오히려 성전 입구가 넓어져 전보다 귀한 응답이 더 자주 들리는 것 같다. 하지만 치아 하나를 잃고 난 뒤로 나 스스로가 헐해진 느낌이어서, 사람들 사이에서 머리를 치켜들기가 좀 주저된다. 나는 전과 마찬가지로 여전히 이런저런 일들을 자유로이 해내나, 이 영향으로 주춤거리거나 망설이게 된다. 작은 불쏘시개 하나가 얼마나 큰 문제를 일으키는가! 그 순간 대전투 속으로 뛰어들라는 요청을 받는다면 나는 어떻게 했을까? 치아와 같은 하찮은 갑주 한 조각을 잃고서 머뭇거릴까. 미덕과 진실은 의지할 데가 없고, 거짓과 겉치레는 내 이빨 사이에 던져졌다. 이토록 사소한 균열이 건너지 못할 깊은 해자가 되다니. 누군가를 격앙시키기 위해 꼭 지진이 일어나야 할 필요는 없다. 절름발이를 달리기 경주에 참가시켜 가장 빠른 선수와 겨루게 해보자. 그러면 그는 있는 힘껏 달릴 것이다. 하지만 치아 하나를 잃은 이로 하여금 크게 입을 벌리고 침을 튀기며 자기주장을 하게 하기란 결코 쉽지 않을 것이다.

8월 29일　　　나우샤우터크 언덕에서

온화한 8월에 오후 여기 나우샤우터크 언덕 꼭대기에 서니, 눈에 거슬리던 물체들이 모두 사라지고 없다. 저쪽 풀밭, 불경해보이던 건초 만드는 이들조차 이제 뛰어난 시집詩集을 짓고 있다. 늘 내 눈에 티 중의 티로 여겨지던 저 벽돌 교사校舍마저 그림 같은 이 경치를 돋보이게 해준다. 자연의 사랑스러움을 손상시키는 헛간과 광들도 그런 대로 볼만 할 뿐 아니라, 곡식이 물결치는 들녘과 울창한 삼림 한 귀퉁이에 놓여 있어 생각에 잠긴 눈에는 찬미의 대상으로 보인다. 대낮 수탉의 울음소리를 들으며 쉴 새 없이 망치를 두들겨대는 저 목수더러 보기 흉한 물체를 만들어 이 광야에 세워놓게 해보자. 그렇더라도 자연은 이 언덕에서 복수할 것이다. 어느 정도 떨어진 거리로만 물러나더라도, 자연은 흔한 철 조각조차 금 조각으로 변화시킬 것이다.

귀뚜라미

여름이 또 다시 겨울의 발자취를 더듬어 나갈 때, 딱딱 소리내는 메뚜기의 비상은 사치로 느껴지는 반면, 풀밭에서 귀뚜라미가 읊어대는 니벨룽겐의 노래를 들으면 즐겁지 않을 수 없다. 귀뚜라미는 가수 중에서도 가장 끈질기게 노래하는 가수다. 이 보이지 않는 합창단의 그치지 않는 노래에 귀를 열어두면, 마치 땅 자체가 끊임없이 성가를 부르는 듯한 느낌이다.

램프의 요정

별들이 밤과 마찬가지로 낮에도 우리를 내려다보고 있듯, 허영심에 들뜨는 비천한 대낮에도 착한 램프의 요정들이 여전히 우리를 지켜보며 돕고 있다. 다만 우리가 그들을 보지 못할 따름이다.

9월 2일 　　　 하늘의 음악

수탉이 부르는 노래는 아무리 들어도 싫증나지 않는다. 새들의 지저귐과 귀뚜라미의 찌르륵 소리, 심지어 개구리 울음소리에서도 기쁨을 느끼는 사람들이 적지 않다. 대개는 이런 희미한 소리들이 우리의 안식일을 더럽히는 눈물짓는 소리, 울부짖는 소리, 이를 가는 소리들을 뒤덮는다. 지구가 내는 신음마저도 삐걱거리는 기쁨의 소리나 즐거운 중얼거림에 묻혀 거의 들리지 않는다. 열기구가 시끄러운 소음의 최고 범위를 넘어 순수한 가락의 영역으로 솟아오를 날이 멀지 않았다. 울부짖음이 이렇게 시끄러운 적은 없으나, 골짝 진흙 사이에 묻히지 않고 기쁨의 가락과 선율 속으로 사라져버린다.

9월 3일 　　　 신조

사람들의 유일한 믿음을 일컬어 신조라 한다. 그러나 우리가 무의식적으로 추종하는, 즉 우리가 자발적으로 채택한다기보다 거꾸로 우리가 채택당한다고 해야 옳을 신조는 글이나 설교에 나타나는 신조와는 전혀 다른 것이다. 물에 빠진 사람이 지푸라기를 잡듯이 사람들은 자신의 신조를 움켜잡고 놓지 않는다. 자신이 내려보낸 닻이 바닥에 닿지 않은 것 같아 이것이 혹시 큰 도움이 되지나 않을까 생각하며.

9월 5일   강

오늘 오후에 처음으로 강이 얼마나 놀라운 존재인지 생각해보았다. 지구의 단단한 들판과 풀밭을 쉴 새 없이 굴러가는 이 거대한 양의 물질은 높은 곳에서 나와 인간의 안정적인 거주지와 이집트 피라미드를 거쳐 자신의 태곳적 저수지로 서둘러 가고 있다. 미시시피 강 상류나 아마존 강 상류에 사는 사람들은 이 자연의 충동에 못 이겨 강물의 흐름을 쫓아 강 끝까지 가보고 싶어 할 것이다.

9월 15일   젊음의 정신

젊음이 흐르는 정신은 얼마나 기이한가. 이 흐름에 나무토막이나 진흙덩이를 던져보라. 그것들마저도 높이 솟구쳐 오르려 들 것이다. 원한다면 둑으로 막되, 말려 없앨 생각일랑은 아예 하지 마라. 누구라도 그 수원에는 다다르지 못할 것이다. 물길을 여기저기 막아놓더라도 젊음은 금세 전혀 예상치 못한 곳에서 콸콸 솟구쳐나와 박혀 있는 것들을 휩쓸고 지나간다. 젊음은 행복을 양도할 수 없는 권리로 받아들인다. 눈물은 흘러나오자마자 반짝인다. 슬픔에서 솟아난 눈물이 언제 기쁨으로 반짝일지는 아무도 알 수 없다.

9월 20일   젖 먹이는 어머니

9월 오후다. 벽에 등을 기대고 햇빛을 받으며 즐거이 묵상에 잠긴다. 바위 아래 웅크리고 앉아 귀뚜라미의 울음소리를 듣는 일도 무척이나 즐겁다. 요즈음에는 하루하루가 단순한 반복이 아니라 우연의 연속이 아닌가 싶다. 행복한 하루를 보내는 이런 조용한 저녁 무렵이면 시간이 그냥 그 자리에 멈춰 영영 흐르지 않을 것만 같다. 기우는 햇빛이 반사되어 금물결을 일으키는 마른 들판과 그 들판의 현삼玄蔘이 나의 양식이다. 자연의 현재 모습을 '젖 먹이는 어머니' 외에 달리 표현할 말이 어디에 있겠는가!

9월 23일　　　보상

우리가 조용히 준비를 갖출 수만 있다면, 아무리 실망할 만한 일이 일어나더라도 그 일에 대한 보상을 찾아낼 수 있다. 갑자기 퍼붓는 소나기를 피해 단풍나무나 길게 뻗은 소나무 가지 아래에 서 있노라면, 그 후미진 자리에서 현미경 같은 눈으로 나무껍질이나 잎, 발밑 버섯류를 자세히 살피면서 새로운 경이를 찾아낼 수 있다. 곤충의 한살이에 도움이 되는 새로운 물체들이 흥미를 끌고, 이전보다 박새가 훨씬 더 친숙해진다. 이런 곳에서 자연의 구석구석을 들여다볼 수 있다.

12월 7일　　　억측

우리는 자신의 생각과는 달리 아담의 삶처럼 조용하고 자유롭게 살고 있지는 못하다. 오히려 보이지 않는 억측의 그물망에 사로잡혀 있다. 진보란 이 억측에서 저 억측으로 바뀌는 것일 뿐이다.

이 틈바구니에서 드물게 그것이 진보가 아님을 지각할 뿐이다. 우리가 언제 한 순간이라도 이 억측을 떨구고서 느낌 그대로 감탄한 적이 있었던가.

이해 12월 중순경에 쓴 에세이 「소리와 침묵」의 일부가 일기에 남아 있다.

12월 날짜 미상 소리와 침묵

참된 사회일수록 언제나 고독과 가까워지듯, 가장 뛰어난 연설은 결국 침묵으로 마무리된다. 우리는 고독과 침묵이 멀리 떨어진 협곡이나 깊은 숲속에 살고 있는 것처럼 한밤중에 마을을 빠져나와 고독과 침묵을 찾아 여기저기를 헤맨다.

우리는 창조가 침묵을 대신하기라도 한 듯 세상이 있기 전에 침묵이 있었고, 침묵을 드러내는 틀이나 꾸밈이란 존재하지 않으며, 침묵은 오로지 협곡 같은 특정한 곳에서만 나타난다고 생각한다. 허나 캔자스 주 셀든의 도살업자가 칼을 입에 물고 바쁘게 칼을 찾아다니듯, 우리가 협곡으로 들어갈 때 침묵이 그리로 들어온다는 건 꿈에도 생각하지 못한다. 사람이 있는 곳에 침묵이 있다.

침묵이란 한 의식 있는 영혼이 자신과 나누는 대화다. 영혼이 한 순간이라도 그 자신의 무한에 귀 기울일 때, 그때 그 자리에 침묵이 존재한다. 침묵은 때와 장소를 가리지 않고 누구에게나 들려온다. 침묵을 듣게 되면 누구나 그 충고에 변함없이 귀 기울인다.

우리에게 침묵은 소음보다 훨씬 더 친숙한 것으로, 솔송나무나 소나무 가지 사이에서 숨어 기다리고, 그 기다리는 정도만큼 거기서 우리 스스로를 찾아낸다.

침묵은 길가나 거리 모퉁이와 같이 언제나 자신의 지혜와 가까운 곳에 있고, 종루 처마나 대포의 주둥이나 지진 끝에 숨어 있으면서 하잘것없는 소음들을 그러모아 넓은 가슴으로 품어준다.

우리 곁에서 소나무의 곧추선 줄기를 두드려대는 동고비가 이 숙연한 정적을 부분적으로 대변할 뿐이다.

내면의 귀에 들리는 이 신묘한 소리는 서풍이 불 때 호흡으로 들어와 호수에 반사되고, 바위 한가운데에 가만히 서 있을 때 영혼의 사원을 정화시키며 고요히 다가온다.

부르짖음은 벽의 피조물인 반면에, 속삭임은 깊은 숲이나 호숫가가 제격이며 침묵은 공간의 음향학으로 쓰기에 더할 나위 없이 좋다.

모든 소리는 침묵의 하인이자 그 물자를 대는 일꾼이다. 침묵은 모든 소리의 주인일 뿐 아니라 열심히 찾아다녀야 겨우 걸리는 귀한 주인이다. 가장 명료하고 뜻 깊은 말 뒤에는 언제나 의미심장한 침묵이 떠돈다. 그것이 말의 분위기를 전달해준다. 천둥은 우리가 어떤 친교를 맺게 될지 알려주는 신호에 불과하다. 따라서 우리는 뒤이어지는 무딘 소리가 아니라, 우리 존재의 무한한 확장을 찬양하고 그것을 너나없이 숭고함이라 칭한다.

모든 소리는 침묵 겉면에 생긴 거품으로, 생기자마자 터진다.

소리는 그 안에서 얼마나 생산력이 풍부한 세찬 흐름이 있는지 보여주는 침묵과 거의 한 몸에 가까운 사이다. 다시 말해 모든 소리는 침묵의 희미한 발화發話이고, 그래야만 침묵을 비춰 돋보임으로써 우리의 청각 신경에 즐거움을 준다. 침묵을 드높이고 튼튼히 할수록 모든 소리는 가장 조화롭고 순수한 선율이 된다.

선율이 아름다운 모든 소리는 침묵의 동맹이다. 그것은 추상 작용의 조력자이지 방해꾼이 아니다.

침묵은 우주의 피난처로, 온갖 따분한 이야기와 바보스런 행위의 속편이자 온갖 유감스러운 일의 위안이어서, 실망하거나 물리고 나서도 즐거이 맞아들일 수 있다. 솜씨가 뛰어난 화가든, 서투른 화가든 어떤 화가도 침묵이라는 배경을 그릴 수는 없다. 우리가 그 앞에서 아무리 몰골사나운 인물로 비쳐질지라도 이 거룩한 은신처에서는 언제나 편히 쉴 수 있다.

침묵은 세계가 어떻게 움직이는지 평정하게 들여다보고, 미덕과 정의의 상賞을 정하고, 비방을 당해도 결코 좌절하지 않으면서 이런 일들을 그저 하나의 현상으로 바라본다. 진리, 선함, 아름다움과 함께하므로 어떤 모욕도 그를 괴롭히지 못하고, 어떤 인물도 그의 마음을 어지럽히지 못한다.

연설자는 개성이 드러나는 걸 늦추고 말없이 있을수록 더 그럴듯하게 말할 수 있다. 그는 말하면서 듣기에, 듣는 이들과 더불어 또 한 사람의 듣는 이가 된다.

침묵의 무한한 소리에 귀 기울이지 않는 이는 누구인가? 침묵은 언제나 어깨에 메고 다니면서 수시로 들어야 하는 진리의 확성

기다. 왕과 조신들이 의견을 물어보아야 마땅한, 애매모호한 대답으로 난처해질 염려가 없는 단 하나뿐인 신탁, 진정한 델포이이자 도도나다. 모든 계시는 침묵을 통해서만 이루어지며, 사람들이 침묵의 신탁에 귀 기울여야만 분명한 통찰을 얻게 되고, 깨달은 시대의 특징을 지니게 된다. 하지만 멀리 떨어진 낯선 델포이나 미친 무녀를 찾아 이리저리 떠돌아다닐수록 사람의 일생은 어두워지고 무거워진다.

좋은 책이란 그저 잠잠했을 침묵이라는 수금을 켜는 채다. 우리는 아직 쓰여지지 않은 속편에 넣어야 할 관심사들을 생기 없는 글자로 된 저작에 의지하는 경우가 드물지 않은데, 이 속편이야말로 모든 책에 없어서는 안 되는 가장 중요한 부분이다. "침묵이 말했다"라고 단 한 번에 또렷하게 이야기하는 것이 저자의 목표여야 한다. 이것이 바로 저작자가 거둘 수 있는 최대의 이득이다. 그가 자신의 서적을 침묵의 파도가 부서지는 방파제로 만든다면, 그것이야말로 더할 나위 없이 좋다.

저녁이면 침묵이 내게 많은 사신使臣을 내보낸다. 일부는 파도처럼 가라앉으므로 웅얼거리는 마을 소리가 더욱 크게 들린다.

나는 지금까지 침묵을 깨우려 애를 썼으나 모두 헛수고였다. 영어로는 침묵을 깨울 수 없다. 인간은 6천 년 동안 저마다 자신의 사랑을 다해 침묵을 옮겨보았으나, 침묵은 아직도 알 수 없는 신비로 남아 있다. 한동안은 침묵을 움켜잡고 그녀와 진탕 이야기 나눌 날이 올 것이라 믿으며 대담하게 달려갈지 모르나, 그런 이도 결국에는 침묵해야 한다. 사람들은 그가 처음에 얼마나 용감하게 그 길에 나섰는지에 온통 주의를 기울인다. 하지만 그가 마침내 침묵에 푹 빠졌을 때에는 이야기하지 않은 것에 견주어 이야기한 것은 정말 너무나 하잘것없어, 그가 사라진 자리 겉면에 생긴 거품에 불과해 보인다.

그럼에도 우리는 저 중국 벼랑제비들[1]처럼 둥지를 거품으로 덮는 일을 멈추지 않을 것이다. 어느 날 그 거품이 바닷가에 사는 생물들에게 생명의 양식이 될지도 모르니까 말이다.

---

1. 깎아지른 절벽이나 협곡 등에 진흙으로 병 모양의 둥지를 짓는다.

1839년, 22세

사랑의 병을 고치려면
더욱 사랑하는 수밖에 없다

"스스로 자라고 있음을 알기란 쉽지 않다."

2월 9일, 학교가 확장되면서 형 존이 교사로 동참한다.

8월 31일, 존과 함께 보트 '머스케타퀴드'호를 타고 2주 동안 여행을 떠난다. 이 보트 여행 경험이 첫 저서 『소로우의 강』의 토대가 된다.

1월 11일   해동
물 흐름이 빨라짐은 친절한 해가
땅의 눈물을, 그 기쁨의 눈물을 씻어주기 때문

나는 기꺼이 도로 가로 내려가려 하네
녹는 눈과 더불어 낙수되어
영육이 저 조수와 뒤섞여
자연의 기공으로 흘러가고자.

          꿈
타하타완 벼랑에서 본 머스케타퀴드 강 골짜기가 오늘 또 꿈속
에 나타났다.

1월 20일   사랑
전에는 행성이던 우리 두 사람

이제는 합쳐져 하나의 별이 된다.
하늘을 보면 알게 되리니
우리가 어디에 있는지를.

미묘한 힘으로 곡선을 그리며
새로운 공간으로 진입한다.
늘 구求의 노래로
한 중심을 두고 돈다.

2월 8일　　　　시작詩作

　우리는 시적 열광에 사로잡히면 벌레잡기에 여념이 없는 수탉처럼 서둘러 달려가 펜을 휘갈기고서 자신이 일으킨 먼지에 기뻐하지만, 보석이 어디에 있는지는 알아차리지 못한다. 이는 자신도 모르는 사이에 멀리 던져버렸거나 다시 파묻어버렸기 때문일 것이다.

2월 9일

　단 한 사람만으로도 방 하나를 충분히 침묵시킬 수 있다.

2월 10일   종소리

세상이 굴뚝 옆에서 늙어갈 때
나는 어린 바위에게로 간다.
바다 저편 육지 건너
종소리 울리는 곳 어디나.

위로 딩, 아래로 동,
옛적에 듣던 곡조로 잠시,
그리곤 바삐 오가며
고른 박자로 들을 달랜다.
지친 혀로 길게 울 때까지
운명의 갈림처럼 우렁차고 엄숙하게.

그리곤 다시 높아지는 음정
뒤엉킨 덩어리로 울려 퍼지므로
혼자인 소리는 드물도다.
딩동 소리 따라 떠도는 산들바람.

그 메아리, 여기 외로운 골짝에 이르면
나는 갑옷을 입은 영웅처럼
허리띠 동여매고 전쟁터로,
영주 위한 기사에 비할 바 아닌.

놓쳐서는 안 될,
어딘가에서 일어날 놀라운 일.
그 종소리는, 우리 별이
우주에서 또 다른 별을 만나 인사 나누는 소리.

3월 3일   시인

시인은 자연스러움을 넘어서서 초자연적인 존재여야 한다. 자연은 그를 통해서가 아니라, 그와 더불어 말할 것이다. 시인의 소리는 자연의 중심에서 나오는 것이 아니라, 자연을 호흡하면서 자연을 자신의 생각으로 표현해낸 것이어야 한다. 자연의 사실을 영혼이 받아들이면 비로소 시가 나온다. 시인의 생각과 자연의 생각은 별개의 세계다. 시인은 또 다른 자연, 예컨대 자연의 형제다. 둘은 친절하게도 서로를 위해 역할을 수행한다. 각자 상대방의 진실을 펴낸다.

4월 4일   아침

아침 공기를 통해 보는 경치에는 건강한 색조가 깃들어 있다. 질병은 우리 뒤에서 꾸물거리는 게으름뱅이에 불과하다. 우리는 날마다 새로이 출발하여 이슬이 사라지기 전 그를 멀찍이 따돌린다. 하지만 정오의 그늘에 기댄다면 결국 그가 우리를 따라잡을 것이다. 아침 이슬은 한기를 조금도 머금고 있지 않다. 우리는 창조의 아침마다 한낮의 구원을 즐긴다. 아침에는 요령을 부리지 않고 다시 새롭게 출발하므로, 임시변통으로 수선을 할 필요가 없다. 오후의 인간은 과거에 흥미를 느끼므로 시야가 둘로 갈라져 이쪽, 저쪽 바라보기에 바쁘다.

표류

무더운 날, 나는 호수의 굼뜬 물 위를 떠돈다. 어느 틈엔가 삶을 산다기보다는 삶에 떠밀리기 시작한다. 갑판 위에 누워 정오를 희롱하는 사공이 꼬리를 입에 문 뱀처럼 또 하나의 영원의 상징물이 된다. 결코 나 자신을 잃고 싶지 않다. 나는 안개 속에서 용해된다.

4월 7일   결의

대부분의 사람들은 비열한 짓을 경멸한다. 그리고 자신은 결코 그런 행동을 하지 않겠다고 결의하기도 한다. 하지만 결의조차 할 필요가 없는 그런 고결한 경멸을 하는 경우는 극히 드물다.

4월 9일   싹트는 소나무

우리는 오래 묵혀둔 풀밭에서도 금맥이나 은맥 같은 귀한 광맥에 힘차게 뿌리를 뻗은 소나무를 보면서 아직 세상의 젊음을 살고 있음을 깨닫고, 이 행성의 부를 지각한다. 이처럼 인간의 자연은 아직 청춘이다. 도끼, 곡괭이, 삽을 가져다가 수액이 가장 풍성한 이 땅을 두드려보자. 이 골수 많은 저장소는 강건한 힘줄처럼 번쩍이고, 우리는 팔다리에서 새로운 탄력을 느낀다. 이럴 때 인간은 자신의 뚱함을 누그러뜨리고 동료들에게 친절해진다. 이런 소나무 뿌리는 상냥함의 서약이다. 땅이 온통 척박하기만 하다면 얼마쯤 언짢아 해도 괜찮을 것이다.

4월 24일　　상황

어째서 우리는 자신이 왜 이 우주에 생겨나 어떻게 처신하는지에 관심을 갖지 않고 자신에게 일어나는 일과 까닭 모를 사건의 변덕스러움에 더 많은 관심을 기울이는 것일까? 이 각각의 경우에 자신이 어떤 판단을 내리는지 기록해보자.

4월 30일　　그림

어제 저녁에 그림 몇 점을 보았다. 그 중 사막을 둘러싼 지평선 한가운데에 벽돌 부스러기만 쌓여 있는 바빌론 광야를 보여주는 그림에서 가장 깊은 감명을 받았다. 나라면 지평선이나 수평선 밖에 없는 끝없이 광활한 사막이나 대초원이나 바다를 그렸을 것이다. 그림의 처음이자 마지막인 하늘과 땅을 떠맡을 만한 예술가는 어디에 있을까?

5월 11일　　　농부와 상인

농부는 밭에서 자라는 자신의 작물과 계절의 순환에 보조를 맞추지만 상인은 거래의 변동에 보조를 맞춘다. 거리에서 그들이 걷는 모습이 얼마나 다른가 보라.

5월 16일　　　악과 미덕

미덕이 바로 악의 심장이자 허파다. 악은 미덕에 기대지 않고서는 설 수 없다.

모든 이들이 헤라클레스의 열두 가지 위업에 찬탄을 금치 못한다. 그렇지만 누구도 그가 그렇게까지 고역을 치러야할 충분한 동기가 있었는지는 묻지 않는다. 인간은 미덕의 보호자를 자처할 뿐, 스스로 미덕을 발휘하지는 않는다. 임시 보관인보다는 실소유주와 거래하는 편이 훨씬 더 낫다는 걸 누구나 쉽게 알 수 있다.

5월 17일　　　강자의 모습

약자가 평평하다는 말은 맞다. 약자는 강한 모서리 부분에 서기보다는 편리한 표면을 선호한다. 그는 인생을 무난히 보낸다. 물체에는 대부분 강한 부분이 있다. 짚은 세로 방향이, 널빤지는 모서리가, 나뭇결은 횡축이 강하다. 하지만 용자勇者는 눕히지 못하는 완전한 구球와 같아서 어느 한 곳이라도 약한 곳이 없다. 비겁한 자는 잘해야 타원체에 지나지 않는다. 교육을 너무 많이 받은 것도 약점일 수 있다. 비겁한 자는 한쪽이 늘어나면 반드시 또 다른 한쪽은 눌려 있다. 아니면 속이 빈 구체일 수도 있다. 부피를 크게 할 의향이라면 그것이 최선이다.

6월 4일   다락방에서[1]

6월 4일 오늘 여기에 앉아 격자창을 통해 거리의 사람들과 자연을 바라본다. 격자창에서는 모든 사물의 진정한 관계가 드러난다. 여기가 바로 엷게 노란 칠을 한 북, 서, 남과 마주보고 있는 판자 세 장과, 마찬가지로 노란 칠을 한, 해가 정면에서 뜨는 벽토에 둘러싸인 나의 상층부 제국이다. 이 변경 지대는 아직 쥐들 밖에 탐험하지 못했다.

어떤 사람들의 말은 가시처럼 악착같아서 한번 몸에 달라붙으면 절대로 떨어지려 하지 않는다.

6월 22일   만남

지난 며칠 동안 대기 중을 떠돌 뿐, 땅으로 내려오려 하지 않는 순수하고 타협하지 않는 정신들을 만났다. 덕스러운 풍채와 신념을 지녔으나 스스로는 그것을 의식하지 못하고 거꾸로 남들에게서 그런 미덕을 알아보는 사람들도 만났다. 그들을 사랑하지 않을

---

1. 이 당시 소로 가족은 콩코드 메인 가 63번지로 이주한 상태였다.

도리가 없다. 그러나 그 사랑스러움은 말하자면 그들과는 완전히 별개여서 그들이 없다 해도 잃어버릴 일은 없을 것이다. 그들과 가까이 있을 때에는 눈에 보이진 않았으나, 그 사랑스러움이 우리를 시중들고 있는 것만 같았다. 이 미덕은 다른 이들을 인정하는 만큼만 우리의 것이 된다. 자신이 갖고 있는 만큼만 보이기 때문이다.

7월 25일

사랑의 병을 고치려 한다면 더욱 사랑하는 방법 외에는 달리 좋은 치유책이 없다.

두 형제는 이해 8월 31일 손수 만든 보트 '머스케타퀴드'호를 타고 콩코드 강과 메리맥 강을 거쳐 화이트 산맥에 오른 뒤 다시 온 길을 거슬러 9월 13일 콩코드 마을로 돌아온다.

8월 31일

우리는 7마일쯤 노를 저어 강 서쪽 기슭, 봄철이면 작은 섬으로 변하는 약간 터가 높은 곳에 닻을 내렸다. 태양이 서쪽으로 저무는 동안 우리는 석양 반대편에 있는 우리의 그림자로 밤에 도움을 주고 있었다. 황혼의 공기가 어쩌나 탄력적인지 농가와 숲 너머로 펼쳐진 하늘이 금방이라도 딸랑거릴 것만 같았다. 우리는 이 미개척지의 둑을 기어오르다가 오늘밤 우리를 위해 수개월 동안 과즙을 아껴 모으며 천천히 익어온 허클베리를 찾아냈다.

우리는 이곳 언덕 가에 텐트를 치고, 삼각으로 벌어진 텐트 입구를 통해 강가에 외로이 솟은 우리의 돛대를 바라보았다. 이 경치에서 바라본 돛대는 마치 영구적인 시설이나 잠시 정지한 시간인 듯 보였다. 막 정박한 보트에서 돛대가 균형을 잡으려고 이리저리 흔들렸다.

밤에는 인간의 삶이 존재하지 않으나 숲, 보트, 강가의 생생함은 여전하다. 이 안에서 젊은 생명의 힘찬 고동이 느껴진다. 여기 산들바람은 피부 가까이에 솟은 동맥의 떨림 같다.

이 글을 쓰고 있을 때 이따금 여우가 낙엽을 밟고 지나가거나 이슬 젖은 풀잎을 조용히 스치는 소리가 들렸다. 우리는 왜 이런 여우들과 이웃의 관계를 맺어서는 안 되는가? 여우 한 마리가 마치 허울뿐인 우리의 진보를 개선시키려는 듯 텐트 휘장 아래로 코를 들이밀며 우리를 반겼다. 우리도 무례하게 그를 쫓아내지는 않았다. 인간은 화약이고, 여우는 부싯돌이란 말인가? 인간과 여우가 함께 나란히 누울 날은 언제 올 것인가?

쉿! 저기 보트 가까이에서 사향뒤쥐가 우리의 감자와 참외를 먹어치우고 있다. 지금이 재산을 공유하는 시대란 말인가? 이 사향뒤쥐의 주장이 내 안의 형제애를 부추겼다. 나도 몸을 일으켜 그와 인사를 나누러 살금살금 강가를 향해 걸어갔지만 기슭에서는 강물에 비친 별들만 보였다. 그런데 별 그림자를 어지럽히는 잔물결 속에서 갑자기 그의 모습이 어른거렸다.

밤의 침묵 속에서 멀리 종치는 소리가 여기 숲까지 날아온다. 멀리서 큰 불이 났는지 붉게 타오르는 지평선과 컹컹 짖어대는 개가 다양한 삶의 드라마를 보여주고 있다.

우리는 해, 달, 별에 대해 생각해보았다. 오리온자리는 언제 뜨는가? 북극성은 큰곰자리 어느 쪽에서 나타날까? 별들은 동서남북 중 어디에 있을까? 우리의 시간은 지금 몇 시를 알리고 있을까?

9월 17일　　　현명한 이의 휴식

자연은 절대 서두르지 않는다. 늘 속도가 일정하다. 싹은 마치 짧은 봄날이 무한히 길기라도 하듯이 서두르거나 허둥대는 일 없이 서서히 싹튼다. 자연은 무엇이든 자신이 하는 일 하나하나에 지극한 공을 들인다. 마치 유일한 목적이라도 되는 것처럼. 자연과 달리 왜 인간은 극히 사소한 행위 하나하나에 마치 영원보다 더한 무엇이라도 맡겨진 양 이다지도 서두르는 것일까? 몇 겹의 무한한 시간이 주어진다면 인간은 손톱 깎는 일 따위를 제대로 할 수 있을지 모르겠다. 지는 해가 마지막 남은 하루를 잘 마무리하라고 당신을 재촉한다고 여겨진다면 귀뚜라미의 울음소리를 들어보라. 항상 변함없는 고른 곡조의 울음소리는 지금 이 시간을 영원으로 여기라는 충고가 아니겠는가? 현명한 사람은 늘 마음이 고요해서 들뜨거나 초조해하지 않는다. 한 발자국 걸음을 내딛으면서 휴식을 취하는 산책자의 모습과 같다. 반대로 현명하지 못한 사람은 피로가 축적돼 몸이 쉬라고 강요하기 전까지는 다리 근육의 긴장을 풀지 않는다.

10월 22일

자연은 아무리 세밀한 검사라도 다 받아들인다. 우리의 눈높이를 가장 작은 잎에 맞추도록 허락하고 벌레에게도 온전한 평야의 풍경을 허락한다.

가을 날짜 미상   우정

나는 인간성의 한 희귀한 예를 보면서 처음으로 진정한 우정에 대해 생각해본다. 그는 불완전한 설교가 아니라, 몸가짐과 행위 자체로 인류에게 미덕을 전하는 것만 같다. 그렇다면 종교라는 형식을 거치지 않고도 도덕적 아름다움을 예배할 수 있을 것이다.

우리는 그를 통해 상쾌한 바람을 쐬고 새로운 향내를 맡으며 경치와 하늘을 누린다.

여기에는 다른 어떤 교제 규칙도 적용할 수 없다.

우리는 하나의 미덕이고, 하나의 진실이며, 하나의 아름다움이다. 모든 자연은 무디게 빛이 반사되는 우리의 위성이다. 자연은 우리보다 신분이 낮고, 우리 시의 한 에피소드일 뿐이다. 우리는 주성主星으로 우주에 열과 빛을 발한다.

대화, 접촉, 친교는 우정에 이르는 수단이자 단계다. 이런 일들이 이루어질 때 우정이 완성에 이르고, 거리와 시간은 아무런 장애가 되지 않는다.

나는 누구에게라도 내 벗이 되어달라 요청할 필요가 없다. 지구가 태양에 끌리는 것 이상으로 그에게 끌리고 있으니 말이다. 그가 주는 것이 아니듯, 나 또한 받는 것이 아니다. 나는 적을 용서할 수 없으니, 그 스스로 그 자신을 용서받게 하라.

대개 우리는 사랑과 우정을 천박한 이원론의 관점에서 바라봄으로써 사랑과 우정을 타락시킨다.

나는 벗의 인품이 나보다는 훨씬 훌륭하리라고 생각한다. 나의 열망이 나의 실천을 능가하듯 말이다.

고요한 가을날이다. 정오의 귀뚜라미의 울음소리가 사방에서 들려온다. 여름철에는 해질녘이 되어서야 들려왔으나, 지금은 귀뚜라미들이 이렇게 하루 온종일 울어댐으로써 한 해의 저녁을 알리고 있다. 가을의 썩어가는 생생한 내음이 봄의 푸른 잎에 못지않게 무한한 지속과 신선함을 약속한다.

11월 5일   상식

우리는 이 시대의 상식이 지난 시대의 예언자에게서 나왔다고 말하곤 하지만 그렇지 않다. 천재성은 늘 같은 출발점에서 시작하므로, 인간의 모든 세대는 천재성과 관련하여 사실상 정지 상태에 있으면서 스스로 그 천재성에 도달해야 한다.

상식은 진실과는 거리가 있다. 천재의 기이한 빛만이 진실을 재현할 수 있다. 선각자의 눈길이 닿기만 한다면 아무리 진부하고 하찮은 사실도 하늘의 새로운 별이라는 믿음을 낳을 수 있다.

과거란 지금 시도되고 있는 현재에 지나지 않는다. 가능하다면 과거는 과거 자체로 증명하게 하라.

성장

스스로 자라고 있음을 알기란 쉽지 않다. 하지만 흥미롭게도 아이는 초원에 갓 피어난 삼백초처럼 천천히 흘러가는 나날들이 자신을 흠 없이 성숙시켜주기를 다소곳하게 기다린다. 마치 바람이 부채질하고, 비가 물을 주고, 자연이 교육하는 것만 같다.

11월 13일　　연민

연민을 가장 중시하라. 슬픔을 질식시키지 말라. 슬픔을 소중히 간직하고 돌보아주어 슬픔 그 자체가 절대적으로 중요해질 수 있도록 하라. 깊이 애도하는 게 바로 새롭게 사는 일이다.

11월 14일　　낙담

자신의 낙담을 변명할만한 곳은 어디에도 없으나, 거룩한 만족이 뒤따라올 진정한 삶은 어디에나 존재한다. 문지방에 드는 빗방울들이 나를 기쁘게 한다. 처마에서 곧장 땅으로 떨어지는 모든 작은 물방울들이 나의 생명보험이다. 이런 빗방울들은 결코 질병을 가져오지 않는다.

12월 2일　　용기

경치가 뛰어나다는 건 온전한 주민이 살고 있음을 암시한다. 그의 호흡이 곧 바람이고, 그의 기분이 곧 계절이어서 경치가 늘 아름다운 것이다. 이런 자연과는 달리 차분하지 못하고 걱정으로 안달하는 이는 어떤 어려움에도 쉽게 무너진다.

우리 모두는 매순간마다 전쟁터의 선두에 선다. 용자가 있는 곳에서는 치열한 전투가 벌어지고, 그곳에 명예도 있다.

12월 날짜 미상 용기에 대하여-초고

용기는 결연한 행위보다 건강하고 착실한 휴식과 더 밀접한 관련이 있다. 마음 편히 머무르며 친화력으로 모든 면에서 관계를 이끌어낼 때 용기의 황금시대가 열린다.

용자에게는 결코 전쟁터의 소음이 들리지 않는다. 그는 선함과 아름다움을 의심 없이 받아들이고 사소한 특징이라도 주의 깊게 살피므로, 어두운 곳으로 돌려세우더라도 여전히 밝은 면만을 볼 따름이다.

어느 한 순간의 고요하고 확신에 찬 삶이 대담한 전투 행위 전체보다 더 영예롭다. 우리는 모든 문제를 다룰 준비가 되어 있어야 한다. 죽으려 하기보다는 살려고 해야 한다. 용자는 위험함과도 동맹을 맺고 협력한다.

용자는 무심히 흘러가는 듯 여겨지는 나날의 삶에서도 사람들이 알고 있는 것보다 훨씬 더 용감하다. 사람들은 정오의 확신에 찬 채 미명에 잠들고, 미명에 깨어난다. 하지만 용자는 우주의 불가해한 수수께끼에 마비되거나 충격을 받아 멍해지지 않는다.

앎은 선하므로 과학은 늘 용감하다. 과학의 눈앞에서는 의심과 위험이 기가 죽는다. 비겁자는 서둘러 눈감아 버리는 일을 과학은 조용히 음미하면서 자신의 행렬에 과料를 배열하려고 선구자처럼 새로운 일을 시작한다. 무지의 과학이란 있을 수 없으므로, 비겁이란 비과학적인 것이다. 이렇게 나아가다보면 전쟁 과학이 생길지 모른다. 하지만 퇴각이 제대로 이루어지는 경우는 극히 드물다. 그렇다면 상황에 맞춰 질서 있게 전진하는 수밖에 없다.

운명이 용감한 자를 버릴지라도 용감한 자는 운명을 버리지 않는다. 가난 탓에 밤거리를 헤매야 하는 처지에서도 나라와 운명을 같이하기로 굳게 결의한 새뮤얼 존슨과 그의 벗 사비지처럼.

용기와 비겁의 관계는 지식과 무지, 빛과 어둠, 선과 악에 견주어 생각해보면 어느 정도 알 수 있다.

어둠이 그러하듯, 자신에게 비치는 더 강한 빛으로 쫓아 흩어버릴 수 없는 죄악은 사실상 존재하지 않는다. 선함으로 악함을 이겨 내야 한다. 질이 나쁜 가느다란 초에서 나오는 그런 빛과 같은 속 좁은 삶을 살아서는 안 된다. 그럴 경우 대부분의 물체가 자체보다 더 폭이 넓은 그림자를 드리우게 될 것이다.

여러 가지 소리가 우리 귀에 들려온다. 그중에서도 특히 나팔소 리와 북소리는 침묵의 소리다. 아주 미미하게 들리는 '삐걱'거리 는 소리마저도 우리의 감각을 자극하고, 모든 사물을 향해 북방 오 로라와 같은 거대한 빛을 발산한다. 윤이 대리석의 정맥을, 낟알이 숲의 정맥을 표현한다면, 음악은 어딘가에 숨어 있을 영웅적인 그 무언가를 나타낸다.

예민한 영혼은 우주 자체의 정해진 박자를 지닌다. 이것이 바로 그 영혼의 박자이기도 하다. 육신이 건강하려면 맥박이 일정해야 만 하듯, 영혼의 건강 또한 고른 리듬에 달려 있다. 영혼은 온갖 소 리에서 자신의 리듬을 발견하고 그 리듬에 맞게 팔다리를 움직여 공감을 표현한다. 육신이 영혼의 박자에 맞춰 행진할 때 진정한 용 기와 불굴의 힘이 솟아난다.

하지만 비겁한 자는 이 두근거리는 우주의 음악을 천한 울부짖 음으로, 이 아름다운 성가를 비웃음으로 전락시킨다. 그는 주위 사 람들을 자신에게 두들겨 맞춤으로써 모든 적대자의 영향력을 무 마시킬 수 있다고 생각한다. 그러나 그의 음악은 판에 박힌 대로 되풀이되는 잡음에 가까운 금속성의 소리에 지나지 않는다.

자연 자체에는 원기를 북돋우는 선율이 들어 있다. 자연은 그러한 영혼에 공감할 수 없으므로, 그는 빈약한 선율을 나약하게 연주할 수밖에 없다. 그러므로 버림받고 내쫓겼음을 의식하는 겁쟁이인 그는 우주에서 어떤 조화로운 가락도 듣지 못한다. 하지만 용자는 북이나 나팔이 없어도 자기 영혼의 보편성과 진실성으로 어느 곳에서나 조화와 화합을 이끌어낸다.

고결한 개는 별을 향해 짖는다

"진정한 여가를 즐기려면 영혼의 밭을 갈 시간이 필요하다."

7월에 미국 초월주의자들의 기관지라 할 수 있는 계간지《다이얼》이 창간된다. 처음에는 마가렛 풀러가 편집을 책임졌으나, 후에 에머슨이 소로와 함께 이 잡지의 편집을 맡았다. 소로는 이후 4년 동안 적지 않은 시, 에세이, 번역 등을 《다이얼》에 실었다.

1월 10일   어부의 아들

내가 아는 세상은
바다와 땅이 만나는 언덕
끊임없이 부서지는 파도 소릴 듣다가
어느 결에 돌아서 땅을 둘러본다.

바다로 난 띳집의 안은 옹색하나
날마다 숨 쉬는 온화한 삶
정든 항구에서 불어오는 상냥한 바람 아래
여전히 신비에 싸인 고요한 하루

사람들은 말한다네, 여기가 네 평생의 시작점이었어
이런 말에 나는 순순히 응한다네
내가 한 사내임을 알게 된 건 분명 이곳이었으니까
허나 이 끝을 담담히 말해줄 이는 누구일까?

나는 보네, 새로 열린 눈으로
말없이 지켜보는 후견인처럼
내게 한마디 해명도 없이
곧장 대모신代母神의 땅을 보여주는 먼 바다를.

바다가 조용히 펼쳐져 있고
많은 배들이 흩어져 반짝인다
늘 변함없는 파도와 친절한 바닷가를
나는 지켜보고 또 지켜볼 뿐.

눈에 든 맑은 물처럼
어느 곳을 향하든 비칠 날 있으리니,
눈 감아도 분명히 보인다네
침묵하는 너른 바다와 둥근 하늘이.

그럼에도 아침마다 달려가네
궁금함을 떨치지 못해, 바다가 내 시선을 반기는지.
날마다 다시 태어나
어린아이의 발로 거듭 땅을 밟는다네.
　　　　　—

나는 바다 끝으로 가기 위해
바닷가를 어슬렁거리는 방랑자처럼
파도가 내 걸음보다 앞설 때면

멈춰 서서 나를 넘쳐흐르도록 내버려둔다.

내 두 손이 해야 할 일은
파도가 던져 올린 유품을 줍고 또 줍는 일
폭풍 칠 때 새 것 찾아 깊은 바다를 헤매고
언제나 가장 나중 것이 가장 낯설다네.

윤기 나는 조약돌, 자그마한 조가비 하나하나 모두
바다가 친절하게 내 손에 맡긴 것들
할 일은 오로지 이 모든 것들을 세심하게 보살피는 것뿐
조수가 닿지 않는 곳에 거둔 물건들을 놓아둔다.

이 해변에서 나와 같은 일을 하는 이는 없고
바다를 넘나드는 뱃사람들은 해변을 업신여길지 모른다.
허나 나는 종종 그들이 넘나드는 바다를 생각한다,
해변의 참뜻을 깊이 알고 있을 바다를.

바다 한가운데 심홍색 홍조류는 없고
깊어진 파도는 진주 하나도 게워내지 않는다.
나는 바닷가를 따라 걸으며 바다를 진맥하고
사고당한 뱃사람들과 다정하게 이야기를 나눈다.

내 즐거운 수고를 덜어주려는 듯

이웃들이 손수레를 끌고 오나
해초와 바닥짐용 자갈을 바랄 뿐
이내 멀리 시장으로 실어 가고 만다.
—

폭풍 칠 때 바다와 함께 하는 건
기이한 우연의 일치
어느 누가 끊어진 하늘을 떠받치고
온갖 생명을 깃들이겠는가.

밤의 적막 속에 우는 새가
폭풍을 알리고
깎아지른 벼랑에서 희미한 속삭임
불쑥 귓전에 들린다네.

내 가장 고요한 안이 부풀어 올라
여름 바다보다 더 잔잔히 안식하네
영혼의 삭구를 울리는 바람은
바위 턱과 암초마다 경고를 발하고.

해안 멀리 큰 놀이 솟아
육지로 치달으니
파도가 물러나고 웅얼거림이 가라앉으면
나는 흐르는 모래사장을 뒤쫓는다.

힘 모아 되돌아오는 파도엔
거슬러갈 수밖에 없다
파도는 닻줄 길이의 해변을 기어올라
목마른 빈 골 여기저기에 호수를 남기고.

나의 조수潮水는 별처럼 부풀어
바다보다 많은 난파 잔해를 뿜낸다.
나의 파도가 가라앉기 전
바다를 떠다니던 돛배가 모래사장에 처박힌다.

1월 26일　　　시

　　시에 대한 정의는 시 자체가 아니고서는 제대로 표현해낼 길이
없다. 슬기로운 이가 아무리 공들여 살피더라도 정의를 내리지는
못한다. 시인이 금세 그 조건을 어김으로써 그것이 잘못된 정의임
을 드러낸다.

　　시인은 초원을 땅이나 풀이나 물이 아닌 그 밖의 어떤 것이라
고 말하지 않는다. 위대한 시인은 다만 초원이 이러저러하다는 것
을 말할 따름이다. 평범한 농부라 하더라도 감자꽃이 제비꽃만큼
이나 아름답다는 것을 잘 알고 있다. 하지만 위대한 시인은 감자꽃
이 왜 좋은가 말할 따름이다.

　　시는 이 땅에 온몸을 딛고 선 시인의 발밑에서 생겨난다.

　　시는 논리학자의 논리보다 더 엄격하게 논리적이다.

시 전체를 껴안을 수 있다고 상상하느니 차라리 건너편 언덕으로 무지개를 쫓아가 껴안을 수 있다고 상상하는 편이 훨씬 낫다. 최고의 책도 그 광고에 지나지 않는다. 그런 광고가 표지와 함께 박음질되어 있는 것에 불과하다.

중심을 벗어나 새로운 궤도를 탐색하는 시가 우주 전체를 보듬어 안는다.

1월 27일   삶의 단조로운 합창

우리는 얼마나 무기력하게 살고 있는가! 우리의 삶에는 왜 이다지도 호기로운 기상이 드물까? 삶의 방식을 지나치게 완벽하게 짜놓지는 말자. 영혼이 자신의 길을 가게 일임해두자. 오래 갈 무난한 절차를 정하는 일은 조금도 어렵지 않다. 자연의 모든 부분이 금세 그 절차에 찬성한다. 해시계는 여전히 한낮을 가리키고, 해는 정해진 대로 떴다가 진다. 계획이 잘 짜여졌다고 해서 목숨 걸고 지키려는 이웃은 찾아보기 어렵다. 하지만 그들은 자연의 작용에 어울리게 이내 진심으로 순응한다. 열 일을 제쳐놓고 종을 쳐대고, 연료와 불쏘시개를 찾아다니며 거들고 나선다. 이런 삶은 불충분하다는 것이 분명히 드러났음에도 언제나 갖가지 일들이 모여 지금 있는 삶을 떠받친다. 삶의 단조로운 합창은 끝없이 이어진다.

2월 11일

인간은 안락한 삶만으로는 만족하지 못하므로, 긴장 속에서 살 필요가 있다. 우리는 매일, 매주 똑같이 반복되는 생활이 불만이므로 전투를 앞둔 병사처럼 내일 치를 격전을 상상하며 잠자리에 든다. 용감한 병사에게는 평화의 안일과 무위가 전쟁의 피로보다 더 견디기 어렵다. 물리적 만남을 바라는 육신은 더운 날씨에 녹초가 되나, 우리의 영혼은 열대 기후 속에서도 불만과 불안으로 무성히 자라난다.

진정한 여가를 즐기는 이는 영혼의 밭을 갈 시간을 갖는다.

2월 12일   사기꾼과 재간꾼

사기꾼은 바보보다 더 바보스러운데, 어느 정도 자신이 어리석다는 걸 알면서도 계속해서 그런 짓거리를 하고 다니기 때문이다. 사기꾼의 어리석음을 체계화한 것이 신중하고 상식적인 어리석음이다. 천재의 단순성과 솔직함을 얼마쯤 갖춘 재간꾼은 영감을 얻은 바보다. 그의 불가해한 헛소리는 다음 시대에 정직하지 못한 이들의 신조가 된다.

2월 13일   천재성과 재능

의무는 오성에 딸려 있으나, 천재성은 의무와 아무런 관련이 없고, 재능은 아무리 뛰어나더라도 의무에 매여 있다.

온전한 인간은 천재성과 재능을 동시에 지니고 있다. 천재성이 그의 머리고, 재능이 그의 발이다. 그는 천재성으로 존재하고, 재능으로 살아간다.

인간의 무의식이 하느님의 의식, 세상의 끝이다.

천재성의 가장 아슬아슬한 측면은 바로 그 파괴성에 있다. 육신은 이런 상황을 결코 온전히 받아들이지 못하므로 압도되어 쇠약해지고 만다.

2월 14일　　　리듬

아름다움은 운韻을 먹고 자라난다. 예컨대 추한 형체도 포개놓으면 아름다워진다. 종이 한 장에 잉크로 가득 찬 무딘 깃촉을 그려 넣은 다음 잉크가 마르기 전에 금이 생기도록 종이를 가로로 접어보라. 그러면 어떤 공들인 그림보다도 정취가 물씬 풍기는 균형 잡힌 꼴이 만들어진다.

자연사

자연의 역사를 접하기만 하면 나는 늘 어린아이로 돌아간다. 내가 접한 자연의 역사가 형편없이 빈약하더라도 아무런 상관이 없다. 계통학적으로 연관된 여러 물고기의 이름만 접하더라도 나는 물고기를 사랑하지 않을 수 없다. 각 물고기의 지느러미 가시 수는 물론이거니와 측선에는 비늘이 얼마나 달렸는지도 알고 싶다. 꿈속에서 양서류가 된 나는 시내와 호수에서 농어, 잉어와 장난을 친다. 꿈속에서 나는 물고기들이 물가를 노닐면서 만든 복도처럼 꾸불꾸불한 물결 한가운데에서 강꼬치고기들과 함께 꾸벅꾸벅 졸기도 한다.

2월 20일　　　의심과 희망

비겁자의 희망은 의심이나, 영웅의 의심은 일종의 희망이다. 신들은 희망을 가지지도, 의심하지도 않는다.

2월 22일　　　홍수

눈이 녹으면서 강물이 이례적으로 불어났다. 마을 사람들은 보트를 타고 텃밭과 감자밭을 넘나든다. 마을 아이들은 이번에는 누구 집 울타리가 쓸려나갈지 알고 싶어 발돋움을 한다. 물이 불어 굴집에서 쫓겨난 많은 사향뒤쥐가 사냥꾼들의 총에 맞아 죽었다.

초원을 지나 불어오는 바람에는 진한 사향내음이 실려 있다. 이 생생한 내음이 야생의 삼림 지대가 그리 멀지 않음을 알려준다. 나는 강 따라 4~5피트쯤 솟은 진흙과 풀로 지은 사향뒤쥐들의 오두막을 보면서 피라미드나 아시아의 고분에 대한 글을 읽을 때보다도 더 큰 감동을 느낀다.

이 이례적인 물 흐름 탓에 거리에서는 사람들의 발걸음이 부산스럽다. 강물이 넘쳐난 도로에서는 으르렁거리는 폭포 소리나 공장 지대의 소음이 들려올 것만 같다.

대다수 나무줄기에 몇 피트 여유조차 없을 줄이야? 이렇게 물이 불어나 깊은 물에 둘러싸이자 초원이 이제 왜소하게 줄어들었다. 모든 초원이 하나같이 균형을 잃은 모습이다.

2월 26일   가장 중요한 사건

중요한 사건일수록 처음 생겨날 때 어떤 소란도 일으키지 않는다. 그 사건의 결과도 사실상 마찬가지다. 그런 사건들은 비밀에 둘러싸였다고나 할까. 소음이 일어나는 까닭은 공기가 빈 공간을 채우면서 진동하거나 부딪히기 때문이다. 모든 사람이 뜻을 같이해 길을 예비하는 위대한 사건은 점진적으로 일어난다. 갑자기 채워 넣어야 하는 빈 공간을 만들지 않으므로 어떤 폭발도 일으키지 않는다. 침묵 속에 태어나 주변에 작은 소리로 속삭인다. 그러나 한 사회가 패가 갈려 다툴 때 암살은 즉각적인 소동을 일으킨다.

옥수수는 밤에 자란다.

2월 28일   벗과의 약속

벗의 죽음을 접하고 우린 생각한다. 운명이 은밀히 우리에게 맡긴 이중적인 삶의 과업을. 이제 우린 세상과 한 자신의 약속을 이행해야 함은 물론이고 죽은 벗이 남긴 삶의 약속도 이행해야 한다.

2월 29일   벗의 충고

한 벗은 자신의 행위 전체로 충고할 뿐, 결코 세세히 말하진 않는다. 또 다른 벗은 잘못을 가려 고쳐놓기 좋아한다. 전자는 다른 벗의 흠을 보면 묵묵히 그것을 마음에 새기고, 스스로 더욱더 진실로 나아가며 벗이 진실을 사랑하도록 돕는다.

3월 2일   사랑

사랑은 되풀이되는 자연의 송시다. 새들의 노래는 결혼 축가다. 꽃들의 결혼이 초원을 울긋불긋 물들이고, 산울타리를 진주와 다이아몬드 테로 장식한다. 숲이나 초원, 깊은 물속, 창공 높은 곳, 땅속 어느 곳에 있든 사랑은 모든 존재의 직업이자 조건이다.

3월 4일   나의 조류학 지식

오늘 나의 조류학 지식이 보잘것없음을 깨달았다. 새들의 울음소리를 듣자마자 나는 창조의 첫날 아침을 맞는 듯한 신선한 느낌에 휩싸였다.(불행히도 나의 지식으로는 이 새의 이름을 알 수 없었다.) 그들의 노래는 기백을 품었고 캘리포니아와 멕시코에 펼쳐진 순결한 황무지가 영혼에 깃들어 있었다.

3월 8일   해동

북에서 동으로 불던 바람이 북서에서 남으로 불고, 드넓은 초
원에서 딸랑거리던 고드름들이 물방울을 뚝뚝 떨어뜨리며 무수한
동료와 함께 한 치의 어긋남도 없이 그 수위水位를 찾아간다. 호수
에서는 얼음덩이들이 떠들썩한 소리를 내며 기운을 북돋운다. 그
리고 거칠게 부딪치며 삼림 수레와 여우가 지나다니던 길들을 밀
고 나아가다 더 커다란 흐름을 따라 소용돌이친다. 그 위에는 창꼬
치고기를 낚으려 뚫어놓은 구멍과 스케이트 자국이 아직도 생생
히 남아 있다.

시내에서는 갖가지 속도로 떠다니는 작은 얼음덩어리들이 맞
부딪치며 희미한 소리로 만족과 기대를 나타낸다. 냇물이 콸콸 흘
러내려가는 천연 다리 밑에서는 조급히 대화를 나누는 작은 소리
들을 엿들을 수 있다. 모든 개울은 초원의 체액을 나르는 통로다.
지난해에 남은 풀과 꽃자루들이 눈비에 흠뻑 젖어 있다. 이제 시내
가 급히 징집된 등골나무, 박하, 창포와 같은 초원의 차茶들을 싣고
흘러간다.

불을 지핀 솥에서 얼음이 녹듯, 해는 먼저 호수 가장자리를 녹
인 다음 이 갈라진 틈으로 햇빛을 쏘아 바닥의 얼음도 동시에 행동
할 수 있도록 준비시킨다.

시인의 늦됨
이제 스물두 해가 흘렀다
헛되이 보낸 시간의 천박함

그 가지가 인간의 영지로까지 자라났으나
인간의 혀까지 내달릴 수야 없지

나는 터오는 먼동을 보고
서편 타오르는 놀을 본다.
삶이 달라지길 바라며
빈둥빈둥 하늘을 본다.

무한한 부에 둘러싸였건만
나만은 여전히 가난하고,
새들은 소리 높여 여름을 노래하나
내 봄날은 아직 싹틀 기미조차 보이지 않는다.

이른 새벽에 노래하는 참새는
늦지 않게 둥지를 짓고
이 노래를 들으며 만물이 익어가
온전한 하루가 태어난다.

그렇더라도 더 온화한 날을 차지하려
여전히 호기심을 끄는 둥지도,
내 노래를 울려줄 숲도 남겨두지 않은 채
가을바람을 기다려야 할 것인가

3월 16일　　봄철의 오리사냥

계절이 돌아오자 오리들이 바람 불어오는 쪽 강의 잔잔한 수면에 내려앉는다. 두셋씩 짝지어 헤엄을 치며 서리가 아직 녹지 않은 크랜베리나 나리의 뿌리를 쪼아 먹으러 물속으로 들어가기도 하며 자맥질을 하고 있다. 오리 떼에 갈매기가 끼어 있을 때에는 사정거리 안으로 접근하기가 쉽지 않다. 갈매기가 미리 알아차리고 날아가기 때문이다. 오리들은 날아오를 때 몸을 가벼이 하려고 처음에는 바람 불어오는 쪽으로 날아가므로, 이 방향으로 접근하면 쉽게 총으로 쏘아 맞힐 수 있다. 오리 떼는 머리를 꼿꼿이 세우고서 몸이 수면을 간신히 스치도록 몇 피트쯤 미끄러지듯 헤엄치다가, '텀벙' 하고 물소리를 내며 수면에서 떠오른다. 돌발 상황이 아니면 처음에는 낮게 날아가고, 그렇지 않으면 위험이 없나 살피려고 곧장 위로 치솟아오른다. 노련한 사냥꾼들은 서둘러 위치를 바꾸기보다는 한참 기다리면서, 날아올라간 오리들이 새로운 휴식처를 찾다가 다시 그 자리로 돌아오지는 않는지 알아본다.

3월 21일　　여행

오늘날의 세계는 어떠한 배역이 주어져도 연기가 가능한 무대라고 할 수 있다. 지금 이 순간 나는 어디에선가 실현될 나의 다양한 삶에 대해 상상해보고자 한다. 이듬해 봄쯤에 나는 우편배달부 노릇을 하고 있을지 모른다. 우편배달부가 아니면 남아프리카의 농장주, 시베리아의 망명가, 그린란드의 고래잡이 선원, 콜롬비아 강가의 정착민, 광동의 상인, 플로리다의 한 병사나 노바스코샤 세이블 곶의 고등어잡이 선원, 태평양 어느 섬에 표류한 로빈슨 크루소 같은 다양한 역할 중에서 어느 하나를 맡고 있을지 모른다. 이도 저도 아니면 항해자가 되어 말없이 바다 위를 떠가고 있을 수도 있다. 선택의 폭이 이렇게 넓은데도 햄릿 역만은 제외시켜야 한다는 사실이 애석할 뿐이다.

나는 하늘의 별보다 더 자유롭다. 불평 따위를 여행 가방에 넣고 다닐 생각은 조금도 없다. 그렇지 않아도 짐이 무거울 텐데. 나는 여론, 정부, 종교, 교육, 사회로부터 완전히 자유로워질 수도 있다. 어쩌면 내년 봄에 미들섹스 군에서 과세 투표 용지를 세고 있을지도 모른다. 기니의 야자수 아래에서 원주민들과 함께 창을 던지고 있을지도. 혹시 매사추세츠 주에서 옥수수와 감자를 재배하거나 소아시아에서 무화과나 올리브를 키우고 있지는 않을까? 그게 아니면 보스턴 스테이트 가 사무실에서 온종일 앉아 있을지도 모르지. 아니면 타타르 지방의 초원 지대를 말을 타고 돌아다니고 있지 않을까? 거인국을 찾기 위해 아르헨티나 남부 파타고니아 지방을 돌아다닐지도 모른다. 또는 소인국을 찾아 유럽 최북단의 라플란드를 항해하고 있지는 않을까? 아라비아와 페르시아에서 아라비안나이트 이상으로 흥미로운 모험을 펼칠 수도 있을 것이다. 내가 페놉스코트 강 상류에서 일하는 벌목공이 된다면 먼 훗날 물과 땅을 오갔던 강 귀신의 전설 속에 내 이름이 들어 있을지 모른다. 또는 트리턴이나 프로테우스에 버금가는 쟁쟁한 명성을 후세에 전할 수도 있다. 누트카의 모피를 중국으로 가져간다면 이아손과 그의 유명한 황금양털보다 더 큰 명성을 얻을 수도 있겠지. 아니면 남해를 탐험하여 한노, 마르코 폴로, 존 만데빌 같은 이들이 걸었던 길을 되짚어갈 수도 있을 것이다.

이런 여러 역할들도 사실은 내가 선택할 수 있는 많은 길 중 극히 일부분에 불과하다. 나를 기다리는 수많은 역할들은 그 무엇과도 비교할 수 없을 만큼 아주 근사하지 않은가!

땅에 매인 운명도 아니고, 우리가 사는 마을이 세계의 전부가 아니라는 사실에 나는 진심으로 감사한다. 칠엽수七葉樹는 뉴잉글랜드에서는 자라지 않고, 흉내지빠귀의 울음소리도 이곳에서는 거의 들을 수 없다. 해거름에 보조를 맞추어 길을 걷다가 서산으로 해가 지는 모습을 기쁜 마음으로 바라보지 못할 이유가 없지 않은가? 또 가을 철새들과 동행하지 못할 이유가 어디 있겠는가? 콜로라도의 목초를 다 따먹고 더 신선하고 맛있는 풀을 찾아 옐로우스톤 강가로 가는 버팔로와 경쟁하지 못할 이유도 없다.(이것은 계절과 보조를 맞추는 일이라고 할 수도 있겠다.) 기러기는 인간보다 더 훌륭한 세계인이다. 기러기는 캐나다에서 아침을 먹고, 점심은 서스퀘하나 강에서 먹은 다음 루이지애나에서 깃털을 가다듬고 잠자리에 든다. 비둘기는 네덜란드 왕실에서부터 메이슨과 딕슨을 잇는 곳까지 모이주머니에 도토리를 담아 나른다. 그러나 우리는 농장의 나무울타리를 헐고 돌담이라도 쌓으면 인생에 뚜렷한 경계가 세워지고 운명이 결정되는 것처럼 생각한다. 만약 어떤 사람이 읍장으로 선출된다면 그는 올 여름에 티에라델푸에고에 가는 일을 포기해야 할 것이다.

대체 이 모든 일들이 무엇이 어떻다는 말인가? 북동쪽으로 등을 눕히고 편안히 사지를 모으기만 하면 큰 호박 껍질만으로도 한 사람이 안락을 누리기에 충분한 공간이 생겨난다. 어느 정도 몸을 움직일 만한 여유 공간도 있다. 구석에 박혀 있으면 좀먹는 것은 몸이 아니라 영혼이다. 우리의 내부로 끊임없는 여행을 떠나보자. 매일 해 지는 지평선 근처에 텐트를 쳐보자. 정말로 비옥한 토양과 멋진 평원은 엘리게이니 산맥 저쪽이 아닌 이쪽에 있다. 이제 더 이상 한노의 감동은 찾을 수 없다. 무굴인의 영토로 이어지는 미지의 땅이 그의 영역이었다.

3월 22일   월든 호수

햇볕이 내리쬐는 월든 호숫가에서 따뜻한 온기를 받으며 물결 살랑거리는 소리를 듣는 동안, 나는 과거의 모든 의무에서 해방된다. 국가평의회 따위에서는 유권자에 대해 다시 한 번 생각해보아야 할 것이다. 여기 반짝이는 조약돌들이 그런 기관들을 모두 무용하게 만들고 있다.

3월 30일   만남과 위안

지금 나의 흥미를 불러일으키는 것은 무엇인가? 억수처럼 쏟아지는 비, 그루터기에 듣는 물방울들. 나는 작년에 야생 상수리나무의 묘목이 있던 약간 헐벗은 언덕 가장자리에서 비에 흠뻑 젖은 채

생각에 잠겨 있다. 모든 것이 순간이다. 하늘에서 떨어지는 수정
방울들을 보며 생각한다. 구름과 음울한 날씨가 만물을 가두고 있
는 동안 우리 둘은 더 가까워지고 서로에 대해 더 많이 알아간다.
마지막 기세로 몰려드는 구름. 서서히 잦아드는 바람의 호흡. 그
리고 사방으로 물방울을 떨구는 나뭇가지와 잎사귀들. 내면의 위
안과 기분 좋은 느낌의 만남. 네가 지나갈 때에 머리 위로 염주를
떨구는 나무들과 흠뻑 젖은 그루터기. 스스로를 연민에 빠지게 하
는 비를 통해 보이는 축 처진 나무들의 희미한 윤곽. 이것들은 모
두 나의 영토임에 분명하다. 이것이 자연이 우리 인간에게 주는 위
안이다. 새들은 비를 막아주는 두툼한 잎사귀 아래에 가까이 모여
든다. 한결 더 친밀해진 새들은 횃대 위에서 새로운 노래를 부르며
햇살을 거절한다.

4월 4일   바람
우리는 날이 맑아지길 바라며 바람을 마주하고 섰다.

4월 8일   긍정적인 삶
무엇이 내게 유익할까? 골방에 처박혀 거미, 생쥐와 벗하며 조
만간에 마주할 나 자신을 준비한다면. 이 시간도, 다가올 시간도
영원토록 침묵을 지킨다면. 역사의 증언에 따르면 가장 긍정적인
삶이란 삶에서 물러나 삶과 절연하고 삶이 얼마나 비천한 것인가

를 깨달아 삶에 아무런 기대도 하지 않는 것이다.

4월 20일   아침 산책

이른 아침의 산책은 그날 하루를 위한 축복이다. 나는 안개비 속에 늦게 일어난 이웃들에게 맑은 날의 일출과 새의 노래를 구전 신화로 말해준다. 나는 젊음의 건강이 어디나 퍼져 있었고, 모든 행위가 단순하고 영웅적이었던 새벽 같던 시대의 싱그럽지만 이 제는 멀어진 시간들을 회고한다.

5월 14일   친절에 대한 감수성

누군가가 우리를 친절히 대하거나 우리를 위해 기부금을 내주 었다고 하자. 그러나 우리는 그로 인해 친절을 베푼 사람에게 빚을 진 것이 아니라 진리와 그 사랑에 빚진 것이라고 말할 수 있다. 그 러므로 그 빚을 갚기 위해서는 우리 스스로 진실해지고 친절해져 야 한다. 얼마나 기쁜 마음으로 친절을 베푸느냐에 따라 우리가 진 부채가 탕감된다. 만족도 기쁨도 느끼지 못하는 감사라면 그런 감 사에 무슨 의의가 있겠는가? 고귀한 빈자는 친절을 고귀하게 받아 들임으로써 모든 의무의 짐을 벗는다.

우리가 친절에 고마워하지 않는다면 그때 비로소 우리는 정말 로 빚을 진 것이다. 언제 누구에게 행해지든 관대한 행위에 기뻐하 지 아니하고, 심술궂게 묵묵히 구석에 앉아 있는 사람은 빚을 갚지 못해 스스로 감옥에 갇힌 것과 같다. 그는 창살문으로 세상을 보는 것이다. 언제 어느 때나 후덕한 행위의 빛이 모든 갈라진 틈마다 비쳐오지 않는다면 토굴 감옥에 갇혀 있는 것과 다를 바 없다.

6월 15일   물그림자

오늘 나는 강가에 서서 물에 비친 느릅나무 그림자를 생각해본다. 느릅나무, 버드나무와 마찬가지로 언덕에서 자라는 떡갈나무, 자작나무에게도 뿌리 끝에서 만들어지는 영묘하고 우아한 나무의 원형이 있고, 물이 차면 자연이 밑바닥까지 거울을 보내주어 그 나무를 비춘다. 자연은 우리의 오감이 비천하여 순수한 하늘을 배경으로 서 있는 물체조차 보지 못할까 염려스러운지 가끔씩 호수나 못에 이런 물그림자들을 비추어 보여준다.

원근법처럼 펼쳐진 관목이 하늘을 둘러싼다. 이렇게 명료한 하늘의 윤곽에서 우리가 늘 감명을 받을 수 있다면 얼마나 좋을까. 그러니 햇살이 비치는 서쪽 지평선에 선 아름다운 나무처럼 우리의 삶으로 하늘을 지켜내자. 동틀 녘 첫 광선이 반짝이도록 동쪽 언덕에 우리의 삶을 뿌리내려보자.

조화와 미

왜 사람들은 늘 도덕적 측면에 얽매어 사는가? 우리의 인생은 도덕만으로는 이루어지지 않는다. 현상의 실제적인 면을 공정하게 탐구해야만 한다.

우리는 아직까지 온화하고 애정 어린 소네트를 접해보지 못했다. 깍깍 짖는 새의 거친 울음과 같은 불경스러운 말이 조용한 밤 공기를 찢어놓는다. 세상 어딘가에는 독초와 고인 물을 사랑하는 자가 있다. 아테네의 벌처럼 달콤한 입술을 가진 자는 자주 맹세를 입에 담는다. 빛과 소리의 법칙을 활용하지 못한다면 본질적인 조화와 미는 생겨날 수 없다.

6월 16일   한적한 늪에서

여름날, 한낮이 다 가도록 한적한 늪에 깊이 잠겨 이끼와 월귤나무의 향내를 맡으며 각다귀와 모기의 연주 소리에 마음을 달래는 것을 사치라고 말할 수 있을까? 열 두시간가량 표범개구리와 다정하고 친숙한 대화를 나눠본다. 태양은 오리나무와 말채나무 뒤에서 솟아서는 세 뼘 정도 넓이의 자오선으로 씩씩하게 올라갔다가 서쪽 가파른 언덕 너머로 사라진다. 녹색 신전에서 울려 퍼지는 모기떼의 저녁 노래를 듣는다. 알락해오라기는 숨겨진 요새의 대포마냥 석양 속에서 불쑥 솟아오른다. 하루 종일 늪에 잠겨 있는 것도 바싹 마른 모래 위를 걷는 일만큼이나 유익할 수 있다. 냉기와 습기를 견디는 것도 온기와 건조함을 견디는 것 못지않게 풍부한 경험이 될 수 있지 않을까? 그늘도 햇빛만큼 좋은 것이고 밤 또한 낮만큼 좋은 것이 아니겠는가? 왜 독수리와 개똥지빠귀는 항상 좋은 새이고, 부엉이와 쏙독새는 그렇지 못한 새여야 하는가?

6월 18일

숲에서 사람을 만나는 일이 기뻤으면 좋겠다. 사람을 만나는 일이 순록이나 큰 사슴을 만나는 일과 같았으면 좋겠다.

나는 실제로 관심을 가졌던 일과 저녁에 일기에 적은 일 사이에 얼마나 큰 차이가 있는지 생각해보며 깜짝 놀라곤 한다.

6월 20일　　　미美

이슬, 호수, 다이아몬드처럼 대부분의 미는 완벽한 순수함과 투명함에서 생겨난다. 우리는 벌판의 샘에 주목해야 한다. 운모의 자디잔 조각에서 러시아 전체가 반짝인다. 풍경을 가로질러 가는 구름처럼 잔물결이 흰 모래사장에 흔들리는 그림자를 드리운다.

6월 21일　　　육신과 영혼

육신이 자극을 받아야만 나를 일깨울 수 있다. 건강한 육신은 때 묻고 진부한 인생을 쫓아낸다. 어떤 이는 사치나 나태에 빠진 육신으로 정신적인 투쟁을 할 수 있다고 생각하나 이는 그릇된 생각에 빠진 것이다. 육신은 영혼의 첫 개종자다. 인생살이에서 영혼은 그것의 열매인 육신에 의해 드러난다. 인간이 지닌 의무는 단 한 마디의 말로 요약할 수 있다. 스스로 완전한 몸이 되는 것.

6월 22일   악

악에 의해 충격 받은 사람에게는 억지로라도 애도를 표하지 않을 수 없다. 좀, 녹, 흰곰팡이 따위는 사람을 놀라게 하지 않는다. 그것들에 지배당하는 사람은 아무도 없기 때문이다.

6월 23일   예술과 지혜

진정한 예술가는 자신의 삶을 재료로 삼는다. 끌을 놀릴 때마다 뼈와 살을 깎아내지, 무디게 대리석을 갈지는 않는다.

진실한 지혜에 이르는 길은 구속이나 엄격함이 아니고 자유분방함과 어린아이 같은 천진난만함이다. 무언가를 알고 싶다면 먼저 그것을 즐겨라.

6월 24일   지혜와 운율

최고 경지의 슬기를 담은 글들은 운율이 고르거나, 아니면 적어도 박자가 맞는 글들이다. 다시 말해, 내용상으로는 물론이고 형식상으로도 시라는 데 전혀 의심할 여지가 없는 글들이다. 인류의 슬기를 전부 한 권의 책에 집어넣는다면 그 책에 운율이 없는 행은 단 한 줄도 집어넣을 필요가 없을 것이다.

어떤 모임에서 균형 잡힌 문장 한 줄을 만드는 데에 위트가 도움이 되는 경우는 극히 드물다.

저녁 클리프스Cliffs[1]에서

해는 이미 15분 전에 졌지만 해의 광선이 아직 남아 거의 중천까지 비춘다. 잠시 잠결에 빠져들 때 서쪽에서 빛나는 내일이 희미한 아침의 예감처럼 나의 뇌리를 스쳐지나간다. 안개가 낮에 생긴 먼지처럼 서쪽에서 천천히 굴러온다. 저쪽 숲에서는 해가 다시 솟을 때까지 하늘 지붕을 떠받칠 연기 기둥이 올라간다. 여기 가만히 누운 풍경이 내게 이렇게 일러준다. 모든 좋은 것은 기다리는 이의 몫이고 언덕 너머 서쪽으로 서둘러 가기보다는 여기 이 자리에 남아 있어야 더 빨리 새벽을 맞이할 수 있다고.

뒤쪽 숲의 숨소리가 점점 커진다. 왜 밤은 허둥지둥 달려올까? 저기 다리 위를 구르는 짐마차는 낮이 밤에게 보낸 배달부다. 하지만 그 급보는 봉인되어 있다.

붉은 색은 대낮에 속한다. 아니면 낮 뒤꿈치의 색이라 해도 좋다. 그가 지금 서쪽으로 발을 내딛는다. 우리는 그가 오고갈 때에만 잠시 알아차릴 수 있을 뿐이다.

고결한 개는 별을 향해 짖는다. 나 또한 너처럼 낯설면서도 친숙한 밤을 홀로 걷는다. 나의 목소리도 저 상냥한 하늘에 울리고, 짖는 나에게는 내 목소리만이 울려온다. 밤 10시다.

---

1. 콩코드 강 위로 머리를 내밀고 있는 바위산마루의 이름.

6월 25일 　　　성공과 우정

성공만이 나의 길을 가로막는 장벽이다. 스스로 고르고 평탄한 길을 가고 있다고 생각한다면 그것은 환영에 불과하다. 현실은 사무이영양의 길처럼 가파르고 험하다. 세월이 크리슈나 신상을 실은 마차처럼 나를 향해 굴러오도록 내버려두지는 않겠다.

우리는 서로의 불로 따뜻해진다. 우정은 체로 곱게 걸러내는 그런 냉정한 정제 과정이 아니라, 모든 불순물을 태우는 화덕이다. 우리는 서로를 살피기 전에 먼저 만지는 법부터 배우므로, 만나면 가만히 응시하는 것이 아니라 덥석 손부터 마주 잡는다.

6월 26일 　　　역설

최상의 예술 조건은 꾸미지 않는 데 있다.

진실은 언제나 역설적이다.

가장 가만히 있는 이가 가장 먼저 목표에 도달한다.

어떤 저항도 하지 않는 이가 어떤 굴복도 하지 않는다.

개가 달려들면 휘파람을 불어라.

'아니다'라고 말하면 철학자 무리에서 벗어나게 될 것이다.

담장 바깥에 나가 있으면 어떤 해악도 입지 않을 수 있다. 우리가 위험에 처하는 건 벽에 둘러싸여 있기 때문이다.

6월 27일   일상

내가 살아가는 지금은 1840년 6월 27일이다. 구름 낀 흐린 날이어서 해는 보이지 않는다. 지붕 너머로 대장장이의 해머 소리가 희미하게 들린다. 바람은 즐거울 날을 꿈꾸며 부드럽게 한숨을 토한다. 농부는 멀리 들판에서 쟁기질을 한다. 장인들은 점포에서 바삐 움직이며 상인은 계산대 뒤에 서 있다. 모든 일이 꾸준히 진행된다. 하지만 나는 아무 일도 하지 않을 것이다. 운명에게 나는 운명과의 게임에 참여할 의사가 없다고 분명히 말하겠다. 그러면 운명이 나를 고요하고 게으른 나의 아시아로 데려다줄지 모른다.

나는 내면에 어떤 창도 뚫을 수 없는 방패를 세운다.

종교적으로 만나지 않는 한 우리는 서로를 모독하기 쉽다. 현재 우리는 사원의 성별聖別된 땅을 가정의 뜰보다 더 형편없는 곳으로 만들고 있다.

벗은 하느님의 성지聖地 못지않게 거룩하므로, 거룩한 사랑과 두려움으로 다가가야 한다. 존경심이야말로 사랑의 척도다. 우리의 시간은 안식일이고 우리의 숙소는 사원이다. 우리의 재능이 화목제고 우리의 대화가 친교며, 우리의 침묵은 기도다. 신성모독은 우리를 사라지게 하나 거룩함은 우리를 가깝게 하며, 죄가 우리를 소외시키나 천진난만함이 우리를 회복시킨다.

6월 30일   항해

어제 저녁에 페어헤이번[1]을 떠났다. 하늘 위로 구름이 떠가듯 부드럽고 막힘없는 항해였다. 남서 평야 지대에서 몰려온 바람은 날개 단 말처럼 즐거이 돛 안으로 밀려와 쉬지 않고 힘차게 배를 이끌었다. 부드러운 자극을 받으면 가슴이 부풀듯 돛은 바람에 순종한다. 그러나 이내 돛은 불안에 휩싸여 퍼덕이며 날갯짓을 한다. 돛의 움직임은 아무리 바라보아도 지루하지 않을 만큼 풍부한 의미를 담고 있다. 나는 돛이 맥박 치는 모습을 본다. 마치 내 피가 파동 치는 것만 같다. 돛은 부력을 지닌 자유로운 생물체이고 하늘과 땅의 장난감이다. 공기는 그 위에서 흔쾌히 오락을 즐긴다. 돛이 팽팽하게 부푸는 까닭은 태양이 바람의 손가락을 그 위에 놓았기 때문이다. 돛과 함께 노는 산들바람은 아주 오랫동안 집을 나와 있었다. 무척이나 가는 편이지만 그래도 활기로 가득 차 있다. 아주 열심히 일할 때는 소음이 가장 적은 반면에 보람이 가장 적을 때는 몹시 시끄럽게 굴고 조급해 한다. 하느님의 숨결이 불어와 배의 돛이 펄럭일 때 내 마음은 부드러운 미풍으로 가득 찬다.

오늘 저녁 여기 모든 나뭇잎이 초록 얼음물처럼 서늘하다. 이 광경이 최고의 안약이 될지니, 눈이 아프거든 이곳에 와서 보라. 이마저도 귀찮다면 기다리다가 밤에 이 풍경에 먹을 감아도 좋다.

달콤하나 들리지 않는 음악에 발맞춘 당당한 행진 같은 인생을 살아야 한다. 주변 친구들에게는 걸음걸이가 제멋대로이고 부자

---

1. 콩코드 강이 가장 넓게 펼쳐진 곳.

연스러워 보이더라도 그런 이의 걸음걸이는 겉보기완 달리 활기
차다. 예민한 귀로 수천의 교향곡 화음을 듣기 때문이다. 결코 중
단될 수 없다. 최소한 제자리걸음이라도 한다. 아니, 오히려 이런
제자리걸음을 할 때 들리는 소리가 어느 때보다 더 풍부할지 모른
다. 그때의 가락은 아무도 들을 수 없는 깊이와 야성을 지녀 모든
인생과 모든 존재에 합치하는 단순함을 갖는다. 그는 아무리 힘들
어도 허위로 보폭을 내딛진 않는다. 애초에 그의 걸음을 고무시켰
던 자연의 소리가 이제는 더 아름답고 더 큰 소리로 당당히 행진을
인도하기 때문이다.

　나는 전쟁에 대해 깊은 연민을 느낀다. 전쟁은 영혼의 걸음걸이
와 자세를 몹시 닮았다.

7월 1일　　　　노동의 보답

　인간이 되려거든 인간의 일을 해야 한다. 노력만이 우리 자원이
다. 노력을 통한 성공이라 말해도 좋다. 노력은 미덕의 특권이다.

　진정한 노동자는 고용주에 의해서가 아닌 자신의 노동으로 보
답을 받는다. 다시 말해 근면이 노동 그 자체의 임금이다. 진정한
노력은 결코 좌절하지 않는다. 스스로를 내친다면 모를까 벌이를
사기 당하지 않는다는 걸 알면서도 천한 보답에 머뭇거림으로써
조금이라도 우리 손의 솜씨를 잃게 되는 일은 겪지 말자.

7월 3일   일출과 일몰

내가 어제 본 일출은 여태까지 본 어느 일출보다 광채가 더 강한 것 같았다. 나는 이렇게 싱그럽게 동트는 해처럼 생애를 희망과 한결같음으로 시작하여, 고결하고 고요하게 생의 한낮을 거쳐서는, 더 아름답고 여전히 희망이 가득한 삶의 일몰에 이를 필요가 있음을 깨닫는다. 날이 늙어서 저무는 것일까, 아니면 인간이 해보다 더 빨리 지쳐버리는 것일까? 나는 석양 붉은 포도주 빛에서 싹터오는 새벽빛을 알아본다. 이 빛은 나에게 온 것과 마찬가지로 서부에 있는 형제들에게도 순수하고 밝게 솟아오를 것이다. 저녁이 되면 아침과 한낮에는 보이지 않던 아름다움이 드러난다. 한낮의 열기와 소란에 억눌려 있다면, 황동 빛으로 우리를 태우는 태양이 지금 다른 곳에서는 아침 언덕을 금빛으로 물들이며 삼림의 합창단인 새 떼를 깨우고 있음을 기억하도록 하자.

우리는 내면에서도 새벽, 한낮, 고요한 일몰을 겪게 마련이다. 우리가 저녁 대기라 부르는 것은 그날 행위의 집합으로, 이 저녁 대기가 아름다운 빛을 흡수해 그날의 행위를 새벽의 약속보다 더 꾸밈없이 풍부하게 보여준다. 한낮의 열기 속 성실한 노동으로 저녁에 아름답게 타오르는 석양빛을 맞을 준비를 해보자.

7월 4일   새벽 4시

타운센드에서 주둔하는 보병대가 지난밤 내 이웃 땅에 진을 쳤다. 밤이 들과 숲 너머에서 여전히 드르렁드르렁 잠을 자고 있는 여명이다. 몇몇 병사가 한 텐트에 모여 나팔과 북과 횡적橫笛으로 오래된 스코틀랜드 가락을 연주한다. 창조의 아침 찬송가 소리를 듣는 것 같다. 진을 깨우는 첫 번째 가락이 새벽에게 인사하는 곡조와 뒤섞여 군대의 아침 기도라는 인상을 준다.

드디어 기상 신호포가 발사된다. 창조를 깨달은 병사가 아침을 깨운다. 이 부대에는 겁쟁이가 없는 게 분명하다. 이 곡조는 텐트에서 텐트로 스며들어가 분명한 멜로디로 터져 나오는 유랑하는 꿈이다. 이 곡조는 병사의 아침 생각이다. 누구나 고결한 감정으로 깨어나 영웅적 행위를 할 게 분명하다. 그에게는 어떤 훈계도 필요 없으니, 그는 이 곡조로 만들어진 작품이기 때문이다.

우리 삶의 전 과정도 이 병사의 하루를 닮은 것이 아닐까 한다. 아침에는 자신의 천재성이 올바른 행실이란 무엇인지 귀에 속삭인다. 그러나 행진하고 전투에 나서면서 평정을 잃고 제멋대로 움직이기 시작한다.

새벽을 동반하는 산들바람이 참나무와 자작나무 둘레를 바스락거리며 돌아다니고, 땅은 찌르륵거리는 귀뚜라미 소리로 조용히 숨을 쉰다. 너무 급작스럽게 하루를 깨우고 싶지 않은지 개암나무 잎들이 조용히 살랑거리는 동안, 시간은 어둠과 빛을 분명하게 가르며 그 선 사이로 서둘러 가고 있다. 병사들은 이슬 젖은 텐트에서 나와 자연의 기다림에 대한 응답인 양 멀리 울려 퍼지는 즐거운 찬가를 부른다.

7월 6일   영혼의 달력

이 세상의 지혜란 한때는 받아들이기 어려웠던 현자들의 이단 사상이다.

하루의 조수여, 파도가 해변에 모래와 조개를 남기듯 이 일기장 위에 퇴적물을 쌓아다오. 그래서 나의 육지를 넓혀다오. 이 일기장은 내 영혼의 물살이 오고 간 달력. 이 바닷가 종이 위에 파도가 조개와 해초를 토해내리라.

7월 10일   벗의 성격

나는 나 자신에게는 버드나무처럼 나긋나긋하나, 내 벗들의 성격은 무쇠와 같아 내 손으로는 도저히 구부릴 수 없다. 나는 벗을 길들이느니 차라리 하이에나를 길들이겠다. 벗은 어떤 광산 장비로도 다룰 수 없는 광물질과 같다. 벌거벗은 야만인은 소나무 가지로 떡갈나무를 넘어뜨리고, 손도끼를 바위에 갈아 바위를 닳게 한다. 그러나 나는 벗이 아름다워지기를 바라서든, 바뀌기를 바라서든 벗의 인격에서 조그마한 한 조각이라도 떼어낼 수 없다.

나 자신의 생각만큼 나를 낯설게 하고 깜짝 놀라게 하는 것은 없다.

눈

우리는 눈을 통해 그 사람을 안다. 한 사람의 눈은 어떤 사람의 눈과도 다른 고유한 것이다. 눈은 가족이 아닌 개인의 특징이어서 쌍둥이도 서로 다르다. 눈 속에 모든 이의 비밀이 들어 있다. 성격을 바꿀 수 없는 것 이상으로 눈의 표정도 바꿀 수 없다. 한 사람의 눈을 오래 들여다보고 있으면 눈이 다른 특징들을 결정하고 또한 그 사람을 독창적으로 만들어준다는 생각이 든다. 내가 어떤 사람의 모습, 태도, 열등한 면만을 보고서 다른 사람과 착각할 때는 사실 서로 닮아 있어서 그런 것 같다. 하지만 그와 시선이 마주치면 의혹은 즉시 사라지고 만다. 눈에는 모든 특징이 스며들어 있다.

눈은 독자적인 축을 선회하므로, 우리가 자신의 의지를 마음대로 할 수 없듯 눈 또한 마음대로 할 수 없다. 땅의 축이 하늘의 축과 일치하듯, 눈의 굴대가 바로 영혼의 굴대인 것이다.

7월 11일　　진정한 예술

진정한 예술은 자연을 멋없이 모방하거나 자연에 대항하는 것이 아니라, 자연에 비춰진 원형이 회복된 모습이다. 돌이나 화폭에 아이디어를 어떻게 표현하느냐가 문제가 아니라, 그것이 예술가의 삶 속에서 얼마만큼이나 모습과 표현을 얻어냈느냐가 문제다.

머뭇거림

더 이상 산에서 기다리지 말고 광야로 내려가자. 세상이 빛을 고마워하는 저녁이다. 낮과 밤을 나누는 경계선에서 해가 머뭇거리듯, 우리의 머뭇거림도 이런 해를 닮아야 한다. 아침처럼 서둘러야 하고, 저녁처럼 머뭇거려야 한다.

말의 의미

말의 의미를 결정하는 것은 사람이지 말 자체가 아니다. 천박한 사람이 현명한 격언을 입에 올릴 때, 나는 어떻게 하면 그 격언을 그의 천박함에 어울리도록 해석할까 생각한다. 반대로 현자인 경우에는 평범한 말을 하더라도 그 말이 더 폭넓은 의미를 지니고 있지 않나 곰곰이 생각해보게 된다.

예컨대 고대 그리스의 현인인 미틸레네의 피타쿠스는 "시대에 순응하면서 어떻게 기회를 잡아야할지 알아야 한다"고 말했다. 나는 그의 말에 동의한다. 아마도 그는 모든 시대에 순응하고, 모든 기회를 이용하기 위해서는 실제로 다른 것에 의존해서는 안 되며, 스스로 기회를 만들어야 한다고 생각했을 것이다.

7월 12일   그리스 현인들

피타쿠스는 어느 때든 자신이 맡은 일을 잘 하려고 노력하는 것보다 더 좋은 교육과정은 없다고 말했다.

또 다른 고대 그리스 현인인 프리에네의 비아스는 폭풍 속에서 불경한 선객船客들이 신들에게 빌자 이렇게 외쳤다. "쉿! 쉿! 당신들이 여기에 있다는 것을 신들께서 눈치채지 못하게 조용히 하시오. 자칫하면 우리 모두가 죽게 될지 모르오."

현명한 이는 늘 어떤 일이 일어나더라도 대처할 준비가 되어 있다. 그는 난장에 물건을 잔뜩 펼쳐놓았더라도 비상시에 금세 짐을 꾸릴 수 있는 상인 못지않게 신중하다. 이런 의미에서 볼 때 화려한 옷에는 어딘가 방탕하고 헤픈 면이 들어 있다. 나는 최신 유행의 옷을 차려입은 멋진 숙녀와 신사를 보면, 분명 이들은 날이 계속 맑을 것이고 혼잡을 겪거나 부딪치지는 않으리라고 예상한 듯하므로, 만일 지진이 일어나거나 큰불이 나면 어찌할지 의아스럽다. 저 세심하게 가다듬은 곱슬머리와 값진 장신구들은 사람들에게서 특별한 존경을 받기를 기대한다.

옷이란 편히 걸칠 수 있어야 하고, 운이 좋든 나쁘든 잘 맞아야 한다. 무도회에 가든, 지진이 일어나든 상관없는 직물과 양식임을 보여주어야 한다. 프리에네 주민들이 지진이 나서 허둥지둥 안전한 곳으로 물건들을 옮기고 있을 때, 이 혼란 한가운데에서 태평하게 앉아 있는 비아스에게 어떤 사람이 '왜 당신은 다른 사람들처럼 무언가라도 건질 생각을 하지 않느냐'고 묻자 비아스가 이렇게 답했다. "지금 그렇게 하는 중이오. 내 몸에 지니고 다니는 게 내 물건의 전부요."

7월 26일   7월의 밤

해 진 뒤 별들이 언덕과 나무숲 뒤에서 무리지어 나오는 모습을 보면, 좀 더 호기심에 차서 감동적인 밤을 보내지 못한 나의 무능을 고백하지 않을 수 없다.

7월 27일

5월의 대기를 마신 기억이 난다. 그 기억이 예전의 나와 지금의 나는 다르다는 느낌을 갖게 한다. 숲의 개똥지빠귀가 플라톤이나 아리스토텔레스보다 더 현대적인 철학자다. 플라톤이나 아리스토텔레스는 이제는 독단적인 신념인 반면에 개똥지빠귀는 지금 이 시간의 신조를 설교한다.

자연은 우리의 슬픔을 동정하지 않는다. 자연은 슬픔을 받아들일 준비가 되어 있지 않다. 오히려 슬픔을 감출 방법을 마련해놓았다. 자연은 눈물이 뺨 위로 흘러내리지 않도록 우리의 속눈썹 끝을 비스듬하게 만들었다.

8월 13일   정돈된 태도

한 줌의 깃털이나 따로따로 노는 말과 마부가 아니라, 방향타용 깃털을 단 화살처럼 한 방향으로 움직이는 정돈되고 착실한 태도를 지녀야 한다. 영국 평론가 조셉 애디슨은 이런 취지에서 다음과 같은 말을 했다. "사람이라면 전체가 함께 움직여야 한다는 규정을 여기에 적어놓는다. 만일 걷지 않고 메뚜기처럼 뛴다면 그 움직임은 온전하고 적절하다고 할 수 없다."

12월 2일   호수와 강

호수와 강이 없다면 나는 말라 시들어버렸을 것이다. 물가 사향뒤쥐, 푸나무와 마찬가지로 내 몸 또한 호수와 강에서 비롯되었다고 느낀다. 저쪽 숲속 월든 호수를 생각하면 근육의 긴장이 풀리고 오늘 할 일을 즐거이 하게 된다. 때론 그 물을 마시고도 싶다.

월든 호수는 1년 내내 하늘을 비춘다. 그 수면에서는 하늘과 땅 사이의 공간을 잇는 신묘한 공기 기둥이 솟아 있다.

물은 땅과 공기 사이의 매개물이다. 인간은 대부분의 액체에서 떠다닐 수 있다.

모든 호수의 수면 너머로 고요한 음악이 밀려온다.

1841년, 24세

훌륭한 문장은
우연히 쓰이지 않는다

"나의 일기는 추수가 끝난 들판의 이삭줍기다."

4월. 존의 건강이 악화되어 함께 운영하던 학교가 문을 닫다.

며칠 뒤 소로는 에머슨의 집에 들어가 숙식을 제공받는 대가로 하루
2~3시간씩 일을 하기로 한다.

1월 2일　　　숲

솔솔 불어오는 겨울바람에 바스락거리는 붉은 떡갈나무 관목들은 바삭바삭 타며 이글거리는 불이다. 이 나무들은 소나무보다 더 많은 열을 품고 있다. 초록은 차가운 색에 속한다. 하늘을 배경으로 선 숲의 윤곽은, 빛이 흩어져 들어오는 틈새가 많을수록 더욱 풍성해진다.

스트로부스 소나무의 모든 솔잎이 산들바람에 떨고 있다. 햇볕이 잘 드는 양지 쪽에서는 나무 전체가 펄펄 끓어오르며 가물거리는 듯한 느낌이다.

오늘 나는 잠시 길에 멈춰 서서 나무들이 시절이나 상황을 가리지 않고 장래 걱정 없이 자라는 모습을 지켜보았다. 이들은 인간과는 달리 기다리지 않는다. 지금이 땅, 공기, 햇빛, 비가 넉넉한 어린 나무의 황금시대다.

1월 20일   불운

모진 불운으로 앞날을 헤아리기 어려운 어두운 순간들은 내 인생행로의 걸림돌이 아니라 내가 올라서야 하는 내 앞에 놓여진 계단이다. 이 계단을 성큼 올라서기 위해서는 운이 좋다고 해도 실망하는 마음을 가져야 하고, 햇빛이나 건강 따위에 매수되어서는 안 된다.

한평생 어느 한 대상을 마주보고 있을지라도 나와 관계가 없다고 생각되는 부분은 전혀 보지 못할 수도 있다.

1월 23일   하루

하루가 가고 있다. 뜰에서 수탉이 홰치는 소리를 듣는다. 이놈들이 햇볕에 마른 집짐승 똥 사이를 거닐고 있다. 마루 위를 서둘러 지나가는 발자국 소리를 듣는다. 집 전체가 시끄럽다. 하루가 무사히 지나가고 시간은 차고 넘친다. 인간은 오전에 피었다가 오후에 꽃잎을 오므리는 여름 꽃들만큼이나 바쁘다.

사람들이 일상을 화제 삼아 이야기하는 경우는 의외로 드물다. 목수는 지붕마루를 잇기 위해 망치를 두들기면서도 틈만 나면 정치에 관한 이야기를 한다.

일상의 단단함이 자신을 내세우며 서서히 내게 다가온다. 마치 병자의 지팡이나 요와 같다. 지팡이나 요의 관점에서 본다면 모든 사람이 다 병자라고 말할 수 있다. 만일 숲에 곧고 굳건한 나무가 한 그루밖에 서 있지 않다면 모든 짐승들이 그 나무를 차지하기 위해 싸울 것이다. 일상은 우리가 서 있는 땅이요 우리가 기댈 벽이다. 몸을 기대지 않고서는 신발조차 신을 수 없다. 그것은 이웃들이 말을 하면서 기대는 담이다. 닭 울음소리, "이랴, 이랴" 말 부리는 소리, 거리에서 일 보는 사람들의 소리, 이 모두가 곡예사가 더욱 유연해지고 더 높이 뛰어오르기 위해 쓰는 도약판과 같다. 우리의 몸은 때론 기대어 쉴 수 있는 벽을 필요로 한다. 우리가 그 벽에 기대 서 있을 때 바늘은 시계의 표면에 서 있다. 그것은 부드럽고 습기 찬 조용한 밤이 옥수수를 자라게 하듯 우리를 자라게 한다. 우리의 연약함은 일상을 원하나 우리의 강함은 일상을 이용한다. 육신에 좋은 것이 육신의 노고요, 영혼에 좋은 것이 영혼의 노고다. 그리고 한쪽에 좋은 것은 다른 쪽에도 좋다. 그것들을 굳어진 이름으로 부르지 말고 분리된 관계라고 여기지 말라.

1월 24일   진심

나는 거의 날마다 사람들을 만나기가 힘들어 움츠러든다. 결연하고 충직하게 나 자신이 되자. 겸손하게 내가 바라는 사람이 되자. 사람들이 꽤나 거칠어 나에게 벅찰지라도 반드시 내가 가진 것 중 가장 좋은 것을 주도록 하자. 그러면 장차 신들이 더 좋은 것들로 채워주실 것이다. 사람이 사람에게 주는 가장 귀한 선물은 각자의 진심이고, 그 진심이 자신의 본 모습도 보듬어줄 것이다. 사람들의 기분에 맞추려고 눈치 보며 베푸는 일은 없도록 하자. 자기 자신을 말끔히 내주고 즉시 곳간을 비우도록 하자. 나는 경치 속에 있을 때와 마찬가지로 사회 속에 있을 것이다. 자연 앞에서는 부끄러워할 일도, 숨길 일도 없다.

자연의 요소가 우리 정신의 영적 요소보다 앞선다기보다는, 영적 요소에 의하여 그와 유사한 자연의 요소가 드러난다고 하는 편이 더 타당하다.

술잔치가 벌어지면 심각했던 분위기는 경박해지며, 이어서 어리석음이라는 술 한 잔을 기분 전환 삼아 마시게 된다. 조용했던 비너스와 아폴로의 날[1]이 할리퀸[2]과 콘월리[3]를 위한 바보들의 날로 변한다. 해는 언제나 햇빛을 아까워하지 않고 수호신처럼 그날을 보호한다. 온몸의 신경과 근육이 숙제에 시달린 아이처럼 그만 생각하자고 조른다. 허벅살 아래의 뼈가 좀이 쑤신 듯 근질거린다. 그 난장판에 한몫 끼자고 조르는 것이다. 나는 자연과 영혼을 곁눈질하며 나의 우둔함을 즐거워한다. 신들은 조용히 묵상하는 신사에게만 계시를 내린다고 생각하기 쉬우나 틀린 생각이다. 어릿광대 중의 어릿광대가 아무도 보지 못한 신들의 모습을 본다. 그리고 외로운 시간을 위해 그 모습을 가슴에 간직해둔다. 바보 역할을 할 때마다 나는 좀 더 자유롭고 관대한 철학으로 낡은 것들을 변화시키고 싶은 충동에 사로잡힌다.

---

1. 일요일을 일컫는다.
2. 가면을 쓰고 얼룩덜룩한 옷을 입고 나무칼을 찬 어릿광대.
3. 1781년 10월 19일, 버지니아 요크타운에서의 영국군 콘월리 장군의 대패 기념 축제.

1월 25일   육신과 영혼

우리는 강하고 아름다워져야 한다. 영혼의 반려가 되기에 부족함이 없도록 육신을 부지런히 가다듬어야 한다. 자연의 순리에 따르는 성숙한 나무처럼 육체에도 물을 주고 가꾸어야 한다. 영혼을 마음대로 처분할 수 있다면 내 영혼을 게으른 지금의 육신보다는 평원을 뛰어다니는 저 영양에게 내주겠다. 그것도 되도록 빨리.

1월 26일   부

나는 부리고 쓸 수 있는 많은 재산을 갖고 있다. 내 성격상의 결함으로 정당한 수입을 얻지 못하더라도 사실상 내 상속 재산에 대한 담보가 있다. 사람들의 부는 결코 등기소에 등록되지 않는다. 부는 큰길을 따라 들어오거나 이리 운하나 펜실베이니아 운하를 따라 떠다니는 것이 아니라, 담대한 근면에서 호젓한 오솔길을 거쳐 고요한 정신으로 들어온다. 큰 소동이나 다툼 없이도 말이다.

꿈

어젯밤 나는 지난날의 내 행위와 관련한 꿈을 꾸었다. 꿈속에서 나는 삿된 욕심 따위는 부리지 않고 나의 가장 고귀한 본능에 충실했으나 내가 바라는 바는 실현시키지 못했다. 벌써 수개월이 지난 지금, 고요히 잠든 가운데 정의가 고스란히 나에게 다가왔다. 내가 깨어 있었더라면 이런 보상은 생각할 수 없었을 것이고, 내가 이룬 공과 저지른 과오를 되짚으며 전체를 매도했을 것이다. 하지만 지금의 나는 그 응보의 주체로서가 아니라 한 대상으로서 받아들여진다. 이것은 (현재 이루어지고 있으며 언젠가는 반드시 이루어질) 신성한 정의가 주는 상이었다.

1월 28일 　　의혹

어떤 천진난만한 이라도 자신이 의혹을 받고 있음을 안다면 그 의혹에서 벗어나기 쉽지 않을 것이다. 자신의 행위를 곡해하는 사람들 앞에서는 사실상 그 언짢은 해석을 뒤집어놓기가 쉽지 않다. 그런 자리에 있을 때에는 결코 나 자신으로 돌아갈 수가 없다. 나의 동기가 훌륭하다고 생각해주면 나는 반드시 그런 동기를 갖게 될 것이나, 나쁜 동기를 갖고 있다고 의심받는다면 그 의혹이 미덕의 샘을 오염시킬 것이다. 당신이 거래하는 데 쓰는 동전처럼 사람들에게 무한한 신뢰를 보여줘라. 그러면 언젠가는 그들이 갖고 있는 최상의 상품을 내보일 것이다. 어느 누구도 자기 죄악과 한패는 아니다. 그러니 사람들을 그들 미덕의 친구로서, 또는 악덕의 원수로서 만나야 한다. 누군가가 나를 의심한다면 그는 결코 나를 보려 하지 않을 것이다. 따라서 우리의 모든 교제는 가장 정중한 작별이어야 할 것이다. 나는 그가 있는 자리에서 부단히 나 자신을 억제하고, 사죄하고, 미루어야 할 것이다. 불평 섞인 말투로 자신의 운명에 저항하다가 해를 입는 사람은 겨울 내내 시든 잎을 떨굴 용기를 지니지 못해 부스럭거리다가 번개를 맞는 나무와 같다.

1월 29일   신성한 도움

지극히 곤궁하고 곤란한 처지에 처해도 엄숙하게 설교하는 하
느님만을 믿고 양심에 복종한다면 이는 나에게로 물러나 오로지
스스로의 힘에만 의지하기 위함이다. 이러한 생각에는 전율을 일
으키는 무언가가 있고 이것은 나를 자랑스럽게 한다. 나는 평범
한 상황에서는 나 자신으로 족하다고 느끼고, 중요한 순간에도 대
부분은 나 자신 외에는 어떤 협력자도 필요 없으므로 앞서와 마찬
가지로 내 힘으로 모든 해악을 물리쳐야 한다. 내 손으로 내 앞길
의 버드나무 가지들을 밀쳐내듯, 내 한 팔로 악마와 악마의 사자들
을 패퇴시켜야 한다. 우리가 겁을 낼 때에는 하느님은 우리의 동
맹이 아니고, 우리가 담대할 때에는 중립에 서신다. 그러니 하느님
을 믿음으로써 자기 힘의 한 조각이라도 잃는다면 더 이상 하느님
을 믿지 말자. 믿더라도 자신의 갑주를 멀리 두지 말고, 갑주를 입
고서 오히려 더 단단히 조여라. 신에 대한 믿음으로 내 힘의 일부
를 잃게 된다면 그것은 결코 좋은 방책이 아니다. 이 경우에는 진
지에 낙오된 경험 없는 신참을 부리고, 하늘의 동맹은 떠나가게 하
는 편이 나을 것이다. 하느님은 단련하는 자의 편이므로, 하느님이
내 편이라고 해서 단련을 늦출 여유가 없다. 그리고 신들이 유일한
하늘이어서 내가 그 밑에서 싸울 수밖에 없을지라도 그들이 폭풍
처럼 몰아치든, 고요하든 개의치 않을 것이다. 나는 격려가 아니라
도움을 원한다. 하느님의 신성한 도움은 게으른 기도와 믿음보다
는 인간의 가느다란 손가락에 달려 있다.

일기

예측할 수 없는 일 가운데서도 가장 이상한 것이 일기를 쓰는
일이다. 일기에 대해서는 나는 아무것도 예견할 수 없다. 좋은 것
이 좋은 것이 아니고 나쁜 것이 나쁜 것이 아니다. 내면의 가장 풍
부한 창고에 빛을 비추더라도 계산대에 올라오는 것은 그저 조잡
하고 값싼 재료들밖에 없다. 하지만 몇 개월이나 몇 년이 지나고
나면 그 혼란스러운 더미 속에서 육로를 통해 가져온 중국의 희귀
한 유물이나 인도의 보물이 나올지 모른다. 마른 사과나 호박을 줄
로 이어놓은 듯한 너저분한 것이 나중에는 브라질의 다이아몬드
와 코로만델[1]의 진주를 엮어놓은 보물로 밝혀질지도 모른다.

1월 30일   겨울 숲과 여우

들판 멀리 작은 두 숲의 꼭대기와 꼭대기 사이에 솥 하나에서
피어오른 김보다도 그리 크지 않은 구름이 한 점 떠 있다. 그 자체
의 필요에 따라 이 행성이 움직이는 반대 방향으로 구름이 떠간다.
이 구름은 나무우듬지의 좁은 골짝을 지나가다 어느 소나무 너머
로 사라진다. 저 구름은 심장도, 폐도, 뇌도 없고, 거처할 실내도, 방
도 없으니 저편 어디에서 쉬게 될지 궁금해진다.

겨울철에는 해에게서만 온기가 직접 전해질 뿐, 땅에서는 온기
를 느낄 수 없다. 여름철에는 해에게서 나오는 열기의 고마움을 잊

---

1. 진주가 풍부한 것으로 알려졌던 인도 동부 해안.

기 쉬우나, 눈 덮인 골짝을 걸으면서 등 뒤를 비추는 태양 광선을 느낄 때면 이런 후미진 곳까지 나를 쫓아오는 특별한 친절이 고맙게 여겨진다.

눈에 덮인 나무들은 대단히 맑고 밝은 빛을 받아들이나, 젖빛 유리창을 거쳐 온 빛인 양 찬란하게 빛나지는 않는다. 이것은 해의 모든 빛을 간직할 수 있는 일종의 하얀 어둠이다.

숲의 패션은 파리 패션계보다 더 변동이 심하다. 눈, 서리, 얼음, 초록 잎과 마른 잎이 끊임없이 새로운 스타일을 만들어낸다. 나무의 윤곽에도 만화경과 같은 온갖 모양과 색조가 깃들어 있고, 문장학紋章學 서적의 도안과 부호가 들어 있다. 소나무 우듬지가 흔들거릴 때마다 머리에다 깃털을 꽂는 새로운 패션이 인기를 끌고 있다는 느낌이 든다.

몇 시간 앞서거나, 아니면 방금 내 앞을 지나갔을지 모르는 여우의 흔적을 뒤쫓는다. 곧 숲의 정령을 만날 것만 같은 기대로 가슴이 설렌다. 머지않아 여우 굴에까지 이를 것만 같다.

모습이 저마다 다른 나무 위로 눈이 떨어져 쌓인다. 눈이 갖게 되는 모양은 눈 쌓인 가지와 잎의 모양만큼이나 다양하다. 말하자면 이 모습은 나무의 천성에 따라 정해진다. 거룩한 혼이 모든 것 위에 내려앉아 그 하나하나에서 특이한 열매를 맺는다. 들과 숲에 내려앉는 자리에 따라 눈송이가 갖가지 모습을 취하듯, 신성神性은 모든 인간에게 내려온다.

호수를 가로질러 400미터가량 찍힌 발자국은 분명 여우의 것이다. 발자국은 선명하고 우아한 곡선으로 이어졌다. 나는 여우가 왜 보폭을 좁혔다 넓혔다 했는지 그 이유가 몹시 궁금하다. 여우의 발자국이 어떤 정신의 파동인 양 느껴지는 이유와 그것이 왜 나를 지금 오른쪽으로 두 발, 왼쪽으로 세 발을 가도록 만드는지도 알고 싶다. 이러한 일들에 대해 설명한 예수의 생명서를 머릿속에 떠올리지 않았더라면 나는 여우의 발자국을 무심코 지나쳤을지 모른다. 오늘 아침 여기 눈 위에는 신성한 정신의 발자국이 남아 있다. 호수는 그의 일기장이다. 지난밤 사이에 내린 눈이 그 일기장을 '깨끗한 석판'으로 만들어놓았다. 오늘 아침 나는 한 정신이 지나간 길과 그 정신이 맞닥뜨린 지평선을 눈 위에 찍힌 발자국을 통해 본다. 천천히 움직였는지 아니면 빠르게 움직였는지, 발을 옮길 때 시간 간격은 얼마인지, 그의 흔적이 얼마나 선명한지도 안다. 꽤나 바삐 걸어간 듯한 구간에서도 여우는 어지간해서는 지워지지 않을 뚜렷한 흔적을 눈 위에 남겨놓았기 때문이다.

강 아래쪽 300미터가량 떨어진 곳에서 나는 불현듯 강을 가로질러 왼쪽 언덕을 올라가는 여우 한 마리를 본다. 눈이 15센티미터가량 쌓여 여우는 빠르게 달릴 수 없다. 발아래에 쌓인 눈이 나에게는 아무런 방해가 되지 않는다. 여우를 추격하고픈 본능에 사로잡힌 나는 고개를 높이 쳐들고 뛰기 시작한다. 여우몰이 개처럼 공기를 쿵쿵 들이마시고 껑충껑충 뛰면서 세상과 동물애호협회에 대한 생각을 떨쳐버린다. 사냥꾼의 뿔피리 소리가 숲을 울리고, 디아나와 모든 사티로스가 추격에 동참해 나를 격려하는 것만 같다. 올림피아와 엘리스의 젊은이들도 언덕 여기저기에서 종려나무 잎을 흔들어댄다. 나는 재빨리 여우에게 다가간다. 여우는 조금도 침착함을 잃지 않고 나무가 없는 가파른 언덕 대신 숲으로 난 경사로 쪽으로 걸어간다. 추격당하는 여우에게는 불리한 길이다. 공포에 질려 있음에도 여우가 내딛는 발걸음은 우아하고 아름답다. 아주 우아한 곡선을 남긴다. 마치 표범이 느리게 뛰는 모습 같다. 쌓인 눈이 여우에게 조금도 방해가 되지 않는다. 오히려 걸을수록 힘이 나는 모양이다. 여우가 뛰기 시작한다. 발이 눈 위에 닿을 때마다 새 힘을 얻는 안디오스처럼 속도가 빨라진다. 내 눈에 뚜렷하게 잡힐 정도로 거리가 좁혀졌을 때 여우는 막 숲으로 들어가고 있었다. 결국 승리는 그의 차지였다. 여우는 등뼈 없는 동물인 양 뛰어간다. 제대로 가고 있는지 확인하려는 듯 발밑에 쌓인 눈에 코를 킁킁대다가 다시 고개를 쳐들곤 한다. 내리막길에 이르자 여우는 앞발을 모은 다음 고양이처럼 눈 위를 미끄러지듯 내려간다. 걸음걸이가 아주 부드러워 지적인데도 아무 소리도 들리지 않는다. 그러나 걷는 모습만 본다면 아무리 먼 거리라도 발소리를 들을 수 있을 것만 같다. 이 경험이 여우에게 도움이 되기를 바라면서 나는 강가로 난 지름길을 통해 마을로 돌아왔다.

자연의 소리를 듣다보면 젊은 시절의 낭만이 깃들어 있음을 알게 될 때가 있다. 유년기에는 천국이 우리 곁에 있었다. 지금도 천국은 우리 곁에 있다. 자연의 소리는 격하거나 지나치지 않고 거짓 또한 없다. 자연의 소리는 언젠가 꿈꾸었던 나의 꿈을 꿈이 아닌 유일한 실질적인 경험으로 바꾸어놓는다. 그리고 기적만이 만족시킬 수 있는 믿음을 고양시킨다. 나는 다시 극히 섬세한 본능이 가장 신성한 것임을 믿게 된다. 다시금 영웅의 자질을 생각하게 되고 또 생각한 것들을 확신하게 된다. 자연의 소리는 나에게 남은 시간이 거쳐야 할 삶이 아닌 삶, 삶을 넘어선 삶이 되게 한다. 나는 시간의 뚜껑을 열고 그 아래를 들여다본다.

2월 2일　　　은판 사진술

뭔가를 새로 시작하기는 어려우나, 이미 해오던 일을 반복하기는 그다지 어렵지 않다. 자연은 언제나 형태를 바꿔 되풀이하여 나타날 준비가 되어 있다. 은판 사진술에서 자연 자체의 빛이 그 사본을 쓰는 당사자로, 사진 또한 표층의 의미 이상으로 그 조망만큼의 깊이를 지닌다. 현미경이 이 대상에 적용되고 쌍안경이 다른 대상에 적용되듯이 말이다. 이와 같이 우리는 외적인 형태를 쉽게 늘려놓을 수 있다. 그러나 내면을 객관화하는 일은 쉽지 않다.

우리는 아직까지 열망을 표현하지 못하고 있으나, 꾸준히 열망을 따른다면 어느 해엔가는 반드시 지난해의 열망을 표현할 날이 오고야 말 것이다.

2월 3일　　　시기상조

말과 행동과 표정으로 무심코 하는 애정 표현은 시기상조일 수 있다. 아직 때가 무르익지 않은 것이다. 겨울 끝 무렵 며칠 간 날이 따뜻할 때 서리가 내리는 데도 흙을 밀고 나와 싹을 틔우는 것과 같다.

2월 4일   나의 자리

모처럼 공적인 모임에서 편안한 곳에 자리를 잡고 앉는다. 그러
나 고개를 꼿꼿이 세운 숙녀가 엄숙한 표정으로 나에게 다가오면
나는 소심하게 발가락만 바닥에 댄 채 경계하는 태도를 취하지 않
을 수 없다. 자리에서 일어나라는 무언의 압박이다.

자리가 위태로워지면 불안감이 생긴다. 하늘에 내 자리가 있다
면 나는 아무런 미련 없이 즉시 그곳으로 가겠다. 나는 행성이 아
닌 항성이다. 나는 숙녀들이 접근할 때마다 제 궤도와 동떨어진 궤
도를 돌며 다른 별들의 체계를 뒤흔들어놓는 혜성은 되고 싶지 않
다. 차라리 묵묵히 앉아 있는 커다란 산이 되겠다. 나의 높은 알프
스 산 푸른 잔디에서 너희 숙녀들이여, 맘껏 뛰놀려무나. 아니, 그
러지 말고 본능이 명하는 대로 앉아 있자. 숙녀와 만날 기회를 영
원히 잃지 않는 한 비겁하게 청년의 예절에 굴복하지 말고 본능을
쫓아 앉아 있자. 그들에게 다음과 같이 말하자. 하느님이 하사하신
자리를 절대로 내주지 않겠다고. 게다가 하늘 위의 카시오페이아
양은 자신의 자리를 자랑하려고 놋쇠로 만든 것 같은 얼굴을 한 황
소자리에게 뿔을 감추라고 말할지도 모른다. 안 된다! 안 된다! 내
궤도의 운행이 끝날 때까지는 절대로 안 된다!

2월 5일　　　집시 합창단

　드문 경우이긴 하나 어떤 사람은 네발짐승이나 새에 못지않게 목소리가 자연의 고요에 부딪쳐 부서지는 듯 악센트가 독특하다. 그 나지막한 목소리가 내 귀를 울리는 동안 널리 퍼져 모든 공간을 압도한다. 침묵과 단독으로 대조되는 그 소리는 침묵만큼이나 넓다. 음악은 소리의 결정結晶이다. 한 조화로운 목소리가 수정水晶의 법칙과 비슷하게 주변 사람들의 기질에 중대한 영향을 미친다.

　그 소리가 중심이 되므로 반포된 법처럼 들린다. 우주의 법칙이 반포될 때 우리 귀에 들렸더라면 어떤 입법자도 그것을 의심치 않았을 것이다. 그것은 그가 귀 기울여 들어본 어떤 소리보다도 더 뛰어난 멜로디를 지녔을 것이므로.

　가수들이 서로 소리를 깨우쳐줌으로써 서로의 가창력을 높여줄 때에는 그들의 노래가 우리에게 들리는 것보다 더 완벽하고 본질적인 조화를 이룬다.

　가족 관계로 이루어진 한 합창단이 우리 마을에 왔다. 이제 우리 마을 사람들도 집시, 서커스단, 유랑 악단 하면 낭만을 떠올리게 되었다. 이 합창단은 이런 목적에 잘 어울리는 모임이었다.

　이와 같은 형제애, 즉 동류의식에는 우리 눈에는 띄지 않을지 모르나 당사자들을 고양시키는 무언가가 있다. 가난하고 천한 신분일지는 모르나 그들은 우리의 자선을 비는 것이 아니라, 오히려 우리를 축복하고 우리에게 미소를 보낸다. 이 유랑하는 걸인 가족에게는 친절을 호혜적으로 만들 수 있는 무언가가 있다. 티롤에서 온 이 4인 가족은 형제자매는 아닐지라도 적어도 삼촌조카 사이임에는 분명하다. 우리에게 노래를 들려주려고 온 이 스위스 사람들은 분명 티롤의 꽃 같은 존재일 것이다.

그저 벗어놓은 옷이 아니라, 어느 누구도 입지 않을 것 같은 괴상한 옷이었다. 그 안에는 분명 어떤 핵심이 들어 있을 것이다. 이 스위스 사람들이 긴 각반을 차고, 길이가 긴 깃털 달린 모자를 쓰고 내 앞에 나타났을 때 나는 껄껄 웃을 뻔했으나, 이내 그들의 반짝이는 진지한 눈빛이 곧 그들의 의복이며, 그들이 그 핵심임을 알아차렸다. 어느 민족의 의상을 신성하게 만드는 것은 그 민족 내부로 이어지는 진지한 삶이다. 그 민족이 지닌 맑은 눈 그 자체만으로도 그들은 기괴한 것들을 자신들 앞에 무릎 꿇리고 복종하게 할 것이다. 어릿광대가 익살을 부리는 와중에 복통을 일으켜 이리저리 뒹굴면 그의 의상과 치장 역시 이 분위기에 일조를 할 것이고, 축 처진 의복과 더불어 동정심이 그 불운의 진실성을 높여줄 것이다. 병사가 포탄을 맞고 쓰러지면 갈가리 찢긴 군복은 금세 핏빛으로 물든다. 사람이 먹고, 자고, 앉고, 걸으면서 산전수전을 겪는 동안 그의 의복은 신성해진다. 곰 가죽이든 담비 모피든, 비버 모자든 터키 터번이든 어느 것이나 시의 주제가 될 수 있다. 이제 그가 옷을 입는 까닭은 푸르거나 검어서, 또는 둥글거나 각져서가 아니라, 대체될 수 없는 필요로 인해서일 것이다.

이 외국인들의 옷이 지나치게 꾸민 것이나 별난 것은 아닌지 알아보려고 그들의 얼굴과 태도를 살펴보니, 오히려 친숙하고 꾸밈없는 수수함이 느껴졌다.

아무리 위급하더라도 중력이 발판을 확보해주는 굳건한 땅으로 한걸음 발을 내딛을 수 있다. 그러니 운명 일람 출급의 환어음을 꼭 쥐고 있어야 한다.

2월 7일 온화한 겨울날에

나는 이제까지 방한 외투도, 속바지도 입지 않고 눈 더미를 헤치고 다녔으나 다행히 감기에 걸리지는 않았다. 가끔씩 모피 목도리에 숄을 걸치고 머프에 손까지 넣고 다니는 이웃들을 만나면, 보이지 않는 적에게 쫓겨 요새로 퇴각한 사람들처럼 보인다. 그들을 보면서 지금이 사람들이 추위를 타는 겨울철임을 자각한다. 내 느낌상으로는 내가 사람의 모습을 한 나무의 일부여서 썩기 전까지는 나의 몫을 다할 것 같다. 요즘 나는 자연의 반감을 불러일으킬 정도로 자극적인 음식을 많이 먹어 몸이 뜨거워진 적이 거의 없다. 수액을 분비하며 자라기에 겨울철도 나쁘지 않음을 알게 된 나무처럼 무럭무럭 크고 있다. 벌거숭이 그 자체로 추위를 이겨낼 수는 없는가? 몸의 원소들이 얼지 않을 만큼 단순하고 한결같을 수는 없을까?

처마가 남쪽으로 뻗어 있다. 작은 박새는 포플러나무에서 지저귄다. 교회에서 종소리가 들려온다. 무엇보다 분명한 것은 만물을 주재하는 해의 온기다. 영원히 계속 흐를 것만 같은 시간 속에서 나는 무엇을 해야하는가? 저기 적갈색의 땅뙈기는 내 안 어디에 있을까? 통나무와 나뭇조각들이 흩어져 있는 뜰은? 감정이 혼란스러운 것은 아니다. 해는 나에게 볕을 주듯이 물레나물과 풀솜나물에게도 볕을 준다. 지금 나의 생각이 햇볕으로 인해 들끓는 빛이 된다. 물레나물과 풀솜나물이 무슨 생각을 하고 있는지 어느 정도 알 것도 같다. 정오의 히스처럼 누우니 정신이 희미해진다. 그리고 태양 곁으로 증발한다.

용자는 길이 아무리 복잡하게 얽혀 있더라도 어느 길로 가야하는지 알고 있다.

2월 8일　　경험

우리의 경험 대부분은 우리 내부로 들어가 어딘가에 자리를 잡는다. 경험은 우리가 사귀는 동아리와 같다. 궂은 날이든, 갠 날이든 어느 날엔가는 나타나 머릿속에 떠오른다. 몸과 정신은 결코 어떤 것도 잊지 않는다. 나뭇가지는 자신을 흔들고 지나간 바람을 기억하고, 돌은 받은 충격을 잊지 않는다. 저 들판의 오래된 나무와 모래알에게 물어보라.

일기

나의 일기는 추수가 끝난 들판의 이삭줍기다. 일기를 쓰지 않았더라면 들에 남겨져 썩고 말았을 것이다. 먹기 위해 살듯이 일기를 쓰기 위해 산다면 환영할 만한 삶은 아닐 것이다. 내가 매일 일기를 쓰는 이유는 신들을 위해서다. 일기는 선불로 우편요금을 내고 신들에게 매일 한 장씩 써 보내는 나의 편지다. 나는 신들 세상의 회계사다. 밤마다 장부에서 원부로 그날의 계산을 옮겨 적는다. 일기는 머리 위에 매달려 있는 길가의 나뭇잎이기도 하다. 가지를 붙잡아 잎 위에 나의 기도를 적는다. 그러고 나서 가지를 놓아준다. 가지는 제자리로 돌아가 잎에 적힌 낙서를 하늘에 보여준다. 일기를 내 책상 안에 고이 간직해두지 않았더라면 나뭇잎과 마찬가지로 만인의 것일 수 있다. 일기는 강변에서는 파피루스 같고, 초원에서는 푸른 서판 같으며, 언덕에서는 양피지 같다. 가을날 길을 따라 떼 지어 손을 흔드는 잎사귀처럼 어디에서나 손쉽게 얻을 수 있다. 까마귀나 오리, 독수리가 펜에 꽂을 깃촉을 물어다준다. 바람은 발길이 닿는 곳 어디에서나 잎을 흔든다. 상상력의 나래가 펼쳐지지 않을 때에는 흙탕과 진흙 속을 더듬어 갈대로 글을 적는다.

나의 일기는 우연히 휘갈겨 쓴 글들로, 지진이나 일식 못지않게 중요한 사건들을 기념한다. 저기 항아리에 들어 있는 시든 잎처럼 여기저기에서 주워 모은 것으로, 산과 들, 숲과 늪지를 뒤져 찾아낸 것이다.

악과 미덕

가장 성스러운 순간에 짓궂은 눈의 악마가 바로 우리 곁에 선다. 악마는 아주 부지런하다. 우리가 악을 존경하도록 만들려고 악마는 피곤을 잊은 채 부지런히 일을 한다. 악마는 적어도 근면의 미덕만은 갖추었다. 내가 열정적으로 좋은 일을 한번 해보려고 마음먹으면 악마가 먼저 소매를 걷어붙이고 나보다 더 빨리 나의 일터에 도착한다. 악마의 성실하고 진지한 모습을 보면 나 자신의 선한 의도마저 부끄러울 지경이다. 선한 일이라면 그 일이 자신의 일이라도 되는 양 기꺼이 팔을 걷어붙이고 나서는 게 공평하기까지 하다. 악마는 자신의 유용함을 상대방이 깨닫게 만드는 매력적인 방법으로 자신을 내세운다. 그는 아주 흔쾌히 나의 계획에 동참하고, 조용하고 지칠 줄 모르는 유쾌한 태도로 일에 열중한다.

덕을 행하는 내 능력이 악마의 재빠름을 능가한 적은 단 한 차례도 없다. 오히려 반대로 악은 한 번도 나를 놓치지 않았다. 악마는 빠르게 뛰어오더라도 숨을 헐떡거리지 않는다. 늘 머리를 곱게 빗질하는 냉정한 신사 같다. 그리고 손을 뻗으면 닿을만한 거리에서 머뭇거린다. 망설임은 해야 할 일의 끝이 아니라 시작이다. 악마가 탄 말은 등에 아무런 짐도 싣지 않았으므로, 어떤 말보다도 빠르게 달린다. 내가 뒤돌아보기 위해 잠시 걸음을 늦출 때를 제외하면 악마는 나에게 한 번도 뒤진 적이 없다. 나는 그에게 어떤 자비도 베푼 적이 없건만 그는 모자를 손에 들고 자신의 동업자와 함께 서서(뒤에 서 있는 경우는 아주 드물다) 감사의 미소를 나눌 준비를 갖춘다. 문을 천천히 닫으며 충실한 개처럼 집에 머물러 있으라고 간청해도 악마는 어느 틈엔가 벌써 내 앞에 나타난다. 그는 내가 집을 빠져나오려는 아주 짧은 순간에 벌써 문밖까지 나와서는 가장 고결한 행동으로 나를 후원하고 나의 기운을 북돋아주려 한다. 내가 돌아서서 "내 뒤로 물러나 있으라"고 말하면 그는 정말로 뒤돌아서서 "네가 무슨 말을 하는지 너는 모른다"고 구슬프게 말한다. 그리고 물러날 듯하지만 사실은 나보다 앞서가고 있다.

내가 적극적으로 미덕을 행할수록 내 안의 악 또한 그만큼 적극적으로 움직인다. 우리는 새로운 고결함을 가르치면서 동시에 새로운 교활함을 가르친다. 날이 날카로운 칼은 나무를 깎기에 좋으나 누군가를 찌르기도 쉽다. 우리는 양날의 칼이다. 칼을 밀어 미덕의 날을 갈고 칼을 당겨 악의 날을 간다. 반대편 날로 여기저기 할퀴지 않고 깔끔하게 칼질을 할 수 있는 능란한 칼잡이는 어디에 있는가?

우리와 해 사이에는 그림자가 지지 않듯, 일부러 악한 마음을 먹고 악마를 안내자로 택하는 이는 없다. 해를 향해 가라. 그러면 자신의 그림자는 늘 자신 뒤에 서 있을 것이다.

2월 9일   침묵

23년 동안 침묵과 싸워왔으나 나는 침묵에 어떤 틈도 만들어내지 못했다. 침묵은 끝이 없다. 말은 단지 침묵의 시작에 불과하다. 내가 말을 잘 하지 않는 이유는 침묵을 깨기 위해서인데도 나의 친구는 내가 침묵을 지킨다고 생각한다. 내 속에서 비밀 광산들이 끊임없이 그 입구를 열고 있다는 것을 그가 모르는 것은 아닐까?

2월 10일   문밖

오늘 어떤 이에게 땅을 빌려줄 수 있느냐고 물어보았더니, 그가 "어떤 문밖의 땅에도 뒤지지 않을 정도로" 토질이 좋은 땅이 4에이커 있다고 답했다. 이 표현은 참된 시인의 시구와 같다. 그와 나, 그리고 온 세상이 문밖으로 나가 자유로운 공기를 들이마시고 기지개를 켠다. 세상은 문밖에 있는데 우리는 판벽 뒤로 숨어든다.

2월 11일   자선

대개 진정한 도움이란 도와주는 자와 아울러 도움 받는 자의 위대함을 함축한다. 신이 아니고서는 도움을 한결같이 베풀기란 쉽지 않다. 훌륭한 이는 무의식적으로 계속해서 자신을 도울 중요한 기회를 제공하는 반면에, 천박한 이는 적극적인 선행을 모두 완전히 차단한다. 솔직하고 고결한 마음으로 이번 한번만 도움을 원하는 것이라면 모든 진실한 이들은 앞다퉈 도움을 주려 할 것이다. 내 이웃 중에서 내게 도움을 구하는 이가 있다면 한번도 소리 내어 기도해본 적 없는 사람처럼 진심으로, 무욕하게 하늘에 기도를 해야 내 귀에 들릴 것이다. 도움은 경건하게 요청해야 한다. 하지만 사람들은 자신의 소망을 조잡하게 끼워 맞추고 어설프게 기워놓기 때문에 그들에게 도움을 주려면 몸을 낮게 굽혀야 한다. 그 비열함으로 인해 돕는 이의 행위가 친절한 영혼의 높은 자리에서 이루어지지 않고 양심과의 타협으로 끌어내려진다. 그들은 나의 밝은 기사 옷을 벗게 하고, 자신들을 위해 노고를 다하게 할 것이다. 즉 하느님이 아닌 자신들을 섬기게 할 것이다. 하지만 그들을 도와야 할지라도 악마를 돕는 일이 있어서는 아니 될 것이다.

현재 자선이라 부르는 것은 자선이 아닌 제3자의 간섭에 불과하다. 내가 다른 사람의 운명을 좌우해야 하는가? 하느님이 그에게 준 기회를 사취하여 그의 생명을 빼앗아야 하는가? 거지와 극

빈자들은 얼마나 자주 "부디 하느님의 은총을!"을 부르짖는가. 나는 하느님의 헤진 틈을 기우며 머물러 있지는 않을 것이다. 하느님이 내게 준 능력을 다해 새 일을 철저히 해낼 것이다. 이러한 구빈원의 자선은 하느님의 곳간에 비어 있는 커다란 술통들이 많은데도 새 술을 낡은 부대에 담는 것과 같다. 지금은 영원을 건설해야 할 때인데 고작 시대나 고치며 돌아다니고 있는 셈이다.

2월 14일　　집안에 갇혀

기관지염에 걸려 집안에 갇혀 있다. 난로의 훈훈한 기운을 느끼며 평안한 삶을 어쩔 수 없이 받아들이고 굴뚝 꼭대기에 걸린 하늘을 바라본다. 병이 그 영향력을 몸 이상으로 넓히도록 놔두어서는 안 된다. 평안한 날들이 인생 끝까지 죽 이어지기 위해서는 자신의 안으로 더욱더 깊이 틀어박혀야만 한다.

내 가슴이 달군 쇠로 만들어지지 않았고 내 심장이 철석같지 않음을 아는 순간, 나는 이런 것들과의 작별을 고하고 새로운 활력을 찾는다. 나는 어떤 우연에도 굴복하지 않을 것이다.

2월 18일　　능력과 재능

나는 능력을 기준으로 사람을 판단하지 않는다. 중요한 것은 현재 내게 비쳐지는 그의 인상이다. 말없고 활발하지 않은 사람이 큰일을 해낼 수도 있다. 재능이란 인격의 어느 한 측면에 불과하다.

우리는 새로운 행위를 할 능력이 아니라 모든 행위를 할 수 있는 새로운 재능을 얻는 것이다. 최근 나는 새로운 재능이라고 할 수 있는 눈에 띌만한 그런 성장을 하진 않았다. 그러나 언젠가는 그 결과가 하늘이나 빈 공간을 바라볼 때 내 시선으로 들어올 것이다. 늘 만나는 이끼와 초목을 예전과는 다르게 보도록 도와줄 것이다.

2월 19일　　　좋은 책

진정으로 좋은 책은 어떤 편애도 끌어들이지 않는다. 이런 책들은 무척 진실해서 단순히 읽는 것 이상으로 어떤 것을 내게 가르친다. 나는 이내 책을 내려놓고 책이 주는 암시에 따라 살아가게 된다. 작가의 천재성이 마지막으로 흘러나온 책이므로, 그 속편을 찾을 필요는 없다. 평범한 책 중에서 가장 나은 경우는 속편을 찾게 될 경우인 것 같다. 하지만 이런 영감을 주는 책들은 그 이어지는 페이지들을 마칠 여유를 내게 허락하지 않는다. 숙독해야 할 것 같은 느낌이 아니라, 그 가르침대로 살아야 할 것 같은 느낌을 갖게 한다. 그리고 아무런 후회 없이 내려놓을 수 있는 그런 부를 내게 가져다준다. 독서로 시작한 것을 행위로 끝마쳐야 한다. 좋은 설교를 듣고 그 끝맺음에 박수갈채를 보내며 머뭇거리고 있을 여유가 없다. 그 전에 스파르타의 300용사처럼 테르모필레를 향해 가고 있어야 한다.

성년 시절에 우리가 긴 시간을 방황하며 떠도는 이유는 어린 시절의 꿈들을 이야기하기 위해서다. 하지만 그 꿈들은 우리가 언어를 배우기 전에 이미 우리의 기억 속에서 사라져버린 것들이다.

나는 속 좁은 영혼의 사랑 속을 짧게나마 여러 번 항해해본 적이 있으나 내 배를 몰고 갈만한 넓은 해면海面을 찾아내지는 못했다. 반면에 몇몇 훌륭한 영혼 속에서는 아무런 장애 없이 순풍을 받으며 항해하더라도 해안가가 어디에 있는지조차 찾지 못했다.

2월 20일   삶의 기술
세심하게 주의를 기울여야 하는 일이긴 하나, 나는 외출할 때면 늘 난로에 화톳불 피울 준비를 해놓고 나간다. 귀가 후에 저녁 시간을 흐뭇하게 보내기 위해서다. 어떤 때는 외출하지 않고 집에 머무를 예정임에도 번잡을 덜기 위해 외출을 해야 할 때와 마찬가지로 미리 난로에 화톳불 피울 준비를 해놓곤 한다. 우리의 삶을 이것저것 계속 감독하지 않으면 안 되는 상태로 몰고 가지 말고, 그냥 그대로 살아가면 되는 상태로 놔두는 것, 이것이 바로 삶의 기술이다. 그 다음에는 난로 옆에 조용히 앉아 있듯, 우리도 고요히 살아가면 그만이다.

음악
이웃 오두막에서 나오는 현악기 소리를 들으며 생각한다. "나는 영원히 뮤즈만을 믿을 것이다." 이 소리는 고요한 영혼에서 흘러나오는 어렴풋한 빛에 결코 어떠한 거짓도 없음을 확신시켜준다. 현실과 물체에 대해 경고를 발하며 내게 보이는 것이란 기껏해야 환상과 그림자에 불과한 것임을 알려준다. 오, 음악이여, 너의 속삭이는 가락이 기억의 귀에는 들리지 않으니, 기억이 주의를 기울이지 않는 것들을 내게 말해다오.

2월 22일   시간

낮이 온종일 밝을 필요가 없듯 밤이라고 온통 어두울 필요는 없다. 우리의 시간을 얼마쯤 떼어내서 시간을 살펴볼 기회를 가져야 한다. 시간을 흘러가는 대로, 지나가는 대로 내버려두어서는 안 된다. 하루가 저절로 싹틔울 수 없는 시간이 적어도 하루 한 시간씩은 있어야 한다. 높은 단檀에 올라가 차분히 나머지 시간을 굽어보자. 로빈슨 크루소가 날마다 작대기에 금을 그었듯, 우리도 날마다 우리의 인격에 금을 그어보자. 인생의 항해를 하면서 하루 한 번씩은 키를 잡고서 자신의 배가 어디로 가는지 알아보자.

2월 26일   나는 누구인가

내 성격의 날카로움과 부드러움은 나 자신의 탓이기도 하지만 너의 탓이기도 하다. 그 무엇도 내가 누구인지를 여름 햇빛만큼 잘 말해줄 수는 없다. 나는 나이지 나라고 말한 내가 나인 것은 아니다. 존재가 가장 위대한 설명자다. 설명의 편의를 위해서 나의 등

뼈를 엉겅퀴 모양이 아닌 옥수숫대 모양으로 평평하게 만들어서
야 되겠는가.

만일 나의 세계가 너 없이는 완성되지 못한다면, 나의 세계가
너 없이도 완성될 때를 기다려 너를 부르겠다. 너는 구휼을 위해
공립 구빈원에 오는 것이 아니라 궁정에 오는 것이다.

가장 겸손한 생각만이 광산 깊숙한 곳에서 캐낸 다이아몬드처
럼 순수한 광택을 낸다.

나는 하루도 빠짐없이 글을 쓰는데도 무언가 그럴듯하게 말을
하고 나면 그런 말은 거의 쓴 적이 없다는 생각이 들곤 한다.

글을 쓰다보면 내 생각의 색조를 놓쳐버리곤 한다. 빛깔이야 어
떻든 아침 이슬과 저녁 이슬을 보면 즐겁고, 하늘을 보면 기쁨을
느낄 수 있다는 듯 말이다.

우리는 위대해지기 위해 마치 키만 크면 되는 것처럼 행동한다.
덩치보다 키를 더 키우려고 발꿈치를 들고 목을 잔뜩 빼 몸을 늘린
다. 하지만 위대함은 균형을 잃지 않고 자연스럽게 발바닥으로 서
있는 것이다.

병을 앓으면서 아래쪽 거리에서 가축들이 우는 소리를 듣는다.
나의 건강한 귀가 내가 쾌유할 것이라 약속한다. 소리들이 나를 진
맥한다. 방향芳香이 내 오감으로 들어와 여전히 내가 자연의 아이
라는 것을 알려준다. 헛간에서 들려오는 도리깨질 소리와 '땡강'

하는 모루 소리는 저승이 아닌 이승의 강가에서 나오는 소리다. 만일 내가 의사라면 환자들을 휠체어에 태워 창가로 데리고 가 자연으로 하여금 진맥할 수 있도록 하겠다. 그들의 오감이 건강한지 아닌지는 금방 밝혀질 것이다. 자연의 소리들은 내 맥박이 뛰는 소리와 다르지 않다.

2월 28일　　문장

훌륭한 문장은 어쩌다 우연히 쓰이지 않는다. 글에는 어떤 속임수도 용납되지 않는다. 작가가 쓴 최고의 작품은 그 인격의 최상을 나타낸다. 모든 문장은 오랜 시련의 결과다. 속표지에서 마지막 장에 이르기까지 책 속에는 저자의 인품이 속속들이 배어 있다. 이는 그 글을 쓴 이라도 교정볼 수 없다. 작가의 독특한 특징이 담긴 육필을 읽기 위해서는 글을 읽으면서 장식적인 측면에 구애받으면 안 된다. 우리의 다른 행위에 대해서도 마찬가지다. 인생은 행위 하나하나를 점점이 이은 선, 예컨대 곧은 자로 줄을 그은 선이라고 할 수 있다. 얼마나 많은 도약을 했느냐에 관계없이 그 선은 늘 직선이다. 우리 인생은 극히 사소한 일을 얼마나 잘했느냐에 의해 평가받는다. 인생은 이런 자잘한 일들의 최종적인 손익 결산이다. 지켜보는 눈도 없고 상벌도 없는 평범한 나날들 속에서, 우리가 어떻게 먹고 마시고 잤으며 작은 시간들을 어떻게 쪼개 썼느냐에 따라 앞으로 우리에게 어떤 권위와 능력이 주어질지 정해진다.

3월3일   소리

조용한 저녁, 누군가 뿔피리 부는 소리가 들린다. 요즈음에는 뿔피리 소리가 자연의 탄식처럼 들린다. 앞의 문장에 누군가가 뿔피리를 분다고 적긴 했으나 정확한 표현은 아니다. 이 소리에는 사람의 숨결보다 더한 무언가가 깃들어 있다. 땅이 말을 하는 듯싶기도 하다. 말을 하다가 고개를 들었을 때처럼 지평선이 아주 먼 곳으로 물러나 있다. 지금 서쪽에서 들려오는 소리는 동으로 오라는 초청 메시지 같다. 지구를 항해하는 소리의 돛배로, 동양의 정신을 부르는 서양의 정신이거나, 아니면 시대의 행렬에서 뒤처진 채 길을 지체하며 덜컥거리는 수레 소리다. 모든 훌륭한 것들은 그 출발지에서 어둠과 침묵의 장소를 지나 나에게로 다가오는 듯싶다. 이 소리는 초야에 묻힌 은자가 밤을 밝히기 위해 불붙인 작은 촛불처럼 친근하게 느껴진다. 이 소리가 떨며 파동 칠 때 하늘은 부서져 시간으로 변한다. 연이은 파도가 하늘을 가로질러 흐른다.

산산이 부서진 시간 속에서도 그 소리는 이상할 정도로 건강하게 나에게 다가온다. 소 방울 소리와 뿔피리 소리가 들판 너머에서 들려올 때처럼 나는 좀처럼 얻기 어려운 건강을 얻는다. 이제 '소리'라는 말의 미학과 의미를 완전히 알 것도 같다. 곤충들의 울음소리, 빙판 갈라지는 소리, 아침에 닭이 홰치는 소리, 그리고 밤에 개 짖는 소리 등에 어떤 울림이 있듯이 자연도 늘 울림을 지니고 있다. 울림은 자연의 건강을 나타내는 지표다. 하느님의 음성은 깨끗한 종소리와 다르지 않다. 나는 충심으로 소리를 통해 멋진 건강을 마신다. 소리를 주신 하느님께 감사드린다. 소리는 늘 위로 향한다. 그래서 나를 위로 향하게 한다. 이렇게 대가 없이 부유해질 수도 있는데 부를 위해 수고할 필요가 어디에 있겠는가. 갖가지 소리가 생겨나는 저 광활한 대지를 소유하기 위해 힘써 보겠다고 다짐한다. 우리에게 이로운 것들은 값싼 반면에 해로운 것들은 값이 비싸다.

지금 사회를 바라보면서 나는 천국에서 가정을 갖느니, 차라리 지옥에서 독신 생활을 하는 편이 더 낫겠다고 생각한다. 천국에서도 내가 먹을 빵을 내가 굽고 내가 입을 옷을 내가 빨 수 있게 되길 바란다.

3월 4일　　　악의 통로

벤 존슨은 "인간은 스스로를 악의 통로로 만든다"고 말한 적이 있다. 한 인간의 본바탕이 악에 의해 바뀌지는 않으나, 그의 모든 털구멍, 몸 안의 구멍과, 그가 지나다니는 길거리가 악의 통로로 이용되어 더럽혀지므로 이 말은 분명 진실이다. 눈 밝은 악마가 계속 그를 스쳐지나가므로 그의 살, 피, 뼈가 헐값이 되고, 그는 단지 이 세 갈래 길로 죄가 만나는 하찮은 곳이 되어버린다. 그러나 미덕의 통로가 되는 이도 있다. 미덕이 바람처럼 그의 복도를 쓸고 다니므로 그는 신성해진다.

우리는 자신도 모르는 사이에 행동으로 서로를 비난하곤 한다. 우리는 길거리를 걸으면서도 누구나 뻔히 알 수 있을 만한 몸가짐과 행실로 남을 탓하고 있을지도 모른다. 그러나 위대한 영혼으로

부터 사랑이 들어오면, 질산은 막대가 물속 불순물을 검출해내듯이, 그것이 자신의 결점에 색조를 입혀 알아볼 수 있게 해준다.

3월 6일   정직한 오해

정직한 오해가 훗날 사귐으로 이어지는 토대가 되는 경우가 드물지 않다.

3월 13일   진실한 책의 수수함

무척 보기 드물지만 값어치가 그리 크지는 않은 듯 보이는, 수수한 진실과 자연스러움이 배어 있는 책들이 있다. 감정이 고결하거나 표현이 뛰어나지는 않더라도 그 안에는 한 고장의 자연스러운 이야기가 담겨 있다. 농부가 말하듯이 글을 쓰는 학자는 아주 드물다. 수수함은 책에서도 아주 좋은 미덕이다. 그것은 아름다움에 버금갈 정도로 상당히 높은 경지다. 어떤 책에는 이런 좋은 면들이 들어 있다. 몇 가지 수수한 표현만을 위해서도 읽어볼 만하다. 수수함이 전원풍이라면, 거들먹거림은 도시풍이다. 학자 자신에게 아무리 친숙한 경험이라도 이를 품위 있게 표현해내기가 쉽지 않다. 그는 시골에 살더라도 자신의 책에 시골에서의 단순한 삶에 대해 어떤 방식으로도 그럴 듯하게 묘사하지 않는다. 얼마간이라도 진실하게 자연을 말할 수 있는 사람조차 극히 드물다. 그들은 자연에 대하여 어떤 느낌도 내비치지 않고, 어떤 뜻의 말도 걸지 않는다. 그들 대부분은 말하기보다 고함치기를 더 잘하므로, 말을 걸 때보다는 꼬집을 때 더 자연스러운 소리를 낸다. 우리의 관심을 끄는 것은 자연스러움이지, 그저 좋기만 한 자연은 아니다. 나무꾼들은 도끼를 휘두를 때 그렇듯이, 숲에 대해서도 무뚝뚝하게 말한다. 차라리 그렇게 말하는 편이 뛰어난 말솜씨로 열변을 늘어놓는 자연애호가들보다 낫다. 강가의 앵초가 노란 앵초면 노란 앵초 그 자체로 좋은 것이지, 굳이 무딘 상상의 빛에 가물거리는 황금 별빛이 되어야 할 필요는 없다.

작가 대부분은 자신이 다루는 주제와 관련하여 전에 쓰인 글만 참고한다. 따라서 그들의 책은 수없이 많은 이들의 충고에 불과하다. 모름지기 좋은 책이란 남의 말을 흉내 내서는 안 되고, 어떤 의미로든 이야깃거리 자체가 새로워야 한다. 이런 저자들은 자연의 충고를 들음으로써 앞서간 이들뿐 아니라 후세에 올 이들의 충고도 들을 수 있다. 날씨가 아무리 맑더라도 또다시 빛이 들어갈 여지는 남아 있는 법이다. 그렇다고 더해진 빛이 그날의 날씨를 훼방 놓지 않듯, 어떤 주제를 고르든 진실한 책이 쓰일 여지는 언제나 넉넉히 남아 있는 법이다.

인생 순례길

인생이란 결국 홀로 살아가는 것 아닌가! 인생의 바닷가에서 우리와 바다 사이를 가로막는 것은 아무것도 없다. 이웃들은 순례의 길을 걷는 동안 내게 위안이 될 동료들이다. 그러다 갈림길에 다다르면 나는 또 다시 홀로 길 위에 서야 한다. 인생의 먼 여정을 끝까지 함께할 사람은 아무도 없기 때문이다.

사람은 누구나 선두에 서서 길을 간다. 매정한 운명은 연약한 어린아이라고 눈감아주는 법이 없다. 아이들도 부모만큼 운명에 노출되어 있다. 어른이 젊은이를 위로해줄 수는 있으나 운명의 시련을 막아주는 방파제 노릇은 할 수 없다. 이것은 모든 사람이 직면하는 인생의 변함없는 진리다. 우리 앞에 펼쳐진 광활한 공간 어디를 둘러보아도 울타리는 보이지 않는다.

살아 있는 사람에게 명성이란 무엇인가? 그가 제대로 살고 있다면 그의 호젓한 복도에는 인간의 목소리가 울려 퍼지지 못할 것이다. 그의 삶이 성당, 즉 거룩한 침묵이다. 소리가 아무리 크더라도 그 소리를 듣는 내 작은 귀에 감사해야 할 것이다.

3월 19일   가정

진실한 이나 용감한 이라면 지금 가정에 널리 퍼져 있는 관습과 같은 터전 위에서는 만족하며 살기 어려울 것이다. 우리의 악덕이 가장 자주 들르는 굴속이 바로 우리의 집이다. 나는 이제나저제나 이 지붕 아래에서 벗어나고 싶은 마음뿐이다. 순환하지 않아서 유해한 공기가 가득 들어차 있다.

3월 27일   관대함

관대함이란 짧게 보면 손해인 것 같으나 길게 보면 늘 이득이다. 부자가 되고 싶거든 가난에 관대해져라. 위대한 행동을 하려거든 비열한 행동들을 얕잡아 보아서는 안 된다. 어느 날 다가올 고귀함을 위해 오늘의 진실한 삶을 미룰 여유가 없다. 허리띠를 졸라매야 자립할 수 있다고 생각한다면, 지체 없이 관대해져야 한다.

나는 농부나 농장주가 되어 자유의 일부를 잃는 어리석음을 범하고 싶지는 않다. 직업 전선에 뛰어든 사람들은 대부분 사형이 확정된 죄수와 같은 신세가 된다. 세상은 그들을 위한 만가를 불러주어야 마땅하다. 농부의 근육은 완고하다. 농부는 장시간에 걸쳐 한 가지 일을 잘해낼 수는 있으나 한꺼번에 많은 일을 잘해낼 수는 없다. 농부가 걷는 모습을 보면 보폭마저도 일정하다. 그는 빨리 걷지 않는다. 아주 완고한 네메시스(복수의 여신)만이 그의 운명이다. 적당히 바람이 불고 하늘의 별이 나를 부르면 나는 유언장을 남기거나 토지를 처분하는 따위의 번거로운 일을 치르지 않고도 이 비옥한 초지를 홀가분하게 떠날 수 있다. 흐르는 빛처럼 아무런 값도 치르지 않고 살 수 있는 농장만이 나의 농장이다.

3월 30일   삶의 때

내가 삶 자체를 꾸준히 살피고 있지 못할 때에는 나의 삶 자체가 꾀죄죄해지는 것을 보게 된다. 삶의 때가 덕지덕지 쌓인다. 하루를 제대로 살아내는 일에 못지않게 중요한 일이 맑고 고요하게 삶 자체를 바라보는 일이다.

4월 4일 　　　　차 끓는 소리와 워낭 소리

아래층에서 차 끓는 소리를 들으니 여러 해 전 들에서 물과일을 따면서 듣던 워낭소리가 생각난다. 낮고 굵은 소리는 자작나무 숲 한가운데에서 아득하게 울렸고, 소 목에 걸린 딸랑이는 놋쇠 조각이 종루에서 흔들리는 묵중한 금속보다도 더 무겁게 느껴졌다.

4월 15일 　　　　공평무사한 자비

신들은 분파가 없다. 어느 누구의 편에도 서지 않는다. 자연은 신실하고 믿음 깊은 얼마 안 되는 영혼의 편이다. 자연이 그 영혼들을 위해 존재한다는 생각이 들 때마다 나는 인가와 멀리 떨어진 언덕에서 홀로 사는 이를 보러 간다. 뜰에는 그의 양식이 될 딸기와 토마토가 자라고 언덕 기슭에서는 햇빛이 즐거이 몸을 기대고 있다. 신들의 공평무사한 자비를 직접 보고 있는 듯한 느낌이다.

4월 20일 　　　　하루의 노동

노동에 신성함을 부여하는 생각은 위대하다. 오늘 나는 축사 바깥에 거름을 쌓아주고 75센트를 벌었다. 그런대로 괜찮은 수입이다. 만일 도랑 파는 사람이 매일 도랑을 파면서 늘 '어떻게 하면 정직하게 살 수 있을까'를 묵상한다면, 그가 쓰던 도랑 파는 가래와 잔디 칼이 후손들의 방패 문장에 새겨질 수 있을 것이다.

4월 22일   저술가

두 부류의 저술가가 있다. 한 부류는 자신들 시대의 역사를 쓰고, 또 한 부류는 자서전을 쓴다.

4월 25일   숲의 침묵

숲을 다스리는 것은 늘 묵직한 침묵이다. 숲의 의미는 즉각적으로 표현된다. 하지만 보라! 숲은 절대 서두르지 않는다. 조용한 저녁 시간에 자연의 음유시인인 저 저녁참새는 무한한 여유와 시간의 영속성을 노래한다.

4월 27일   자기 인식

눈 가장자리로 별을 볼 때처럼 일종의 자발적인 눈 멈, 즉 보는 것을 잊어버릴 때 비로소 스스로를 알게 된다. 우리는 꿈속에서 자신이 누구인지 비교적 잘 알게 된다. 자기 자신을 본다는 건 뒤돌지 않고 뒤를 보는 일만큼이나 어렵다. 따라서 이런 의도를 지니고서 거울을 바라본다는 건 어리석은 일이다.

5월 6일   삶의 방향

사람이 변덕스러운 까닭은 무엇이 진실이고, 무엇이 옳은지 모르기 때문이다. 그는 누구나 인정하는 최고의 지혜를 가진 것이 아니어서 매 시간마다 조심하고 또 조심하는 것인지 모른다. 우리는 삶이라는 바다를 헤쳐 나가면서 어느 배에도 자문을 구하지 못하고 어느 곳머리도 좌표로 삼지 못한 채, 추측 항법만으로 항해해야 한다. 허나 이 모든 어려움에도 불구하고 언젠가는 항구에 도달해야 한다. 대체로 말해 어떤 안내서보다 더 사려 깊은, 널리 쓰이는 보편적인 지혜를 갖춰야 하고 이 지혜를 따를 때에도 늘 신중해야 한다. 우리는 사실 우리가 아는 것보다 현명하다. 사람들이 성공하지 못하는 까닭은 지식이 모자라서가 아니라 슬기롭게 처신하기 못하기 때문이다. 울타리나 헛간 지붕 같은 야트막한 곳에 매달아 놓은 풍향계는 바람 방향이 어느 쪽인지 알려주지 못하나, 높이 치솟은 첨탑 위 풍향계는 지속적인 바람의 흐름을 말해준다. 무슨 일을 하건 우리가 알아야 할 지식은 무척 단순하다. 무엇보다 중요한 것은 잘못된 삶의 방향으로 나아가지 말아야 한다는 점이다.

8월 1일   아침

최상의 생각에는 어둠이 없을 뿐 아니라 선악도 없다. 전 우주가 최상의 생각을 향해 가는 하얀 빛으로 가득 차서 넘실거린다. 자연의 도덕적 측면이란 인간의 편견에 불과하다. 천진한 아이에게는 천사도, 지품천사도 존재하지 않는다. 우리는 드물게 이런 경험을 하곤 한다. 옳고 그름이라는 딜레마에 빠지지 않고 미덕을 행할 필요를 넘어서 주위 공기를 호흡하며 그저 살아가면 되는 변치 않는 빛 속으로 들어가는 것이다. 이러한 삶을 무어라 이를 말이 없다. 그저 생명력 자체라고나 할까. 침묵은 이에 대한 설교자다. 아는 이는 설교하려 들지 않기 때문에 침묵은 영원히 계속된다.

8월 4일　　펜

내 펜은 이쪽 끝이 내 안의 나를 휘저어놓고, 저쪽 끝이 독자의 더 깊은 심층에 이르는 일종의 지렛대가 아닐까 싶다.

8월 18일　　풍경

길들여진 공손한 자연만을 그려내는 시인이 최고의 시인이라는 평가를 받는다. 그러나 그런 시인은 산 서쪽으로 지는 해의 모습을 보지 못한다.

풍경에는 시간을 분할하는 수천 개의 눈금이 새겨져 있다. 수많은 그림자가 저마다의 모양새로 하루의 시간을 가리킨다.

이제 오후의 해마저 멀리 나아가고, 여유롭고 신선한 바람이 강 위로 불어와 잔물결이 길게 반짝인다. 강은 한 자리에 머물러 있는 듯 보일지라도, 자신의 길로 누워 빛을 되비친다. 숲 위 안개는 자연이 숨 쉬는 숨구멍을 통해 엷어진 공기를 뿜어내는 부드러운 땀과 같다. 태양은 연기로 만들어진 천을 들추어 하루의 노고를 드러낸다.

낮잠에 깊이 들었다가 깨어나더라도 귀뚜라미의 울음소리로 자오선 어느 쪽에 해가 있는지 알 수 있다. 밤이 은밀히 발을 들이민 골짝 여기저기에서는 나무와 울타리 그림자로 풍경이 어두워지기 시작한다. 오후의 풍경을 물들이는 색채에는 더 짙은 그늘이 드리워진다. 오전이 오후보다 더 밝을지 모른다. 오전 공기가 더 맑을 뿐 아니라, 오후가 되면 우리는 자연스럽게 그날의 하루가 나아가는 방향인 서쪽을 바라보게 되니 말이다. 오전에는 물체의 밝은 면을 보지만 오후에는 나무 그림자를 보게 된다.

아침부터 밤까지 빛과 그림자가 펼치는 드라마란 얼마나 놀라운가! 밤이 정오 경에 벌써 동쪽 낭떠러지 아래 깊은 골짝에 발을 디디고서 낮이 물러가길 기다린다. 그러다 살금살금 나무에서 나무로, 울타리에서 울타리로 기어와 낮의 참호에 발을 들여놓다가, 드디어 요새에 들어앉아 자신의 군대를 벌판으로 내보낸다. 해, 달, 바람, 별도 모두 예외 없이 이쪽 아니면 저쪽과 동맹을 맺는다.

고서古書

거드름을 피우는 인간들은 어쩌면 한 부 밖에 남지 않았을지도 모르는 귀중한 고서를 보존하기 위해 꽤나 애를 쓰고 있다. 하지만 현명한 하느님께서는 이미 애를 쓰셨고, 또 앞으로도 무던히 애를 쓰실 것이다. 그 고서들을 없애기 위해.

8월 24일　　　유랑

　우주는 늘 유랑의 길을 떠나는 우리를 에워싼다. 그래서 우리는 우주의 중심이 된다. 때문에 하늘을 올려다보면 하늘은 늘 둥글다. 우리가 끝이 없을 심연을 내려다본다면 그 역시 둥글 것이다. 평야에 서면 하늘은 지평선에서 땅 쪽으로 굽어 있다. 나로 인해 하늘이 치마를 드리운다. 별들도 낮게 떠돌며 나에게서 벗어나지 않는다. 늘 나를 기억하고 나에게로 돌아온다.

8월 28일　　　천재의 작품

　거죽에 금박을 입히고 광택을 낼 뿐 핵심에 이르지 않는 예술 행위는 니스 칠이나 금은 피막 세공과 다를 바 없다. 천재의 작품은 무엇보다도 투박하다. 천재는 시간 흐름을 헤아려 작품을 내놓는다. 시간이 지나 표면이 너덜너덜해지면서 작품의 깊은 품격이 드러난다. 작품의 미는 힘이다. 깨어지면서 빛나고, 갈라지면서 정육면체 다이아몬드가 된다. 다이아몬드처럼 빛을 내기 위해서는 갈라져야 한다. 그리하여 표면은 내부의 빛에 이르는 창이 된다.

9월 2일　　　최고의 의무

　하나의 의무가 있을 뿐이니, 바로 최고 명령에 복종하는 것이다. 어느 누구도 이 명령이 아닌 다른 명령으로 나를 구속할 수 없다. 나는 요 몇 년 간 사회에 저당 잡힌 것이 아무것도 없으므로, 아무 거리낌 없이 살아왔다. 따라서 누군가가 나를 돕고 싶다면 돕는 행위 그 자체로 만족해야 한다. 나는 하느님에 대한 의리를 저버릴 생각이 추호도 없으니 말이다. 친절이란 보답을 받으면 그로 인해 무효가 된다. 나는 내게 친절을 베푼 이의 행위가 그의 의도대로 정당하고 관대한 행위가 되도록 해야 한다. 진정한 자선가라면 결코 채권자로 모습을 바꾸지 않는다. 그는 여전히 내게 친절을 베풀며, 이 친절은 결코 끝나지 않을 것이다. 나를 대상으로 하는 이런 고귀한 행위와 관련하여 나는 가장 운이 좋은 목격자에 불과할 뿐이다. 감사함을 나타낸다며 그를 방해하기보다는 그의 고귀함을 더욱 드높이는 사람이 되는 편이 더 낫다. 작용과 반작용이 동일하듯이, 우주만큼이나 넓은 그 고귀함은 개인이 아닌 세상에게로 되돌아갈 것이다. 누군가가 내게 친절하다면 친절 그 자체 외에 더 바랄 것이 무엇이 있겠는가? 나는 그가 가진 부를 늘려줄 수 없다. 또 설사 그가 친절하지 않더라도 자신에게 아무런 쓸모도 없는 권리를 내게서 빼앗지는 못할 것이다. 그런 책임은 내게 아무런 부담이 되지 않는다. 내 땀구멍을 속속들이 넓혀주는 내 안의 친숙한 감사함이 그 압력을 어렵지 않게 지탱해낼 것이니 말이다. 우리는 자신이 숨 쉬는 공기 속에서 가장 자유롭게 걸어 다닐 수 있다.

9월 4일   콩코드

언젠가 '콩코드'를 제목으로 시 한 수를 짓고 싶다. 강, 숲, 호수, 언덕, 들판, 늪, 초원, 거리, 건물, 마을 사람들 등으로 장을 나눌 수도 있을 것이다. 또 아침, 정오, 저녁, 봄, 여름, 가을, 겨울, 밤, 인디언의 여름[1], 지평선 상의 산맥도 독립된 장을 차지할 것이다.

책이란 어느 누구에게나 익숙하고 반가운, 진실한 것이어야 한다. 햇빛이 모든 이의 얼굴에 익숙하고 반가운 것이듯 말이다. 여름 숲속에서 동료가 우연히 건넨 말 한마디와 마찬가지로 그 역시 무언의 말이라 할 수 있다.

9월 5일   슬픔

슬픔의 깊이는 어떤 기쁨의 높이로도 재기 어려운 법이다.

9월 14일   사랑

사랑은 상대를 분석하지 않는다. 자신이 누구인지 말하기 이전에 이미 상대가 알고 있음을 알아야 한다.

최고 경지에 이른 대화에서는 어떤 질문도, 응답도 필요치 않다. 그저 말없이 귀를 기울이는 것으로 족하다.

11월 29일   케임브리지 하버드에서

반듯하고 점잖은 사회에 살고 있을지라도 저마다 지니고 있는 힘을 다하지 않고선 앞으로 나아가기 어렵다. 세상에서는 믿음의

---

1. 늦가을 날에 봄처럼 화창한 날씨를 일컫는다.

씨앗이 자라지만, 동시에 의혹의 씨앗도 함께 자라난다. 따라서 친절하고 상냥한 이라도 용맹함을 지녀야 한다.

도서관장과 사서는 전혀 해가 되지 않을 사람이라는 걸 알면서도 대출 요청서를 내밀면 냉랭한 태도를 보일 것이다. 도서관이 협잡을 당할까봐, 다시 말해 당신이 혹 책 도둑이 되지는 않을까 의심하는 것이다. 이것이 자기방어의 직각적이고 건전한 원칙이다. 고양이의 발목을 잡으면 고양이가 즉각적으로 발톱을 드러내는 것과 같다.

사람의 마음을 열기 위해서는 성문을 뚫는 것에 못지않은 용기가 필요하다. 그러므로 사람들로 하여금 당신을 위한 것이 아니라 그들 스스로를 위한 것임을, 자신의 공감과 격려로 보여줄 필요가 있다.

11월 30일   좋은 시
좋은 시는 단순하고 자연스러운 것인데 어째서 모든 사람이 다 시인이 되지 못하는가 의아하지 않을 수 없다. 시란 건강한 말과 다르지 않다. 가장 훌륭한 시 구절들을 대하노라면 내가 겪은 평범한 일들을 그저 이 시인이 보고 듣고 느낀 대로 토로한 것이로구나 하는 생각이 든다.

12월 12일   소녀들의 아름다움

모든 음악은 인품을 표현하려는 유쾌한 노력이다. 근래에 나는 한 처녀가 곱고 성실한 인품을 지녔다는 이야기를 전해 들었다. 그 처녀는 평소 나와 잘 알고 지내는 사이는 아니었으나 어느 정도 서로 떨어져 있기에 더 잘 알 수 있었다. 그녀의 곱고 성실한 인품이 꾸밈없는 하프의 가락처럼 들려온다.

소녀들에게는 들판의 어느 꽃받침에 감춰진 꽃과 열매보다 더 아름다운 꽃과 달콤한 열매가 감춰져 있는 것 같다. 그들이 자신의 순수함과 결의를 믿으며 살짝 고개를 돌린 채 걸어간다면 하늘이 뒤로 물러날 것이고, 자연은 겸손히 무릎을 꿇을 것이다.

12월 15일   숲

숲과 호수 너머로 해가 온화하게 빛난다. 이런 날 아침이면 마치 지구가 신들의 아름다운 궁전 같다. 우리의 영혼은 단 한 번도 자연을 넘어선 적이 없다. 숲에는 형언키 어려운 행복이 있으나, 그 환희가 숨겨져 있을 뿐이다. 오랫동안 걸어도 녹색 잎사귀 한 장 보이지 않는 겨울에도 숲속의 기운은 얼마나 따뜻한가! 혹한에도 숲은 거칠지 않고 부드럽다. 숲은 자신을 보호하기 위해 스스로 헐벗는다. 숲의 모든 풍경과 소리가 영혼을 치유하는 만병통치 약과 같다. 숲은 성스러운 건강을 지니고 있다. 1월에 나뭇가지끼리 부딪히는 소리에서 7월에 부드러운 바람소리에 이르기까지 모든 소리가 신비로운 확신으로 가득 차서 우리의 원기를 북돋운다.

나의 지기知己는 책이 아니라 바위의 이끼류 식물이다. 나의 지기는 특이한 천성 때문인지 온전히 야생으로 돌아가길 무척 갈망한다. 내 안에 무슨 고상한 봉사 정신이 들어 있는지는 잘 모르겠으나, 무언가를 사랑하려는 정신이 있는 건 분명하다. 그래서 나는 모든 비난을 물리친다. 어떤 경우에든 나를 지켜주는 근거는 바로 사랑이다. 나의 사랑은 그 누구도 반박할 수 없다. 이에 근거해서 나를 만나라. 그러면 나도 강한 사람임을 알게 될 것이다. 남이 나를 비난하거나 내가 나 자신을 완전히 부정하는 순간마다 나는 지체 없이 다음과 같이 생각한다. "하지만 무언가를 사랑하는 나의 정신에 의지하자." 그 점에서 나는 아주 긍정적인 사람이다. 이 점에서 나는 하느님의 지지를 받는 사람이다.

숲 저편 보이지 않는 농가에서 연기가 피어오른다. 바싹 다가가서 볼 때보다도 이럴 때 농촌의 삶에 대한 시적인 암시를 더 많이 받게 된다. 소나무와 떡갈나무 잎에 맺힌 이슬이 수증기가 되듯, 저 연기도 조용히 하늘로 올라간다. 하지만 원이나 화관 모양을 이루느라 아래 부엌의 주부만큼이나 바쁘다. 모자 깃털처럼 나부끼는 인간 자서전의 한 단편이다. 구상이 익어가는 저 한 뙈기의 하늘 아래에서 얼마나 교묘한 재간이 피어날지 궁금해진다. 지금 끓고 있는 단지보다 저 연기에서 더 많은 것이 새어나온다. 역사나 소설의 모든 흥미로운 것들이 저 연무에서 드러난다. 삶과 죽음, 행복과 슬픔을 주제로 한 모든 이야기가 저 아래에서 펼쳐진다.

12월 29일   진실한 삶

누구라도 평생 해야 할 일을 쉽게 배우지는 못한다. 진실한 삶을 살기 위해서는 다른 일을 할 때보다 더 뛰어난 기술과 교묘한 기량을 갖춰야 한다. 농부의 거친 손과 아울러 소녀의 민감한 다섯 손가락이 필요하다. 매일의 노동으로 우리 손은 물론 심장마저도 거칠어지는 경우가 너무나도 흔하다. 세상과 너무 허물없이 지내 감수성을 잃어버리는 일이 없도록 세상과 어느 정도 거리를 두어야 한다. 경험은 우리에게서 천진난만함을 앗아가고, 지식은 우리에게서 무지를 앗아간다. 세상 속을 걸어가더라도 세상의 방식에 물들지는 말자.

여름철의 내 삶이란 이런 식이다. 몇 주나 몇 달이 안개나 연기처럼 엷게 지나가버린다. 그러다가 어느 따뜻한 날 아침 시내 아래쪽 늪지에서 안개 바다가 바람에 불려온다. 나는 그 그림자가 들판 위를 훌쩍 지나가는 모습을 보고 나서 어떤 새로운 의미를 깨닫는다. 그러고 나면 수증기가 땅위로 올라가듯 그 다음 몇 주 동안은 실제의 사실 너머로 비상하는 일이 가능해진다. 또 어떨 때에는 지는 해가 초원을 비스듬히 가로질러간다. 또는 암소 떼가 내 마음의 귀에 울음을 울며 정적을 한껏 드높인다. 이런 저녁이면 청아한 석양빛이 생판 겪은 적 없는 새벽 같은 첫 시간으로 다가온다. 나를 깨끗하고, 맑은 삶으로 이끈다. 그러면 하루의 노동은 정오에 생각했던 것과는 달리 또 다른 부분이 밝게 빛난다. 농부가 밭고랑 끝에 이르러 뒤를 돌아보면서 자신이 지나온 길 중에서 가장 밝게 빛나는 곳이 어디인지 알게 되듯, 나 또한 낮 동안에 애쓴 참뜻을 알게 된다.

순환하는 하느님

자연 곳곳에서 보이는 모든 움직임은 순환하는 하느님의 모습이다. 펄럭이는 돛, 흐르는 시내, 흔들리는 나무, 표류하는 바람, 이런 것들에서 우리는 건강과 자유를 찾을 수 있다. 나는 하느님이 우리를 위해 세우신 나무 그늘에서 건강하게 뛰놀고 장난치는 것만큼 더 품위 있고 신성한 건강과 자유는 없다고 생각한다. 여기에는 죄에 대한 의심 따위가 존재할 여지가 없다. 인간이 이를 알고 있었더라면 대리석이나 다이아몬드로 성전 따위를 짓지는 않았을 것이고, 성전 건축은 신성 모독 중의 신성 모독이 되었을 것이다. 그리고 낙원을 영원히 잃지 않았을 것이다.

12월 30일   겨울 회상
쳇바퀴 돌 듯 하는 나날의 삶에도
파란 하늘빛 순간들이 있어,
남쪽 숲 가에 봄이 뿌려놓은
제비꽃, 아네모네에 못지않게
아름다움으로 가득한 이런 순간들이
인간의 고통을 위로할 뿐인
의도가 대수롭지 않은 최고의 철학을 무의미하게 만든다.
겨울이 와 서리 내리는 밤

높은 다락방에서,
지난 여름 스치는 햇발이
물레나물 자라는 산지 풀밭 너머로 기울어져갔음을,
내 마음의 푸른 잎 속에서 윙윙거리는
꿀벌들의 길고 숨죽인 소리를
기억하나니,
이토록 값없는 하느님의 경제로 나는 부유해져
다시 내 겨울 일에 몰두한다.
차가운 달빛
잔가지, 난간마다
해가 쏘는 화살에 맞서
얼음 창예이 길이를 쑥쑥 늘이고
위축된 수레바퀴들이 길 따라 삐걱거리는 겨울밤,
기운을 돋우는 고요한 추위 속에서
지난 여름날을 돌아본다.
7월 햇살에 반짝이는 작은 호수
풀밭을 이리저리 오가다
푸른 창포 잎 아래 날갯짓하는 꿀벌들
지금은 소리 없는 기념비이나
고요히 흐르는 부모인 강 속으로 잦아들 때까지
경사를 따라 풀밭을 지나며 즐거이 졸졸거리던 시내

기억 속에 진정한 현실이 있다.

나는 밭고랑에 햇빛이 반짝이고 개똥지빠귀가 그 빛을 따르는 모습을 보았으나 후에 갈아엎어졌고, 지금은 모든 들판이 서리에 묶여 두툼한 눈에 싸여 있다.

1842년~1846년, 25세부터 29세

인간은 자신의 근거를
자신 안에서 찾아야 한다

"위대하면서 고독한 영혼은 홀로 사랑할 수 있다."

1842년 1월 11일, 형 존이 면도하던 중 손가락을 베이고 그 상처가 덧나 돌연 파상풍으로 사망한다. 소로는 한 달 넘게 심각한 심신증에 시달리며 병상에서 누워 지내다 회복된다.

1844년 1월. 부친의 연필 공장에서 일을 하면서 연필 제조 기술을 개선시켜 뛰어난 품질의 연필을 만들어내다.

1845년 월든 호숫가에서 『월든』의 초고를 쓰기 시작하다.

1846년 5월 8일, 멕시코 전쟁이 시작되다.

7월 23일(또는 24일), 멕시코 전쟁에 반대하여 세금 납부를 거부해 감옥에 수감되다. 이날의 경험을 바탕으로 『시민의 불복종』을 쓰다.

1월 8일

나는 글을 쓸 때마다 도덕적인 측면 때문에 괴로움을 겪는다. 나는 후회하는 자가 용감한 경우는 듣도 보도 못했다. 그런 이는 기껏해야 침묵 속에서 남몰래 중얼거리며 자신의 결의를 다질 뿐이다. 엄격히 말해 도덕은 건강하지 못하다. 감사해서가 아니라 가슴에 넘치는 까닭 모를 기쁨때문에 사람들의 입에서 노래가 흘러나오는 것이다.

자연의 소리

자연의 소리에는 인간의 운명이 고귀하다는 믿음을 훨씬 뛰어넘는 무언가가 깃들어 있다. 커다란 슬픔에 잠기지 않는 한 그것을 이해하기는 힘들다. 슬픔의 계곡을 지나 멀리 아침 들판을 넘는 저 명확하고 투명한 선율은 모든 소리에 구슬픈 가락을 부여한다. 내가 아는 어떤 미덕보다도 더 빠르게 내게 다가온다. 그 소리가 개혁의 주창자다. 서산에 지는 해를 재촉하고, 아침 해를 동편 하늘로 부른다. 그것은 달콤한 책망이자, 세련된 풍자다.

1월 9일　　　후회

어떤 사람들은 자신의 잘못을 두고두고 기억한다. 그러나 잘못을 깊이 생각할수록 죄만 더 무거워질 뿐이다. 후회와 슬픔은 다소라도 더 나은 것, 애초부터 후회나 슬픔 따위와는 관계가 없는 것으로 대체될 수 있다. 어떤 행동을 너무 오래 마음 아파하기보다는 즉시 떠나보내고, 달리 새롭게 해보는 것이 과오의 대부분을 감해준다. 그렇지 않으면 그 죄의 벌로 오랜 기간 후회하며 시달릴 것이다. 따라서 뛰어난 사람들은 자신의 잘못된 행동을 그 자체의 죄로 여기기보다는 그것을 미래를 향한 용기와 미덕에 열중하라는 의미로 받아들인다.

2월 20일　　　울타리

창 밖으로 사람들이 땅의 소유권을 정하기 위해 말뚝을 박느라 분주한 이 모습을 재미있게 지켜본다. 하느님도 땅 여기저기에 서 있는 작은 울타리들을 보며 웃고 계실 것이다.

2월 21일　　　나의 몸

내게는 내 몸만큼이나 낯선 것이 없음을 고백해야 한다. 나는 대체로 내 몸보다는 자연의 다른 부분들을 더 사랑해왔다.

나는 대기 중에 떠 있는 깃털 같다. 사방 어디나 깊이 모를 심연뿐이다.

2월 23일   진정한 예절

친구들과의 우정 어린 만남에서 사교적인 모임에 이르기까지,
모임에 마음이 끌리는 까닭은 실제 모인 사람들의 수준보다 더 나
은 모임이 이루어지기 때문이다. 진정한 예의는 인간이 지닌 희망
과 신뢰나 다름 없다. 진정한 예의는 타락한 사람은 쳐다보지도 않
고 다만 떠오르는 세대에게 인사를 보낸다. 진정한 예의는 아첨하
지 않고 다만 축하할 뿐이다. 거리를 비추는 햇빛은 곡선을 그리며
우리에게 다가온다. 그래서 우리는 실제보다 더 나은 모습을 지니
게 된다. 그것이 자연이 우리에게 보내는 예절이다.

3월 12일   삶과 죽음

삶과 죽음이 어떤 차이가 있을지 생각해본다. 죽는다는 건 죽
음을 시작해서 이어간다는 뜻이 아니다. 죽음은 계속적인 상태가
아닌, 일시적인 상태일 뿐이다. 그러나 삶은 계속되는 것으로 그저
태어나는 상황 자체를 의미하지 않는다. 죽음은 계속성이 없는 일
시적인 현상이다. 자연은 어떤 것도 죽음의 상태로 내놓지 않는다.

3월 13일   추억

벗들의 묘비가 울창한 이끼에 덮여 있듯, 일찍 세상을 떠난 벗
들에 대한 슬픈 추억은 머지않아 즐겁고 높은 생각으로 가득 덮일
것이다. 친절하게도 자연은 우리의 상처를 아물게 한다. 몰골이 흉

하더라도 수많은 이끼와 버섯의 중재를 거치고 나면 아름다운 빛깔을 띠게 된다. 성장 중이거나 분해 중인 물체, 즉 살아 있는 생물체나 죽은 생물체에서 보이듯, 이 세상에는 두 가지 측면이 있다. 자연은 그 모습을 각기 다른 시간에 우리에게 내보이는 것 같다. 하느님 보시기에 그렇듯이, 시인의 눈으로 보더라도 모든 것은 살아 있으면서 아름답다. 그렇지만 역사의 눈이나 기억의 관점에서 보면 모든 것은 죽어 있고, 역겹다. 우리가 자연을 멈추어 있는 것으로 본다면 즉시 부패되어 죽지만, 나아가는 것으로 본다면 모든 것이 아름답다. 하느님께서 나처럼 값싼 창고를 이다지도 풍부하게 채워주시니 놀라지 않을 수 없다. 볕에 말리는 볏짚 몇 단, 오랫동안 마음에 묵혀둔 몇 마디 글귀나 우연히 길에서 주워들은 말만으로도 나의 창고는 차고 넘친다.

3월 15일   사랑

위대하면서 고독한 영혼은 대상을 모르더라도 홀로 사랑할 수 있다. 사교와 같은 것이 끼어들 여지가 없다. 들판을 떠가는 구름이 비를 뿌리듯 자신의 사랑을 펼쳐놓는다. 진실을 말하는 유일한 방법은 사랑으로 말하는 것이다. 사랑하는 자의 말만이 귀에 들린다. 식자들은 말은 자연스러운 소리가 아니기에 말해선 안 된다. 가장 훌륭한 행동이란 얼마나 사소한가! 나는 아침부터 저녁까지 하잘것없는 일만 하며 보내지만, 더 나은 길을 찾을 수 없다. 나는 지구의 한 부분이 되어야 하고, 자연의 법칙을 따라야 한다.

3월 17일   옛 동창

　하루 종일 연필을 만들다가 저녁때 옛 동창을 만나러 갔다. 그는 선박들이 나이아가라 폭포를 돌아 내륙으로 드나들게 하는 웰랜드 운하를 건설하는 일을 하러 간다. 그는 나의 삶의 방식과 동기를 전혀 이해하지 못했고, '생물적인 안락'을 확보하는 일이 무엇보다 중요하다고 주장했다. 우리 둘은 조용히 헤어져 각자의 길을 갔다. 고운 밤, 쏟아져 내리는 고요한 달빛을 받으며 나는 그와의 일을 일기에 적기 위해, 그는 나와는 다르지만 좋은 결과를 낳을 자신의 계획을 심사숙고하기 위해. 우리가 헤어져 길을 가는 동안 하늘의 별들은 여전히 우리 둘을 조용히 비추어주었다. 누군가가 잘못 생각했더라도 자연은 여전히 우리 둘에게 동감을 나타내며 동요하는 기색을 보이지 않았을 것이다. 자연은 자신의 자식들이 뜻을 세우는지 보기 위해 미소를 지으며 인내한다. 이렇게 해서 웰랜드 운하와 여러 편의 시설들이 만들어진다. 내가 사는 동안, 나는 다음과 같이 고백하지 않을 도리가 없다. 빠른 범선을 붙들어들 수는 없다.

3월 21일   경험

　경험을 통해 배울 만큼 나이를 많이 먹은 이가 과연 어디에 있을까?

3월 22일　죄

우리는 죄를 지을 수밖에 없다. 죄는 큰길로 난 미덕이다.

3월 26일　나의 처지

사회를 위해 무엇을 할 것이며 인류에게 어떤 사명감을 느끼느냐는 질문은 늘 성가시다. 내가 성가시게 느끼는 데는 이유가 있다. 빈둥거리고 있는 나의 처지에 대해 나름대로 변명할 말이 있다. 나는 내 인생의 보화를 타인에게 전해주고 싶다. 또 나의 값진 재능을 사람들에게 주고 싶다. 나는 조개와 더불어 진주를 품을 것이고, 벌과 더불어 꿀을 모을 것이다. 나는 숨겨둘 만한 가치가 있는 부에 대해서는 전혀 아는 바가 없다. 대중을 섬기지 못할 만큼 보잘것없는 개인적인 미덕이란 이미 미덕이 아니라고 생각한다. 따라서 사람들은 죄를 짓지 않고도 부자가 될 수 있다. 나는 진주를 품고 양육해서 자라게 한다. 나의 인생 가운데 내가 다시 태어나도 기꺼이 다시 살고 싶은 시간들을 사람들에게 전해주고 싶다.

3월 31일　능률적인 노동자

대단히 능률적인 노동자는 하루를 일에 치여 보내는 법이 없다. 오히려 그는 어슬렁어슬렁 일하고 안락하고 한가하게 하루를 보낸다. 해가 지기 전까지는 쉴 여유가 많을 것이다. 그는 성실하게 시간의 알맹이를 이용한다. 껍질의 가치를 절대 과장하지 않는다.

암탉이 왜 하루 종일 알을 품어야 하는가? 암탉은 하루에 한 번 이상 알을 낳지는 않는다. 더욱이 또 다시 알을 낳기 위해 모이를 쪼아대는 어리석음은 결코 범하지 않는다. 일을 많이 하려는 자는 열심히 일하지 않는 자다.

4월 3일   부의 날개

나는 오늘 천지를 비추는 맑은 햇빛보다 호숫가를 비추는 몇 줄기 햇빛으로 더 부유해졌던 기억을 떠올렸다. 아닌 게 아니라 부富는 날개를 지녔다. 현재 고통의 무게는 달콤했던 과거의 경험을 드러내는 것인지 모른다. 슬픔이 밀려오면 즐거웠던 순간들이 얼마나 절절히 기억나는가! 꿀벌들은 꿀을 모으지 못하는 겨울이 오면 지난 계절에 모아들인 꿀을 먹으며 살아간다. 경험은 손가락과 머리에서 나온다. 심장은 경험의 영역이 아니다.

1843년 5월 6일, 왈도 에머슨의 형의 세 아들의 가정교사로 일하기로 하고 뉴욕 주 스태튼아일랜드로 떠나다. 12월 3일, 스태튼아일랜드의 일을 정리하고 콩코드로 돌아오다.

1843년 9월 24일   시인, 뉴욕 스태튼아일랜드에서

시인이란 곰이나 마멋처럼 겨울 내내 긁어대기에 충분한 지방

질을 모아둔 사람이다. 그는 봄이 올 때까지 이 땅에서 겨울잠을 자고 자신의 뼛골을 먹으며 생의 순수한 순간들을 기록한다. 누가 이런 도시에서 살면서 이 안에 삶이 있다고 말할 수 있을까? 나는 어제 뉴욕 거리를 걸으면서 실제 살아 있는 사람은 만나보지 못했다. 겨울 동안 수척해지는 인간과는 달리 냉기가 스며들지 못하는 두툼한 몇 겹의 털가죽에 싸여 삶의 여유를 갖게 된 산쥐와 같은 저 동면하는 동물들을 즐거이 상상해본다. 또한 뗏장 밑에 누운 저 행복한 몽상가들의 눈 덮인 광야를 걸어가는 상상도 해본다. 시인은 초가을부터 새해가 돌아올 때까지 겨울 숙소로 들어간 산쥐 같다. 하지만 대부분의 사람들은 매처럼 공중에 떠 있으면서 가끔씩 참새라도 낚아챌 수 있길 기대하며 기꺼이 굶주린 삶을 이어간다.

9월 29일

올봄의 첫 참새! 어느 해보다 더 파릇파릇한 희망으로 새해를 시작한다. 반쯤 헐벗고 축축한 들판에서는 겨울 마지막 조각이 떨어져나가는 듯한 낭랑한 새 울음소리가 들려온다. 따뜻해진 햇빛 조각들이 언 들판에 떨어진다. 시내와 개울물이 봄의 축가와 합창곡을 노래한다. 매는 겨울잠에서 깨어난 첫 개구리를 찾고 있다. 계곡, 언덕 비탈, 양지바른 강둑에서는 눈 녹는 소리가 들리고, 호수의 얼음들이 녹는다. 땅은 내면의 열을 내보내는데, 이 불기운은 햇빛 같은 노란빛이 아닌 초록이다. 봄이 피어나면서 따뜻한 언덕 비탈에서 풀이 빛난다. 풀잎은 영원한 청춘의 상징으로, 겨울 추위에 저지되기도 하지만 지난 해 시든 풀잎에서 새 생명을 틔워 올린다. 기다란 초록 리본처럼 흙에서 여름으로 피어난다. 봄이 오면 풀들이 지난 가을에 시들었던 싹을 틔우며 초록으로 돋아난다. 그것은 지면에서 솟구치는 실개천과 같이 끝없이 성장한다. 아니, 사실상 실개천과 동일하다. 실개천이 마르는, 풍요롭고 왕성한 6월이 오면 풀잎들이 유일한 수로가 되기 때문이다. 해마다 떼 지어 오는 짐승들이 이 초록 개울물을 들이킨다.

인간 역시 자연의 표면에서는 죽지만 뿌리는 살아남아 초록 잎사귀와 같은 것들을 영원으로 내놓는다. 땅이 온통 눈으로 덮이고, 며칠간 따뜻한 날씨로 땅이 마르면 미묘한 징조가 나타나기 시작한다. 겨울을 버텨온 시든 초목의 당당한 아름다움에 이 징조를 견주어보는 것은 즐거운 일이다. 아직 씨앗을 퍼트리지 못한 갖가지 종류의 엉겅퀴, 그리고 마치 자신의 아름다움이 아직 무르익지 않은 듯 여름보다 겨울에 더 활기차고 당당하고 우아한 갈대와 골풀을 보라. 타래진 머리를 수그리고 활처럼 굽은 모습은 언제 보아도 장하다. 이것은 우리의 겨울 기억에 남은 여름으로, 영속시키고 싶은 예술 형식의 하나다. 야생귀리와 풀솜나물은 이제 막 가을에 이른 것 같다. 이 무진장한 겨울 창고는 가장 일찍 찾아온 새에게 그 씨앗을 내놓는다.

1845년 3월 말, 에머슨에게서 토지 사용 승낙을 받고 도끼를 빌려 소나무를 베어 월든 호숫가에 통나무집을 짓기 시작하다. 7월 4일, 미

완성 상태인 통나무 집에서 가구 몇 점을 들여놓고 살기 시작하다.

1845년 8월 6일 월든 호숫가에서

인간은 자신의 근거를 자신의 안에서 찾아야 한다. 자연의 나날들은 무척 고요하나 우리의 게으름을 꾸짖는 경우는 극히 드물다.

물수리 한 마리가 매끄러운 호수 표면에 잔물결을 일으키며 물고기 한 마리를 낚아채간다. 나는 보스턴에서 나라 곳곳으로 여행객들을 실어 나르는 기차의 덜커덩거리는 소리를 들으며 반시간가량 앉아 있다. 저녁 열차가 지나간 뒤 세상이 서서히 침묵 속에 잠겨들고, 쏙독새가 저녁 기도를 노래한다. 사위가 온통 어두운 밤이 되자 올빼미들이 상을 당한 여인네처럼 가락을 이어받는다. 무척 숙연한 묘지의 소곡이나, 자살한 연인들이 지옥의 숲에서 사랑의 고통과 기쁨을 회상하며 서로를 위로하는 노래이기도 하다.

미장 공사 때문에 11월 12일 화요일 밤에 월든 오두막을 떠나 12월 6일 토요일에 돌아오다.

12월 23일

삶에 꼭 필요한 물품은 무엇이고, 사회는 어떤 방법으로 이 물품들을 마련하는지 알아보기 위해 얼마간이라도 소박하게 야생의 삶을 살아보는 것은 보람 있는 일이다. 마찬가지로 나는 예전 상인들의 거래 장부를 뒤지면서 사람들이 가게에서 무엇을 사들였는지 알아보았다. 거래 목록에서 가장 중요한 품목은 소금인 것 같다. 농부들이 가게에서 가장 많이 사서 필수품으로 여겨지는 품목은 소금, 설탕, 당밀, 옷 등이다. 따라서 가게나 상점이 존재하는 실제 이유는 차나 커피가 아니라 소금 따위를 공급하기 위해서다. 그렇다면 이것은 묵과할 수 없는 문제다.

나는 가게를 이용하지 않고도 필요한 모든 품목들을 스스로 마련할 수 있을지 알아보는 중이므로, 소금을 얻기 위해서는 적당한 때에 바닷가를 찾아가봐야 할지도 모른다. 하지만 엄격하게 말하자면, 소금마저도 생필품이라고 말하기는 어렵다. 소금을 쓰지 않고도 살아간 부족들이 적지 않기 때문이다.

1846년 3월 26일

우중충한 겨울날이 맑은 봄날로 바뀌고, 느리고 음산하던 시간들이 고요하고 탄력 있는 시간들로 바뀌는 과정은 모든 존재에서 그 변화가 드러난다. 험악하던 날씨가 순식간에 고요해지는 것이다. 늦은 시간인데도 빛이 갑자기 밀려와 내 방 안을 가득 채운다. 밖을 내다보니 어제야 겨우 얼음이 풀린 호수가 여름날 저녁처럼 고요히 희망에 부풀어 있다. 멀리 지평선에서 은은히 빛나는 고요와 교신을 주고받는 것 같다. 새가 화답하는 노랫소리가 들린다. 올봄에 듣는 울새의 첫 노랫가락이다. 푸른 리기다소나무가 막 비에 먹이라도 감은 양 밝고 꼿꼿하게 서 있는 것이 보인다. 이제 비는 더 이상 내리지 않으리라. 맑게 갠 하늘은 보이지 않으나, 호수에는 고요한 여름의 저녁 하늘이 짙게 드리워져 있다. 이것은 계절의 끝이 아닌, 계절의 시작이다. 겨울 내내 움츠러들고, 처져 있던 소나무와 떡갈나무들이 이제 자신들의 몇 가지 특성을 확보하고 경치에 불후의 아름다움을 다시 살려낸다.

이런 봄의 신호는 하늘에 나타나기 전에 먼저 호수의 가슴에 비쳐진다. 겨울이 지나갔는지는 나무들의 잔가지만 살펴보더라도 쉽게 알 수 있다.

3월 27일

오늘 아침 문가에 서서 기러기 떼가 호수 한가운데에서 헤엄치는 모습을 얇은 안개 너머로 지켜보았다. 하지만 내가 호숫가로 다가가자 이놈들이 물오리처럼 일제히 날아올라 내 머리 위를 빙빙 돌았다. 수를 세어보니 모두 스물아홉 마리였다. 조금 지나서는 열서너 마리의 물오리 떼도 볼 수 있었다.

20대와 월든에서의 기록

인생은 너무 복잡해서
다루기가 쉽지 않다

"에머슨의 세계에서는 사랑이 통치자이며, 아름다움이 지천이다."

여기 수록된 글들은, 소로가 초기 일기에서 옮겨 적은 한 권의 방대한
비망록에 실려 있던 글에서 가려 뽑은 것이다. 소로는 주로 이 비망록
을 참고로 하여 『소로우의 강』과 『월든』을 썼다. 이 비망록에 실린 글
들은 1847년 이전에 쓰인 것으로 여겨진다.

소로는 월든 숲속 호숫가에서 1845년 7월 4일부터 1847년 9월 6
일까지 2년 2개월간을 살았다. 월든 숲에 살 때 후일 펴낸 『소로우의
강』과 『월든』의 초고를 썼다. 그는 이 두 책의 초고를 쓰면서, 그리고
강연 원고와 다수의 에세이를 쓰면서 일기에서 관련된 부분을 오려붙
였다. 소로로서는 시간을 아끼기 위해서였으나, 이로 인해 아쉽게도
일기의 상당 부분이 사라지고 말았다. 후일 소로는 이 일을 후회하고
1850년 11월부터는 저술 과정에서 일기를 잘라 붙이던 습관을 중단
한 뒤, 일기에 꼬박꼬박 날짜를 적어 넣기 시작했다. 이 아래의 일기들
은 월든 호숫가에서 살 때 쓰인 듯하나, 날짜가 표시되어 있지 않은 것
들이다.

땅과 하늘, 그리고 사방 여러 곳에서 내게 다가오는 영감은 순
서대로 지체 없이 일기에 수록된다. 그리고 기회가 오면 강연문으
로 걸러지고, 다시 적당한 때에 에세이로 추려진다. 그러므로 에세
이가 피타고라스의 정육면체처럼 일기와 강연 두 기반 위에서 굳

건히 설 수 있다. 하지만 이 에세이들이 서로 손을 맞잡고 있는 경우는 극히 드물다. 따라서 한 자리에 모아놓아야만 연속성이나 연관성을 이해할 수 있을 것이다.

휴 코일

내가 월든 숲으로 갔을 때 내 이웃 중에 휴 코일이라는 아일랜드 사람이 있었다. 그는 워털루 전투에 병사로 참전했다고 한다. 대령 한 사람을 쳐 죽여 말을 빼앗은 공적이라도 있는지, 마을 사람들이 그를 '코일 대령'이라 불렀다. 그는 그야말로 하루 벌어 하루 먹기도 버거운 처지면서도 늘 럼주를 손에 달고 다녔다. 그와 그의 아내는 월든 숲의 한 폐허에서 닥쳐올 운명을 기다리고 있었다. 그는 도랑 파는 일을 해서 살아갈 수단, 아니 죽어갈 수단을 마련했다.

나는 길에서 가끔씩 그와 마주치곤 했으나 속 깊은 이야기를 나눈 적은 없었다. 육체라는 옷과 포플린으로 짠 옷을 입고 휴 코일이라 불리며 날품팔이 일을 하던 그가, 이제는 정강이뼈와 두개골에 난 상처와 아픔을 잊고 어딘가에 누워 무언가를 이야기할 날을 기다리고 있을 것이다. 그는 세상 경험이 많은 예의바르면서 점잖은 사람이었고, 약간 민망할 정도로 격식 차린 언사를 즐겨 썼다. 멀리서 보면 얼굴이 1월의 추위로 동상에 걸린 듯 불그스름했으나, 가까이 가면 붉은 벽돌색이었다. 뺨을 손가락으로 누르면 불타오를 것 같았다. 그는 언제나 몸에 딱 달라붙는 고동색 외투를 입고, 손에는 긴 칼 대신 잔디 칼을 들고 다녔다. 그는 영국에 있을 때에는 영국 편에 서서 싸웠으나 이곳으로 건너와서는 나폴레옹 편을 들었다. 세인트헬레나로 쫓겨난 나폴레옹과 다르게 그는 월든 숲을 제 발로 찾아왔다. 지나가는 마을사람들이 나에 대해 물으면, "땅이야 그하고 나눠 갖는다지만, 살면서 농사짓는 건 그야"라고 말했다고 한다.

그가 나보다 갈증이 더 심한 편이었으니, 호수 물은 아니더라도 뭔가 자주 들이켜야 했으리라. 어느 여름날 오후에 호수 물이 미지근해서 물동이를 들고 시원한 물을 얻으러 그의 집 근처 브리스터 샘으로 가다가 언덕기슭 큰길가에서 그를 만나 이야기를 나누었다. 이렇게 길게 이야기를 나누는 건 그때가 처음이었다. 그는 한여름인데도 고동색 외투를 입고 알코올중독으로 몸을 떨면서 언덕을 내려왔다. 나는 양동이를 들고 길을 가로지르고 있었다. 나는 그를 소리쳐 불러 "통나무 울 너머 가까운 언덕기슭 샘으로 물 뜨러 가요"라고 말했다. 그는 눈에 핏기를 띄고, 바싹 마른 입술을 덜덜 떨면서 온몸을 비틀거리며 대꾸했다. "나도 같이 가봐야겠어." 내가 말했다. "그럼 날 따라오세요." 하지만 내가 양동이 가득 물을 받아들고 다시 돌아올 때까지 그는 울타리를 넘으려고 건너편에서 버둥거리고 있었다. 그는 더워서인지 추워서인지는 모르겠으나, 외투를 몸 안쪽으로 자꾸 끌어당기면서 광견병에 걸린 사람처럼 뭔가를 중얼거렸다. 그 소리를 풀이하자면 이랬다. '샘이 있다는 얘기는 들었지만 가본 적이 없어.' 그러고 나서 그는 몸을 떨면서 읍내로, 즉 알코올과 망각의 세계로 걸어갔다.

일요일이면 그는 코일의 아일랜드 동료들과 몇몇 사람들이 빈

주전자를 들고 내 집 콩밭을 넘어 코일의 집 쪽으로 가곤 했다. 그 이유가 궁금해서 "그 집에서 럼주를 파냐?"고 물었더니, 그들은 한결같이 "그 집사람들은 괜찮은 사람들이야." "남한테 해를 끼칠 그런 사람들은 아니지" "인사불성이 될 정도로 마신다는 얘긴 없어"라고 말했다. 가끔씩 느릅나무 껍질을 벗기는 건 아무에게도 해가 되지 않는데도 그들은 말짱한 정신으로 살금살금 지나갔다가 왁자지껄 떠들며 돌아갔다. 그 소리가 들릴 때마다 나는 내 집 쪽으로 오는 게 아닌가, 궁금해지곤 했다. 그러다가 어느 날 오후 아마도 기분이 좋아진 휴 코일은 여전히 고동색 외투를 입고 워털루 전투를 회상하며 삼림도로를 따라 언덕기슭 샘터 근처를 혼자 씩씩하게 걷다가 그만 거기서 운명과 마주쳤다. 그는 외투를 입은 채 자갈 위에 쓰러졌다. 하지만 운명이 그를 완전히 끊어놓지는 못했다. 지나가던 나그네들이 그를 보고 거듭 그를 안아 일으켜세웠으나 그는 이내 쓰러지고 말았다. 하지만 쓰러진 것은 그의 다리였을 뿐이다. 코일은 쉰 목소리로 이렇게 말했다. "나를 놔두게. 주머니 열쇠. 집 문 좀 열어줘. 마누라가 읍에서 올 거야." 그러고 나서 곧 그의 실은 끊어졌고, 그 자리에서 생시보다 더 커 보이는 육척장신으로 누워버렸다.

이제 그는 가고 없고, 그의 집도 산산이 부서지고 말았다. 그가 지금도 여전히 도랑 파는 일을 하는지, 잘 지내는지, 갈증은 풀렸는지, 뺨은 여전히 붉은 벽돌색인지, 아직도 럼주라는 악마와 싸우는지, 더 그럴 듯한 말로 하자면, 그 악마를 완전히 들이켰는지 나로서는 도무지 알아낼 도리가 없다. 지금도 그 독특한 인사 방법은 여전하고, 1월 아침 같이 붉은 얼굴은 여전한지, 워털루 전투를 어떻게 생각하고, 여전히 도랑을 파고, 벌목을 하고, 전투에 나가는지는 알아낼 증거가 없다. 그는 한 계절 동안 영락한 신사로 이 근처에서 살았다. 사교계에서 배운 듯한 그런 몸짓을 하고, 발로 가볍게 서서 옷을 입고, 모자를 쓰고, 신발을 신고, 고랑을 파고, 나무를 쓰러뜨리고, 온갖 사람들을 위해 농장 일을 하고, 불을 지피고, 충분히 일하고, 충분히 먹고, 너무 많이 마셔댔다. 그는 학파를 세운 적이 없는 무명 철학자 부류에 속하는 그런 사람이었다.

그가 가고 나서 그의 아내도 외로움을 견디지 못해 떠나고 말았다. 나는 그들의 집이 산산이 부서져 내리기 전에 그곳에 가보았다. 주전자를 든 아일랜드 사람들마저 이 집을 "흉가"라며 꺼려 했다. 바닥보다 약간 높은 나무 침대에는 그가 늘 입던 옷들이 그를 대신하기라도 하는 듯 구겨진 채 놓여 있었다. 벽난로에는 금이 간 파이프가 올려져 있고, 마룻바닥에는 다이아몬드, 하트, 스페이드 킹 따위의 카드들이 흙투성이가 되어 흩어져 있었다. 옆방에서는 사람들이 미처 잡아가지 못한 검은 닭 한 마리가 마룻바닥을 살금살금 걷다가 밤처럼 검은 자신의 괴괴한 날갯소리에 놀라 꼬꼬댁 소리도 내지 못하고 어딘가로 숨어들어갔다. 집 뒤 텃밭에는 채소를 심은 흔적이 아직 희미하게 남아 있었으나 한번도 김매기를 한 적이 없는지 가시 많은 우엉, 선용초 같은 잡초가 우거져 있었다. 그는 수족이 떨리기 전 어느 해 봄철에 옥수수와 콩을 수확할 계획을 갖고 있었을 것이다. 뒷벽에는 금방 펼쳐 넌 듯 한 우드척 가죽 한 장이 걸려 있었다. 분명 이 워털루 병사는 콩밭에서 괭이를 손에 쥐고 있다가 이놈을 만났을 것이다. 하지만 이제 그에게는 모자나 벙어리장갑 따위는 필요치 않았다. 더 이상 연기를 뿜어내지 못하는 난로 위의 파이프는 그와 더불어 묻어주었으면 더 좋았을 것이다.

사람들을 비교하려거든 각자의 이상을 비교해보는 것이 가장 좋다. 실제 인간은 너무 복잡해서 다루기가 쉽지 않다.

어떤 사람을 알고 싶거든 그를 이상화해보라. 그러면 즉시 생각이 분명해질 것이다.

평론가이자 시인이며 철학자인 에머슨을 칼라일과 견주어본다. 에머슨은 그다지 재능이 뛰어난 편은 아니다. 게다가 그에게 맡겨진 일에도 그다지 맞지 않는 재능이다. 하지만 칼라일에 비해 그는 시야가 아주 넓다. 칼라일보다도 훨씬 더 힘든 일을 한다. 그는 아주 열정적으로 인생을 살고 있고, 신성하게 삶을 살려고 애쓴다. 그의 감성과 지성은 매우 조화롭고, 계속해서 앞으로 나아간다. 천국이 그에게 열리고 있다. 그는 사랑과 우정, 종교와 시, 성스러움 등에 친숙하다. 예술가로서 그의 삶은 다채롭고 주의 깊으며 예민한 인식을 지녔다. 완고하지 않고 탄력적이며 실용적이다. 그는 믿음직한 판관이기도 하다. 사람과 사물에 대해 에머슨만큼 충실하고 믿음직한 비평가는 찾아보기 힘들 것이다. 그 어느 누구보다도 그를 통해 실현되는 일은 성스럽다. 신들을 위해 명시를 창고가득 보관하고 있는 시적 비평가.

에머슨은 누구도 필적할 수 없는 특별한 재능을 지녔다. 에머슨만큼 인간 내면의 신성함을 분명하고 쉽게 표현한 사람은 없다. 그는 젊은이들에게 누구 못지않은 영향력을 발휘하고 있다. 그의 세계에서는 모든 이들이 시인이다. 그의 세계에서는 사랑이 통치자이며, 아름다움이 지천이다. 그의 세계에서는 인간과 자연이 조화를 이루며 살아갈 수 있다.

우리는 하루해가 지기 전에 어쩔 수 없이 일을 마쳐야 한다. 그러나 현명한 사람만이 그 하루해의 의미를 알 것이다. 우리에겐 여전히 처리되지 않은 채 남아 있는 일들이 많고, 또 많은 일들이 내일로 미루어져 있다. 내일 해가 뜬다 해도 내일에도 변함없이 반복되는 것은 바로 오늘의 일이 아니겠는가?

자기 자신이 아닌 다른 것에 주의를 기울이게 되면 그만큼 우리의 주의를 자신에게 기울이는 일을 단념해야 한다.

나는 너의 둑 위에서 태어났노라, 강아.
나의 피는 너를 타고 흐르고,
너의 굽이치는 흐름은 끝없이 먼 곳으로 간다,
내 꿈의 강바닥에서.

공기의 밀도와 온도가 변하듯, 우리 인생의 모습도 변해간다. 오늘은 햇빛이 맑고 환하다. 세상이 휴가철에 새로 세운 야영 천막 같다. 바다는 여름철 호수고, 땅은 놀기 좋은 부드러운 잔디다. 지평선의 햇살이 벽으로 둘러싸인 마을과 교외 저택을 비추는 동안 우리 삶의 길도 들판에 난 시골길처럼 서서히 굽이치는 듯하다.

단단하거나 부드러운 물체는 모두 동일한 법칙을 따른다. 나무는 대기에서 흘러들어와 줄기를 타고 땅으로 흘러드는 수액이거나 목질 섬유의 강인 반면에, 뿌리는 지표면을 향해 흐른다. 하늘에는 별들의 강인 은하수가 있으며 땅덩어리 거죽에는 바위의 강이, 내부에는 광석의 강이 흐른다. 생각 또한 빙글빙글 돌며 흐르고, 계절은 한 해의 지류支流로 흘러든다.

성공하느냐, 아니냐는 사람들의 평균 능력에 비례한다. 초원의 꽃들은 강물이 해마다 쌓아놓은 토사에서 자라 봉오리를 맺는다. 꽃은 강물처럼 바다에 이르려 하지는 않는다. 우리가 하는 일들을 돌이켜보면 자랑스러운 점이 거의 드물 것이다. 우리는 누구나 자신의 업적이 내적인 열망이나 다짐에 미치지 못한다는 것을 잘 알고 있다. 다른 사람들의 눈에는 어떻게 보일지 몰라도 자신만큼은 이를 잘 안다. 우리의 이런 면은 막대기 끝이 가장 강한 부분이 아니어서 목표를 때리기 위해서는 목표보다 더 길어야만 하는 상황에 비유할 수 있다. 그러나 우리는 이웃에게 실망하지는 않는다. 인간은 희망도 절망도 아니며, 과거는 더더욱 아니다.

아주 오래 전, 기억조차 희미한 누군가의 친절이 갑자기 생각날 때가 있다. 그 친절은 열기가 다한 후에도 오래도록 빛난다. 친구여, 너의 친절이 무의식중에 내 곁을 지나가는 천상의 바람과 같이 고귀했음을 어리석게도 나는 이제야 깨닫는다. 그 친절이 너무 순수해서 눈으로 보지 못했고, 또 너무 너그럽고 흔해서 알아차릴 수 없었다. 너는 내가 어떤 사람이었기에 나를 사랑한 것이 아니라 내가 어떤 사람이 되기를 바랐기에 나를 사랑했다. 싸늘한 이마 위에 떨어졌던 친구들의 친절을 생각하곤 우리는 몸을 떤다. 하지만 우리의 깨달음은 진실하지만 더디다. 잊혀진 것도 기억나는 것도 아닌 과거의 어떤 친절이 막 나에게 다가와 있다. 한밤중, 아주 드문 통찰과 감사의 순간에 나는 그러한 친절에 보답한다.

        안개
    데이지 강둑과 제비꽃이 피어나는
    너 공중에 떠 있는 초원이여
    이 늪의 미로에서
    알락해오라기 우렁차게 울고
    마도요새가 삐악거리고
    부리 검은 뻐꾸기가 뻐꾹뻐꾹 우는데
    백로가 내를 건넌다.
    낮게 드리운 구름
    강의 샘이자 근원
    해에게 흐르는 대양의 지류
    대홍수의 영이거나 데우칼리온[1]의 수의壽衣인

---

1. 프로메테우스의 아들로, 아내 피라와 함께 대홍수에서 살아남아 인류의 조상이 된다.

이슬 젖은 꿈의 장막
요정들이 펼쳐놓는 냅킨
호수, 바다, 강의 정령
동풍에 불려
바닷가로 날아와
길을 찾는 바닷새
그 이름이야 어떠하든
약초 향내와 방향만을 인간의 들로 가져오누나.

침묵의 순간에 말썽꾸러기 악인이 그 참모습을 드러내는 것을 본다. 그 순간에 어떤 이는 광대한 자연을 바라보듯이 가만히 앉아 명상에 잠기나, 말썽꾸러기 악인은 그 시간을 참지 못한다. 그들의 태도는 시간이 갈수록 더욱더 불안해질 뿐이다. 모든 겉치레를 벗어던지고 침묵과 마주하는 인간이여! 말썽꾸러기 악인은 그런 침묵의 순간에 서 있을 수도 앉아 있을 수도 없어 안절부절못한다.

학자들은 대부분 병적인 방식으로 세상을 바라본다. 그들이 보는 것은 언젠가 대평원의 풀밭에 가려 보이지 않게 될 도시와 그 도시 안 남녀들의 잘못된 모임뿐이다. 그들은 집 서가에 꽂힌 책과 책에 쌓인 먼지의 양에 따라 이 세상을 낡은 것과 새 것, 건강한 것과 병든 것으로 분류한다. 판자 지붕이나 슬레이트 지붕 밑을 떠나 먼 곳까지 가본 적이 있다. 나는 그들이 보지 못한 몇 가지 것들을 보았다. 그들의 결론은 불완전하다.

어제 나는 얼음을 밟으며 여우 한 마리를 뒤쫓았다. 여우는 가끔씩 웅크리고 앉아 늑대처럼 나를 향해 짖어댔다. 불현듯 허드슨만 북서통로를 찾으러 캐나다 폭스 해분海盆에서 얼음을 헤치고 항해한 페리제독과 그가 이야기한 곰과 곰 새끼들이 생각났다. 모든 짐승은 불가사의한 특징, 말하자면 몸짓 언어나 상징 언어에 대한 동양적인 재능을 지닌 듯 보인다. 이것은 인도의 동물우화작가 필페이와 그리스 우화작가 이솝의 기원이기도 하다. 내 행동에 여우는 인간이 의혹을 느낄 때와 비슷한 행동을 보였다. 내가 곧장 여우를 쫓아 달릴 때면 자신도 온힘을 다해 달려갔으나 내가 가만히 서 있으면 공포가 가라앉지 않았음에도 낯설면서 기이한 여우의 천성 때문인지 여우도 달리기를 멈추고 웅크리고 앉았다. 내가 계속 움직이지 않고 서 있으면, 천천히 오른편이나 왼편으로 5미터쯤 가서 앉은 다음 짖어대다가, 다시 반대편으로 5미터쯤 가서 앉고는 짖어댔다. 그러면서도 마법에 걸린 듯 달아나려고는 하지 않았다. 그러나 내가 다시 뒤를 쫓으려고만 하면 이내 정신을 차리고 뛰기 시작했다.

분명 여우는 인간 마을을 지배하는 질서와는 다른 질서에 따라 살아간다. 시장은 여우 가죽에 높은 값을 매기고, 설교단은 그 교활함에서 교훈을 끌어내지만, 사실상 우린 자유로운 숲 생활을 하는 여우와는 동떨어진 시대를 살고 있는 셈이다.

가난하게 사는 것이 나의 계획은 아니다. 단지 생계를 유지하는 데 대부분의 시간을 바치면서 살고 싶지 않을 뿐이다. 나에게 필요한 생계 수단은 지금 거의 마련되어 있다.

반짝이는 밝은 별 하나를 올려다보다가 갑자기 내가 알고 지내는, 수일 전 이 해안을 떠난 한 항해자[1]가 생각났다. 그도 나처럼 저 별을 지켜보고 있을 것이다. 별들은 삼각형 정상의 꼭짓점이다!

대부분의 사람들이 돈을 버는 방법에 대해서는 잘 알고 있다. 그러나 돈을 어떻게 써야 하는지 아는 사람은 전혀 없다고 해도 과언이 아니다. 만일 쓰는 방법을 안다면 그 사람은 절대로 돈을 벌지 않았을 것이다.

적은 돈을 기부할지라도 그 돈을 선한 일에 쓸지, 악한 일에 쓸지 모르는 낯선 자선 단체에 던져주고 마는 것이 아니라, 기부자 스스로가 온힘을 다해 그 돈을 쓴다면 얼마나 더 좋은 일을 할 수 있을 것인가. 100달러만 있더라도 우리 마을을 위해 얼마나 큰일을 할 수 있을 것인가! 그 돈으로 여름철이나 겨울철에 내실 있는 연속 강좌를 개최한다면 주민 모두에게 엄청난 이득이 될 것이다. 1,000달러가 있다면 케임브리지나 보스턴에 있는 도서관보다 우리 마을 실정에 맞는, 모든 것이 잘 갖춰진 도서관을 세울 수 있다. 하지만 사람들은 금은을 묻어두고 그 곁에 속수무책으로 앉아 있을 따름이다.

돈으로 최선의 일을 하고자 한다면 가장 적은 돈으로 그 일을 해라. 그래야만 돈을 마련하는 수고에 비해 좀 더 나은 무언가를 할 수 있을 테니까 말이다.

---

1. 랄프 왈도 에머슨을 일컫는다.

1850년, 33세

삶에서 가장 분명한 사건은
우리의 생각이다

"한 사람의 인생을 특징짓는 것은 천성에 대한 순종이 아니라 반항이다."

전해에 이어 측량일로 바쁘게 지내다.

1849년에 첫 저서 『소로우의 강』이 출간되고, 10월에 채닝과 함께 케이프코드에 다녀와서 1월 23일과 30일에 콩코드에서 두 차례에 걸쳐 케이프코드 여행에 관한 강연을 하다.

6월에 다시 케이프코드로 홀로 여행을 떠나다.

9월 25일. 채닝과 함께 몬트리올과 퀘백으로 10일간 여행을 떠나다.

11월. 저술 과정에서 일기를 잘라 붙이던 습관을 중단하다.

날짜 미상

5월이 오면 숲의 신선한 잎들이 생쥐의 귀처럼 커지면서 키 큰 풀이나 허브처럼 돋아난다.

오늘 산책하는 내내 페어헤이번이 잊힐 만큼 아름다운 경치는 보지 못했다. 나는 새로운 봄날 절벽 위에 앉아 강과 숲이 깨어나는 모습을 지켜본다. 기쁨 속에서 새로이 새들의 노래를 듣는다. 이 세상은 내게 늘 변함없는 달콤한 신비다. 페어헤이번 호수 남쪽에는 소나무 숲으로 덮인 섬이 있다. 섬 주변 풀밭에서 호두나무들이 누르스름한 어린 잎을 내고, 떡갈나무들이 연회색 잎을 틔운다. 그동안 휘파람새는 톱질하는 듯한 단조로운 가락을 퉁기고, 되새는 마른 잎 사이에서 바스락거리거나 나무꼭대기에서 딸랑거리는 소리를 되풀이한다. 숲의 천재인 개똥지빠귀는 올 봄 처음으로 맑고 떨리는 곡조로 지저귄다. 이 소리가 어찌나 싱그러운지 난생 처음 들어보는 새소리인 것만 같다. 이렇게 움트는 숲의 광경이 단숨에 삼킨 음료인 양 나를 취하게 한다.

얕은 흙탕물에서 '첨벙'하는 소리가 들렸다. 나는 무엇 때문에 그런 소리가 났는지 알아보려고 한동안 제자리에 꼼짝 않고 서 있었다. 다시 조금 전과 똑같은 소동이 일어났다. 흙탕물이 튀어 오르고 첨벙 하는 소리가 들렸다. 하지만 그 이유가 무엇인지 여전히 짐작이 가지 않았다. 이 작은 웅덩이에 과연 어떤 생물이 살고 있는 것일까? 우리는 언덕 중턱에 자리를 잡고 앉았다. 얼마 지나지 않아 그 소동에 흥미를 느꼈는지 사향뒤쥐 한 마리가 헤엄쳐 왔다가 곧 서둘러 사라졌다. 이어 사향뒤쥐 한 마리가 또 왔다 가고, 다시 또 한 마리가 왔다 갔다. 소동의 원인은 강바닥에 있을 것 같았다. 나는 흙탕물에서 가끔씩 일어나는 소동을 관찰하면서 조용히 앉아 있었다. 얼마쯤 시간이 흐르자 어떤 익살맞은 주둥이 코가 물 위로 떠오르는 게 보였다. 마치 자기를 관찰하는 적이 어디 있나 알아보려는 것 같았다. 곧이어 내가 앉아 있는 곳에서 20~30미터 떨어진 지점에서 물 위로 떠오르는 또 다른 주둥이 코가 보였다. 그제야 나는 소동의 원인이 무엇인지 알 수 있었다.

나는 신발과 양말을 벗고 언덕 아래로 살금살금 내려갔다. 그리고 덤불을 방패 삼아 마른 땅에서 5미터쯤 떨어진 물속까지 소리 나지 않게 천천히 들어갔다. 나는 첨벙거리는 소리가 났던 곳에서 얼마 떨어지지 않은 덤불 뒤에 조용히 설 수 있었다. 흙탕물 속에서 진흙거북이 한 마리를 발견하고 덤불을 헤치고 재빨리 몸을 굽혀 그 거북이를 움켜잡았다. 그 순간 그놈은 빠져나가려고 발버둥을 쳤지만 나는 빠르게 손을 들어 올려 거북이를 마른 물가로 집어 던졌다. 진흙거북이의 입속에서 죽은 베도라치 한 마리가 튀어나왔다. 베도라치의 몸이 반쯤 거북이의 뱃속으로 들어간 후였다. 소동이 일어난 원인은 베도라치와 진흙거북이였다. 베도라치는 거북이의 마수에서 벗어나려고 발버둥 쳤고, 진흙거북이는 베도라치를 놓치지 않으려고 버둥거렸다. 아마 거북이는 몸을 숨긴 채 웅덩이의 진흙 바닥에 조용히 엎드려 있다가 베도라치가 서서히 헤엄쳐오자 배지느러미를 공격했을 것이다. 그러자 베도라치의 부드러운 하얀 배와 배지느러미 밑에서 이곳 사향 개펄이 순식간에 퍼져나갔던 것이다. 봄날의 열기 탓으로 돌리기에는 힘든 소동이 일어났다. 베도라치는 마지막 비명을 질렀다. 그렇다. 자갈 밑에는 연어가 살고 웅덩이 바닥에는 진흙거북이가 산다.

오, 마을 사람들이여, 이곳 웅덩이 개펄에 눈꺼풀마저 감춘 생물이 살고 있었을 줄이야! 누구에게도 모습을 드러내지 않은 채 웅덩이의 진흙 바닥에서 하늘을 보면서 두 눈은 무슨 생각을 하고 있었을까? 베도라치는 배 밑으로 적이 나타날 줄은 조금도 예상하지 못했다. 갑자기 진흙 산이 터져 그의 몸통을 삼켰다. 그는 탈출구가 없는 잔혹한 턱에 갇혔다. 죽음조차도 열 수 없는 턱이었다. 아마 내가 아니었더라면 그 베도라치는 머리가 잘린 채로 진흙거북이의 턱 안에서 아흐레가 지나도록 장사 지내지고 있었을 것이다. 헤이우드 초원의 얕은 물을 스컬 노로 저으며 물밑으로 하늘을 들여다보곤 하던 나는 적이란 생각조차 못하고 있었거늘. 나는 헤이우드 초원에서 무슨 일이 일어나고 있는지 전혀 알지 못했다.

한 해의 계절은 달력에 표시된 사계절보다 훨씬 많다. 여름이 시작되는 6월 1일경이 이른바 그런 계절 가운데 하나다. 바야흐로

미나리아재비가 울창한 풀밭을 이룬다. 자연히 나는 풀베기와 소젖 짜기를 떠올린다. 이때쯤이면 사람들은 저마다 새로운 시대가 시작되었음을 느낀다. 5월 20일경이 농부들이 목초지로 암소를 끌고 나가기 시작하는 철이다. 암소들은 겨울철에는 헛간이나 축사에서 지내다가 여름이 오면 목초지에서 지낸다. 그러므로 여름철이 되면 암소들이 "내일 해가 뜨면 신선한 숲과 새로운 목초지로 가자"고 음매음매 우는 것인지 모른다. 이때쯤이면 아침 일찍부터 지팡이를 든 두어 명의 이웃 농부들이 아이들이나 삯꾼들과 더불어 개를 데리고서 50~60마일이나 떨어진 뉴햄프셔 주의 목초지로 가축들을 몰고 가는 모습을 볼 수 있다. 이 한철은 농부의 아이들에게는 결코 잊지 못할 계절이다. 처음으로 집을 떠나 멀리 여행을 가기 시작한 때니 말이다. 목동들은 산악 목초지에서 아이들이 다시 돌아오길 학수고대한다. 그리고 나서 다시 소 떼를 몰고 돌아오는 가을이 오면, 마을에 남아 있는 아이들은 자넷, 브린들과 같은 암송아지들이 자신을 알아볼지 궁금해지는 것이다. 봄철의 송아지가 어린 암소가 되어 돌아오는 이러한 철에 한 소년이 소의 허리께를 쓰다듬으며, "얘가 날 알아봐요, 아빠. 날 알아봐요"하고 외치는 모습을 본 적이 있다.

나는 예전에 숲을 태운 적이 있다. 그 얘기를 한번 해보자. 4월 어느 날 한 벗과 함께 콩코드 강 수원까지 찾아가볼 생각으로 보트를 타고 떠났다. 우리는 강둑에서 야영을 하거나 근처 여인숙이나 농가에서 하룻밤을 잘 작정으로 강에서 식량을 조달하려고 낚시 도구를 챙겨 넣었다. 강 근처 제화공 가게에서 성냥 한 통을 구했으나, 어찌 된 영문인지 이 사실은 잊고 말았다. 초봄이었으나 비가 거의 오지 않아 강 수위가 낮았다. 덕분에 마을 구역을 벗어나기 전에 저녁거리로 이미 충분한 양의 물고기를 낚을 수 있었다. 우리는 물고기를 구워먹을 생각으로 페어헤이번 호숫가로 다가갔다. 땅이 바싹 말라 있었다. 호수 동쪽의 언덕 비탈에 어느 정도 숲에서 떨어진 양지쪽 후미진 곳 그루터기 근처에서 우리가 지핀 불길이 갑자기 전해에 자라난 마른 풀들로 옮겨 붙었다. 처음에는 손과 발로 불을 꺼보려고 애쓰다가 다시 보트에서 내온 판자를 썼으나, 몇 분 만에 어쩌지 못하는 지경이 되고 말았다. 언덕비탈이어서 불은 급격히 위쪽으로 번져나갔고 관목과 그 사이사이에 널려 있는 바싹 마른 풀들을 태웠다.

벗이 "야단났네. 이제 어떻게 해야 하지?"라고 물었다. 나는 이 언덕 가장자리에 시냇물이 흘러들어올 거라는 짐작은 갔으나, 곧장 마을로 가야할 것 같았다. 그래서 "마을로 가자"고 말했다. 동료가 다시 보트를 강에 띄우는 동안, 나는 마을사람들에게 사태를 알리려고 숲을 살펴보았다. 불은 이미 수십 미터 번져나가 숲으로 맹렬히 달려가고 있었다. 불길은 미친 듯이 번져갔고, 우리가 일으킨 이 화마를 어찌해볼 도리가 없다고 느꼈다. 전에도 여러 번 숲에 불을 놓아 풀밭을 얼마쯤 태워먹은 적은 있었으나 이렇게 큰 불을 낸 적은 없었다.

나는 숲을 지나 마을로 달려가면서 뒤쪽에서 치솟는 연기로 불길이 얼마나 빨리 번지는지 가늠해보았다. 달려가다가 황소 한 쌍을 몰고 가는 농부를 만났다. 그는 '왜 연기가 나느냐?'고 물었고, 내 대답을 듣자 "내 알 바 아니군"이라고 중얼거리고는 소를 몰고 가버렸다. 다음번에 만난 이는 그곳 밭주인이어서 나는 즉시 그와 함께 숲 쪽으로 돌아서서 내내 뛰어갔다. 줄곧 2마일을 뛰어다닌 셈이었다. 불길이 이는 근처에 이르자, 나무를 자르다가 열기가 덮치자 도끼를 휘두르며 도망쳐 나온 겁이 많은 한 나무꾼을 만났다. 농부는 사람들을 부르러 급히 되돌아갔다. 숨이 찬 나는 그 자리에 남아 있었다. 반마일 폭의 불길 앞에서 나 혼자서 할 수 있는 게 대체 무엇이 있겠는가?

나는 천천히 숲을 지나 페어헤이번 벼랑으로 걸어가 가장 높은 바위에 앉아 불이 시작된 지점에서 1마일쯤 떨어진 곳에서 내 쪽으로 불길이 빠르게 다가오는 모습을 지켜보았다. 이내 멀리서 불이 났음을 알리는 종소리가 들려왔다. 마을 사람들이 현장으로 달려오고 있었다. 그 순간까지도 나는 죄지은 사람으로, 수치심과 후회감에 사로잡혀 있었다. 하지만 마을 사람들을 보면서 나는 이 문제를 간단히 해결했다. 나는 스스로에게 말했다. "이 숲의 주인이라는 사람들은 대체 누구고, 나는 그들과 어떤 관계에 있는가? 숲에 불을 지른 건 사실이다. 하지만 죄를 지은 건 아니지 않는가. 그러니 번개가 불을 놓은 것으로 치자. 저 불길은 태워야 할 것들을 태우고 있을 뿐이다."(나는 오늘날까지도 번개가 숲을 태운 것 이상으로 죄책감에 시달린 적은 없다. 당시 내 마음에 걸렸고, 지금도 여전히 걸리는 일은 오직 하나, 낚시질을 했다는 것뿐이다.) 그렇게 나는 마음을 정하고서 불길이 다가오는 모습을 바라보며 서 있었다. 그것은 장관이었다. 그러나 이 근처에서 이 장관을 즐기는 사람은 나밖에 없었다. 이제 불은 벼랑 밑까지 이른 다음 비탈로 돌진해왔다. 이 불길 앞에서 다람쥐들이 이리 뛰고 저리 뛰었고, 세 마리 산비둘기가 연기 속에서 급히 날아올랐다. 불길이 소나무 꼭대기까지 확 솟구쳤다. 마치 화약이 터진 것 같았다.

나는 불길에 휩싸이기 직전에 뒤로 물러나 막 도착한 마을소방대에 합류했다. 우리는 두어 시간 걸려 괭이와 삽으로 고랑을 파서 맞불로 불길을 잡을 수 있었다. 내가 만난 그 농부는 이 와중에도 "내 일이 급하다"며 냉정하게 등을 돌리고서는 밧줄로 동여놓은 자신의 나무들을 건지려고 이리 뛰고 저리 뛰었다. 그러나 그의 나무에는 이미 불이 붙고 난 뒤여서 결국 다 타버리고 말았다.

이 일로 100에이커 이상의 꽤나 넓은 어린 숲이 타버렸다. 나는 이날 늦게 다른 사람들과 함께 마을로 돌아왔다. 마을 사람들은 불을 낸 작자를 규탄해마지 않았다. 하지만 그들이 그 숲의 소유자들을 동정하지 않을 뿐 아니라, 대단한 스포츠라도 즐길 수 있어 좋았다는 듯 사실상 무척 신나한다는 걸 눈치챘다. 찌무룩하거나 마음 아파하는 사람은 땅주인들뿐이었다.(땅주인은 전부 여섯이었으나, 그렇다고 그들 모두 그런 건 아니었다.) 나는 내가 누구보다도 숲과 더 깊은 이해관계가 있다고 느꼈다. 내가 누구보다도 이 상실을 더 뼈저리게 느끼게 되리라는 걸 알 수 있었다. 땅 주인 중 한 사람인 농부는 마을로 되돌아가는 가장 빠른 길을 내게 물어왔다. 나는 전보다 숲을 더 잘 알게 되었다. 그렇다면 다른 마을 사람들의 기분이 고조되어 있는 동안 여섯 명의 땅주인과 불을 낸 작자는 숲이 불탄 일로 슬퍼하고 있어야만 한단 말인가? 몇몇 땅 주인은 손해를 묵묵히 견뎌냈으나, 일부는 내 등 뒤에서 나를 "망나니 자식"이라고 욕했다. 그리고 늙은 수탉처럼 한 군데 모여 있던 수다쟁이 두어 사람은 여러 해 동안 후미진 곳에서 나를 만나면 뭐라고 큰소리로 욕을 해대며 이 일을 상기시키곤 했다. 사실 나는 그들 누구에게도 할 말이 없었다. 이후 앞서 말한 것과 같은 근거와 다른 몇 가지 이유로 나에 대한 비난은 서서히 사그라졌고, 이 화재에 대한 기억 또한 사람들 사이에서 희미해져갔다. 이 일에서 교훈을 얻은 나는 오랫동안 성냥과 부싯깃을 쓰는 시대인데 세상이 불타지 않은 게 기이할 정도였다. 집집마다 화덕이 있는데 이튿날 해가 뜨기 전에 집이 불타지 않는 까닭은 무엇일까? 그때와는 달리 불길이 굶주려 있지 않아서일까? 나는 이 문제에서 내가 설사 어떤 잘못이 있다 해도 땅주인들에 대한 죄책감과 내 잘못은 깨끗이 잊어버리기로 마음먹었다. 그리고 내 앞에 놓인 현상에 주의를 기울이면서 그 현상들을 최대한 활용하기로 작정했다. 얼마나 하찮은 실수로 이 일이 일어났는지 생각해보면서 얼마쯤 부끄러움을 느꼈던 것은 부인할 수 없다. 당시 나는 마을 사람들보다 더 나은 일에 종사하고 있다고는 말할 수 없었기 때문이다.

그날 밤 나는 홀로 숲을 배회하면서 타다 남은 불을 지켜보았다. 몇몇 그루터기들은 자정까지도 새까맣게 타들어갔다. 그리고 밤이 더 깊어져서는 불이 처음 일어난 곳까지 가서 까맣게 탄 풀밭 위에서 구이가 된 물고기들을 찾아냈다.

6월 4일

오늘 내가 숲속에서 불을 놓고 있을 때 레이도 옆에 있었다. 아무리 사회적 지위가 낮고, 아무리 가난하고 비천하고 무절제하고 가치 없어 보이는 사람이라도 자신이 사회의 짐이 되기를 원하지는 않는다는 것을 알게 되었을 때는 늘 즐겁다. 여러분도 언젠가는 그들이 어느 누구보다도 잘 할 수 있는 일이 있다는 걸 알게 될 것이다. 링컨 마을 사람들이 "불을 놓는 데는 자네가 제일 노련하니 가보라"고 해서 여기에 왔다는 레이의 말을 듣고 나는 기뻤다. 그는 '잡목 소각꾼'으로서의 경험과 기술을 갖추고 있었다.

잡목을 태울 때는 늘 바람을 안고 서서히 불을 지펴야 한다. 불길이 잡초 따위를 없앤 방어선을 넘어오더라도 약간의 조직망과 인내심만 갖추고 있다면 보통 생각하는 것보다는 불을 끄는 데 그다지 큰 어려움은 없다. 다행히도 경험 많은 한 사람이 몇 사람의 임금보다 더 값어치가 있는 경우가 드물지 않다. 숲에 갑자기 불이 나서 한 사람이 다른 사람들의 조직적인 협력 없이 열기를 느끼며 불에 가까이 붙어 싸우고 있다고 하자. 그는 절망적인 상황에 처했으며, 이 사정없는 화마가 숲을 내달려 결국 모든 것을 먹어치우고 말 것이라 생각하기 쉽다. 하지만 일행이 있다면 하던 일을 잠시 멈추고 불길에서 좀 더 멀리 떨어져 일행과 함께 침착하게 불을 꺼보자. 그는 빠르고 손쉽게 불길이 잡히는 걸 보고서 깜짝 놀랄 것이다. 숲 자체가 화마와 싸우는데 가장 좋은 무기 중 하나인 리기다소나무 가지를 제공해준다. 리기다소나무 가지는 불길을 때려잡는 데 더할 나위 없이 좋은 도구다.

불길이 거세더라도 몇 사람이 얼마쯤 떨어진 거리에서 나뭇잎 따위를 긁어 치워버리고 땅을 파내 고랑을 만드는 동안, 또 몇 사람은 줄지어 서서 불길이 방어선에 이를 때까지 소나무 가지로 불길을 때려잡는다면 결국 그들은 여유롭게 불을 끌 수 있을 것이고, 자신들이 거둔 의외의 성공에 놀랄 것이다.

숲 근처 밭에 쥐불을 놓으려는 농부는 5미터 이상의 폭으로 주변 나뭇잎이나 잔가지들을 긁어 치워버리고, 바깥 가까운 곳에는 아무것도 쌓아두지 말아야 한다. 그 다음 밭 주위에 고랑을 내고 바람이 불기 전인 이른 아침에 불을 놓아야 한다.

오늘 나는 불길이 야생마 같이 거친 숨을 내뿜으며 헉헉거리며 노호하는 가운데 불과 싸우고 있었다. 마지막 숨을 내뿜는 나무들의 죽음의 노래, 가늘지만 분명하고 카랑카랑한 고통의 외침과 탄식 소리가 들려왔다. 뜨거워진 공기 또는 수증기가 갈라진 틈새로 새어나오는 소리 같았다. 처음에는 이 소리가 죽어가는 새나 다람쥐의 고통스런 울음소리, 또는 나무에서 빠져나오는 수증기 소리라고 생각했다. 규모는 작더라도 화덕에 집어넣은 통나무에서도 이따금씩 이와 같은 소리를 들을 수 있다. 다람쥐들은 숲이 다 타 버리고 나면 땅속으로 숨어드는 것 같다. 초록 숲의 입장에서는 누런 소나무가 얼마나 낯설까? 누런 소나무가 무슨 일로 여기 이렇게 서 있는 것일까?

사위가 조용하더라도 작은 회오리바람이 불어 타오르는 잎을 갑자기 공중으로 치켜 올려 멀리까지 날려 보내면서 온 숲이 순식간에 활활 타오를지도 모른다. 또는 거의 눈에 보이지 않는 아주 작은 불씨가 날아올라 바위의 갈라진 틈을 메운 마른 뗏장이 있는 곳까지 떠갈 수도 있다. 그리고 반시간 정도 연기를 피우면서 1평 정도의 땅을 뜨겁게 달구다가 마침 바람이 불어와 나뭇잎들로 불이 번져나가면서 숲이 활활 타오르게 될지도 모를 일이다.

제일 재미있는 구경이 불구경이라는 말이 있다. 나는 날씨가 덥든 춥든, 낮이든 밤이든 가리지 않고 소방차를 쫓아 열심히 달려가는 사람들을 보면 깜짝 놀라곤 한다. 자극을 바라는 사람들의 성향이 얼마나 좋은 목적에 이바지하는가 말이다. 어떤 설득력이나 약속한 품삯, 친밀한 이웃관계가 이와 같이 큰 효과를 낼 수 있겠는가? 하지만 이들은 주로 소년들로, 이들 사이에서는 물론 구경이 주된 동기다. 저 죽을 이곳을 찾아오는 노인은 없지만, 그들 역시 마찬가지로 누구 못지않게 자극을 바란다.

6월 8일

일찍 일어나는 습관을 기르자. 머리와 발을 같은 높이에 오래 놓아두는 건 현명하지 못한 처사다.

풀들이 부쩍부쩍 자란다. 마을 앞들에서는 벌써 농부들이 풀베기를 시작했다. 들판이 푸르고 기름져 보이지만, 날씨가 따뜻해지면서 공기가 약간 탁해졌다. 먼 숲속에서는 자고새가 알을 품고, 개구리가 저녁이면 꿈을 꾸고, 아이들은 강과 호수에서 멱을 감기 시작한다.

어김없이 때가 오면 멀리서 덜커덩거리는 기차 바퀴 소리와 기적 소리가 들려와 마을과 가정의 시계들이 반 정도 쓸모없어졌다. 온 나라로 뻗어나가는 이 철도 같은 제도가 일사불란하게 움직여 시간 약속을 지키고, 질서를 유지하는 데 이바지하리라는 건 누구라도 쉽게 알 수 있다. 기차가 떠나고 도착하는 시간은 마을의 하루에서 이제 중요한 전환점이 되었다.

6월이 되어야 비로소 풀이 물결친다고 말할 수 있다. 개구리가 꿈꾸고, 풀이 물결치고, 미나리아재비가 머리를 흔들고, 호수와 시내에서 멱감고 싶어질 때 비로소 여름이 시작된다.

6월 9일

내 안의 목숨은 강물과 같다. 이 생명수가 어느 해보다도 올해 수위가 높아져 마른 땅을 물바다로 만들며 내 안의 사향뒤쥐를 모조리 몰아낼지 모른다. 이처럼 올해는 내게 가장 중요한 해가 될지도 모른다.

책 한 권이 수십 쪽이나 수백 쪽으로 이뤄져 있듯, 우리 삶에도 수많은 층위가 존재한다. 대부분의 사람들은 두어 층위의 삶만 살아가는 것 같다. 높은 층위의 삶에서는 낮은 층위의 삶이 기억나나, 낮은 층위에서는 높은 층위를 알 수 없다.

어떤 사건이 일어나더라도 나의 상상력, 사랑, 존경, 찬미, 신비감을 젊은 시절의 기억만큼 자극하지는 못한다. 사람들은 자신의 삶에 어떤 기적도 없으므로 성서의 기적을 이야기한다. 하지만 그런 말라빠진 빵조각은 이제 그만 갉아대자. 내 머리 위에는 잘 익은 과일이 달려 있다.

동반자를 구하는 이에게 화가 있을진저. 그런 이는 자기 삶의 동반자가 될 자격조차 갖추지 못한 사람이다.

6월 15일

누가 휘파람새에게 둥지를 숨기는 방법을 가르쳤을까? 휘파람새는 땅 위에 둥지를 짓지만 어느 누구도 찾아내지 못한다. 자연에는 이런 교묘함이 감추어져 있다. 어떤 인간도 이토록 기막히게 잘 숨겨진 둥지를 지을 수는 없을 것이다. 휘파람새가 날아오르고 나서야 간신히 알아차릴 수 있을 뿐이다.

오늘 밤 솔송나무 숲 근처 강 위의 공기는 새로이 날개를 얻은 무수한 곤충들로 가득하다. 일견 단풍나무에서 흩날리는 눈송이 같기도 한데, 다만 눈처럼 그렇게 희지는 않다. 이 곤충들이 때로는 강 상류로, 때로는 강 하류로 떠가는 동안 강으로 떨어진 하고많은 곤충들을 삼키려고 물고기들이 튀어 오른다. 이로 인해 강에 무수히 많은 잔물결이 일어난다. 물고기들은 강 아래 어두운 대기를 호흡하며 헤엄쳐 다닌다. 그러다가 가벼운 위쪽 대기를 헤엄쳐 다니는 날것들이 대기 바닥으로 가라앉으면, 그것들을 삼키려고 아래쪽 대기 표면으로 느리게 올라온다.

6월 20일

내 집 창문으로 1.5마일쯤 떨어진 페어헤이번 언덕 비탈진 목초지에서 서너 마리의 암소가 보인다. 이 목초지에는 나무 한 그루만 달랑 서 있을 뿐이어서 암소 떼가 모두 그 그늘에 모여 쉬고 있다. 날이 무덥긴 하나 이른 시각이어서 나무 그림자가 상당히 멀리까지 뻗어 있다. 이로 인해 경치가 한결 아름답게 보인다.

나는 어느 인공 정원보다도 더 크고 매력적인 정원을 소유하고 있다. 매일 오후마다 나는 정원으로 산책을 나간다. 어떤 귀족도 가져보지 못한 큰 정원으로, 수목에 둘러싸인 산책로가 끝없이 이어진다. 야생동물들이 자유롭게 뛰논다. 또 호수와 대지에 다채로운 풍경이 펼쳐진다. 게다가 외진 곳이어서 미로를 헤매는 길 잃은 방랑자를 만나는 일도 아주 드물다.

6월 21일

대체로 자연스럽게 일어난 불은 숲에 이롭다. 불이 숲 바닥을 쓸고 지나가면서 공기를 정화시켜 숲이 맑고 깨끗해진다. 이런 불은 자연의 싸리비로, 발육이 나쁜 잡목들을 없애 더 크고 튼튼한 나무들로 큰 숲을 이루게 해준다. 작년에 불이 지나간 숲을 걷는다. 훨씬 걷기가 편안하고 즐겁다. 발에 거치적거리던 잔가지들과 죽어 썩은 나무들이 사라져 숲 바닥이 평탄하고 깨끗하다. 이렇게 해서 2~3년 안에 마을과 새와 인간에게 이로운 새로운 허클베리 숲이 만들어진다.

이렇게 까맣게 탄 땅을 거닐다 힘차게 밀고 올라오는 풀과 나무의 파릇파릇한 새싹을 보면 절로 힘과 용기가 솟아난다.

7월 16일

낮에 걷는 이는 많지만 밤에 걷는 이는 드물다. 낮과 밤은 서로 다른 계절에 속한다. 해가 아닌 달과 별이 빛나고, 개똥지빠귀 대신 쏙독새가 울음을 운다. 나비 대신 개똥벌레가 난다. 이슬 젖은 거처에서 뿜어 나오는 불의 섬광에는 어떤 냉정한 삶이 머물러 있는 것일까? 인간은 누구나 눈과 피와 머리 안에 불을 갖고 다닌다. 새가 노래하는 대신 개구리가 개골개골 운다. 귀뚜라미들이 더 열렬한 꿈을 꾼다. 감자가 곧추 일어서고, 옥수수가 자라고, 덤불이 불쑥 모습을 드러낸다. 달 밝은 밤에는 바위와 나무와 수풀과 언덕 그림자가 실물보다 더 돋보인다. 땅의 작은 기복이 그림자로 인해 더 분명히 드러난다. 발에는 평탄하게 느껴지는 길도 눈에는 울퉁불퉁하고 다채롭다. 바위의 살짝 들어간 데가 동굴처럼 어둑어둑하고, 숲의 양치류가 열대 양치류 못지않게 커 보이고, 나뭇잎 사이로 보이는 물웅덩이가 하늘만큼이나 빛으로 가득하다. 인도의 성시집聖詩集 푸라나에서 바다를 평했듯이, "낮의 빛이 그 품에서 휴식을 취한다." 숲이 어둡고 무거우니 자연은 잠을 잔다. 바위들은 낮의 온기를 밤새 간직한다.

나는 실제라고 여겨지는 것들이 실은 상상보다도 훨씬 더 실제적이지 못하다는 사실을 깨닫는다. 왜 실제만을 중시하고 가치 있게 여기는지 이해할 수 없다. 내 사고 안에 들어 있는 사물들은 실제와 멀어지면 멀어질수록 더 깊은 감명을 준다.

우리의 삶에서 가장 분명한 사건은 우리 생각이다. 다른 모든 것들은 우리가 여기 머무는 동안 불어오는 바람에 지나지 않는다.

스스로 좋았다고 느끼고, 사회와 자신이 올바르다고 여기는 그런 일들을 좀 더 힘을 내서 해보자. 그리고 스스로 하지 않았다고 자책하게 되는 다른 일들도 힘써 해보자. 어떤 일이 자기 자신의 마음에 차거나, 차지 않은 데에는 나름대로 까닭이 있음을 알아야 한다. 자신의 땅에서 찾아낸 열매 맺힌 나무들을 가꿔라. 과거를 실패로도, 성공으로도 여기지 말라. 어느 누구의 과거든 간에 실패와 성공은 거의 같은 비율로 뒤섞여 있다. 과거가 현재에 기회를 제공해준다면, 그것은 성공한 과거다. 누구나 귀한 금시계보다 더 값이 나가는 꽤나 좋은 사고 능력을 갖고 있지 않은가? 중요한 일을 스스로 결정할 수 있지 않은가? 생각의 물줄기가 자기 안의 수원水源까지 치고 올라오지 못한다면 악마에게 갔다가 다시 돌아오라. 악을 처단하라. 단호히 응징을 받아라. 죽을 수가 있다면 죽어라. 떠나라. 자신의 구원을 한 잔의 물과 맞바꿔라. 뛰어다니면 위험하다는 걸 알고 있다면 그 위험 속을 뛰어다녀라. 아무것도 알고 있지 못하다면 확신을 즐겨라. 경건해지려고 애쓸 필요는 없다. 그에 대한 대가로 감사의 인사조차 받기 힘들 테니까. 못을 박을 능력이 있고, 못도 구할 수 있다면 못을 박아라. 무엇인가 실험을 해볼 생각이 있다면 지금이 바로 기회이니 실험을 해봐라. 의심하는 걸 좋아하지 않는다면 의심을 품지 마라. 의심 따위는 선술집에나 보내라. 배고프지 않는 한 먹지 마라. 하등 쓸모가 없는 일이니. 모든 기회를 활용하여 침울해질 정도로 생각에 잠겨라. 최대한 침울해진 다음 그 결과를 적어놓아라. 자신의 운명을 기뻐하라. 건강하든, 건강하지 않든 자신은 건강하다고 생각하고서 일을 시작하라. 자신은 이미 죽은 몸인지 누가 알겠는가? 그렇지만 더 끔찍한 일들이 다가오고 있고, 늘 다가올 것이니 항상 조심하라. 인간이 죽는 건 두려움 탓이고, 살아가는 건 자신감 덕분이다. 남들이 대신 해줄 수 없는 일을 해라. 그 밖의 다른 모든 일들은 잊어버려라.

나의 지인들은 분명 나를 잘못 생각하고 있다. 나는 그들이 생각하는 그런 사람이 아니다. 그들이 조금만 더 가까이 다가와 나를 살펴본다면 금방 알아차릴 수 있다. 그들은 스스로 처리하기 어려운 문제에 대해 내 충고를 바란다. 하지만 내가 얼마나 형편없는 모자를 쓰고 낡은 신발을 신고 있는지는 알지 못한다. 나는 슈미즈 한 벌도 없다. 겉옷이 초라한 만큼 속옷도 초라하다. 아, 이 모습이 얼마나 비참하고 꾀죄죄한가! 차라리 벌거벗고 지냈더라면 이토록 초라하지는 않았을 것이다. 누가 내 속을 뒤집어본다면 넝마 같은 척박함이 여지없이 드러날 것이다. 나를 만드신 조물주에게는 분명 내가 귀중한 존재일 것이다. 하지만 그가 만든 어느 누구보다 내가 더 나을 것은 없다. 살아 숨쉬면서 생각한다는 것만이 내가 나에 대해 말할 수 있는 전부다.

한 사람의 인생을 특징짓는 것은 천성에 대한 순종이 아니라 반항이다. 인간은 여러 가지 방향으로 초자연적인 삶을 살고자 애쓴다.

겉으로는 순종하면서 안으로는 자신만의 삶을 사는 방식이 좋은 삶의 방식이라고는 생각하지 않는다. 이렇게 살기 위해서는 왼손이 하는 일을 오른손이 모르게 해야 한다. 확신컨대, 결국에는 실패한 삶이라는 게 드러날 것이다.

나는 어느 날 밤에 굴 채취선을 타고 롱아일랜드의 패초그 마을에 이르렀다. 이 배에는 셰익스피어에 버금갈 정도로 재치가 뛰어난 술 취한 한 네덜란드 사람이 타고 있었다. 다음날 우리는 해안을 떠나려 했으나 배가 좌초되어 서너 시간쯤 조수를 기다려야 했다. 그 사이에 어부 두 사람이 또 다시 위스키를 마시러 해변 선술집으로 가버렸다. 얼마 뒤 그들은 술이 거나해져서는 햇볕이 내리쬐는 바닷가 해초 위에 뻗어 버렸다. 한 사람은 정말 보기 드물게 얼굴이 넓적한 젊은 네덜란드 사람이었다. 얼굴이 특이하게 넓고 무거워 보여 나로서는 우스꽝스럽다고나 해야 할지, 숭고하다고나 해야 할지 갈피를 잡기 어려웠다. 대단히 겸손해서 높은 자리

에 앉을 상相이라고나 해야 할까, 아니면 고귀한 어리석음이라고
나 해야 할까. 나는 이들의 상스러움을 그다지 혐오스러워하지 않
았는데, 그것은 우리 안의 돼지를 바라보듯 그들을 바라볼 수밖에
없었기 때문이었다. 그들은 여행하는 내내 배 바닥에 괸 물에 등
을 붙이고 누워 반쯤 인사불성이 된 채 자신들의 토사물 속에서 뒹
굴고 있었다. 선장이 이따금씩 걷어차거나 욕을 해대면 재치와 평
정을 잃은 적이 없는 그 네덜란드 젊은이는 폭음으로 토해낸 토사
물 속에서 구르며 씩씩거리긴 했으나, 계몽된 돼지처럼 기지 있는
즉답을 즐거이 토해놓곤 했다. 그것은 내가 듣던 중 가장 질척하
고 조야粗野한 위트였다. 그런 태연함은 어디서도 보지 못한 것으
로, 네덜란드 특유의 재치임을 알 수 있었다. 암스테르담을 보여주
는 이 위트는 여러 민족이 저마다의 얼굴로 수없이 뒤엉켜 있더라
도 쉽게 알아볼 수 있는 것이었다. 나는 그가 어떻게 미국에서 태
어났는지, 얼마나 외로움을 느꼈는지, 우정을 얻기 위해 무엇을 했
는지 알아내려고 골머리를 앓고 있었다. 우리가 밤 10시경에 패초
그의 좁은 샛강에서 양쪽 둑에 부딪치지 않게 장대로 조심조심 배
를 밀며 나아가고 있을 때 이 두 주정뱅이가 눈을 비비며 일어났
다. 그들의 신분은 낮았으나 기지는 여느 때처럼 차고 넘쳤다. 그
렇다, 그들의 자존심은 조금도 꺾이지 않았다. 그 네덜란드 젊은이
가 선장에게 그럴듯한 충고를 했으나 선장은 받아들이지 않았다.
아무리 날카로운 눈이라도 어둠 속에서는 당황하게 될 그런 곳에
서 그가 갑자기 몸을 일으켰다. 그러더니 뱃전에 기대서는 곧장 샛
강 아래를 가리키면서 "저와 같은 구멍이 칠성장어의 1급 서식지"

라고 단언했다. 그러면서 그는 우리가 헤쳐나가고 있는 이 어두운 샛강에서 자신이 한때 단지(술잔이 아니다)를 갖고 어떤 행운을 누렸는지 이야기했다. 드디어 그는 기슭에 매어놓은 또 다른 배로 한 치의 착오도 없이 도인처럼 가뿐히 몸을 옮겨놓으면서 "자, 그럼, 몸조심들 하구려. 내 갈 길로 갑니다"라고 말했다. 그는 내가 만난 몇 안 되는 남다른 인물 중 하나였다. 술에 취한 두어 사람이 내게 깊은 인상을 남긴 적이 있다. 그들 안에는 어떤 신성이 꿈틀거리고 있었다. 이런 경우에 나는 그 주태백이를 미친 야만인으로 존경한다. 그는 너무나도 아둔하기에 결코 취하지 못하리라. 내가 "오늘 꽤나 힘들었겠어요"라고 말하자, 여전히 취할 대로 취한 그가 축축한 눈을 들어 뭔가 괜찮은 익살을 곁들이며 "날이면 날마다 이런 날이 오는 건 아니구먼요"라고 대꾸했다. 이런 날이 바로 그날이었던 모양이다. 바닷가에서 5미터쯤 떨어진 데 놓인 배까지 나를 등에 업고 옮겨준 이가 바로 그였다. 그것은 내가 그의 상태를 알기 전의 일이었다. 선장이 어둠 속에서 장대로 바닥을 짚으며 앞으로 나아갔다. 굴 채취선의 선장이라면 바닷가는 물론 만의 바닥까지 알고 있어, 수심만으로도 자신이 어디에 있는지 알 수 있다.

나는 대문을 나와 여우와 밍크가 다니는 야생 길만 골라 15킬로미터, 30킬로미터, 40킬로미터, 또는 더 멀리 자연 속을 걷고 또 걷는다. 그동안에 누구의 집 앞도 지나칠 일이 없다. 콩코드는 뉴잉글랜드에서 가장 오래된 내륙 마을이다. 미국에서 가장 오래된 마을일는지도 모른다. 산책하는 사람들은 이 땅을 애지중지한다.

지금 내가 있는 곳 주위로 수 평방킬로미터 안에는 어떤 인가도 찾아볼 수 없다. 처음에는 강을 따라, 그 다음에는 내를 따라, 숲을 따라 걷는다. 자연 속에서 느끼는 고독! 나는 언덕 위에 서서 멀리 떨어진 문명과 문명 속의 인간들을 바라본다. 농부들과 그들이 일하는 모습보다는 야생 동물 마멋의 모습이 훨씬 눈에 잘 띈다.

나는 언덕을 넘어가다가 수풀의 틈으로 두어 겹의 공기로 채색된 멀리 떨어진 숲이나 언덕 비탈을 바라보면서 훌륭한 작품과 그렇지 못한 작품을 비교해보곤 한다. 틀에 끼워진 수많은 그림을 보는 것 같다. 아무런 값을 치르지 않고 감상하는 즐거움을 얻는다. 공기라는 유리를 덮어쓴 그림 속 풍경.

암소들은 횡대로 걷지 않고 한 줄로 늘어서서 길을 가거나, 아니면 들쭉날쭉한 V자 형태로 길을 간다. 이들은 지구가 온통 숲으로 덮여 있을 때 좁은 길을 따라 여행하던 유제有蹄동물의 습성을 그대로 간직하고 있다.

해질녘 목초지에서 집으로 돌아오는 암소 떼가 모래 야산에서 걸음을 멈추고 또 다른 암소 떼에 싸움을 걸며 모래를 차올린다. 보는 이와 지는 해 사이에 먼지 구름이 일어난다. 그러자 소몰이꾼 아이들이 급히 달려와 뿔을 맞대고 제방 아래로 서로를 밀어대던 두 싸움꾼 소를 갈라놓는다.

9월 날짜 미상

60센티쯤 자란 고운 꽃 한 송이를 본다.

말 발자국과 수레바퀴 자국 사이에서.

하루에도 몇 차례씩

다킨과 메이나드의 마차들이 지나가는 곳.

왼쪽이나 오른쪽으로 1인치만 빗겨 피어났어도

또는 1인치만 높게 자랐어도

꽃의 운명은 바뀌었으리.

이 꽃은 자신이 맞닥뜨린 위험을 알지 못한 채

주위에 인적 없는 땅 수천 에이커를 소유한 꽃에 못지않게

꽃을 활짝 피운다.

염려해 고통을 자초하거나

사악한 운명을 불러들이지 않는다.

멀리 시장 거리의 마차가 하루 걸러

반드시 이 길을 지나가지만 바큇자국은 바뀌지 않는다.

그리고 말과 마차를 몰고 이 꽃 위를 지나는

마부도 바뀌지 않는다.

당신은 바퀴 소리도 들리지 않고 인적도 드문

한적한 곳에서 피어난 꽃의 운명을

축하해주고 싶을 것이다.

그러나 안내하는 바큇자국이 없더라도

길 잃은 마차가 마침내 그 꽃을 꺾고 만다.

비록 시장 거리의 마찻길에서 멀리 떨어진 곳이었다 해도

그 꽃은 마차가 지나는 길 정면에 핀 꽃이 되고 말았으니.

소 떼가 다가온다. 부드럽고 깨끗한 피부에 균형 잡힌 몸매가 근사하다. 주인이 정성을 기울여 씨를 선택해서 키운 소들임에 분명하다. 그 중에서 아주 잘생긴 암송아지 한 마리가 먹이를 찾아 우리에게로 느릿느릿 다가온다. 기쁨과 기대로 나의 가슴이 뛴다. 암송아지는 새로 돋은 연한 풀잎이라도 씹는 듯 가볍게 입을 놀리며 아름다운 다리를 내디며 천천히 우리에게로 다가온다. 점점 더 가까이 다가온다. 소에게서 향내가 풍겨온다. 예나 지금이나 익숙한 농장의 크림 냄새다. 암송아지가 부드럽게 주둥이를 내밀고 코를 킁킁거리며 우리를 탐색한다. 이 소 떼들은 목동에게 사랑의 영감을 불어넣었을 것이다. 이 암송아지는 암사슴을 닮았다. 궁둥이는 하얀색과 엷은 황갈색 반점들로 얼룩덜룩하고, 주둥이 끝에 데이지 꽃만한 작은 흰색 반점이 찍혀 있다. 몸 한쪽에는 아시아 평원의 지도가 그려져 있다.

안녕, 귀여운 암송아지여! 너의 기억 속에 나의 모습은 곧 지워지겠지. 그러나 나는 네가 자신을 잊지 않기를 천지신명께 빌린다. 목가의 풍경은 네 숨결로 완전해진다. 네 이름은 수맥Sumach이다. 다른 소들의 몸에 찍힌 반점들로 미루어 나는 네 어미가 어떤 소인지 알만하다. 풍만한 젖을 달고 태도가 침착한 저 소가 네 어미임에 틀림없다. 송아지의 몸에 소아시아의 타타르 대평원, 그리고 극지방의 지도가 그려져 있다. 어미 소는 목동과 어울려 장난치는 것을 그다지 좋아하지 않는 눈치다.

암송아지는 나를 쫓아와 나의 손에 든 사과를 먹는다. 사과를 먹으면서도 나의 손에 더 관심이 많은 모양이다. 다른 동물에게서는 찾아보기 어려운 천진난만한 얼굴이다. 암송아지가 사과를 먹는 동안 나는 그의 눈을 들여다본다. 그에게서 오리나무 꽃내음과 같은 달콤한 냄새가 난다. 불길한 징조라곤 찾아보려야 찾아볼 수 없다. 지금은 이 암송아지에 뿔이 달려 있었는지 기억나지 않는다. 아마 뿔이 달려 있더라도 제자리에서 제 방향으로 잘 자란 뿔이었기에 내 기억에 남지 않았을 것이다. 분명 나를 향해 뻗어 나온 뿔은 없었다.

9월 15일

다락에서 잠자고 있는 소년에게는 가을날 아침 지붕에서 노니는 참새 떼의 발자국 소리가 비 내리는 소리처럼 들린다.

나무 사이로 곧게 길이 뻗어 있는 마을. 곧고 넓기 때문에 1킬로미터 떨어진 곳에서도 길을 가로지르는 암탉의 모습이 보이는 마을.

9월 19일

나는 내가 아편쟁이의 천국보다 자연의 하늘을 좋아하듯, 오랫동안 물만 마시면서 늘 맑은 정신을 유지하고 술 같은 것에 빚지지 않고 온전한 삶을 살아와서 기쁘다. 나의 실천을 무엇이라 부르든,

나는 지혜로운 이라면 물만 마실 것이라고 믿는다. 어리석은 이들만이 습관적으로 다른 음료를 마신다. 아침의 희망을 한 잔의 커피로 박살내고, 저녁의 소망을 차 한 잔으로 좌절시키다니. 와인은 포도의 기공에서 흘러나온 것이 아니면 귀히 여겨야 할 것이 못된다. 어떤 이들은 음악에 취하는 경우마저 드물지 않다. 이런 사소한 원인들로 그리스와 로마가 망했다. 이것이 또한 영국과 미국을 망칠 것이다.

10월 날짜 미상

아무리 삶이 초라하다 해도 삶을 그대로 받아들이고 살아가라. 삶에서 달아나지 말고, 삶을 굳어진 이름으로 부르지 마라. 삶은 가장 풍성할 때 가장 가난해 보이므로, 까다로운 사람은 낙원에 가서도 불평을 해댈 것이다. 가난하면 가난한 대로 자신의 삶을 사랑하자. 구빈원에 있을지라도 즐겁고 가슴 뛰는 영광스러운 시간이 얼마쯤은 있을 것이다. 구호소 창문에 지는 햇빛도 부잣집 창문에 지는 햇빛에 못지않게 밝게 빛난다. 초봄이 오면 구빈원 문 앞의 눈도 녹는다. 마음이 평온한 이라면 어디에 있든 만족하며 살 것이고, 즐거운 생각에 잠길 것이다. 내가 보기에는 가장 독립적인 삶을 살고 있는 이들은 다름 아닌 가장 가난한 이들이다. 그들은 걱정 없이 삶을 받아들일 만큼 단순하고 위대하다. 세이지 잎을 가꾸듯, 정원의 풀을 가꾸듯 가난을 가꾸자. 옷이든 친구든 새로운 것을 얻으려고 너무 애쓰지 말자. 새것을 탐냄은 일종의 방탕이다.

헌옷은 뒤집어서 다시 꿰매 입고 옛 친구들에게로 돌아가자. 사물은 변하지 않는다. 변하는 것은 우리 자신이다. 거미처럼 늘 다락방 한구석에 처박혀 있더라도 내가 사색하는 인간인 이상 세계는 조금도 변하지 않을 것이다.

10월 31일

이제 가을을 수놓던 나뭇잎들이 시들어간다. 오늘은 한 해의 가장 완벽한 오후다. 여전히 따뜻한 대기가 더할 나위 없이 맑고, 고요하고, 건조하다. 하늘에는 구름 한 점 없다. 정적을 깨뜨리던 귀뚜라미의 노랫소리도 이제 거의 들리지 않는다. 언제 귀뚜라미들이 노래를 그만두었는지 생각나지 않는다. 청각을 울리던 자극이 느닷없이 침묵에 빠져들면서, 나 또한 청각 마비에 걸린 게 아닌가 싶다. 오늘 아침 풀잎에는 맑은 하루를 기약하는 거미줄들이 촘촘히 쳐져 있었을 게 틀림없다. 오후 내내 풀잎뿐 아니라 덤불과 나무에도 여기저기 거미줄이 쳐져 있었으니 말이다. 인적 드문 길에도 잡초와 잡초 사이에 걸려 있다가 말발굽에 찢겨 나가곤 한다.

우리가 아름다운 나날을 보내지 못하고 있다고 자신을 비난하며 스스로 기쁨을 망쳐놓고 있다면 이런 아름다운 오후, 천상의 오후는 생겨나지 않는다. 자신의 가련한 처지나 잘못한 행동 따위를 생각한다면 나를 찾아온 이런 영예로운 나날에서 기쁨을 누리기 어려워진다. 젊음의 시절이 지나고 나면 나 자신에 대한 지식이 나의 만족을 망쳐놓는 불순물이 되기 쉽다. 나 스스로를 부끄러워하는 마음을 온전히 끊을 수만 있다면, 나의 나날들이 훨씬 더 아름다워질 것이다.

어떤 한적한 시골집에서 즐거운 나날들을 보낼 수 있다면 얼마나 좋을까. 어디에도 얽매이지 않은 지금 이 시절이 내가 그런 삶을 선택하기에 가장 좋은 기회일지 모른다. 그러나 지금 나의 평범한 사고, 지루한 습관을 그곳으로 가져가 그곳 풍경을 망쳐놓고 싶지는 않다. 내면에서 아름다운 풍경이 실현되지 못한다면 밖의 풍경이 아무리 아름다운들 무슨 쓸모가 있겠는가.

11월 날짜 미상

이슬 같은 사랑하는 나의 누이여, 너의 이슬방울로 나를 적셔다오. 나는 가장 훌륭한 네 자체를 사랑한다. 그것이 쉽게 너를 사랑하지 못하는 이유다. 나는 평소에는 너보다 못한 이들을 사랑한다. 나는 특별한 날에만 너를 사랑한다. 너의 이슬 같은 말소리는 아침의 만나처럼 나의 양식이 된다. 나는 너의 오빠이자 누나이며, 여동생이자 남동생이다. 그것이 친척인 너와 나의 운명이다. 너는 나에게 사랑을 호소하지 않으며 나 또한 너에게 사랑을 호소하지 않는다. 오, 나의 누이여! 오, 나의 디아나여! 너는 동쪽 언덕 위에 너의 자취를 남겼구나. 네가 지나간 길은 틀림없이 이 길이다. 아침 이슬을 보고 네가 지나간 길을 짐작하는 나는 사냥꾼이다. 나의 눈은 사냥개가 되어 너의 뒤를 좇는다. 아, 나의 벗이여, 나는 어쩐 일로 너에게 아무 대답도 할 수 없단 말인가? 나는 너의 말을 듣는다.

너는 말하지만 나는 듣는 일에 푹 빠져 있다. 나는 깨어나 너를 생각한다. 네가 내 마음속에 나타난다. 너는 어떤 길로 여기 내 마음에까지 이르렀는가? 네가 내 마음속에 나타나듯, 나의 모습도 너에게 나타나는가?

교육이란 무엇인가? 자유롭게 굽이치는 시내를 밋밋한 도랑으로 만드는 것과 다름 없다.

우리는 낙타처럼 걸을 필요가 있다. 낙타는 걸으면서 되새김질을 하는 유일한 동물이다.

11월 8일

해마다 이 계절이 오면 숲과 들이 정적으로 가득 찬다. 귀뚜라미 노랫소리조차 들리지 않는다. 떡갈나무 마른 잎이 무수히 달려 있는데도 어느 것 하나 바스락거리지 않는다. 당신의 숨결에 바스락거릴지는 모르나, 하늘의 숨결에는 꼼짝도 하지 않는다. 나무들이 겨울을 기다리는 자세다. 가을 잎들은 빛깔을 잃어버리고 이제 시든 채 죽어 있다. 숲은 거무스름한 색채를 띤다. 여름과 수확의 계절은 지나갔다. 단풍나무는 물론 히코리, 자작나무, 밤나무도 잎을 떨궜다. 나무꾼한테서 입은 손실을 만회하려고 원기왕성하게 돋아나던 새싹도 얼마동안은 움직임을 멎는다. 모든 것들이 형세를 지켜보며 조용히 서 있다. 귀를 기울이더라도 들리는 건 가장 흔한 토종 새로, 숲의 일원인 박새의 지저귐뿐이다. 아니, 어쩌면 숲 깊은 곳에서 여치의 외침과 같은 숙연하게 울리는 애도의 조종 소리가 들려올지 모른다. 생각이 이 진공을 채우려고 달려온다. 그러나 숲속을 걷다보면 갑자기 자고새가 달아난다. 잎을 거의 다 떨구고, 열매를 전혀 맺지 않는 마르고 조용한 숲. 이 안에서 새들이 어떤 성찬을 찾아낼 수 있을지 궁금하다. 자고새는 스스로 마른 과일인 양, 또는 불사조인 양 떡갈나무 관목 아래에서 날아오른다. 이 소리는 언제나 나를 놀라게 한다. 천천히 걸어가면 이제 회백색으로 변한 마른 미역취의 보풀이 옷에 달라붙는다. 그리고 회령바늘꽃의 수그러진 보드라운 과피果皮에서 여름이 생각난다. 약간의 색채만 남은 마른 들판에서는 외로운 쑥부쟁이를 만날지 모른다. 옻나무는 붉은 물과일의 단단한 핵만 남겨놓고 모든 것을 벗어버린다.

지금은 유별나게 고요한 계절이다. 귀뚜라미들은 노래부르기를 그쳤다. 새들도 거의 울지 않는다. 갖가지 빛깔을 자랑하던 나뭇잎들이 지금은 마른 채 죽어 있다. 숲은 어두침침한 모습을 띠고 있다. 눈이 펑펑 내리기 전까지는 이런 우울한 외관을 하고 있을 것이다. 지금은 대다수 초목이 성장을 멈춘 시기다. 하지만 인간 골 속의 생각만은 여전히 돌아간다. 꽃이나 열매는 보이지 않는다. 풀은 풀잎 끝부터 죽어가기 시작하고, 아침이면 서리로 뻣뻣해진다. 오늘 이른 아침에는 어느 집 물통에 1달러 동전 두께만한 얼음이 얼었다. 파리는 삶과 죽음 사이에서 오락가락한다. 말벌들은 인가로 들어가 창틀이나 벽 사이에 자리를 잡는다. 모든 곤충들이 갈라진 틈으로 숨어든다. 거미줄에 걸린 파리가 달아나려 발버둥을 치나 거미가 없으니 꼭 붙들어 매지를 못한다. 창틀 네 구석이 버려진 캠프와 같다. 내가 숲에서 살 때에만 해도 11월이면 내 오두막을 겨울 숙소로 여기는지 말벌 수천 마리가 떼로 몰려왔었다. 내 머리 위 창과 벽에 자리를 잡고는 방문객들이 집 안으로 들어오지 못하게 방해를 했다. 매일 아침 그들이 추위로 마비되어 움직이지 못하면 그 중 일부를 비로 쓸어냈다. 하지만 굳이 내쫓으려고 번거로움을 겪지는 않았다. 나와 동침하긴 하더라도 나를 괴롭힌 적은 없었기 때문이다. 그들은 겨울을 나려고 내가 모르는 어느 틈새를 찾아 서서히 사라졌다. 노린재 한 마리가 겨울을 나려고 미늘벽 판자 뒤로 천천히 기어들어가는 모습을 보기도 했다. 텃밭에 뿌린 참외 씨가 봄에 다시 돋아나듯, 노린재도 마찬가지로 봄이 오면 몸을 내놓을 것이다. 오랫동안 몽유병에 걸려 휘청거리는 파리들은 기력이 너무나도 없는 탓에 날개나 머리를 씻지 못해 먼지를 온통 뒤집어쓰고 있다. 하루 두어 번 윙윙거리며 날아가 창문에 머리를 부딪거나 혼수상태에서 버둥거리는 것이 고작이다. 기운을 차리는 때는 하루에 두어 번 뿐이다.

아무리 추운 겨울날에도 숲 어딘가에는 따뜻한 곳이 있다. 이즈음에는 바람이 거센 날에도 오전 9~10시 경이면 추위를 잊게 해주는 피난처를 찾아낼 수 있다. 이런 날이면 나는 돌이 많은 월든 호수의 북동쪽 기슭을 찾아가곤 한다. 이 시각 소나무 숲은 쏟아지는 햇발로 난롯가처럼 따뜻해진다. 불을 쬐어 따뜻해지는 것보다는 햇볕을 받아 따뜻해지는 것이 훨씬 기분이 좋고 건강에도 좋다.

11월 11일

야생 사과의 계절이다. 내가 어렸을 적부터 말라 죽어가고 있으나 아직도 살아 있는, 이 땅에서 자생한 늙은 나무에서 야생 사과 몇 알을 딴다. 얼핏 보아서는 늘어진 이끼밖에 없을 것 같지만 가까이 다가가면 바닥에 흩어진, 빛이 영롱한 사과를 찾아낼 수 있다. 농부는 가지 아래를 훑어볼 만한 믿음을 조금도 갖지 못해 이 나무를 방치해놓았다. 하지만 딱따구리만은 자주 찾아온다. 산책하는 사람들의 요깃감이 되기도 한다. 어떤 사과에는 먹기에는 너무나 아름다운, 홍조를 띤 환상의 양식이 가득하다. 저녁 하늘빛의 사과, 헤스페리데스[1]의 사과다.

오늘 오후 둑에서 귀뚜라미 한 마리가 지저귀듯이 노래하는 소리가 들린다. 다람쥐나 작은 새처럼 오랫동안 맑고 높은 소리로 울어, 저녁 울새처럼 한 해의 저녁을 노래하고 있는 것 같다. 이리도 몸집이 작은 가수가 이토록 섬세한 시적인 선율을 노래하다니. 예전에는 귀뚜라미의 울음소리가 이렇게 새의 노래처럼 들린 적이 없었다. 땅이 부르는 노래. 실 같은 뿌리를 뻗고 네댓 잎을 길게 누인 4펜스 동전 크기밖에 안 되는 어린 풀솜나물들이 향기를 풍긴다. 가을에 뿌리를 내리는 겨울 호밀이나 풀처럼 초지 어디에서나 지면에 얼룩을 남긴다. 이런 미물도 다가올 계절에 한 자리를 차지하려 서둘러 예약한다. 이 어린 풀솜나물들은 솜털로 씨앗을 단단히 싸맨 채 이른 봄에 돋아날 채비를 갖춘다.

---

1. 밤의 여신 닉스가 낳은 '석양의 아가씨들.' 세상 서쪽 끝 정원에서 황금 사과와 사과나무를 지키고 있었으나 헤라클레스에게 황금 사과를 빼앗긴 뒤 나무로 변한다.

11월 16일

우리 주의를 끄는 문학은 길들여지지 않은 문학이다. 따분한 문학이란 길들여진 문학을 지칭하는 또 하나의 명칭일 따름이다. 읽는 이들에게 기쁨을 선사하는 신화와 경전, 『햄릿』, 『일리아스』 등 모든 고전에는 길들여지지 않은 자유로운 야생 정신이 숨 쉬고 있다. 그 정신은 학교에서 가르치거나 기교로 세련되게 다듬을 수 있는 것이 아니다. 정말로 좋은 책은 거친 원시 자연 속에서 자라난 이끼나 버섯처럼 신비롭고 기이하며 향기롭고 기름지다.

나는 벗들을 대단히 사랑하나, 벗들을 만나러 가는 일은 무익함을 깨닫는다. 그들이 곁에 있으면 대체로 그들이 미워진다. 그들은 끊임없이 스스로를 속이고 나의 존재를 부인한다.

오늘 꼭 가보고 싶은 곳이 있다. 대개는 찾지 못하고 말지만 어슬렁거리다가 우연히 찾기라도 하면 내 기쁨은 커진다. 나는 가끔씩 어느 곳으로 산책을 나가야 할지 정하지 못한 채 반 시간가량 문가에 서 있곤 한다.

나의 일기장이 사랑의 기록이 되었으면 좋겠다. 내가 사랑하는 것들, 나의 열정을 불러일으키는 세계, 내가 생각하고 싶은 것들에 대해서만 일기에 적고 싶다. 나의 열망은 꽃을 피우고 열매를 맺기 위해 여름과 가을을 향해 가지만, 아직은 따뜻한 태양과 봄기운 밖에는 느끼지 못하는 새싹과 같다. 비록 지금은 아무 일도 하지 않고 있으나 나는 무언가가 되기 위해 여물고 있는 나 자신을 느낀다. 그러나 느끼고만 있을 뿐 정체를 알 수는 없다. 단지 땅이 기름지다는 사실만 알 수 있을 따름이다. 지금이 나에게는 파종기다. 이제 싹을 틔워도 좋을 만큼 충분히 오래 땅속에 묻혀 있었다.

내가 보잘 것 없는 인간에 불과하다는 감정이 나를 사로잡곤 한다. 생각해보면 나는 무뢰한이라고도 할 수 있다. 모두 어느 정도 타당한 감정이고, 생각이다. 그럼에도 우주의 정신은 대체로 나에게 친절하다. 그 까닭은 나도 모르겠다. 지금 내가 향유하고 있는 행복은 이례적인 것인지도 모른다.

12월 8일

엊그제 밤에 내린 눈이 2인치나 쌓여 땅을 덮었다. 한 주 전쯤에 암소 떼가 목초지에서 집으로 돌아오는 모습을 본 기억이 난다. 소 떼는 방목이 끝나 축사에 머물러 있었다. 그 집 농부는 바위 같은 무거운 것을 급히 썰매로 옮겨야 할 일이라도 있는지 이 첫눈으로 썰매 길을 만들고 있었다. 이제 숲가에는 소나 사람의 어떤 흔적도 보이지 않는다. 숲으로 들어가는 오솔길마저 끊겼다. 소 떼나 소치는 아이들에게는 숲 너머의 목초지와 언덕이 갑자기 폐쇄된 것이나 다름없다. 놀랍게도 숲이 고독과 고립의 장소로 바뀌었다. 머잖아 겨울이 눈으로 땅을 덮어 양털보다 부드러운 카펫을 깔아놓으면, 산책자는 소중한 사적 자유와 은거와 고독을 누릴 수 있다.

오늘 저녁 쌓인 눈이 얼어붙은 표면에서, 올 처음으로 초승달이 반짝인다.

12월 24일

우리의 생각은 늘 죽은 자들과 함께한다. 죽었어도 잊히지 않는 이들이 있다. 우리는 그들의 하늘로 올라간다. 아니, 그들이 우리의 세계로 내려온다. 반대로 어떤 이들은 죽고 나면 영영 잊혀진다. 형제자매라 할지라도 영영 기억 속에서 잊히고 만다. 그러나 죽고 난 후에 살아 있을 때보다 더 가까워지는 이가 있다. 죽은 뒤에야 비로소 생전의 참모습을 드러내어 더 가깝게 우리에게 다가오는 이가 있는가 하면, 아예 우리를 떠나 영영 잊히는 이들도 있다. 이 세상에서는 죽음으로 인해 서로 갈라지기는커녕 오히려 더 가까워지는 벗들도 적지 않다.

1851년, 34세

그것은 그저 길이고
인생이어야 한다

"내 삶은 스스로는 얻을 수 없는 기쁨이자 환희다."

측량과 강연으로 바쁘게 지내다.

5월에 이가 모두 빠져 의치를 해 박다.

6월에 밤마다 산책을 나가기 시작하다. 다윈의 『어느 박물학자의 세계 여행』을 읽다.

1월 7일

배우지 못한 이의 지식은 울창한 숲과 같다. 생명력은 넘치나 이끼와 버섯 따위에 덮여 대개는 쓰이지 못한다. 과학자의 지식은 공공사업을 위해 마당에 내놓은 목재와 같다. 잘하면 이곳저곳에서 유용하게 쓰이나 쉽게 썩는 결함이 있다.

1월 10일

나는 어떤 난관에 부딪치더라도 자유를 지키려는 노력을 포기하지 않을 것이다. 내가 현재까지 사회와 맺은 관계와 의무는 아주 미미하고 임시적이다. 나는 생계를 잇고 이웃에게 봉사하기 위해 가벼운 노동을 한다. 노동은 나에게 즐거움을 선사한다. 그래서 그 노동이 생계 유지를 위한 것임을 자주 잊는다. 나는 그런대로 성공한 삶을 살아왔다. 생계를 넉넉히 이어가면서도 큰 즐거움을 느끼는 그런 일을 해왔다. 그러나 나의 필요가 지금보다 더 커진다면 그 필요를 충족시키기 위해 고된 노동을 해야 하리라는 예감이

든다. 나에게 주어진 소명을 무시한 채 오전과 오후를 모두 사회에
바쳐야 한다면 도대체 내 삶에 무슨 값어치가 있겠는가? 절대 팥
죽 한 그릇에 장자 상속권을 파는 일은 없을 것이다.

1월 날짜 미상

'지식보급협회'라는 단체는 지식이 힘이라 주장한다. 그렇다면
'무지보급협회'도 있어야 하지 않을까. 우리가 자랑하는 지식이
란 대부분 무언가를 안다는 자만에 불과하다. 실제로는 우리에게
서 무지의 이점을 빼앗아갈 뿐이다. 어떤 사람을 보면, 무지가 때
론 유용할 뿐 아니라 아름답기까지 한 반면에 그의 지식이 무익함
을 넘어 추하기까지 한 경우가 드물지 않다. 중요한 문제와 관련하
여 자신의 무지를 인식하는 것 이상으로 나아갈 수 있는 사람이 몇
이나 될까? 비둘기의 순결함은 갖추지 못한 채 뱀처럼 영악하기만
한 사람들은 또 얼마나 많은가?

초서와 스펜서, 셰익스피어와 밀턴을 막론하고 음유시인의 시
대에서부터 호반시인의 시대에 이르기까지 영문학은 새로운 생
명, 더 적절히 말하면 야생적인 혈통을 거의 상실했다. 영문학은
바탕부터 그리스와 로마를 회고하는 길들여진 문명의 문학이 되
었다. 이제 영문학의 야생지는 녹림綠林이고 야생인은 로빈 훗이
다. 영국 시인 중에서 자연의 부드러움을 노래한 이는 많으나, 자
연 그 자체를 노래한 시인은 드물다. 영국의 역사는 영국에서 야생
의 인간이 멸종한 때가 언제인가가 아니라 야생동물이 멸종한 때

가 언제인가를 우리에게 가르쳐줄 수 있을 뿐이다. 미국이 필요한 이유가 바로 여기에 있다.

2월 날짜 미상

지식욕은 가끔씩 사그라질 때가 있다. 하지만 우주의 정신과 교류하고, 신의 나라의 신선한 물의 향기에 취하고 싶은 욕망, 대기를 뚫고 일어서서 높다란 미지의 세계까지 머리를 치켜들고 싶은 이런 욕망은 사시사철 끊일 날이 없다.

2월 12일 수요일

땅바닥에 눈과 얼음이 간간이 남아 있는 아름다운 날이다. 공기는 아직 차지만 땅이 반나마 드러나 있다. 암탉들이 헛간을 나와 꽤 멀리까지 종종걸음을 친다. 수탉 곁에서 날개를 다듬는 암탉들이 약간 조바심을 내며 한 해를 불러내려 애쓴다.

2월 14일

무엇을 제대로 보기 위해서 먼저 이해해야 한다면 우리가 볼 수 있는 것은 거의 없다고 해도 과언이 아니다. 한 사람이 평생 이성의 자로 잴 수 있는 사물은 아주 적은 수에 불과하다. 이성의 자로 사물을 재는 동안에도 우리는 얼마나 많은 것들을 보고 있는가!

2월 18일

정직한 사람을 주제로 한 책 가운데 기억에 남아 있는 책은 거의 없다. 신약성서와 벤저민 프랭클린의 『가난한 리처드의 달력』[1] 조차도 현재 우리가 살아가는 삶의 조건에 대해서는 거의 아무것도 말하지 않는다. 해답까지는 기대하지 않더라도 내가 품은 의문을 단 한 페이지라도 진지하게 다룬 책을 알지 못한다. 어떻게 해야 우리 삶이 시가 될 수 있을까? 삶이 시가 아니라면 우리의 삶은 삶이 아니라 죽음에 불과하다. 사람들은 삶에 너무나도 넌더리가 나서 차라리 아무 말도 하고 싶지 않은 것일까? 사람들은 본디 일상 따위는 문제 삼지 않고도 잘 살아갈 수 있기 때문일까? 가장 중요한 물음은 우리가 어떻게 생계를 꾸려가야 올바른 생을 살 수 있는가에 대한 물음이라고 생각한다. 하지만 나는 이 물음에 진지한 해답을 찾고자 한 책을 아직까지 한 번도 보지 못했다. 물론 물려받은 재산으로 살아가거나, 정직하지 못한 방법으로 생계를 꾸려가는 사람들은 이 물음에 답할 자격이 없다. 우리 사회는 기술은 많이 나아졌지만 이 점에 대해서만은 어떤 능력도 갖추지 못했다는 생각이 든다. 문학을 즐기는 사람들조차 이 문제가 고독한 개인의 사색에 아무런 방해가 되지 않는다고 생각할지 모른다. 사람들이 내게 권하는 현재의 방식을 좇아 살기보다는 추위와 굶주림 속에서 이대로 죽는 편이 오히려 나의 천성에 더 어울릴 것 같다. 만일 내가 이곳에서 어떤 일을 하고 싶지 않았다면, 즉 이루고 싶은

---

1. 벤저민 프랭클린이 1758년에 고금의 지혜를 모아 펴낸 책으로, 서문 '부자의 길'이 유명하다.

일이 없었다면 사람들의 제안대로 생계를 꾸리기 위해 고통을 겪느니 차라리 추위와 굶주림을 받아들이고 죽음을 택했을 것이다.

날짜 미상

연설을 유창하게 잘하는 그 강사는 우리가 지나온 19세기, 바로 우리 전 세대의 미국이 성공적이었음을 자세하게 묘사함으로써 청중의 공감을 얻고자 했다. 그는 앞 세대의 파라다이스로 가볍게 거슬러 올라갔다. 그리고 증기와 전신 덕분에 널리 퍼질 자신의 명성을 청중에게 각인시키고 싶어 했다. 그런 강사의 언변에 사람이나 국가의 생에 대한 보고가 진실하고 올바를 것이라 믿을 어리석은 사람이 과연 몇 명이나 있을까? 마치 운동선수를 격려하는 왁자지껄한 응원 소리와 같을 뿐이다. 마차가 지나간다. 우리는 그 마차의 그림자를 아는 만큼 실체도 안다. 마차가 멎고 우리는 그 안으로 들어간다. 그러나 저 높은 곳의 숭고한 사상은 다르다. 멈추지 않으므로 마차로 들어가듯 쉽게 다가갈 수 없다. 더구나 우리 중 누구라도 숭고한 사상이라는 저 마차의 차장이 될 수는 없는 노릇이다.

나는 그 강사와 뉴잉글랜드 사람들이 사는 모습에 대해 이야기를 나누었다. 그는 철도나 전신 따위의 산업을 지나치게 강조했다. 나는 그를 사물의 이면을 꿰뚫어보지 못하는 사람이라고 평가할 수밖에 없었다. 그는 피상적이고 일시적인 것들이 심원하고 영속하리라 생각하고 있었다. 정신이 구체화하거나 잠에서 깨어나는

순간에, 또는 어느 힌두 왕조가 바뀌는 짧은 순간에 미국의 19세기
가 이룩한 모든 진보는 순식간에 잊힐 수 있다. 사소한 것은 오랫
동안 깊은 인상을 남길 수 없다.

5월 6일

손쉬운 일을 처리하려고 사람을 부린다면 누가 그 일을 맡아도
그다지 차이가 크지 않다. 그러나 어려운 일이라면 능력 있는 사람
이 해야 한다. 바람이 방으로 들어오지 못하도록 창구멍을 막는 일
은 누가 하더라도 상관이 없다. 하지만 여기 이 장면[1]을 쓴 저자를
대신할 만한 인물은 찾기 힘들다.

도덕적 지적 건강을 유지하기 위해선 자연과 끊임없이 교제하
고 자연을 관조하는 것이 중요하다. 학교 공부나 직업 훈련으로는
자연이 주는 마음의 평안에 이르기 어렵다. 자연 현상을 바라보듯,
철학자도 멀리 떨어져 침착하게 인간사를 살펴보아야 한다. 윤리
철학자도 자연철학자의 훈련이 필요하다. 자연 연구에 익숙한 사
람은 그렇지 못한 사람보다 훨씬 손쉽게 인간을 연구할 수 있다.

5월 20일 화요일

인간의 삶은 육체적으로나 정신적으로나 식물의 삶과 매우 유

---

1. 『햄릿』의 5막 1장을 일컫는다.

사하다고 말할 수 있다. 식물학자 아사 그레이Asa Gray[1]의 말을 들어보자.

"식물은 두 종류의 기관이 있다. 하나는 생장을 떠맡은 성장기관이다. 식물의 성장기관이 대기 중의 물질과 흙 속의 물질을 끌어들여 그 자체의 유기적 물질 재료로 동화시킨다. 또 하나는 종의 번식과 관련이 있는 열매를 맺는 기관인 생식기관이다."

이것은 인간도 다를 바 없다. 나는 먼저 지적으로나 도덕적으로나―그리고 몸은 영혼의 표상이므로 이를 위한 수단으로서 육체적으로도―나를 성장시키기 위해 노력한다. 그 다음으로는 육체적으로나 도덕적으로나, 즉 신체뿐 아니라 정신에서도 나 자신의 열매를 맺기 위해 일을 하고, 나의 특성을 널리 퍼트린다.

"식물의 성장기관은 뿌리와 줄기와 잎이다. 줄기는 식물의 주축이자 기반이다. … 줄기의 첫 번째 생장점은 배아 속에 선재先在한다. 여기에서는 이것을 유근幼根이라 부르기로 하자."

정신의 싹도 이와 같아서 어린 싹이 초목의 눈 이상으로 발달해 있다. 다만 빛에 노출된 적이 없어 창백하다. 안에서 웅크린 채 잠만 잔다. 이처럼 아직 희미하고 미숙하고 초보적인 학생들의 유근과 같은 사고를 생각해보라. 그들의 정신의 싹이 썩어 사라지지 않고 빛과 공기를 쐰다면 얼마나 크게 자라날지 누가 알겠는가. 하지만 모든 싹이 천년의 나무로 자라는 것은 아니다. 어떤 정신은 움에서 자라난 새순처럼 싹은 쉽게 트더라도 여전히 창백하고 기

---

1. 1810~1888. 하버드대학 식물학 교수.

력이 없다.

"식물은 처음부터 상반되는 두 방향으로, 즉 줄기를 내기 위해 공기와 빛을 향해 위로 뻗어나가지만 동시에 뿌리를 내리려고 빛을 피해 아래로 뻗어나간다."

인간의 정신도 이와 같이 처음부터 반대되는 두 방향으로, 즉 빛과 공기를 받아들이기 위해 위로, 그리고 빛을 피해 뿌리를 내리기 위해 아래로 뻗어나간다. 절반은 공기에 속하고 절반은 땅 밑에 속하는 셈이다. 그렇지만 가지도 뿌리도 거의 없는 어린 떡갈나무 같이, 대부분의 인간 정신은 그다지 균형 잡혀 있지 않고 튼튼히 심겨져 있지도 않다. 겨우 지면 가까이에 뿌리를 뻗을 뿐이다.

식물의 뿌리와 마찬가지로 인간 정신의 뿌리도 흡수하는 곳을 다각화하기 위해 같은 과정을 반복할 뿐, 다른 기관을 만들어내지는 않는다. 뿌리가 썩어 죽는 한해살이풀은 대개 실 같이 가느다란 섬유질 뿌리를 뻗는다. 하지만 당근, 무, 순무 따위의 두해살이풀은 다음 해 꽃피는 철에 쓰기 위해 녹말을 저장해놓으므로, 뿌리가 굵게 부풀어 오르는 특징을 지닌다. 달리아, 모란과 같은 여러해살이식물은 굵은 뿌리들이 한데 모여 덩이줄기나 손 모양으로 뿌리를 내리는 경우가 드물지 않다.

줄기가 흙에 덮이거나 흙바닥에 닿거나 하면 줄기에서 뿌리가 돋아나기도 한다. 말하자면 가장 맑고 분명한 생각은 최초 자궁이 되는 땅과 기꺼이 제휴한다. 가지를 뻗자마자 뿌리를 내리면서 낮아지기를 갈망한다. 어떤 생각이라도 이런 모체의 끈에서 벗어날 정도로 높게 날아오르지는 못한다. 기름지고 습한 어둠에서 태어나 뿌리를 내린 생각이 빛으로 나와 하늘로 치솟는 것이다. 따라서 빛과 공기를 향해 나아가려면 줄기를 튼튼히 하여 새로운 뿌리를 아래로 내려 보내 땅과 연합해야 한다.

겨우살이나 실새삼 같은 기생식물은 다른 나무나 가지에 뿌리를 내린다. 이처럼 다른 이의 정신에 뿌리를 내린 정신들이 적지 않다. 타인의 생각이 마치 자연의 자궁과 같다. 사실상 우리 대다수가 그렇지 아니한가.

5월 29일

우리는 식물의 효능을 거의 아무 것도 모르고 있는 게 분명하다. 우리는 아직 알려지지 않은 많은 식물은 무시한 채, 비교적 잘 알려진 소수의 식물만 존중한다. 비글로우Bigelow[1]는 이렇게 말했다. "어떤 까닭에서든 현재의 약학 지식이 모두 사라져버린다면, 그 중 얼마나 많은 지식이 다시 세상에 알려지게 될지 생각해보는 것은 흥미롭다. 갖가지 새로운 식물이 지닌 의외의 효능이 드러나는 반면에, 양귀비는 유해식물로 취급해 멀리하고, 현재 키니네[2]가 나오는 기니나무는 에콰도르 키토의 주변 산야에서 아직도 평온하게 자라고 있을지 모른다."

비글로우는 또 이렇게 말했다. "우리에게 고미약苦味藥, 수렴제,

---

1. 1787~1879. 하버드 교수로 의학, 식물학, 건축학에 조예가 깊었다. 『미국의 의醫식물학』을 포함한 다수의 저서를 남겼다.
2. 말라리아의 특효약.

방향제, 완화제는 많으나 아직까지 진통제, 구토제는 찾아내지 못했다. 우리의 현 지식 상태에서는 아편과 토근吐根이 없다면 아마 고치기 어려운 환자가 적지 않을 것이다. 아직도 우리는 용담 뿌리, 초록 용담, 카밀레, 키노, 아선약, 카스카릴라, 백白 계피와 같은 많은 종류의 외국 약제를 들여오기 위해 매년 외국에 막대한 세금을 지불하고 있다. 하지만 이런 약재들을 모조리 우리 토산물로 대체할 수도 있을 것이다. 아프리카 무어인이나 브라질 인디언들에게서 사들이는 것보다 우리나라 국민들이 그 대용식물을 따 모은다면, 훨씬 많은 이득을 얻게 되리라는 건 두말할 나위가 없다."

흰독말풀은 배의 바닥짐에서 돋아나기도 한다. 따라서 이 나라 흙에서 저 나라 흙으로 아주 쉽게 퍼져나간다. 배의 화물창에 숨어 이주하는 셈이다. 일종의 사해四海의 잡초, 유랑하는 풀이다. 이만한 모험이 또 어디 있을까? 비벌리의『버지니아의 역사』를 보면 베이컨의 반란을 진압하러 온 병사 중 일부가 실수로 흰독말풀을 샐러드용으로 데쳐먹었고, 얼이 빠져 열하루 밤낮을 광대 짓을 하다가 깨어났으나 몸에 어떤 위해도 입지 않았다고 한다.

푸르슈Pursh[1]에 따르면, 달콤한 향내가 나는 미역취는 "한동안 중국으로 수출되던 품목으로 상당히 높은 가격에 팔렸다고 한다." 하지만 뉴잉글랜드 사람 중에서 이 사실을 아는 이는 극히 드물다.

한때 퀘벡과 몬트리올 근처에 살던 인디언들은 어떤 감언이설로 꾀더라도 부려먹기가 쉽지 않았으나, 단삼을 찾는 일엔 금방 흥

---

1. 1774~1820. 1799년 독일에서 미국으로 이민 온 식물학자. 루이스와 클라크 탐험대가 수집해온 식물들을 연구하기도 했다.

미를 나타냈다고 한다. 중국인과 인디언이 이 식물에 붙인 이름은 모두 사람의 손을 닮았다는 뜻에서 유래한다.

인디언들은 팥꽃나무 껍질을 밧줄용으로 쓴다. 하지만 팥꽃나무 껍질의 이와 같은 성질이 알려지게 된 것은 여러 세대에 걸친 오랜 탐색의 결과였다.

6월 7일

우리는 틀림없이 요정의 나라에 살고 있다. 어디를 가든 언제나 지평선을 향해 나아간다. 볼록한 지구를 오르고 또 오르지만, 하늘과 땅 사이를 벗어나지는 못한다. 햇빛과 별빛과 인간의 거주지가 우리 곁을 떠나지 않는다. 내가 몇 킬로미터라도 한눈팔지 않고 걸은 적이 있었던가? 길에는 온갖 사건과 자연현상으로 가득 차 있다. 내가 주민들에게 미처 물어보지 못한 의문들은 또 얼마나 많았던가!

6월 11일 수요일

이삼일 비가 내린 뒤여서 어젯밤은 덥지 않은 아름다운 여름밤이었다.

철로를 따라 페어헤이번까지 갔다가 서드베리로路를 통해 집으로 돌아왔다.

쏙독새는 숲과 마을이 얼마나 떨어져 있는지 말해준다. 읍내에 사는 이들은 쏙독새 울음소리를 거의 듣지 못한다. 그런 탓인지 그들은 이 울음소리를 흉조라고 생각한다. 하지만 마을 외곽에 사는 이들은 가끔씩 들을 수 있다. 게다가 쏙독새가 집 안마당까지 날아오는 경우도 드물지 않다. 하지만 이런 따뜻한 날에 숲으로 들어가면 쏙독새 울음소리가 어디서나 들린다. 나는 대여섯 마리가 한꺼번에 울어대는 소리도 들은 적이 있다. 숲속에서는 쏙독새 울음소리가 밤의 달빛과 마찬가지로 흉조가 아니다. 쏙독새는 숲의 새이자, 숲의 어둠을 대변하는 새다. 꿈결에 쏙독새 울음소리가 들려옴직한 곳에서 잠들어보라!

곡식밭을 돌아 리기다소나무 숲을 거쳐 수풀로 둘러싸인 들판으로 내려선다. 차고 축축한 안개 때문에 풀에 이슬방울이 맺혀 있다. 차가운 이슬에는 원초적이고 창조적인 무언가가 깃들어 있다.

삼림 도로는 달 밝은 밤에도 걷기가 쉽지 않다. 거의 언제나 수목에 막혀 있는 듯하다. 언제나 바싹 다가가야만 열린다. 고스란히 숲에 둘러싸인 것 같으면서도 발에 걸리적거리는 것은 없다. 관목 숲을 뚫고 나아가는 굽이치는 통로와 같다.

밤에는 거리에서와 마찬가지로 숲에서도 오가는 주민의 수가 대폭 줄어든다. 먹이감을 찾는 소수의 야생동물 밖에 없다. 주민 대부분은 자러 들어가고 없다.

내가 알고 있는 인생이란 얼마나 애처로운 것인가. 가장 기억해야 할 것들을 기억하기가 얼마나 어려운가 말이다. 우리는 자신의 심장이 어떻게 뛰는지를 기억하지 않고 얼마나 가려운지를 기억할 뿐이다. 나는 가끔씩 젊은 시절을 회상해보곤 한다. 결코 사라지지 않을 내 마음의 회상. 그러나 이제 그것은 오직 기억하고만 관련되어 있을 뿐이다.

잘은 모르겠으나 밤에는 활기가 떨어지는 듯하다. 근육을 쓰기에도 좋지 않은 듯, 내 다리도 그다지 멀리 가지 못한다. 어둠 속에서는 나무들이 헬쑥해 보이듯, 우리도 밤에는 약해지는 게 아닐까. 실험을 해본 적은 없지만, 내 경험으로는 낮에 이미 기운이 빠진 탓이 아닌가 싶다. 그렇지만 온종일 힘들게 일하고 난 뒤에도 예상치 못하게 밤에도 활력이 넘치는 날들이 있다. 재작년 몹시 더웠던 여름철에 철도에서 일하는 아일랜드 노동자 두어 명이 열사병으로 죽고 나서, 한동안 철도 노동자들이 낮 대신 밤에 일을 했다. 그래도 그들은 낮에 일하는 것 못지않게 많은 일을 했다고 한다. 하지만 자연은 결코 그런 노동에 미소를 보내지는 않을 것이다.

중추절과 수렵월의 보름이 유명하지만, 모든 보름달은 저마다 독특한 특징을 지녔다. 따라서 어떤 것이든 주목을 받아야 마땅하다. 그 중 하나는 중하절 보름이라 불러도 좋으리라.

바람과 강물이 여전히 깨어 있다. 밤에는 늘 꿈틀거리는 바람소리가 들려온다. 쉴 새 없이 바람이 불고, 강물이 흐른다. 저쪽에 어두운 하늘과 한데 뒤엉킨 페어헤이번 호수가 누워 있다. 밤에는 소나무들의 모습뿐 아니라 수지와 향내까지도 영원히 낯설게 느껴진다. 적어도 문명인에게는 말이다. 밤은 이토록 고요하고 온건하다. 어떤 거창한 희극이나 비극 같은 것은 공연하지 않으므로, 즐거움의 탄성이나 공포의 절규 따위는 들리지 않는다.

6월 13일

우리는 삶을 철저하게 살지 못하고 있다. 우리의 숨구멍을 피로 물들이지 못하고 있다. 파도가 가장 먼 바닷가까지 밀려와 부서지듯이, 숨을 들이쉴 때마다 들숨의 파도가 우리 몸을 휩싸도록 해야 한다. 우리는 바닷가 모래사장까지 밀려와 발밑에서 부서지는 파도와 같은 숨을 아직까지 쉬지 못하고 있다. 잔 풀무질을 가하면 우리의 호흡이 더 힘차질까? 우리는 온전한 삶을 살고 있지 못하다. 왜 문을 열고 저 양양한 바다를 노래하지 않는가? 왜 우리 앞에 놓인 수레바퀴를 굴리지 못하는가? 귀 있는 자는 들으라!

6월 22일 일요일

맑고 평온하다! 바람 한 점 없는 날, 호수는 잔잔하다. 도랑에 고인 물마저 잔잔하다. 우리도 이와 같다. 전에는 느끼지 못했던 맑음과 고요가 이따금씩 우리를 찾아온다. 마취약 때문이 아니라 온전한 법칙에 무의식적으로 순종한 결과다. 이때 비로소 우리는 수정같이 맑고 잔잔한 호수가 된다. 애쓰지 않더라도 깊은 물속이 들여다보인다. 세계가 우리 곁을 지나간다. 호수를 들여다보면 저 깊은 곳에 세계가 보인다. 명경 같은 맑음! 오직 순수를 통해 얻어지는 고요! 지극히 정직한 추구 속에서 얻어지는 단순한 삶! 우리는 살면서 즐거워한다. 정신을 차리고 보니 나는 어느 누구도 듣지 못하는 음악을 듣고 있다. 이 음악을 들으며 다른 누구를 생각할 필요는 없다. 지혜와 미덕의 유쾌함만이 있을 뿐이다. 방탕이 스며들 틈이 없다. 창조주가 나를 축복하고 있음이 느껴진다. 분별 있는 자에게 세계는 악기와 같다. 그저 만지기만 해도 절묘한 기쁨이 흘러나온다.

6월 29일

올해에는 유독 하얀 클로버가 많이 피었다. 여러 해 동안 클로버 씨앗을 뿌리지 않은 들판일수록 붉은 클로버보다 하얀 클로버가 더 많이 피어난다. 꽃도 붉은 클로버 못지않게 크다. 가축들이 촘촘히 풀을 뜯어먹은 목초지에 낮게 자란 하얀 클로버가 점점이 박혀 있다. 작년에는 클로버를 거의 보지 못한 곳이다. 길가나 뜰 가장자리, 밟아 다진 잔디밭에도 짧은 줄기에 자그마한 하얀 꽃이 달려 어디나 흩뿌려져 있다. 이 클로버 꽃은 꿀벌이 아주 좋아하는 꽃이다. 게다가 지금은 꿀벌이 가장 왕성하게 활동하는 철이다. 올해 클로버가 왜 이렇게 많이 피어났는지는 흥미로운 탐구 대상이 아닐 수 없다.

저 멀리 초원에서 이따금씩 돌진 신호라도 보내는 듯한 쌀새의 다급한 노랫소리가 들려온다. 그러다가 갑자기 노래가 뚝 끊기곤 한다. 마치 계절의 간수에게 저지당한 듯하다. 한동안 조용했다가 또 다시 들려온다. 이런 식으로 길게 노래를 이어간다. 그러나 이 노래는 영원히 완성되지 못할 것이다. 쌀새가 그런 노래나마 부를 마음이 생긴 순간은 인간 존재처럼 오직 짧은 시절에 불과하다.

7월 2일

여행자! 나는 이 말을 사랑한다. 여행자는 여행자라는 이유만으로도 존경받을 자격이 충분하다. 우리의 인생을 가장 잘 상징하는 말이 '여행' 아니겠는가. 개인의 역사란 결국 요약하면 '어디'에서 '어디'를 향해 가는 것 아니겠는가. 나는 여행자 중에서도 특히 밤에 여행하는 이들에게 큰 흥미를 느낀다.

집 둘레에 자라는 커다란 나무 몇 그루, 특히 느릅나무는 그 집안이 뼈대 있는 가문임을 가장 잘 보여주는 증거다. 부를 보여주는 어떤 증거보다도 값어치가 크다. 이런 나무들을 정성 들여 가꾼 흔적을 보면 옥수수나 감자를 키우는 것보다 고귀한 경작으로 여겨져 여행자들의 존경을 받는다.

7월 6일

붉은 클로버 상단이 이제 검게 변했다. 이들은 더 이상 초지나 비옥한 들에 장밋빛 색조를 나누어주지 못한다. 이 귀중한 꽃이 피어 있는 시간은 짧은 기간에 지나지 않는다. 하얀 클로버 또한 검게 변하거나 시들고 등심붓꽃도 거의 보이지 않는다. 2주 전과는 달리 들과 초지의 풀들이 그다지 싱그럽지도, 아름답지도 않다. 마르고 영근 채 베어질 날만 기다린다. 이제 풀과 꽃의 계절인 6월은 지나갔다. 풀은 건초로, 꽃은 열매로 바뀐다. 지금이 한창 때인 겨이삭만이 군데군데 들판을 붉게 물들일 뿐이다.

7월 7일

반달보다 조금 큰 달이 떴다. 5월처럼 서늘한 밤. 지금 시간은 밤 10시다. 읍내에 채 못 미친 곳에서 떡갈나무 한 그루가 무성한 가지로 땅을 뒤덮고 있다. 그 육중한 그림자가 마치 인간은 노력보다 더 많은 대가를 얻는다는 말을 하는 듯하다. 나무들이 공중으로 뻗어 그 그림자로 땅을 수놓는다. 밤이면 지면을 따라 몸을 눕힌다. 샹들리에처럼 높이 솟아 어둠 속에 팔을 벌리고 거리를 향해 몸을 숙인다.

절실히 표현하고자 하는 마음이 없다면 적절한 표현은 나오지 않는다. 현재 발휘하는 능력 이외에는 모든 능력을 쉬게 해야 한다. 현재 쓰는 능력에만 기력을 집중하라. 조금도 마음을 흩트리지 말라. 복잡하게 생각하지 말라. 약속은 되도록 적게 하라. 정신을 자유롭게 하고 자신의 존재는 우주 속에 두어라. 그러면 언제 어느 곳에 있든 귀뚜라미의 계절에는 귀뚜라미 울음소리가 귓전을 떠날 날이 없을 것이다. 그 소리를 얼마나 잘 알아듣는가에 따라 한 사람의 정신이 얼마나 고요하고 건강한지 알 수 있다.

7월 8일 화요일

현삼이 들판을 뒤덮었다. 3년 전까지만 해도 부드러운 목초지가 넓게 펼쳐져 현삼은 눈에 띄지도 않았는데 말이다. 오랫동안 묵혀두었다가 2년 전에 밭을 갈아 기장과 옥수수와 감자를 심었다. 지금은 기장이 자라던 자리에 현삼이 돋아났다. 이런 들판의 역사를 누가 쓸 수 있을까? 한해살이풀인 기장은 이미 지고 없지만 기장 씨앗에 묻어 들어왔을 현삼 씨앗이 지금 이 순간에도 자기 종족을 늘리고 있다.

7월 10일

사람들이 언제나 관찰자의 위치에서 생각한다는 데에 나는 놀라움을 금치 못한다. 관찰자는 늘 호弧의 중앙에서 앞을 보며 서 있다. 그러나 그는 수많은 언덕에서 수천 명의 관찰자가 그와 마찬가지로 호의 중앙에 서서 지금 어둠에 물드는 저 하늘을 바라보고 있다는 사실을 완전히 잊고 있다.

7월 12일 저녁 8시

이제 보름달이 완연하다. 혼자 걷는다. 낮의 산책은 으뜸이라 하기에는 좀 주저되는 면이 없진 않으나 이런 날 밤의 산책은 틀림없이 으뜸이다. 지금 내 기분에 동감하지 못한다면 나의 동반자가 될 자격이 없다. 우리가 나누는 대화는 산책로에 대한 대화로 한정되어야 하고 아울러 화제는 우리 앞에 전개되는 풍경이나 사건, 지세에 어울리는 것이어야 한다. 부자연스럽게 자연을 거닐면서 산책에 방해만 될 모든 이들이여 부디 안녕.

참새 떼가 밤새 엮어놓은 풀 속 둥지에서 그 둥지의 주인 한 마리를 쫓아낸다. 둥지 안에는 참새 알 세 개가 놓여 있다. 일찍 여문 옥수수에 벌써 수염이 돋기 시작했다. 걸으면서 옥수수 특유의 건조한 냄새를 맡는다. 오후에는 잘 익은 검은 딸기를 따 모았다. 가을이 성큼 다가온 듯하다. 지금 내 귀에 들리는 소리와 내 눈에 보이는 광경은 이루 헤아릴 수 없을 정도로 다양하다. 언젠가 때가 되면 이 많은 것들이 나의 추억을 통해 당시 내게 하고 싶었던 말들을 전해줄 것이다. 그들이 전하는 말은 아주 짧다. 과거에 대한 연상만큼 흥미로운 것은 없다. 나는 전생에 대한 기억이 지금 이 부근 어딘가에 남아 있을 것만 같아 기억을 되뇌어본다. 자연 속에는 자연 본래의 모습이 보존되어 있다는 것을 나는 추호도 의심하지 않는다. 현재의 자연도 호머가 노래한 자연만큼이나 건강하다. 우리가 건강해지는 유일한 비결은 자연과 교감하는 것이다.

베어가든힐에서 나를 피해 살금살금 걷는 스컹크 한 마리를 본다. 달에 비친 리기다소나무 숲은 언덕 아래로 그림자를 길게 드리운다. 나는 다시 집을 향해 돌아선다. 농가들이 모여 있는 곳에 이른다. 지난밤보다 약 반 시간 늦게 이곳을 지나쳐서인지 달빛이 어제와는 다르게 기이하다. 달빛이 농가와 농가의 헛간 남쪽을 비춘다. 허클베리의 냄새를 맡는다. 하루의 힘겨운 노동을 마친 한 노동자의 노랫소리를 듣는다. 그의 노래를 들은 지도 꽤나 오래되었다. 그는 인가와 멀리 떨어진 곳에 산다. 그가 큰 소리로 노래 부르지 않는다면 이토록 똑똑히 그의 노랫소리를 알아듣지는 못할 것이다. 몇몇 노래는 어느 악기의 멜로디를 연상시킨다. 이제 나인에이커코너에서 나팔소리가 들려온다. 나는 시인의 전생을 생각해본다. 그 나팔수는 몇 곡을 멋지게 연주하고 난 뒤 잠자리에 든다. 클리프스 언덕 기슭에서 아홉 번 땡땡 치는 시계 소리가 들려온다. 바람이 자는데도 소리가 또렷하게 들리는 것으로 보아 1킬로미터 이내에서 울리는 소리다. 달빛은 지난밤보다 훨씬 더 밝다. 하늘에는 양털구름이 몇 가닥 있을 뿐이다. 고요와 빛이 온 세상에 충만하다. 이쪽저쪽에서 새 떼가 하늘 높이 날아오르고 새들은 '꾸룩꾸룩', '끼륵끼륵' 노래 부른다. 고개를 돌렸을 때 언덕 오른쪽에서 와추셋산을 본 것도 같다. 걸으면서 해란초 냄새를 맡는다. 야생동물이 갑자기 내 앞을 가로질러 깜짝 놀라기도 한다. 토끼인지 여우인지 아니면 새인지 분간하기조차 힘들다. 절벽 아래를 내려다보니 가지 끝에 달린 잎들이 대낮보다도 더 환하다. 숲 여기저기에서 개똥벌레가 녹색 빛을 밝힌다.

집으로 돌아오는 도중에 길가 한 과수원에 다다르기 전에 미련한 울새 한 마리가 앉았던 가지를 급히 떠나는 모습을 본다. 공기는 아주 고요하고, 언덕 위 풍경도 근사하다. 발아래 세상은 달빛으로 짠 가볍고 얇은 담요에 덮여 있다. 세상은 담요를 닮은 노란 빛이다. 그러나 닦다 만 방패처럼 짙은 어둠의 반점이 남아 있다. 얼마쯤 빛을 잃은 것은 사실이나 천재처럼 사색에 잠길 수 있는 단순하고 장엄한 고요를 얻었다.

7월 16일 수요일
친숙한 뉴잉글랜드 새인 멧종다리가 이 한 여름날에 들과 초지

풍경에 곡을 붙이며 노래한다. 이끼 낀 난간과 목책 기둥의 음악으로도 들린다. 오늘 아침 한 시간가량이나 한 농부의 집 앞 울타리 위에서 노래하고 있다. 하지만 저마다의 일로 바쁜 대다수 사람들의 귀에는 들리지 않는 시인의 노래다.

과일들이 익어가는 계절이므로, 마을 아이들이 탐험에 나설 채비를 한다. 이 야생 과일에 대해서는 이미 많은 조사가 이루어졌다. 하지만 아직도 아이들을 들과 숲으로 인도하는 중요한 역할을 한다. 과일 철이면 학교가 방학을 하고 고사리 손들은 이 자그마한 과일들을 따느라 바쁘다. 이 일은 언제나 일이 아닌 여흥이다. 어린 시절 나는 숙제 걱정 없이 홀로 인근 언덕에서 저녁 식탁 푸딩용으로 내놓을 허클베리를 따면서 얼마나 즐거웠는지 모른다. 그렇게 자유로웠던 한 나절이 영원한 삶의 약속과도 같았다.

노란 나비들이 길가 박주가리의 잘생긴 꽃 위를 떼 지어 날고 있다. 날개가 불그레한 작은 나비와, 날개 끝에 붉은 점이 박힌 더 큰 어두운 청색 나비, 그리고 같은 크기의 불그레한 구릿빛 나비가 날아온다. 머지않아 어떤 소년이 모자를 손에 들고 살금살금 다가가는 모습을 보게 될지도 모른다.

일찍 심은 옥수수에는 수염이 달렸다. 며칠 전에 내 이웃사람이 이 언덕에서 밤알 크기의 햇감자를 캐낸 다음 그 흔적을 지워버렸다. 이제부터는 더 이상 김매기를 하지 않아도 된다. 초원에서는 종달새가 지저귄다. 이 노래에 다름 아닌 오후의 정수가 들어 있다. 해와 달이 오가듯 마차들은 여전히 자연의 질서를 따라 오고 간다. 공중을 나는 제비들의 지저귐에서 빗물이나 강물과 같은 물이 생각난다.

터리풀이 활짝 꽃피웠다. 톱풀도 길가 어디나 피어 있다. 자그마한 과꽃도 많이 피어났다. 키 큰 미나리아재비 역시 여전히 꽃을 피우고 있다. 울타리 너머로는 저녁앵초가 보인다. 나무 위에서는 붉은쇠지찌르레기와 검은찌르레기가 지저귀는 소리가 들린다. 방목장에서는 손등새가 소 떼를 따라다니며 놀라 달아나는 곤충들을 잡아먹는다. 드물긴 하나 생각 없는 사냥꾼이 이 새들을 맞추려다가 소 다리를 쏘기도 한다. 이제 노란 꽃 중 으뜸에 속하는 고추나물이 길가를 따라 반짝인다. 농부 존 포터가 호밀을 베고 있다. 들판 군데군데 풀 베어낸 자국이 남아 있다. 농부의 일은 한꺼번에 이루어지지 않는다. 건초 만드는 철에는 당분간 다른 노동은 하지 않는다. 파종은 이제 거의 끝났다. 옥수수 사이사이에 순무 씨앗을 뿌리는 일만 남아 있을 뿐이다. 지금은 밭을 일구는 일을 주로 한다. 딱새가 폐활량이 큰 제비처럼 지저귄다. 걷고 있는 내 발밑에서 꿀풀과 더불어 숫잔대가 일어서며 푸른빛을 다시 돌려놓는다. 때로는 봄을 부르는 애조 띤 지빠귀의 삐악 소리가 들린다.

건초를 잔뜩 실은 황소가 우쭐우쭐 걸으며 길을 간다. 태도가 마치 자신이 먹을 꼴은 아닌 양 소 모는 이는 거들떠보지도 않는 듯하다. 황소에게 일을 하는 게 스스로를 위해서라는 걸 가끔라도 알려줘야 하지 않을까. 일부 흰 꽃들이 검어진다. 절반쯤 자란 포도송이가 나를 가을로 이끈다. 오늘은 오후의 공기 덕에 마음이 만사에 무심해진다. 영락없는 여름날인데도 기분 좋은 산들바람이 불어온다. 무덥지도 쌀쌀하지도 않은 지금은 한 해 중 어느 계절에 속할까? 꼭두서니는 봄에 헐벗었던 죄를 뉘우치는 듯 번지르르하게 잔잎들을 달고, 공 모양 꽃봉오리를 반쯤 피워 올렸다. 나는 눈을 들어 들판의 초록 떡갈나무를 찾는다. 분명 어디엔가는 이놈들을 필요로 하는 이가 있을 것이다. 길가에서는 오리나무 같은 관목 사이사이로 야생 장미가 보인다. 딱총나무 향기가 대기에 그득하다. 커다란 산형 꽃차례인 신선초는 꽃이 지면서 열매를 맺기 시작한다. 그 위를 초록 고리무늬에 검고 노란 점이 찍힌 벌레 한 마리가 기어간다.

하늘에 검은 구름이 몰려다니나 오늘은 비가 내릴 것 같지 않다. 어느 풀에서 나는 향내인지는 모르겠으나 걸으면서 향긋한 풀 내음을 맡는다. 방죽 길의 버드나무와 오리나무에는 건초가 달라붙어 있다. 다리 위에도 건초가 흩어져 있다. 솔송나무가 이제 그 하얀 산형 꽃차례를 펼쳐 보인다. 하지만 강을 다스리는 건 노란 나리다. 다리를 건너려는데 연노랑 민물거북이가 버드나무 등걸에서 내려온다. 강 수위가 낮아져 강바닥이 햇빛에 반짝인다. 다리 난간에 기대어 물고기들이 노는 모습을 내려다본다. 물옥잠이 영묘한 푸른빛을 쏘아 올린다. 쑥국에는 꽃눈이 돋아났다. 잠자리들이 강물 위에 유유히 떠 있다.

오늘은 삼복이 시작되는 날이다. 날씨가 아직 무덥지는 않다. 그러나 멀리 대기가 묘하게 푸르면서 끓어오르는 듯한 모습이다. 산이 뚜렷하게 보일 정도로 푸르지는 않다. 지금 대기는 10월과 11월의 대기와는 영판 다르다. 여행을 떠나고 싶은 철은 아니다. 지금은 과수와 작은 과일들의 계절이다. 우물물이 차다면 집에 머물러 있어도 좋다. 여느 해와 마찬가지로 지금 말라가는 검은 나무딸기 열매는 수수하고 정직한 과일이다. 언덕 비탈 단지段地 모양으로 탁 트인 들을 걸으면서 내 키 높이에서 끓는 가마솥 같은 대기 속을 들여다보는 즐거움을 누린다.

지금은 오후 5시다. 방금 전 건초 만들던 농부들이 차를 마시며 쉬러 갔다. 농부의 시간으로 따지면 오후가 아직도 많이 남아 있다. 그들은 밤이 오기 전에 해야 할 일이 많다고 생각할 것이다. 농부들은 어둠이 짙어지기 시작해야 일손을 거두어들인다. 멀리 들판 곳곳에 건초더미가 쌓여 있다. 어떤 분별없고 잔인한 사냥꾼이 매사추세츠 동물보호법을 어기고 울새보다 그리 크지 않은 어린 자고새를 무려 22마리나 쏴 죽였다.

사과가 아직 익지는 않았으나 크기가 부쩍 커져 또 다시 가을을 생각나게 한다. 개정향풀에는 종처럼 생긴 곱고 예쁜 꽃이 달렸다. 여기는 갈매나무가 많이 자라는 곳이다. 들판에는 풀 베는 이들이 얼마만한 폭으로 낫질을 해 들어갔는지 알려주는 낫질 자국이 남아 있다. 이즈음 가장 절실한 것은 차가운 샘물이다. 넝쿨식물조차 개울로 나아가려 애쓴다. 한 가느다란 넝쿨식물이 개울로 기어 내려가 물 흐름 따라 이리저리 흔들린다. 개암나무들이 늘어서 있다. 개암을 따다보면 껍데기와 얼룩이 손에 묻기도 한다. 까마중도 꽃을 피웠다. 제임스 베이커 집 뒤쪽 소나무들이 서 있는 평지를 지나간다. 이곳은 얼마 전까지만 해도 탁 트인 방목장이었다. 지금은 리기다소나무들이 자라나 풀잎 대신 군데군데 솔잎이 깔려 있다. 가장 쾌적한 숲 중 하나로 탁 트여 있고 평탄하다. 군데

군데 검은 나무딸기 열매가 떨어져 있다. 개불알꽃 같은 꽃이 피어나고, 외곽에는 패랭이꽃이 피었다. 나무들 사이의 간격이 꽤 넓은 편이다. 나 못지않게 이 소나무 숲을 좋아하는 개똥지빠귀가 그늘에서 지저귄다. 부채꼴로 펼쳐진 월든 호숫가를 지나쳐 간다. 바늘꽃은 골짝 위나 언덕 아래에서 어렴풋이 분홍빛을 반짝인다. 되새가 관목 꼭대기에서 운을 맞춘다.

아일랜드사람들은 왜 우물을 팔 생각을 하지 않고 철로가 웅덩이 물을 마실까? 너무 주변머리 없고 무능하지 않은가! 맑은 물을 마시지 못하는 이를 살아 있다고 말할 수 있을까? 불순한 상태에서 순수한 상태로 바뀌는 것이야말로 존재의 보다 영예로운 상태를 알려주는 가장 좋은 비유가 아닐까. 내가 불결하고 사악하다는 걸 늘 잊지 않기를. 내가 끊임없이 순결을 사랑하기를. 보다 새롭고 완전한 날을 기대하며 잠들게 되기를. 내가 실제로 누리고 있는 것보다 더 숭고한 사회에 어울리도록 삶을 살아가고 개선할 수 있기를. 내가 가장 사랑하는 순진무구한 아이들을 다루듯 나 자신을 다정하게 다루기를. 새로 깨달은 자아를 대하듯 아이들과 벗들을 대하기를. 끊임없이 나 자신을 찾아가고 행여나 나 자신을 알았다는 생각은 하지 않기를!

지금의 내 경험은 그다지 값어치가 없다고 생각한다. 현재보다 과거의 경험이 소중하다. 오늘 겪은 체험은 소년 시절의 체험에 비하면 정말 하찮은 것이다. 이것은 진실이다. 그뿐만 아니라 아주 오래 전 일을 회상하면서 나는 무의식적으로 '인생이란 잊기 위한 것이다'라며 전생의 경험을 이야기하곤 한다. 예전에는 내가 자라면서 자연도 자라났다. 자연은 나와 함께 성장했다. 삶은 황홀했다. 감각의 일부를 상실하기 전, 젊은 시절의 나는 혈기왕성했고, 나의 몸은 이루 형언할 수 없는 만족감에 젖어 있었다. 피로도 회복도 모두 달콤했다. 땅은 멋진 악기였다. 나는 그 악기에서 나오는 노래에 귀를 기울였다. 우리가 젖어 있던 그 달콤한 느낌! 미풍이 가져다주는 무아경! 나는 아직도 그때의 놀라움을 기억한다. 나는 스스로에게 말했다. 또 다른 사람들에게도 말했다.

"내 마음에 형언할 수 없는 기쁨이 끝없이 넘치고 있다. 거룩한 환희와 상승하고 확장하는 듯한 느낌으로 가득하다. 나는 아무 일도 하지 않는다. 나를 초월한 힘이 나를 이끈다. 내 삶은 스스로는 얻을 수 없는 기쁨이자 환희다. 나는 이 일의 증인이다. 난 내가 알게 된 것을 말할 뿐이다." 아침과 저녁이 모두 달콤했다. 나는 되도록 사람들에게서 멀리 떨어져 있으려 했다. 그리고 내가 알게 된 것을 알고 있는 사람이 있을까 궁금했다. 책 속에 나의 경험과 유사한 경험이 적혀 있나 살펴보았지만 이상하게도 그런 일은 전혀 찾을 수 없었다. 나와 같은 경험을 한 사람이 있는지조차 알기 어려웠다. 사실 다른 목적을 위해 책을 읽고 사람과 만나는 일도 가능하기 때문이다. 창조주가 나를 북돋아주고 있었다. 창조주의 개입을 알고 나는 깊은 감명을 받았다. 여러 해 동안 나는 시끄럽고 화음이 잘 안 맞는 길거리 군대 음악과는 전혀 다른 음악에 발맞추어 걸어왔다. 나는 날마다 황홀경에 빠져 있건만 나를 방탕하다고 일컫는 빛이 어디에서 오는지 설명해줄 수 있는 과학이 어디에 있단 말인가?

7월 18일

당신의 젊음에 영향을 미치는 다음과 같은 질문이 있다. 당신은 아침을 얼마나 알고 있는가? 자연의 계절에 얼마나 감응하는가? 일찍 문밖을 나와 이슬을 맞는가? 당신이 잠든 사이에 해가 떠오른다면, 아침 닭이 홰치는 소리를 듣지 못한다면, 새벽 여신의 홍조를 보지 못한다면, 샛별에 익숙하지 않다면, 당신에게 지혜와 순수는 찾아오기 어려울 것이다. 그렇다면 당신은 이미 젊은 날에 창조주를 잊은 게 아니겠는가.

오후 2시—

날씨가 건조하고 덥다. 잎들이 둥글게 말렸다. 남서쪽에 뜬 구름이 한바탕 비를 뿌릴 태세다. 들판에는 건초더미들이 쌓여 있다. 하지만 농부는 건초를 널 생각이 없다. 이즈음에 숲속을 걸으면 파리들이 모자에 부딪히는 소리가 빗방울 떨어지는 소리 같다. 코너로路를 걸으며 뿌리와 그루터기로 쌓아 올린 울타리들을 본다. 햇빛과 비에 표백된 거대한 코끼리 같은 화석이 생각난다. 이렇게 연거푸 불에 탄 이 벵골의 색조는 무엇을 뜻할까? 여기 캐나다엉겅퀴에 꽃이 피어 나비와 벌들이 찾아온다. 요 며칠 사이 나비들이 떼 지어 나타났다. 박주가리 주위에 특히 많이 모여든다. 늪과 방죽 길엔 늪의 나리가 대기 가득 향기를 피운다. 그 향기가 멀리까지 날아간다. 여전히 야생 장미는 근처 잎사귀 위로 꽃잎을 떨군다. 하버드 다리 방죽 길 옆 신선초 근처에서 자라는 야생 나팔꽃에는 희고 붉고 은은한 꽃들이 피어 있다. 다른 지지대가 없으니 자체를 휘감고 있다. 받침 달린 잔이라고나 할까. 하늘은 맑디맑은 아침 공기로 가득 차서 갓 생겨난 이슬을 반짝인다. 다리 너머에서는 미역취들이 몇 송이 꽃을 피웠다. 어제는 봄이었으니, 내일은 가을일 것이다. 그렇다면 여름은 어디에 있을까? 고추나물이 먼저 자라나 우리를 훈계하더니, 이제는 미역취가 와서 훈계한다. 블랙베리 아래 돌 틈에서 가을인 양 울어대는 귀뚜라미 소리가 들린다. 잘 익은 블랙베리가 점점 많아진다. 내 길 앞에는 붉은 반점이 찍힌 열매 달린 작은 둥글레가 서 있다. 농가 근처에서는 암탉들이 손등새와 마찬가지로 풀을 뜯는 암소들을 따라다닌다. 쌍을 지은 나비 떼들이 공중에서 서로를 뒤쫓는다. 수놈이 지나가는 새에게 먹힐 위험이 있다고 생각했는지, 지그재그로 날아 땅에 내려앉자 암놈도 뒤따라 내려앉는다. 이제 블랙베리가 초록 허클베리와 더불어 무수히 많이 생겨났다. 더 이상 벌레 먹은 열매라는 인상은 들지 않는다.

바람이 점점 세게 분다. 강과 호수가 남쪽에서 몰려오는 먹구름보다 더 검다. 멀리서 천둥이 으르렁거린다. 수면에 잔물결이 인다. 부엽들이 자라난 물가는 연초록빛이다. 숲이 운다. 남쪽 지평선 가득 숲 위에 먹구름이 머물러 있다. 하지만 먹구름이 이곳 대기에 이르자마자 흩어져버리기라도 하는 듯 몇 시간이 지나도록 비는 내리지 않는다.

7월 19일

지금 내 나이 서른넷이다! 그러나 나의 삶은 아직도 전혀 꽃필 기색이 없다. 어린 씨앗 속에 얼마나 많은 것이 담겨 있는가! 나는 이상과 실제 사이에 큰 괴리가 있음을 깨닫곤 한다. 나는 아직 태내에 있다고 말할 수도 있다. 사회성의 본능은 있지만 사회성 자체는 없다. 인생은 성공을 기다릴 수 있을 만큼 길지 않다. 앞으로 또 34년을 더 산다 해도 기적이 나를 찾아오는 일은 아마 더 이상 없을 것이다. 나의 계절은 자연의 계절보다 속도가 훨씬 느리다. 나는 전혀 다른 시간 속에 살고 있다는 데 만족한다. 자연의 빠른 전개, 자연의 일부인 내 신체의 빠른 전개 때문에 내가 쫓길 필요가 있겠는가? 사과나무처럼 빨리 익는 것이 나에게 중요한 일이겠는가? 내가 떡갈나무 자라듯이 그렇게 자라야 하는가? 현재 나의 삶은 아주 초자연적이다. 이런 현재의 삶을 언제까지나 정신적 삶의 봄이자 유아기로 남겨두어서는 안 되는가? 꼭 봄에서 여름으로 옮겨가야 하는가? 오늘의 작고 성급한 성취를 위해 더 나은 미래의 성취를 희생시켜야 하는가? 내가 큰 굴곡을 지니고 있다고 그 굴곡을 구부려 작은 원을 만들어야 하는가? 나의 영혼은 자연의 보폭에 발맞추어 전개되지 않는다. 내가 도달하려는 사회는 지금 여기에 존재하지 않는다. 내가 미래의 예감을 이 초라한 현실과 바꿀 필요가 있단 말인가? 이 현실을 갖느니 차라리 미래에 대한 수수한 기대를 갖겠다. 삶이 기다리는 것이라면 기다리자. 나는 이 허망한 현실의 암초에 걸려 난파당하지는 않겠다.

7월 21일 오전 8시―

지금 나는 꼬불꼬불하고 건조하고 인적 없는 낡은 길을 그리워
한다. 그 길은 마을 먼 곳으로 나를 이끈다. 나를 지구 너머 우주로
인도하는 길. 그러나 유혹하지는 않는 길. 여행지의 이름을 생각하
지 않아도 좋은 길. 농부가 작물을 짓밟는다고 불평하지 않는 길.
신사 나리가 최근에 건축한 자신의 시골 별장을 무단으로 침입했
다고 불만을 토로하지 않는 길. 마을에 작별을 고하고 걸음을 재촉
해도 좋은 길. 순례자처럼 정처 없이 떠나는 여행의 길. 여행자와
자주 부딪치기 어려운 길. 영혼이 자유로운 길. 담벼락과 울타리가
무너져 있는 길. 발이 땅을 딛고 있다기보다 머리가 하늘로 향해
있는 길. 다른 행인을 만나기 전에 멀리서 그를 발견하고 인사 나
눌 준비를 할 만큼 넓은 길. 사람들이 탐을 내 서둘러 이주할 정도
로 토양이 기름지지는 않은 길. 보살필 필요가 없는 나무뿌리와 그
루터기 울타리들이 있는 길. 여행자가 몸 가는 대로 마음을 내맡길
수 있는 길. 어디로 향해 가든 오든, 아침이든 저녁이든, 정오든 자
정이든 별 차이가 없는 길. 만인의 땅이어서 값이 헐한 길. 얼마만
큼 왔나 따져볼 필요 없이 편안하게 걸으면서 생각에 몰두하는 길.
숨이 차면 천천히 왔다 갔다 하는 변덕마저도 소중한 길. 사람들과
만나 억지로 저녁을 먹고 대화를 나누며 거짓 관계를 맺지 않아도
좋은 길. 지구의 가장 멀리 떨어진 곳까지 갈 수 있는 길.

그 길은 넓다. 그 길에 서면 머리에 떠오르는 생각도 크고 넓어
진다. 그 길로 바람이 불어와 여행자의 걸음을 재촉한다. 그러면
나의 인생이 나에게로 온다. 나는 사냥꾼처럼 몸을 숨기고 기다린

다. 바다가 보이는, 허클베리가 잘 익은 언덕에 올라 바위에 기대서면 그때 정말 나의 생각은 무한하게 펼쳐질 것이다. 땅이 내뿜는 안개, 멀리서 부는 돌풍, 내 영혼의 감응에 호응하여 나에게로 다가온 이 모든 것들과 마찬가지로, 앞으로 다가올 나의 인생도 영혼의 어떤 응답이 아닐까? 나를 가둘 만큼 담이 높아서는 안 된다. 담은 낮고 틈이 많아야 한다. 전망을 가릴 만큼 나무가 너무 울창해서는 안 되고 언덕이 너무 가까이에 있어서도 안 된다. 땅이 시선을 끌 만큼 너무 비옥해도 안 된다.

　그것은 그저 길이고 인생이어야 한다. 마을에서 가장 나이 많은 노인이 한번도 손본 기억이 없고, 손볼 필요도 없는 그런 길이어야 한다. 나는 자주 손본 길은 걷지 않는다. 길을 닳게 만드는 자는 악마다. 나는 사색가(또는 사색)의 발뒤꿈치가 길을 닳게 만드는 것을 본 적이 없다. 서풍은 잃은 것을 채워준다. 산책자는 길 위를 걷지만 길을 닳게 하지는 않는다. 그러므로 그저 길일뿐인 대로에 세금을 매겨서는 안 된다. 사람이 여행하는 길보다 더 고상한 길을 건설하는 데에만 세금을 내야 한다.

　기러기들이 꽥꽥 소리치며 줄지어 날아다니지는 않지만 가끔 기러기의 야생 형제들이 멀리 고개 너머로 날아가는 곳. 딱새와 제비가 지저귀고 멧종다리가 울 위에서 노래하는 곳. 작고 붉은 나비가 톱풀 위에서 쉬는 곳. 아이가 모자를 벗어들고 그 나비에게 다가가지 않는 곳. 그곳을 나는 걷는다. 기분에 따라 때로는 빨리, 때로는 천천히 걷는다. 나의 벗 요나 포터 이외에는 아무도 날 따라오지 않는 곳. 소만이 홀로 풀을 뜯기 위해 길옆에서 서성이는 곳.

길 안내판은 바닥에 누워 있고, 사람이 직접 하늘의 서드베리와 말보로로 가는 길을 가리키는 곳. 그 길이 내가 여행하는 길이다. 내가 시속 6킬로미터로, 기분에 따라서는 시속 3킬로미터로 하늘의 서드베리를 향해 가는 길. 이 길로 들어서는 이는 드물다. 그곳을 나는 걸을 수 있다. 종소리가 들리지 않더라도 지금은 잃어버린 아이를 되찾을 수 있다.

사업을 핑계로 가리지 못할 만큼 밝은 영광은 어디에서도 찾을 수 없다. 대부분의 사람들은 삶보다 사업을 더 내세운다. 나는 천국의 일도 마찬가지라고 생각한다. 사람들은 어리석게도 인생을 즐길 만큼 즐기다가 천국에 가면 그때 다시 마음을 고쳐먹을 수 있으려니 하고 생각한다.

대다수의 사람들이 지나치게 예의를 차리고 친절을 베푸느라 자신을 망친다. 그들은 상대방의 눈치를 보며 언제라도 상대의 의견에 고개를 끄덕일 준비가 되어 있다. 이런 이들과는 유익한 대화를 나누기 어렵다. 짧은 만남에서도 자신을 억제하며 호의를 드러내려고만 한다. 나는 이런 일들을 귀찮을 정도로 자주 겪는다. 그러니 사람은 실종되고 예절만 남는다. 나는 많은 신사들과 만나면서 만남은 절망이고 헤어짐이 오히려 희망임을 배운다. 나를 기쁘게 하는 어떤 무례함도 찾아볼 수 없다. 짓궂고 거칠고 괴짜며 다듬어지지 않은 사람, 그런 사람이라야 희망이 있다. 신사들이여, 당신들은 다 하나같다.

오전 9시 코낸텀 언덕[1]에서—

지금은 봄이나 여름과는 달리 300~400미터만 떨어져도 공기가 푸르러 보인다. 이곳에는 젊은 날을 근심하는 남빛 멧새라도 살아야 하지 않을까 싶다. 이 계절에 골짜기를 가득 메운 푸른빛을 구현한 새로 말이다. 왕포아풀 또한 푸른빛을 반짝인다.

그대의 젊은 날에 그대의 창조주를 기억하라. 다시 말하건대, 자연이 주는 영향을 몸과 마음에 한껏 지녀보라. 귀가 있는 자라면 맘껏 듣게 하자. 오감이 맑고 생기 넘치는 동안 한껏 보고, 듣고, 맛보고, 맡고, 느끼자.

공중에서는 늘 아이올러스하프[2]의 음악이 들려온다. 나는 지금 아득히 높은 하늘의 빈 공간에서 들려오는 감미로운 뿔피리 음악 소리를 듣는다. 듣는 이를 신비에 취하게 하는 소리가 지금 내 귀로 가라앉는다. 귀를 열면 세상이 아름다운 하프 음악과 같다. 막힌 귀에는 귀뚜라미 울음소리밖에 들리지 않는다. 반면에 누구나 귀 기울이면 아침, 점심, 저녁으로 불멸의 멜로디를 들을 수 있다. 조팝나무와 터리풀도 이 멜로디를 듣기 열망한다. 그들의 색이 아름다운 까닭은 이 멜로디가 그것들을 물들였기 때문이다.

오전 10시—

흰 나리가 활짝 꽃을 피웠다. 나리는 이 더위를 어떻게 견뎌냈을까? 쪼그라든 강의 수면 위에 기다란 줄기를 내뻗고서 헐떡이며

---

1. 페어헤이번 호수를 끼고 있는 높은 땅.
2. 바람을 받으면 저절로 울리는 악기.

꽃잎을 펼쳤을 것이다. 대기가 더욱더 푸르러진다. 작은 틈새로 또 다른 숲을 바라보니 숲이 앙증맞다. 지금 이곳에서는 비둘기들이 한낮의 열기를 피해 작은 스트로부스소나무 숲에서 쉬고 있을 것이다. 파리들이 앵앵거리며 내 모자에 빗발치듯 부딪힌다. 나무꾼들이 남기고 간 스트로부스소나무 잔가지와 잎에서 구역질을 일으킬 듯한 냄새가 난다. 뻐꾸기 한 마리가 근처 나무에서 숨을 죽이고 울다가 이제 소나무로 날아가 비둘기 한 마리를 몰아낸다. 비둘기는 어쩔 수 없이 날개를 우아하게 펼치고 나무 사이사이를 급히 빠져나간다. 돛을 부릴 여유가 전혀 없는 작은 개천 한가운데서 너무 큰 돛을 달고 가는 배와 같다. 푸드덕푸드덕 요란한 소리를 낸다.

푸른 아지랑이 탓에 산들이 거의 보이지 않는다. 와추셋 산과 근처 산만 가까스로 보일 뿐이다. 이곳의 독말풀 덤불은 나무가 될 작정인 듯 꼭대기 위로 가지들을 내뻗었다. 열매를 맺고 활짝 펼쳐진 그 모습이 거대한 모래시계 같다. 아래 부분이 단연코 조밀하므로, 모래가 거의 다 떨어진 듯한 인상을 준다.

오후 8시 30분—
이런 여름날에는 낮보다 저녁 시간의 마을 거리가 훨씬 흥미롭다. 온종일 건초를 만들다가 장을 보러 나온 이웃들과 농부들이 거리에서 잡담을 나눈다. 이 집 저 집에서 악기를 연주하거나 노래 부르는 소리가 들린다. 주민들은 한두 시간 짧게나마 저마다의 성품에 맞는 일에 몰두한다.

격정적인 농부를 만나기란 정말 어려운 일이다. 하지만 한 사람이 있다. 일전에 죽은 장군 조슈아 버트릭은 격정적인 삶을 살다가 갔다고 한다. 그는 화약내를 맡으면 흥분이 된다고 말하곤 했다.

미라보[1]는 "사회의 신성한 법률에 공공연히 맞서기 위해서 어느 정도의 결의가 필요한지 알아보기 위해" 노상강도짓도 불사했다고 한다. 그는 "대열에서 싸우는 병사에게는 이런 노상강도의 절반만한 용기도 필요치 않다"고 공언하면서 이렇게 말했다. "깊이 생각한 다음 굳게 결심한 경우에는 어떤 명예나 종교라도 그 결행을 막지 못합니다. 라파예트 백작[2]이시여, 내게 말씀해주십시오. 당신이 부대를 전투 속으로 내몰고 있다고 칩시다. 그러나 그것이 상전의 명을 받아 아무런 권리도 없는 땅을 빼앗아 갖다 바치기 위해서라면, 그것이 국도에서 여행자를 가로막고 지갑을 요구하는 것보다 더 나은 행위라고 자신할 수 있습니까?"

"상전의 명이라면 따지지 말고 따라야지요"라고 백작이 응답했다.

"나라면 복종이 합당치 않다고 여겨질 경우 먼저 합당한지부터 따집니다"라고 미라보는 대꾸했다.

미라보의 태도가 나름대로는 나무랄 데 없는 남자다운 태도로 여겨질지 모른다. 하지만 내가 보기에는 악에 받친 태도일 뿐이다.

---

1. 1749~1791. 귀족 출신이나 방탕과 낭비로 감옥에 갇혔다가 탈출한다. 프랑스 혁명에서 제3신분 대표의원으로 국민의회에서 활동한다.
2. 1757~1834. 미국독립전쟁에 독립군으로 참전하여 영웅으로 칭송되었다. 프랑스 혁명이 일어나기 직전에 국민의회에 참가했다.

사회의 법률에 공공연히 맞서기 위해 자연법을 거스를 필요가 있을까. 제정신이 박힌 사람이라면 자연스러운 사건의 경과에 맞춰 자신의 결의를 시험해볼 기회를 충분히 가질 수 있다. 따라서 이와 같이 사회에 앙심을 먹고 맞설 것이 아니라 자신의 존재 법칙에 순응하는 태도를 지속시켜가야 한다. 그러니 정당한 정부인 경우에 반대하고 나설 것까지는 없다. 신발을 버리기보다는 발을 물어뜯는 가죽만 잘라내자. 사회에 앙갚음하려는 핍절한 열망에 사로잡히지는 말자. 그것은 아침이슬이 아닌 뜨거운 대낮의 햇빛처럼 사회를 시들게 할 뿐이다.

7월 22일

새벽안개의 계절이 돌아왔다. 새벽안개는 삼복에 일어나는 독특한 현상이다. 밤낮의 기온차가 커지면서 낮은 더욱 더워지는 반면 밤은 서늘할 정도로 기온이 떨어진다. 내 잠자리에서 강 위에 뻗어 있는 향긋한 안개가 보인다. 여름날의 증기탕이라고나 할까. 빛깔은 또 얼마나 맑은가! 향기로운 음악을 듣는 것 같다. 안개가 들판을 새벽 요정처럼 찾아온다. 집 높이만한 데 걸린 안개의 윤곽이 아무런 흔들림 없이 내가 벤 베개의 테두리만큼이나 또렷하게 보여 깜짝 놀란다. 커다란 초승달처럼 강 흐름 따라 남서쪽에서 북동쪽으로 이어져 있다. 벌써 5시 30분이다. 강 일부는 그대로 드러나 있다. 이 안개는 하늘로 오르지 않는다. 바람 따라 한 무리로 강 아래로 내려간다. 즉 퇴각을 한다. 그러므로 안개가 흩어져 사라지는 모습은 볼 수 없다. 유리처럼 움직임이 없는 고요하고 어슴푸레한 강의 수면에서 몇 줄기 수증기가 소용돌이친다. 안개와는 전혀 다른 성질을 지닌 물체처럼 보인다. 젊은 수탉의 울음소리가 안개를 뚫고 들려온다. 거칠 것 없이 강건함을 알리는 낭랑한 울음소리로, 모든 자연이 감탄하는 소리다. 이 소리에 기근과 역병이 멀리 달아난다. 요즈음에는 이렇게 하루가 요정처럼 안개 속에서 태어난다.

오후. 강에서 멱을 감는다. 얕은 곳 모래바닥 수초 사이에 눕는다. 강이 바싹 말라 쪼그라든 것 같다. 몸을 충분히 적시기가 어렵다. 나는 기꺼이 어느 산의 개울이 되고 싶다. 나는 멱을 감는다. 그러나 몇 시간이 채 지나지 않아 멱 감은 것을 잊고 또 다시 멱을 감는다. 강에 이르면 옷을 벗고 강 건너편으로 건너가 멱을 감은 후, 진흙을 씻어내고 산책을 계속한다.

7월 23일 수요일

제비의 지저귐은 날개를 퍼덕일 때처럼 대기의 파도가 지나가면서 부딪혀 부서지는 소리 같다. 제비는 뼛속이 비어 있고 발이 불완전한, 말하자면 공중의 물고기다. 제비는 하늘의 목소리로 노래한다. 물고기들이 수면을 지나가는 파도소리를 듣고 그 물결을 보게 되듯이, 우리도 제비의 노래를 듣고 그 비상을 보게 된다.

산책을 하다보면 지상보다는 하늘이 산책자에게 훨씬 큰 영향을 미치는 날들이 있다. 땅이 아닌 공기의 상태가, 즉 땅에서 보이는 이런저런 모습이 아니라 하늘에서 보이는 모습이 산책자의 기운을 북돋우기도 하고 풀 죽게 만들기도 한다.

집 밖에 있으면 내 안의 산란관이 알을 품기 시작한다. 내 안에 생각의 알들이 들끓는다. 그 알들을 부화시키려 집으로 돌아온다.

내 생각은 너무 종잡을 수 없고 어수선하다. 방에 가만히 있지 못하고 바람이 몰아쳐오는 곳으로나 가서 걸을 수밖에 없다.

구름 그림자가 땅을 스쳐 지나간다. 이처럼 우리 마음도 한때의 기분에 좌우되기 쉽다. 기분에 너무 신경 쓸 필요는 없다. 여행자여, 한때의 기분으로 발걸음을 멈춰서는 안 된다. 날이 좋으면 기분도 좋아진다. 나는 어느 날 갑자기 기분이 나빠져서 산책을 중단하고 싶어졌다. 하지만 그 순간 나의 기분과는 아무런 관련이 없는 조그마한 구름 그림자가 내가 선 곳을 지나갔다. 이로 인해 나는 이런 구름 그림자처럼 내 기분이란 게 얼마나 일시적이고 하찮은 것인지 알 수 있었다. 나는 계속 걸었다. 순식간에 해가 걷고 있는 내 안과 밖을 환히 비춰주었다.

최상의 소리를 들으려면 천천히 걸어야 한다. 몸은 극도로 평정해야 한다. 땀을 흘려서는 안 된다. 문밖으로 나오면 엄청난 높이의 공기 기둥이 우리를 누르기 때문에 우리의 생각이 공기의 압박을 받아 오그라들 수 있다. 대기의 압력은 1평방 센티미터 당 1킬로그램에 이른다. 나는 대기의 압력에 저항하며 간신히 균형을 유지한다. 미풍이 이는 들판의 호밀 이삭처럼 겨우 고개만 까딱까딱 움직일 뿐이다. 방이라면 대기의 압력이 사라진 양 네 활개를 칠 수도 있다. 하지만 여기 문밖은 힘을 아껴 써야 할 장소다.

훔볼트나 다윈과 같은 이들은 사물을 세밀하게 관찰하는 습관이 있었다. 이것이 과학자들의 비결일까? 경험이라는 발꿈치로 사물을 짓밟지 말라. 감명을 받아도 기록하지 말라. 시는 인상과 표현 사이에 존재한다. 씨앗이 자연스럽게 싹틀 때까지 기다려라.

8월 1일

일전에 대문짝만한 화려한 포스터를 붙여놓고 개장을 알리는 어느 동물원에 간 적이 있다. 그 소유주들은 엄청난 노력을 들여 세상 온갖 곳에서 희귀하고 흥미로운 동물들을 모아놓았다. 그러나 그 다음에는 동물에 대해 거의 모를 뿐 아니라 자신이 아는 미미한 지식조차 나누길 꺼려하는 서너 명의 멍청하고 무지한 사람들을 사육사 또는 우리 지킴이로 옆에 붙여놓았다. 짐승 우리에는 어떤 팻말도 붙어있지 않았고, 어디에서 어떻게 무엇으로 잡았는지 이야기해주는 사람도 없었다.

나는 사자를 껴안고 있거나 호랑이와 장난치는 사람을 보러 간 것이 아니다. 나는 인간이 야수와 어떤 관계를 맺고 있는지 보고 싶었다. 이런 동물원보다는 동물학 교수를 대동하고서 이리저리 옮겨 다니며 동물을 보는 야외 동물원이 생기는 것이 더 낫지 않을까. 어리석게도 동물학 교수는 그림 쪼가리나 들고 혼자서 이리저리 오가는 동안, 동물원은 사육사를 채용하여 영판 다른 길로 가고 있다.

준 앤 컴퍼니와 밴 앤 컴퍼니는 야수들을 돈벌이로 이용해 어떻게 하면 돈을 더 많이 벌 수 있을지에만 골몰해 있다. 퀴비에 앤 컴퍼니는 자연사 강의 과정을 개설하는 데 골몰해 있다. 그렇다면 이들이 인류의 이익을 위해 함께 머리를 맞대고 힘을 합칠 수는 없는 것인가? 모두에게 커다란 도움이 되는 그런 이익을 추구하는 것이 더 바람직하지 않을까.

8월 4일

지금은 조팝나무와 터리풀의 치세 기간인 것 같다. 길가 개꽃이 먼지를 뒤집어썼다. 들에서는 꽃이 약간 벌어진 떡쑥의 달콤한 향내가 난다. 가뭄으로 풀이 시들고, 감자 줄기도 축 처졌다. 들판 곳곳에서 옥수수 잎사귀 위로 수염이 돋아나 있다. 옥수수 밭 한가운데서 순무가 자란다.

8월 5일

나는 베어가든힐을 걸어가면서 플루트와 호른 연주 소리 그리고 누군가가 노래하는 소리를 듣는다. 오늘처럼 달 밝은 밤이면 거의 어김없이 들려온다. 나는 그 연주자를 낮에는 한 번도 만난 적이 없다. 낮에 만났더라도 알아보진 못했을 것이다. 그러나 지금 그의 연주 소리는 지평선 너머로부터 나에게 전해진다. 그는 단 한 곡만 연주하고 일찍 잠자리에 든다. 그러나 나는 단 한 곡만 듣고도 그가 자신의 세월에 깊은 한을 품고 있는 사람임을 안다. 그는 자유를 사고 싶은 노예다. 그는 언덕에서 아드메토스[1]의 양 떼와 소 떼를 돌보는 아폴로다. 저녁마다 그가 연주하는 이 노래는 그의 혈통이 훌륭함을 말해준다. 노래만이 그의 유일한 구원이다. 구원에 대한 기억이다. 그는 즐거이 젊은 날을 회상한다. 나는 그가 상당히 지체 높은 가문에서 태어났으리라고 확신한다. 지금은 노예에 불과하지만 어린 시절에는 여러 사람의 보살핌을 받으며 자랐을 것이다. 손가락에 낀 보석 반지나 가슴에 달린 로켓[2], 몸을 가리는 자줏빛 도포보다 그가 부르는 노래가 그의 고귀한 혈통을 말해준다. 자연이 그를 알아보고 그의 노래에 메아리를 보내준다. 영주와 숙녀, 부자와 학자는 그를 알아보지 못해도 개들은 그를 알아보고 주인으로 모신다. 그는 나라에 공이 많은 유명한 부자의 아들이다. 그는 자신의 아버지에 대한 이야기를 듣곤 했다. 그가 자신의 혈통을 되찾고 아버지의 유산을 물려받아 아침 노래를 부르게 될 날이 언제일까 생각해본다. 그는 희망을 잃지 않고 있다. 나는 낮에는 그 클라리넷을 연주하는 사람을 한 번도 만나지 못했다.

멀리 농가의 등이 불처럼 보인다. 나무와 구름 그림자가 낮처럼 먼 강에 비친다. 클리프스에서 페어헤이번 호수를 보니, 약간 안개가 낀 듯하다. 이 숲의 호수는 보기 드문 야생의 경치를 보여준다. 뉴펀들랜드와 래브라도의 황무지가 떠오른다. 나에게는 그것이 야생의 극한이다.

---

1. 테살리아 왕으로, 아르고 원정대 일행 중 한 사람. 아폴로는 제우스의 벌로 1년간 아드메토스의 종이 되어 양 떼와 소 떼를 먹이는 일을 했다.
2. 사진, 머리털, 기념품 등을 넣어 목걸이 등에 다는 작은 금합金盒.

여행자에게 구름을 가로지르는 달은 얼마나 위로가 되는가. 앉아 있든 서 있든 늘 새로운 전개를 약속한다. 단순한 정신에겐 틀림없이 중요한 사건이다. 나도, 달도 혼자다. 달이 숲과 호수, 강과 산 위로 쉴 새 없이 몰려오는 구름을 이겨내고 나아간다.

개똥벌레 한 마리가 외로이 숲 위를 날아간다.

8월 6일

지금 여기저기 버려진 뜨락에 개망초가 무성하다. 하지만 아직 꽃을 피우지는 않았다. 등골나무는 꽃을 피웠고, 미역취는 천천히 꽃잎을 열고 있다. 옻나무에는 붉은 열매가 달려 있다. 털이 많은 감송甘松의 물과일이 검게 변해간다. 야생 호랑가시나무의 진홍빛 열매와 붉은 버찌도 보인다. 그저 몇 발짝만 걸으면, 그리고 약간의 수고만 더하면 누구라도 소나무 숲에서, 어떤 문명에도 길들지 않은 곳에서 둥글레와 수염며느리밥풀을 굽어볼 수 있다.

우리 시골 사람들은 도시인에게 우리 주변에 사는 물개나 상어의 소식을 전하지는 않는다. 우리는 그저 허클베리를 보낼 뿐, 야생의 자유로운 생각을 보내지는 않는다.

어떤 사람들은 집에서 수백, 수천 마일 떨어진 곳에서부터 여행을 시작해야 한다고 생각하는 것 같다. 집에서 여행을 시작하면 안 되는가? 새로운 것들을 찾아내기 위해서는 멀리 가서 둘러보아야만 하는가? 집에서 여행을 시작하는 이는 한 고장에 오랫동안 거주했다는 이점이 있기에 정확하고 유익하게 관찰할 수 있다. 요즘에는 미국인이 영국에 가고, 영국인이 미국으로 와 상대 나라를 평하는 일이 잦아졌다. 확실히 이런 상호 비평이 좋은 점은 있다. 하지만 이렇게 서로의 등을 긁어주는 방법보다 진실에 이르는 더 나은 방법을 찾아낼 수는 없는 것일까? 예를 들어 영국이나 다른 먼곳을 여행한 미국인이라면 오히려 자신의 고장에서 더 신중하고 유익한 여행을 할 수 있지 않을까? 여행자를 가르는 기준은 토박이보다 그 고장에 대한 지식이 없다는 것이다. 만일 그가 토박이로서 익혀온 앎에서 시작하여 여행자로서 알아낸 앎을 덧보탠다면 자국인, 외국인할 것 없이 모두 그의 책을 읽을 것이다. 세상에도 분명 보탬이 될 것이다. 이렇게 자신의 마을을 여행하면서 자기 집 대문에서 마을 성문 사이를 오가기 위해서는 비범한 인물이 필요하다. 그와 같은 여행자가 한노, 마르코 폴로, 제임스 쿡, 존 레디어드John Ledyard[1]가 오고간 거리를 웃음거리로 만들어 놓을 수 있다.

나는 이미 내가 얼마쯤 알고 있는 것들에 가장 큰 흥미를 느끼고, 가장 많은 덕을 보고 있다고 생각한다. 그저 신기하기만 하다면 그런 것은 괴이함에 불과하다. 나는 프랑스 식물학자이자 탐험가인 미쇼가 매사추세츠에서 자란다고 말하긴 했으나 콩코드에는 없는 옐로우파인이 너무나도 보고 싶다. 또한 내가 잘 아는 플라타너스의 자매목이지만 이야기만 자주 들은 신풍나무와 로열오크라

1. 1751~1789. 미국의 탐험가, 모험가. 22세에 카누를 만들어 코네티컷 강을 여행한 이후 1년 간 카리브 해를 누빈 다음, 영국으로 건너가 영국해군에 입대하여 제임스 쿡 선장의 세 번째 항해에 참여하여 4년간 전 세계를 다니고 『쿡 선장의 마지막 항해기』를 썼다.

고 부르는 영국떡갈나무도 보고 싶다. 하지만 그 사촌 꽃이 무엇인지 모르는 새로운 중국 꽃은 무시하고 지나친다. 나는 내가 신기한 것들을 아주 좋아한다고는 생각하지 않는다. 나는 어렴풋이 알고 있는 것들을 좀 더 명확히 알기를 원할 뿐이다.

8월 9일

쑥국 꽃이 피고, 하얀 매화오리나무가 싱그럽다. 소나무와 자작나무가 우거진 곳 어딘가에서 매미가 울고 있다. 호수에 멱을 감으러 가다가 북쪽 멀리서 검은 구름이 몰려오고 천둥소리가 들려 걸음을 재촉한다. 멱을 감고 옷을 입기 전에 폭우를 알리는 일진의 바람이 숲을 지나가는 소리가 들린다. 먹구름이 맹렬하게 몰려와 어느 사이에 내 머리 위에까지 이르렀다. 급히 마을로 돌아가다가 숲 가장자리에 이르렀을 때 비가 쏟아진다. 나는 빗방울이 듣지 않는 잎이 무성한 나무 아래로 들어간다. 반시간쯤 기다리자 새들이 다시 노래를 부르면서 비가 그쳤음을 알려준다. 빗방울이 잎에서 떨어지는 소리가 온 숲에 가득하다. 어느 날의 일이 생각난다. 그날은 지는 해가 무척 아름다워 마을사람들이 모두 문가나 창가에 서서 풀과 잎과 건물과 하늘을 바라보았다. 공중에 가득한 번개처럼 눈부신 그런 빛이어서 어느 곳에 서 있더라도 그 찬란한 빛을 볼 수 있었을 것이다. 해가 지는 그 순간에 우리는 소나기 서쪽 끝에 있었다. 황혼 빛이 구름과 떨어지는 비를 비추었다. 사실상 우리는 무지개 안에 있었다. 우리가 서 있는 곳에 무지개 아치가 드리워졌다. 약간만 떨어져 있었어도 그 빛깔을 자세히 볼 수 있었을 것이다.

철로를 따라 달맞이꽃이 피었다. 이제 블루컬은 서늘한 아침에 무척 아름답다. 숲에는 바늘꽃이 자란다. 햇사과가 익어간다. 향내가 그런대로 좋으나 맛은 아직 덜 들었다. 길에서 주운 못생긴 사과 알에서 과수나무 전체의 향기가 풍겨온다.

8월 17일 일요일

엊그제는 꽤 쌀쌀했다. 아침에 얇은 겉옷을 걸친 채 집 서쪽 창문을 열고 앉아 있으려니 한기가 느껴졌다. 이럴 경우 사람들은 햇볕 드는 쪽으로 옮겨간다. 하지만 차가울수록 정신을 모으기가 쉽다. 15일 아침에 나는 햇볕 드는 창 대신 밖으로 나갔다. 그리고 집보다 더 쌀쌀하나 빛이 내리쬐는 들판 햇볕 속에 누웠다. 이 한기가 내게 이로울 것 같았다. 내 삶이 한기로 좀 더 서늘해졌으면! 왜 서늘함은 슬픔에 가까울까? 내가 꺼리기는커녕 공들여 구하고 싶은 그런 살진 슬픔이 있다. 나는 그런 슬픔이 너무나도 반갑다. 그런 슬픔은 하찮음에서 삶을 건져준다. 이제 나의 삶은 여름 열기에 말라 쪼그라든 채 좔좔거리는 얕은 개울물이 아니라, 깊은 강물을 따라 흐른다.

차가운 기운에 이슬이 맺히고 대기도 맑아진다. 그윽한 정적이 흐른다. 자연에 인격과 정신이 깃든 것 같고, 자연이 내는 소리도 깊은 사색을 거쳐 나온 것만 같다. 귀뚜라미 울음소리, 좔좔 흐르는 시냇물, 나무 사이로 몰려오는 바람, 이 모든 것들이 우주가 꾸준히 나아가고 있음을 말해준다. 이 자연의 소리들은 듣는 이를 진지하면서도 기운차게 해준다. 숲속의 바람소리에 심장이 뛴다. 어제까지만 해도 산만하고 천박했던 내가 숲의 바람 소리를 듣고 갑자기 혼이 되살아난 것만 같다. 조용하고 흐린 날, 황금방울새가 하루 종일 지저귄다. 사색의 계절이 가까이 다가왔음을 알려줄 어린 새 떼들이 생각난다. 아! 이렇게 살 수만 있다면 사는 동안 더 이상 산만한 순간은 생기지 않을 터인데. 과일이 익는 가을이 오면 나의 열매도 함께 익어갈 것이다. 자연과 마음은 언제까지라도 조화를 잃지 않을 것이다. 자연의 한 부분이 무성하게 자라는 계절이 되면 나의 어느 한 부분도 무성하게 자라날 것이다. 경건한 자연 속에서 걷고, 앉고, 누울 수 있을 것이다. 시냇가를 걸어가면서 새처럼 즐거이 큰 소리로 기도하거나 조용히 묵상할 수 있을 것이다. 기쁘게 땅을 포옹하고 즐겁게 땅에 묻힐 것이다. 비록 사랑한다는 말을 나누진 못했으나, 나의 사랑을 아는 내가 사랑하는 사람들을 땅 속에 누워 추억할 수 있을 것이다.

보다 나은 시간을 갖게 되길 기대한 때도 있었다. 더 값어치 있는 마음을 갖게 되길 바란 적도 있었다. 하지만 지금 나는 다만 나로부터 넘쳐나는 생명의 홍수에 감사할 따름이다. 나는 그다지 가난하지 않다. 사과 익는 냄새를 맡을 수 있고, 시냇물이 나날이 깊어지기 때문이다. 가을의 꽃들, 특히 모래사장에서 환한 꽃을 피우며 쓴 약쑥과 같은 강한 향내를 풍기는 박하 꽃이 나의 영혼을 살찌우고, 땅에 대한 애착심을 일깨우며, 스스로를 존중하는 즐거운 나로 만들어준다. 섬유질로 이루어진 공기는 퍼덕이는 비둘기의 날갯짓에도 찢겨 나갈 것만 같다. 나는 하느님에게 감사한다. 나는 선물을 받을 만한 어떠한 일도 한 적이 없다. 주목을 받을 만큼 가치 있는 존재도 아니다. 하지만 나는 환희에 차 있다. 나는 때묻고 쓸모없는 인간에 불과하지만 세상은 금빛으로 빛나며 나에게 기쁨을 선사한다. 나를 위한 휴일이 마련되어 있고 내가 가는 길은 꽃이 지천이다. 그러나 나는 이 모든 것을 주신 이에게 고마움을 전할 수 없다. 내가 아는 벗들에게 귓속말로라도 고마움을 전할 수 없다. 내가 무엇을 했거나 할 수 있었기 때문이라기보다는 내가 바라고 있었기에 보답을 받는다고 느낀다.

하루 종일 비가 내릴 듯 구름이 끼고 고요하고 쌀쌀하다. 가끔씩 빗방울이 후두두둑 떨어졌으나 소나기는 내리지 않았다. 경치는 수수한 가을빛을 띄고 있다. 내 모자에 한두 방울 비 떨어지는 소리가 들린다. 나는 두툼한 겉옷을 걸치고 걸어간다. 새들은 당장 비가 내리지는 않으리라는 것을 아는 성싶다. 제비들이 풀밭 위를 낮게 스쳐지나간다. 내가 풀밭 벌레들을 몰아내는지 내 곁을 쏜살같이 지나쳐가며 지저귄다. 다람쥐 한 마리가 그루터기 위에 앉아 개암 먹던 자리를 바라본다.

8월 18일

사람은 누구나 깊이 생각하면 슬퍼진다. 따라서 묵상은 슬픔에 가깝다.

어떤 개들은 암소만 보면 달려들어 물려 한다. 그런 놈들은 멀리 풀밭으로 나가 그야말로 악바리처럼 암소들에게 달려드는데, 영락없는 네발 악마와 같다. 이놈들은 악에 바쳐서 하지 말아야 할 일이 뭔지를 모른다. 이럴 경우 나는 암소와 네발 악마 사이에 끼어든다. 그러나 슬프게도 이 악마들은 네 다리로 재빨리 달아나고 만다. 짓궂은 작은 악마들이다. 이런 개들은 길거리에서 알림 쪽지를 마구 뜯어버리는 아이들과 같다. 이런 아이들의 다음 생은 이런 개와 같은 비천한 운명이 될지 모른다. 소 떼를 보살피는 임무를 맡아야 할 개가 오히려 소 떼를 위협하는 개가 된 것이다. 일부 용기 있는 암소는 이 민첩한 악바리들을 쫓아내려고 애쓰나, 이놈들은 결코 쫓겨 가지 않는다.

8월 19일

지금은 새벽 5시다. 서쪽에서 단단히 말린 둥근 솜털처럼 보이는 안개가 빠르게 흩어진다. 지평선 너머에서 기적 소리가 메아리친다. 자갈을 실은 열차가 막 출발했다. 어떤 곳에서는 농부들이 벌써 귀리를 베고 있다. 풀이 이슬에 푹 젖었다.

인간이 삶을 잊고, 낡은 제도에 집착하는 모습을 보면 꼬리로 나무에 매달리는 원숭이가 생각난다. 그렇다. 원숭이는 꼬리로 숲의 큰 가지를 동인다. 그 가지는 죽은 나무의 가지일 수도 있다. 사냥꾼의 발길이 닿지 않는 곳이라면 원숭이는 죽고 오랜 시간이 지난 후에도 여전히 그 나뭇가지에 매달려 있을 것이다. 낡은 제도에 집착하는 사람들과 말다툼을 할 필요는 없다. 그들의 지능은 사물을 이해하는 능력이 아니라 단지 가지에 매달릴 뿐인 원숭이 꼬리와 같다. 꼬리는 원숭이가 죽고 난 후에도 죽은 가지를 동이고 있을 것이다. 심하게 부패되기 전까지는 가지에서 떨어지지 않는다.

이리저리 돌아다니고픈 유혹을 이겨내고 집에 머물러 있으려면 아주 많은 것들의 도움이 필요하다. 내가 걷는 길이 100마일쯤으로 늘어난다면 밤의 은신처나 비 오는 날의 피난처로 텐트를 지고 다녀야 할 것이다. 아니면 적어도 날씨가 변할 경우에 대비하여 두툼한 외투를 갖고 다녀야 할 것이다. 아주 짧게 여행을 떠나기 위해서도 힘과 예지는 물론 결의가 필요하다. 인간은 새들처럼 쉽게 여행을 떠나지는 못한다. 또 파리처럼 모든 곳을 자신의 집으로 삼을 수 있는 것도 아니다. 여행을 위해 얼마나 많은 것을 지고 다녀야 할지 생각해보면 그냥 집에 머물러 있는 게 더 편할 거라는 생각이 드는 건 어쩔 수 없다. 그러므로 집이란 어느 정도는 내가 갖고 다니지 못하는 두툼한 외투와 텐트와 책을 보관해두는 곳이다. 그 다음으로는 어떤 친구들을 만나느냐에 달려 있고, 마지막으로는 내가 어떤 일에 종사하느냐에 달려 있다. 하지만 내 경우에는 이 마지막 항목은 그다지 중요하지 않다.

천문학자가 하늘의 별을 바라보듯이 시인은 자신의 마음 상태를 끊임없이 지켜보아야 한다. 이렇게 긴 생애를 충실히 보낸다면 기대할 만한 무언가를 찾아내지 않을까? 변변찮은 관찰자라도 별

몇 개가 떠오르는 광경은 볼 수 있다. 특정 장소를 지나가는 마차의 숫자와 종류를 기록하듯, 일평생 마음에 찾아온 생각들을 공평한 정신으로 충실하게 기록해보자. 여행자들이 세상을 다니며 자연 물체와 현상을 기록하듯, 집에 머무르면서 자신의 삶에 나타나는 것들을 충실히 기록해보자. 혜성처럼 궤도를 예측하기 어려운 여러 생각의 목록을 만들어보자. 누구의 마음에 어떤 생각이 떠오르느냐는 중요하지 않다. 운석이 어느 집 뜰에 떨어지든 상관없이 하늘에서 떨어진다는 사실이 중요하듯이 말이다. 날마다 마음의 기상 기록을 적어보자. 나는 나의 위도에서 일어나는 일을 관찰하고, 당신은 당신의 위도에서 일어나는 일을 관찰해보자.

언덕 풀밭이 거의 건초처럼 말라 있다. 계절은 어느 한 순간도 멈춰서 있지 않는다. 자연 또한 절정의 순간이든 어느 순간이든 한 자리에 머무르지 않는다. 당신이 바로 이 순간에 바깥에 나가 있지 않다면, 이 최고의 모습을 보지 못한 채 여름을 떠나보내게 될지 모른다. 한 해의 대부분은 봄과 가을이다. 여름이라 부르는 기간은 얼마나 짧은가! 풀은 자라자마자 시들기 시작한다.

아무리 부주의한 산책자라도 지질학이 어떻게 해서 생겨났는지 알 수 있다. 내륙의 언덕이나 융기된 언덕의 둥근 기슭이 마치 어제 일어난 일인 양 뚜렷하게 물의 작용을 드러내기 때문이다. 언덕 꼭대기에서도 평탄한 평원과 풀밭과 바닷조개를 찾아낼 수 있다. 지질학자는 이런 암시들을 끈질기게 추적하고 규명하여 섬세한 이론을 만들어낸다.

해가 갈수록 내가 점점 분석하는 과학자가 되어가는 것만 같아 두렵다. 창공을 보는 드넓은 관점을 희생한 대가로 들판을 세밀히 들여다보게 되었다. 전체와 전체의 그림자가 아닌 세부사항을 본다. 부분들을 헤아려 보고 '알았다'고 말한다.

8월 20일

잎을 묘사하는 식물학 어휘는 얼마나 정확하고 풍부한가! 식물의 여타 부분을 묘사할 때에도 다르지 않다. 식물학은 용어의 정확성, 즉 그 낱말과 체계 때문에라도 배울 가치가 있는 학문이다. 꽃잎 하나를 얼마만한 노력을 기울여 묘사하는지 경탄하지 않을 수 없다. 예를 들어 심리학적 사실을 묘사할 때 기울이는 주의와 비교해보자. 심리학은 얼마나 공을 들여 감정을 표현하는 말을 만들어내는 것일까? 우리는 잎을 묘사하기에 알맞은 언어로 무장하고 들로 나가 각 식물의 잎을 구별해내지만, 사람의 성격을 묘사하는 언어로 무장하고서 거리에 나서지는 않는다. 따라서 어찌나 부정확하고 혼란스럽게 사람을 묘사하는지 놀라울 지경이다. 이 풍부하고 정확한 식물학의 어휘들을 인간의 도덕적 특성을 묘사하는데 적용해보면 어떨까 싶다.

리스 브리지 근처 강 유역에서 자라는 버드나무들의 껍질이 죄다 벗겨져 있다. 화약용 재를 얻기 위해서다. 오늘 아침 소달구지 소리가 들려 창밖을 내다보니 조지 던건이 버드나무 껍질을 잔뜩 싣고 액튼화약공장 쪽으로 가고 있었다. 공장 근처 큰길가에는 버드나무 껍질이 산더미처럼 쌓여 있다. 길을 가는 자는 모두 이런 특별한 용무가 있다는 것을 우연히 알게 된 듯한 느낌이 든다.

전에 아벨 미노트의 집이 있던 곳 근처 마른 도랑에서 주홍숫잔대를 보았다. 그 붉은 꽃에서 인디언, 유혈 전투 같은 것이 연상되었다. 어떤 것들은 키가 1미터가 훌쩍 넘었다. 너의 죄는 주홍이어야 할 것이다. 그렇다면 내가 본 건 나의 죄가 아닐까? 이 꽃은 빛깔이 얼마나 멀리까지 갈 수 있는지 알려준다. 꽃은 그리 크지 않으나 멀리서도 보이므로, 이 꽃의 빛깔이 얼마나 완벽한지 알 수 있다. 밝은 주홍 빛깔이 강렬하다. 당신은 이 꽃을 높은 반열에 놓는 것을 주저할지 모른다. 그러나 이내 멍해져서는 눈길을 돌리면서 이 꽃을 꺾고 말 것이다. 이곳에는 한 방향으로만 꽃을 피우는 황금黃쪽이 자라고 있다. 이 시내에는 참으아리가 아주 많으니, '참으아리내'라 불러도 좋을 것이다. 오리나무 따위의 관목보다 훨씬 더 많이 돋아났다. 시내가 흘러나오는 호숫가에 토마토가 한껏 자라 잘 익은 붉은 열매를 달고 사방으로 2미터 가까이 퍼져 있다. 하지만 여기에서는 이제 등심초가 전성기를 누리고 있다.

8월 21일

비참한 인생들이 사는 불모의 땅을 영광의 빛으로 물들일 수 있는 능력이란 얼마나 대단한가! 힘차고 순수한 감각들이 착실하고 강한 상상력에 반응한다. 시인의 경우가 이와 같지 아니한가? 사람들의 지능은 대체로 메말라 있다. 비옥하지 않을 뿐 아니라 비옥해질 수도 없다. 지능에 열매를 맺게 하고 상상력을 낳는 것은 영혼과 자연의 결합이다. 우리가 풀 한 포기 없는 땅처럼 메말라 있을 때에도 건강하게 길러진 감각은 자연에 공감하여 우리와 자연의 관계를 회복시킨다. 비옥한 꽃가루가 공중을 떠돌다가 우리의 머리 위로 떨어진다. 그 순간 하늘은 온통 무지갯빛이 되어 음악과 향기와 운치로 가득 찬다. 지능만 있는 사람은 암술은 없이 수술만 있는 꽃과 같다. 시인은 암술과 수술이 모두 달린 갖춘 꽃이다. 만년 산술가나 사업의 노예로 인생을 보내는 사람들은 달러나 센트를 계산하느라 붉은 잉크와 푸른 잉크가 잔뜩 그어진 노트, 그래서 빈 공간을 쉽게 찾을 수 없는 그런 노트를 들고 서 있다.

몸을 눕힐 좁은 장소를 찾지 말고 넓은 풍경에 눈을 돌리는 편이 지적으로나 영적으로나 어느 정도 더 낫다. 전체적인 풍경에 주의를 기울이는 것이 그 안에 사는 식물이나 동물을 자세히 관찰하는 것보다 좋을지 모른다. 하지만 여기저기 돌아다니는 사람이라고 해서 헛간에 왔다 갔다 하는 사람보다 하늘을 더 자주 보는 것은 아니다. 시인과 박물학자가 나란히 걷는 것을 보면 시인의 걸음이 좀 더 가볍다. 당신이 야외 생활을 좋아한다고 가정해보자. 하지만 바깥 문이 열려 있더라도 당신 내부의 문이 닫혀 있다면 무슨 소용이 있겠는가? 알고 싶은 욕심으로 사물을 엿보거나 자세히 보려 하지 말고 완전히 자유롭게 걸을 필요가 있다. 단 한 번의 들숨, 단 한 번의 확장을 위해 하루 전체를 온전히 바칠 수 있어야 한다.

동물이 주변 식물과 뚜렷한 관련을 맺고 있는 경우가 드물지 않다. 털벌레, 나비, 청개구리, 자고새, 되새 등속이 그런 예다. 오늘 오후에 나는 미역취 위에서 노란 거미를 찾아냈다. 살아 있는 존재의 어떤 모습에는 그 생존 조건이 그대로 드러나 있다.

8월 22일

일부 작가들은 뛰어난 장점이 있는 한편 너무 세세히 자신의 생각을 털어놓는 단점이 있다. 이것이 드퀸시의 런던 인상기를 읽으면서 내가 아쉬움을 느낀 부분이다. 그들은 자신들이 느낀 정신적, 육체적 감각을 꾸밈없이 충실하고 생생하게 묘사한다. 하지만 절제와 간결함이 부족하다. 떠듬떠듬 의미를 제한하는 이런 무기력한 성실성은 우리를 감동시키기에는 부족하다. 그들은 하고 싶은 말을 다 하려 한다. 그들의 문장에는 집중과 몰입이 없다. 현재 말하는 것보다도 훨씬 더 멀리 있는 것을 제시하는 문장, 운치가 풍기는 문장, 단지 과거의 인상을 보고하는 데 그치지 않고 새로운 인상을 창조하는 문장, 먼 데 물을 끌어들이는 로마의 수도관처럼 많은 것을 연상시키면서도 오래 남는 문장, 글쓰기의 기술은 이런 문장을 쓰기 위한 것이다. 그 안에 많은 인생과 책을 담아놓을 만한 가치가 있는 문장, 각 페이지의 아래, 위, 구석 어디에서나 옥석처럼 놓인 문장, 다른 문장의 반복이 아닌 창조적인 문장, 사람이 자신의 대지와 성을 팔아 짓고 싶은 문장. 만일 드퀸시가 한 페이지를 줄여 한 문장에 담았더라면 그의 글은 훨씬 우수했을 것이다. 그의 문체는 꼬이거나 매듭진 곳 없이 단단히 압축되어 있어 다이아몬드처럼 소화시키지 않고 삼킬 수 있는 문체다.

8월 23일

새벽 5시 30분에 월든 호수에 가서 멱을 감았다. 간밤에 큰비가 온 것 같다. 모래사장과 자갈밭에 서너 번 연속해서 소나기가 내린 자취가 남아 있다. 하지만 풀에는 그저 그런 이슬이 맺혀 있을 뿐이다. 이 숲을 걸으면서 그야말로 돼지우리와 다를 바 없는 숲속의 판잣집을 지나치는 경우는 극히 드물다. 어린아이들과 부부, 그리고 늙은 할머니가 맨땅에 쭈그리고 앉아 누추한 삶을 이어가고 있다. 하지만 나는 어린 줄리아 료단이 밤에 잠을 자고 음식을 먹으러 이 집을 날마다 찾아들어간다는 게 믿기지 않는다. 마을의 신사숙녀들도 이 가족에게 얼마쯤 관심을 갖고 있다. 하지만 그들에게 자선은 어떤 의미를 지닐까? 그들은 여기에서 평온한 삶을 산다. 어떤 면에서는 구빈원이나 양육원보다 훨씬 못한데도 말이다. 나는 이렇게 구빈원과는 상반되는 자연에 감탄한다. 여기에 오면 가난이 아닌, 자연의 부가 생각난다. 이 세상 재화를 갖는다고 해서 건강과 만족, 그리고 독립이 보장되는 것은 아니라는 것을! 그들을 동정하는 건 현명치 못한 낭비로 보인다.

나는 그저 그런 평범한 일상사에 아무런 흥미도 느끼지 못한 채 사람들 곁을 서둘러 떠나고 마는 나 자신을 못마땅하게 여길 때가 한두 번이 아니다. 사람들의 직업과 거래, 그리고 업무는 나의 정신 속에서 어떤 영향도 끼치지 못하고 또 시의 재료로도 별 쓸모가 없다. 그렇다고 돌다리를 수리하고 있는 저 돌장이들 옆을 지나가는 것을 꺼리지는 않을 것이다. 거기에 시는 없는지, 또 반성의 재료는 없는지 알아볼 것이다. 숲과 들과 같은 자연의 광대한 모습만 보려는 것도 일종의 편협함이다. 위대한 지혜는 사람들의 일상과 관련을 맺을 수밖에 없다. 여기 태양 아래 서서 땅에 그림자를 드리우는 저 사람들을 일종의 나무라고 여기지 못할 까닭이 어디에 있겠는가? 짐승을 만나면 기뻐하듯이 사람들을 보고 즐거워할 수도 있는 것 아니겠는가? 짐승이 사람보다 나은 것은 사실이지만 사람도 짐승이 아닌가? 흔히 사람들은 보다 높은 거룩한 삶을 강조하기 위해 삶의 비천함을 들먹거리곤 한다. 그래서 삶이 애처롭다면 그것은 핑계거리에 불과하다. 그렇더라도 삶이 비천하다는 것을 굳이 부인할 필요는 없다. 사람들의 비천한 삶과 일에 대한 연민을 표현하기를 게을리하지는 말아야겠다.

길가에서 뱀 한 마리를 보았다. 뱀이 살아 있나 싶어 발로 뱀을 건드렸다. 뱀은 입 안에 두꺼비 한 마리를 물고 있었는데 제 입보다 세 배나 넓게 턱을 벌리고 두꺼비를 삼킬 태세였다. 하지만 급히 먹이를 버리고 달아났다. 두꺼비는 비명을 지르거나 졸도할 정도로 놀라지 않고, 내가 자신의 명상을 방해라도 했다는 듯 잔뜩 진흙이 묻어 햇빛에 번들거리는 궁둥이와 뒷다리로 생명의 은인인 나를 피해 한가로이 뛰어갔다. 그 모습을 보며 나는 두꺼비가 갖고 있는 건강한 무관심이 얼마나 놀라운 것인지 생각했다. '그래도 여기는 땅이 넓지 않은가?' 하고 두꺼비는 자문하고 있는 것이다.

8월 26일

오늘 찬바람이 거세게 불어 관목들이 모두 고개를 숙이고, 교목들이 흔들렸다. 7월에는 이런 바람이 불지 않는다. 찬바람이 불더라도 그 세기와 지속성에서 많은 차이가 있다. 나날이 바람이 거세지고 차가워진다. 그러다가 결국 황혼녘이나 되어서야 잔잔해진다. 이제는 산책을 나갈 때 어쩔 수 없이 외투를 껴입어야 한다. 땅에는 낙과가 흩어져 있다.

솔숲에서 부는 바람소리가 파도소리 같다. 이 소리 탓에 귀뚜라미 노랫소리도, 소달구지 지나가는 소리도 거의 들리지 않는다. 이 거센 바람을 맞받으며 가는 소달구지는 갈 길을 재촉하지 않으면 안 될 성싶다. 자연의 영향으로 자꾸 마음이 불안해지고 동요되기 때문에 고요히 생각에 잠기기가 어려워진다. 이렇게 바람 부는 소란스럽고 북적이는 날이면 가벼운 것들은 모조리 흩어지고, 짚과 낙낙한 잎들이 그 위치를 바꾼다. 분명 자연의 경제에는 이렇게 바람 부는 날이 없어서는 아니 될 것이다. 이 고장 전체가 일종의 바닷가고, 바람은 이 바닷가에 부서지는 파도다. 바람이 불면서 잎의 아랫면이 하얀 은빛으로 파닥인다. 이렇게 풀과 나무들이 시달리는 건 무엇 때문일까? 수액이 더 이상 올라오지 않고, 줄기가 강해질 것을 알리는 첫 선언이 아닐까.

8월 28일

시인이란 결국 자신의 마음을 주시하며 사는 사람이다. 드디어 그 노시인은 고양이가 쥐를 들여다보듯 자신의 마음을 정밀하게 들여다볼 수 있는 경지에 이르렀다.

나는 진기한 것, 예컨대 허리케인이나 지진 같은 것들은 생략하고 평범한 것만을 말한다. 여기에 대단한 묘미가 있다. 이것이야말로 시의 진실한 주제다. 나에게 평범한 일을 맡겨주기만 한다면 나는 누가 특이한 일을 전문 분야로 삼든 상관하지 않겠다. 이 세상에서 가장 작은 몫─미천한 인생, 낡고 초라한 오두막, 무미건조한 일상, 불모의 들판─을 나에게 주되 내가 시적 자각만 풍부하게 가질 수 있게 해달라. 나에게 다른 이들이 소유하고 있는 것들을 볼 수 있는 눈을 갖게 해달라.

8월 31일

꽤 무성하게 자란 허클베리 관목에 말벌이 집을 지었다. 나무줄기가 벌집을 꿰뚫고, 잎들이 벌집을 덮고 있다. 이 녀석들은 정말 기가 막히게 식물을 이용한다. 이 위대한 녀석들이 잇따라 집으로 들어간다. 하지만 나는 이들이 날아오는 모습은 보지 못하고 그저 입구에서 윙윙거리는 소리를 듣고 그 희끄무레한 배를 볼 따름이다. 이렇게 5분 정도 벌집 앞에 서 있었으나 이들이 나를 눈치채지 못하다가 드디어 두 마리가 입구에서 상의를 하는 듯싶더니 한 마리가 나에게 달려들어 위협을 가하고는 집으로 돌아간다. 나는 그 충고를 받아들이고 물러난다.

농부들이 옥수수순을 자르기 시작했다. 못 보던 꽃 한 송이가 피어 있다. 끼고 다니는 식물학 서적을 펼쳐보니 '망초'라 한다. 이 이름이 너무나 놀랍고 실망스럽다. 나의 호기심과 기대를 완전히 짓밟는 모욕 같다.

해 지기 30분 전쯤 식물 조사차 강가 진창에서 실미나리아재비 등속을 살펴보다가 고개를 드니 강 위로 밤이 다가오고 있다. 이 시각의 경치에는 오감을 깨우는 고요한 아름다움이 들어 있다. 해가 서쪽으로 지고 햇살도 거의 사그라졌으나, 잔광이 강과 버드나무와 부엽들을 전보다 더 밝게 밝힌다. 이어 빛이 버드나무 줄기에 직각으로 떨어진다. 나는 아래가 물에 잠기고 잡초 같은 이끼에 덮인, 늙은 갈색 바위에 앉아 있다. 내 옆에는 잇꽃이 피었다. 평범한 하루해는 지나갔다. 대기가 식고, 잔잔해지고, 맑아진다. 그러면서 어스름이 짙어지고 고요함이 깊어져 생각에 잠기기에는 그만이다. '생각에 잠기는 저녁'이다. 저녁의 서늘함이 한낮의 아지랑이를 응축시켜 공기가 투명해진다. 물체의 윤곽 또한 견고해지고 분명해지고 깨끗해진다. '순결한 저녁'이다. 나는 방금 멱을 감고나서 기운이 왕성한데도 생각을 절제할 수 있다. 누구나 멱을 감고나면 대낮이라도 아침, 저녁의 삶을 깨닫는다. 저녁 공기는 몸과 마음에 감기는 멱이다. 뙤약볕 밑을 하루 종일 걷고 나면 큰길이든, 숲이든, 들이든 세상 모든 것이 하찮아진다. 그러다가 저녁 해가 서쪽으로 넘어가고 바람도 잔잔해지면 이슬이 맺히면서 공기가 투명해지고 깨끗해진다. 호수와 강이 거울처럼 맑고 고요해져 하늘을 되비친다. 나 또한 최고의 상태에서 아름다움을 느낀다.

이 강은 그야말로 풍요롭다. 남미 원시림에 대한 글을 읽으면서 느꼈던 풍요로움이 이 강에 가득하다. 울창한 갈대숲, 갈대숲 가를 따라 펼쳐진 깊은 진창! 우리 주변을 떠돌며 우리를 따라오는 저 원시 섭금류涉禽類 새들만이 밟을 자격이 있을 것 같은 선사 지질시대의 태고적 바위. 우리가 예감하던 계절이 다가온 느낌이다. 물에 하늘이 비치는 것은 나의 마음이 하늘을 비추고 있기 때문이다. 마음 자체가 고요하고 투명하고 평온하기 때문이다.

사향쥐가 멱을 감던 물로 들어가 나도 멱을 감는다. 몸을 일으키자 몸에서 물이 뚝뚝 떨어진다. 나는 한없는 기쁨에 새로운 활력을 얻는다. 이 물은 자연이 제공하는 약탕이다. 물고기 한 마리가 물 위로 튀어오른다. 강에 잔물결이 일렁인다. 자연은 얼마나 넓고 풍요로운가! 내가 물려받은 유산이 결코 적지 않다. 이곳에는 나 이외에는 아무도 없다. 이 휴양지는 매우 넓지만 모두 내 것이다. 이 세상의 소유자이자 독재자인 내가 이 영토에 아무도 들어오지 못하도록 칙령을 내린 것만 같다. 콩코드에는 2천여 명이 살고 있다. 하지만 매일 10여 킬로미터씩 걷는데도 콩코드 주민 한 사람도 만나지 못하고 광대한 땅과 지평선만 보고 돌아오곤 한다. 사람이 지나다닌 자취조차 찾아보기 어려운 날도 많다. 생각 속에는 사람이 2천 명이나 되지만 눈에는 한 사람도 보이지 않는다. 숲속에서 되도록 많은 시간을 보내면서 내가 문명의 이점을 소유한 사회의 신입생이나 숲으로 들어가 버린 자연인이 되기를 원한다. 그래서 인간의 관습, 제도와는 다른 방식으로 사고하면서 살기를 원한다. 개똥지빠귀와 어치 울음소리가 지금 귀에 가득하다. 소음 하나하나가 깨끗한 거울에 낀 얼룩과 같다. 땅속 푸른 하늘인 강에는 지금 붉은 색조의 구름이 깔리고 있다.

우리는 이 고요하고 신성한 시간을 그저 저녁을 먹는데 쓰고
만다. 이런 버릇으로 인해 해 지는 시간이 한낮에서 나온 시간과
밤으로 들어가는 시간이 만나는 하찮은 시간이 되고 만다. 야외에
나가서 지는 해와 떠오르는 별을 바라보며 저녁을 먹는 것은 어떤
가. 차와 함께 이슬 머금은 맑은 저녁 공기를 들이마시고, 빵과 버
터와 함께 붉은 서쪽 하늘을 한 조각 받아먹으면 어떨까. 단지에서
끓어오르는 물이 수많은 호수와 강과 풀밭에서 올라오는 수증기
라면 더 좋지 않겠는가. 이 시간의 골짝 공기는 낮 동안에 대기를
채우고 흩어진 저 모든 방향을 농축한 에센스다. 상층 대기를 떠돌
던 맑은 향기가 이 낮은 골짝으로 내려앉은 건지도 모른다.

9월 1일

질병은 존재의 규칙이 아닐까? 강 위로 떠다니는 넓은 수련 잎
치고 벌레 먹어 구멍이 뚫리지 않은 잎은 없다. 거의 모든 관목과
교목이 혹을 갖고 있다. 때로는 그 혹이 나무의 귀한 장식물인 것
만 같다. 열매와 구별하기도 어렵다. 만일 비참함이 같은 비참함을
사랑한다면 비참함은 많은 동료를 갖게 될 것이다. 한여름인 지금,
병들지 않은 잎이나 과일이 있다면 나에게 보여다오.

9월 2일

기쁜 마음으로 글을 써야 진실하고 완성된 글이 나온다. 몸과 감각이 정신과 협력하지 않으면 좋은 글을 쓸 수 없다. 인격이 표현된 글만이 생동감을 지닌다. 지성은 심장, 간 등의 도움을 받지 않고서는 생각을 표현할 힘이 없다. 나는 머리가 바짝 말라 있어 침례를 시켜야 한다고 느낄 때가 드물지 않다. 글을 쓰는 작가는 자연을 기록하는 서기관이다. 작가는 글 쓰는 옥수수, 풀, 대기다. 하고 싶지 않은 일을 열정적으로 할 수 있는 사람은 아무도 없다. 하지만 정신의 성숙은 어쩌면 정신의 메마름과도 어느 정도 연관되어 있을지 모른다.

읍민들이 전혀 눈치채지 못하는 사이에 내일이나 모레쯤 마을을 지나가는 전선을 통해 첫 번째 전보가 전달될 것이다. 생각이 공간을 가로지르는 셈이다.

짙은 안개 일부가 남아 낮까지 이어진다. 농부는 밭에 심은 작물에 관심을 갖지만 나는 내 인격의 농장이 비옥한지에 관심을 갖는다. 수세기에 걸쳐 반짝이고 바스락거리며 대기에 향기를 풍길 작물 중의 작물인, 여문 생각이라는 작물에 영향을 미치는 바람과 비를 지켜볼 것이다. 지금이 가뭄인지, 얼마나 오랫동안 비가 안 왔는지, 샘물은 잘 솟아나는지 지켜볼 것이다.

9월 3일

지난달 29일에 절벽에 앉아 있을 때 한 사내가 강가 들판에서 말을 끌고 진흙을 나르고 있었다. 그 농부와 말의 관계가 내 주의를 끌었다. 말은 꼬리로 파리들을 쫓아내고 있었으나 그저 살아 있는 기계에 불과해 보였다. 그의 존재 전체는 독립과 자유에 관한 어떤 전통도 따르지 못한 채, 심지어 천성조차 지니지 못한 듯 농부에게 종속되어 있었다. 야생에서 자유롭게 지내는 시간이 전혀 없기에 철저히 인간화되어 있었다. 그럼에도 그는 토요일 오후나 일요일, 또는 어떤 휴일이 있어야 한다는 계약도 체결하지 못했다. 그의 독립은 전혀 인정받지 못하고 있었다. 사람과 말 쌍방 모두 예전에는 말이 자유로웠다는 사실을 까마득히 잊고 있다. 나는 길들여진 말의 후예가 아니고, 본시부터 야생인 말이 여전히 어딘가에 살고 있다는 말을 들어보지 못했다. 그는 농부를 도와 둑을 허물어뜨리고 흙을 나르는 일을 하고 있었다. 자신을 위해서는 꼬리를 흔들어 파리들이 가까이 오지 못하게 하고 이따금 풀이나 잎을 한입 가득 뜯어먹을 뿐, 나머지는 모두 농부를 위해 움직이고 있을 뿐이었다. 그가 이 목적을 위해 과연 살아 있어야 하는 것일까? 농부가 말을 훈육시키지 않은 건 분명했다. 말의 천성을 발전시키려는 어떠한 시도도 하지 않고 그저 일만 시킬 뿐이었다. 저 살아 있는 물질 덩어리는 어떤 무생물보다 더 철저히 인간에게 예속되어 있었다. 노예에게는 휴일이라도 있다. 그래서 그들에게는 천국이 용인된다. 하지만 이 말에게는 아무 것도 없다. 그는 앞으로도 계속 인간의 노예일 뿐이다. 하지만 좀 더 생각해보면 농부 또한 말과 그다지 다를 바 없는 처지인 듯하다. 둘 중에서 그의 의지가 좀 더 강한 것뿐이지 않은가. 조금 떨어진 곳에서 한 아일랜드 사람이

삽질을 하고 있었는데, 그 사람 또한 말에 못지않게 잘 길들여져 있었다. 그는 어느 정도까지는 독립을 인정받는 계약을 맺었으나 사실상 약간 더 독립적인 것에 지나지 않았다. 나는 늘 말을 무의식적으로 야생에 사는 자유로운 종족처럼 여겨왔다. 인간의 지배 아래 놓이지 않은 것은 모두 야생이다. 이런 의미에서 사회에 길들여지지 않은 독창적이고 독립적인 사람들 역시 야생의 사람들이다. 나는 말의 천성을 존중하고 싶으므로, 간섭하기보다는 그가 가고 싶은 곳으로 가서 먹고 싶은 것을 먹고, 사랑하고 싶은 것들을 사랑하도록 풀어주고 싶었다. 하지만 인간들은 그를 그저 엔진에 불과한 것으로 취급하고 있다. 모든 다람쥐가 원두 분쇄기를 돌리기 위해 태어난다고 가정해보라! 가젤이 우유 배달 마차를 끌기 위해 태어난다고 가정해보라!

말은 주인의 취향 때문인지, 아니면 일에 방해가 되어서인지 꼬리가 잘려 있었고, 갈기 또한 깎여 있었으며, 오래 신기기 위해서인 듯 말발굽에 철제 편자가 박혀 있었다. 이러니 말이란 자유를 잃은 동물이자 제도화한 굴종이라고 말할 수밖에 없지 않은가? 인간 자신도 이렇게 해서 부지불식간에 서서히 노예 상태에 이른 것이 아닐까? 말은 자유를 잃었다. 하지만 이렇게 말에게서 자유를 강탈해 인간은 더 자유로워졌는가? 오히려 인간도 그만큼 자유를 잃어버리고 말처럼 된 것은 아닐까? 고삐 한쪽 끝은 농부의 목에 감겨 있는 것이 아닐까? 여기에서 날마다 말을 빠르게 몰고가는 마구간지기 소년, 말잡이와 같은 저 모든 계층이 생겨난다. 그가 잘린 꼬리로 파리들을 쫓아내고 발을 구르고 버티고 서 있는 동안, 농부가 달구지 가득 흙을 싣고 있다. 강물에 비친 그의 모습이 마치 정사각형을 잡아 늘인 듯한 모습이다.

새로 이은 전선줄 아래에서 전선줄이 하프처럼 진동하는 소리를 듣는다. 아득한 옛날, 영광을 누리던 고매한 인생의 소리가 다시 내려와 우리의 인생을 아름답게 꾸며주고 있는 듯하다.

담쟁이덩굴 잎이 붉게 변해간다. 가을 민들레가 풀밭에 빽빽이 피어났다. 조팝나무 관목 잎들이 얼마쯤 들러붙어 줄기를 덮고 있다. 흔들리는 하얀 지팡이처럼 가장자리 아래에 솜털을 드러낸다.

종종 가랑비 속을 걷곤 한다. 구슬 같은 빗방울에 젖은 자그마한 잡초들이 더없이 아름답다. 맨땅에 피어 있을 경우에 특히 더하다. 이슬에 젖으면 이슬방울들을 입고 싱그럽게 빛나므로 역시 아름답다.

영국의 대도시 주민들은 대개 산책을 나가봐야 공원이나 대로변까지밖에 가지 못한다. 윌킨슨은 "인근 오솔길들이 소유주들의 침해로 점점 사라지고 있다"면서, 이런 오솔길을 걸을 시민들의 권리가 옹호, 지지되어야 하고, 공공기금을 들여서라도 통행 가능한 상태로 유지되어야 한다고 제안한 다음, "땅을 단단히 다지고서 아스팔트를 깐다면 그리 어렵게 않게 길을 보존할 수 있을 것이다"라고 말했다! 그러니 영국 대도시에서 산책한다는 게 어떤 건지 알만하다. 어떤 사람이 다니는 세상이 공원이나 대로변으로 한정된다고 생각해보라. 나 같으면 그런 데 갇혀 있다는 생각만으로도 신경증으로 죽을 것 같다. 이런 조건에서 태어난다는 걸 미리 알 수 있다면 나는 아마 태어나길 주저할 것이다.

9월 4일

오전 8시. 비가 갠 맑고 쾌적한 아침. 채닝과 함께 스토 마을의 분 호수를 보러 떠났다. 작은 모험을 위해 눈에 익은 산과 들을 떠나 멀리 산책을 나가게 되면 여행자나 역사학자의 눈으로 모든 사물을 보게 된다. 평소에는 거의 다니지 않던 다리를 건너가면서 여행자가 되어 관찰하고 해석하기 시작한다. 이런 식으로 고향 마을을 여행자로서 바라보고, 이방인으로 이웃 사람들을 평해보는 것도 가치 있는 일일 것이다.

아무개의 개가 우리를 보자 벌떡 일어나더니 달려와서 짖어댄다. 개의 눈에서 개 주인의 눈을 본 것만 같다. 개뿐 아니라 소와 양도 시간이 흐르면서 주인을 닮아간다. 어느 집 황소는 영리하고 충성스러우나, 어느 집 황소는 심술을 잘 부리고 꾀죄죄하다. 그것은 대개 주인이 키우고 부리면서 자신의 성격을 각인시켰기 때문이다. 그들은 인간화할 뿐만 아니라 특정한 인간의 성격을 닮아간다. 주인 농부처럼 되는 황소와, 농부의 아내처럼 되는 암소와, 그 어린 자녀처럼 되는 송아지들이 얼마나 많은가! 농부가 황소에게 작용을 가하면 그에 따라 황소는 농부에게 반응한다. 물론 서로 동등하게 영향을 미치는 것은 아니다. 각자의 지적 능력에 비례하여 서로에게 미치는 영향의 정도는 천차만별이다. 농부는 황소처럼 건고, 일하고, 생각하고, 느끼고, 믿는다.

우리는 풀밭을 흐르는 냇물을 들이킨 다음, 한동안 앉아 누르스름한 자갈과 물냉이 따위의 잡초들을 살펴보았다. 수면에 가득 이는 그물망 같은 잔물결이 시내 바닥에 그대로 비친다. 황금빛 햇빛이 평탄한 바위 위 잔물결에 번쩍인다. 물결의 씨줄과 날줄이 시내 전체를 덮어 베틀처럼 바삐 움직인다. 순간순간마다 경쾌한 손이 북을 넣고 있다. 이 물결치는 긴 시내는 바로 이 노동의 산물이다. 물이 무척 맑다.

여기 오두막과 냇가에 이르는 오솔길이 있다. 시인이라면 들판을 가로지르는 오솔길 이외의 길로는 걸으려 하지 않을 것이다. 오솔길 정도의 폭이면 높고 원대한 시문을 짓기에 충분하다. 시인은 마찻길에 대해서는 말하지 않는다. 나는 오솔길을 걸으며 세계를 여행하고 싶다. 농부의 마찻길도 필요 없다. 하물며 상업용 철로는 더 말할 필요도 없다. 오솔길 외에 달리 무슨 길이 필요하겠는가? 길 가는 데 발 이외에 달리 무엇이 필요한가? 이 길은 한 인간이 지나다닌 자취다. 몽상하면서 산책하는 이에게 이 길 외에 달리 무슨 길이 더 있어야 하는가? 마차 바큇자국을 따라 걸으면 감정이 죽는다. 인간 세상과 아무리 멀리 떨어져 있더라도 오솔길은 분명 인간의 발길에 의해 생겨났다. 자연 속에 난 오솔길에 흥미를 갖지 않을 수 없다.

우리는 여름철에 다람쥐가 견과를 쌓아놓듯이 겨울철을 위해 경험을 쌓아두는데, 이는 겨울 저녁 대화를 나누기 위함이다. 이럴 때면 나는 여름에 멀리 산책을 나갔던 경험을 떠올리곤 한다.

자신에게 맞는 한 가지 고무적인 주제를 찾아내려면 여러 가지를 화제로 써보고, 갖가지 주제를 시도해보는 것이 현명하다. 자신의 생각을 표현할 기회를 놓치지 말아야 한다. 적당한 비유를 끌어 쓰려 애써야 한다. 우리는 수많은 큰길을 통해 진리를 지각할 수 있다. 순간적인 자극이 아무리 시시하고 변변찮을지라도 대상에서 좀 더 나은 연상을 하려고 애써야 한다. 이밖에 자신이 개선해야 할 점은 무엇인지, 어떤 기회들을 놓치는지 알아야 한다. 마음이 이리저리 오가는 건 공연히 그러는 것이 아니므로, 마음이 이끄는 대로 따라가보라. 마음이 가고 싶어 하는 곳이 어디든지 그곳에 열중해보라. 갖가지 갈피에서 우주를 탐색해보라. 이 욕구에 맘껏 취해보라. 자연이 떡갈나무 한 그루를 얻기 위해 수천 개의 도토리를 지어내듯이 자신에게 알맞은 한 가지 주제를 찾아내려면 수천 가지 주제를 시도해보아야 한다. 현명하고 노련한 사람이란 다름 아닌 다양한 견해를 갖춘 사람이다. 돌, 식물, 짐승 등 수많은 대상이 제각기 무언가를 제시해주고 무언가에 도움을 준다.

우리는 이제 길에서 벗어나 숲과 늪지를 지나 분 호수로 갔다. 분은 호수 서쪽에서 살던 한 정착민의 이름에서 따온 것이다. 그는 소달구지를 몰고 분 호수와 화이트 호수 사이를 지나가다가 인디언들에게 살해되었다. 황소는 말보로 수비대 초소 쪽으로 달아났다고 한다. 호숫가는 꽤 아름다웠으나, 호수는 깊이가 얕아 흙탕물로 보였다.

돌아올 때에는 아싸벳 강 아래 철로를 끼고 걸었다. 땅을 개간하려고 베어낸 잡목들이 사방에 놓여 있고, 잎이 썩어가는 냄새가

났다. 어떤 곳들은 불에 타서 시꺼멓게 변해 있었다. 지평선 위 두어 군데서 연기가 치솟아 오르고 있었다. 올 처음으로 꽤 많은 수의 황금방울새 무리를 보았다.

따뜻한 날이었고, 특히 머리에 내리쬐는 햇볕이 따뜻했다. 나는 초여름처럼 땀을 흘리진 않았으나 직접 닿기라도 하는 듯 이 원숙해진 열기를 생생히 느낄 수 있었다. 갑자기 바람이 동쪽으로 불면서 동쪽 대기가 점차 흐려지더니 전망을 가로막았으나, 서쪽은 여전히 맑았다. 바다를 넘어온 차가운 공기가 육지의 따뜻한 공기와 만나 수증기가 맺히기 때문인 성싶었다. 아지랑이, 즉 건조하고 엷은 안개였다. 이 안개가 차차 서쪽으로 옮겨가면서 서쪽 전망에도 얼마쯤 영향을 미쳤다.

9월 5일

우리 또한 식물과 마찬가지로 공기에 영향을 받는다. 우리는 계절마다 달라지는 공기로 인해 갖가지 기운을 얻는다. 우리가 얼마나 자주 이런 기운을 느끼면서 활기에 넘치는가! 그리고 모든 자연이 이 공중 양식에 최상품 양분을 보탠다.

나이가 들수록 삶이 거칠어진다. 자신을 단련하는 데에도 약간 느슨해진다. 또 어느 정도까지는 자신의 순수한 본능을 잊는다. 음식을 절제하고 정결을 지키는 일에도 얼마쯤 흐트러진다. 하지만 최대한 정신을 차리고 가려야 한다. 모든 지혜는 의식적이든 무의식적이든 단련의 결과다.

9월 7일

우리는 인생이 차고 넘칠 듯하나 아무런 출구도 찾지 못하는 경우를 종종 경험하곤 한다. 고무되기는 했으나 무슨 일로 그렇게 된 것인지 알지 못하기 때문이다. 나는 문학 작품을 쓸 준비가 되어 있음을 느낄 때가 있다. 그러나 무슨 작품을 써야 할지는 알 수가 없다. 나는 생각할 준비 뿐만 아니라 생각을 효과적으로 표현할 준비도 갖추었다. 육체적으로나 지능적으로나 나 자신을 다잡는다. 이윽고 가락이 들리고 내가 그 가락에 발맞춰 가는 듯하다. 내가 먹은 과일즙, 수박즙과 사과즙이 두뇌로 올라와 나의 두뇌를 자극한다. 지금 나는 정신없이 쓸 수도 있다. 칼라일의 저술은 대부분 이와 같은 성격을 지닌다.

극단적인 것에 대해서는 어떤 생각도 어떤 행위도 하지 않으면서 그런 것들은 마치 없는 것처럼 여기는 소심한 사람들에 대해 우리가 무슨 말을 할 수 있겠는가? 그들은 이처럼 아무것도 하지 않는 데 대한 보상으로 무언가를 야만적으로 섬긴다. 그들은 황소처럼 단순해서 생각하고 반성할 힘이 없다. 그들의 반성은 다만 다른 사람의 정신이 반영된 것일 따름이다. 사회제도의 추종자들인 고집 센 보수주의자는 마음의 말을 할 수 없다. 그와의 만남은 삶과 삶의 만남이 아니라 말과 말의 만남이다. 그는 상대방을 피함으로써 상대방을 반박한다. 그는 쉽게 충격을 받는다.

무아경의 상태를 아무런 열매도 맺지 못하는 상태라고 생각할지 모르지만 적어도 무아경의 상태는 다음과 같은 가치 하나는 갖고 있다. 우리는 천재성이 군림하는 계절에는 표현할 능력을 잃을지 모른다. 하지만 우리의 재능이 활동하는 보다 조용한 계절에 우리의 그림을 채색하는 것이 바로 저 희귀한 무아경의 추억들이다. 그 추억들은 우리의 붓이 담길, 영원히 마르지 않는 물감 통이라 할 수 있다. 따라서 어떤 삶의 경험이든 그 물감으로 물들일 수 있다. 그런 순간들이 딱딱한 금은 아닐지라도, 금박처럼 마음의 세간들을 장식해준다.

우리가 제대로 경치를 볼 때 경치는 삶에 영향을 미친다. 경치를 바라봄으로써 살아가는 법, 최고의 삶에 이르는 법을 배운다. 어린 사냥꾼이 사냥감을 올가미에 빠뜨리는 법을 배우듯 세상이라는 꽃에서 꿀을 모아들이는 법을 배운다. 이것이 내가 날마다 하는 일이다. 나는 꽃을 찾는 꿀벌처럼 바쁘다. 나는 이런 용무가 있기에 온 들판을 헤매고 다닌다. 따라서 꿀과 밀랍으로 무겁다고 느낄 때가 가장 행복하다. 나는 하루 종일 자연의 단 것을 찾아다니는 꿀벌과 같다. 내 눈이 이 꽃에서 저 꽃으로 옮겨감으로써 멋진 희귀종이 나올 수분受粉이 이루어질지도 모르는 일 아니겠는가?

9월 12일

아침 8시가 지나서야 안개가 걷혀 나우샤우터크 언덕 위에서 빛나는 해가 보였다. 지금은 안개의 계절이다.

며칠 전에 야외에서 달빛을 받으며 거의 꼬박 밤을 새우다시피 한 나는 이튿날 밤에 아주 깊은 잠에 빠져들었다. 이렇게 밤을 낮 삼아 보내는 것도 어느 정도는 이득이 있으리라. 자신의 천성을 따르느라 피곤해진 것이라면 잠을 두려워할 필요는 없으리라. 사티로스[1]들과 더불어 낮을 보낸 게으름뱅이가 밤에 잠을 자는 것보다 신들과 더불어 밤을 보낸 이가 낮에 더 천진스런 잠을 잔다. 낮에 하찮은 노동을 하느라 피곤해진 이가 밤에 잠을 자는 것보다는, 밤에 요정의 나라를 여행한 이가 낮에 더 천진스런 잠을 잔다. 우리는 잠을 자면서 깨어 살아가는 꿈을 꾼다. 밤에 걷고 있으면 깨어 있으면서 꿈꾸는 것 같다. 우리 나날의 삶이 꿈처럼 보인다.

딥컷Deep Cut[2] 초입에서 아이올러스 하프처럼 떨고 있는 전선 소리를 들었다. 그 소리는 아주 짧은 서름서름한 아름다운 몇 마디 말 같기도 하고 정적 같기도 했다. 나는 전선 소리에서 갑자기 감정을 울리는, 애상이 절제된 깊고 그윽한 감동을 받았다. 그 감동은 논증이나 논박 따위를 거부하는 (일시적이긴 하지만) 승리한 진실의 현현이었다. 그 소리가 희미하게 들리는 상상의 곡조로 나에게 말했다. 한 인간이 들을 수 있는 가장 그윽하면서도 어떤 반대 주장도 모두 거부하는 확실한 곡조로 말하기를 '결코 잊어서는 안 될 더 높은, 무한히 더 높은 인생의 단계가 있다'고 한다. 나는 딥컷으로 들어갔다. 하늘의 말씀을 전하는 바람이 전선 위에 그 말씀을 떨구며 지나갔다. 전선은 몸을 떨고 있었다. 나는 즉시 전신주 밑동 바위에 앉아 그 소식에 귀 기울였다. 그 소리는 내게 다음과 같이 말했다.

"아이야, 마음에 깊이 새겨 결코 잊지 말아야 한다. 지금 네가

---

1. 빈인반수의 숲의 신. 술과 여자를 좋아한다.
2. 월든 호숫가 근처를 지나는 철로를 위해 설치한 해자垓字의 이름.

걷고 있는 삶보다 더 높은 단계의 삶, 무한히 더 높은 단계의 삶이 있다. 그 길은 멀고 험하지만 네 인생을 모두 바쳐서라도 꼭 도달해야 할 소중한 길임을 절대로 잊지 말아라."

그리고 그 소리는 그쳤다. 얼마 동안 더 앉아 있었지만 더 이상 아무런 소리도 들리지 않았다.

영감에도 여러 종류가 있다. 그것도 그저 충만한 상태에서 최고로 황홀한 상태에 이르기까지 다양하다. 어떤 사람의 영혼은 이 전선처럼 한결같은 연주를 들려준다. 전선이 나그네의 귀에는 거의 들리지 않을 정도로 천천히 부드럽게 떨고 있다. 하지만 이내 전선의 탄성과 장력이 허용하는 최대치에서 찢어질 듯 격렬하게 떨면서 소리가 격해진다. 그러다가 다시 잠잠해지더니 아무 소리도 들리지 않는다. 산들바람이 계속 밀려오고 나그네가 귀를 쫑긋 세우고 있는데도 어떤 가락도 들려오지 않는다. 마을에 사무소는 없을지라도 콩코드 마을을 가로지르고 있는 이 전선은 적지 않은 이득을 준다. 당국의 허락 없이 이 쭉 뻗은 전선을 횃대로 쓰는 참새들처럼 나 또한 이 전선을 내 나름대로 사용해보기로 했다. 수시로 마을 우체국을 들리듯, 나에게 어떤 기별이 왔는지 알아보려 수시로 이 사무소를 들러봐야 할 것 같다.

9월 20일

오후 3시. 베어가든힐을 지나 절벽까지 갔다.

일주일 내내 마을 둘레를 돌아다니면서 세속에 물든 평범한 사람들과 뒤섞여 지냈다. 사소한 것들을 거래하느라 몸과 마음이 다 지쳤다. 오늘 지친 몸과 마음을 회복하고, 진실하고 단순하게 사물을 보기 위해 들판을 가로지르면서, 나는 자살만큼 큰 죄를 범했다고 느낀다. 나는 아드메투스 왕을 섬기는 아폴로 우화의 진실성과 그 우화의 보편적 적용 가능성에 경악하고 만다. 사람들이 사소한 일에 말려들어서 얻는 결과는 치명적인 조악함이다. 이른바 선택된 사람들하고만 교제한다고 생각하는 나도 부패할 대로 부패했다. 나의 페가수스는 날개를 잃었다. 파충류로 변해 배로 기어 다닌다. 값싸고 피상적인 삶에 어울리는 모습이다.

시인은 더러움을 피해 멀찍이 떨어져 있어야 한다. 그는 마을의 작은 경계 지역이 아니라 상상의 나라, 요정들의 왕국을 배회해야 한다. 상상 속의 소풍은 끝없이 펼쳐지는 영토를 향해 길을 떠나는 것과 같다. 이에 비하면 한 마을의 경계 지역은 정말 보잘 것 없다.

오늘은 날씨가 따뜻하고 대기가 흐리다. 올해는 서리가 너무 일찍 내려 가을 빛깔이 예년보다 아름답지 않을 것 같다.

9월 22일

어제 오늘 이틀 동안 세찬 가을바람이 불어왔다. 전선은 하프 소리를 더욱 크게 낸다. 특히 오늘 오후의 하프 소리는 전신이 팽팽해졌다 늘어졌다 하면서 음조가 아주 다양했다. 전신주 근처에서 나오는 소리는 확실히 더 빠르게 진동한다. 나는 전신주에 귀를 들이댔다. 마치 전신주의 가는 틈이 음악을 품고 있다가 노래를 낳으려고 산고를 겪는 듯 했다. 마치 전신주 목재의 섬유조직들이 때맞춰 일제히 감동을 받고, 보다 조화로운 법칙에 따라 재배치된 것만 같았다. 음조의 팽창과 변화와 굴곡이 모두 이 목재, 아니 이 신성한 나무에서 퍼져 나가는 듯싶었다. 마치 나무의 진정한 실체가 제 모습을 드러내는 것만 같았다. 나무가 썩는 것을 방지하고 보호하는 데 나무의 구멍을 음악으로 채우는 것만큼 멋진 처방은 없을 것이다! 껍질이 벗겨진 채 숲 속을 떠나 이곳에 세워진 이 야생 나무는 음악을 하기 위해 얼마나 즐거운 기쁨에 떠는가! 전선에서 아무 음악도 들리지 않을 때에도 전신주에 가만히 귀 기울이면 이 나무에서 콧노래가 흘러나온다. 예언자의 정열을 받은 신탁의 나무다.

메아리치는 전신주여! 고대인들은 너를 가지고 얼마나 많은 것을 만들어냈던가! 지구 전체를 에워쌀 엄청난 크기의 하프를 지구상에서 부는 모든 바람의 숨결로 연주하고 있으니, 이 하프는 말하자면 인간의 노동에 대한 명백한 천국의 축복! 시, 음악, 학예를 주관한다는 뮤즈의 아홉 여신에 열 번째의 새 여신을 추가해야 하지 않겠는가? 뮤즈의 아홉 여신도 겸허히 미소 지을 수밖에 없는 이 고귀한 발명품이 인류의 통신을 위한 기이한 매개체라니?

9월 23일

오늘 전선의 하프가 빗속에서 세차게 운다. 나는 전신주에 바싹 귀를 대고 무섭게 용트림하는 소리를 듣는다. 그 소리가 점점 커져 맑은 음으로 바뀐다. 나무의 고갱이 속으로 들어가는 소리 같기도 하고 나무 자체에서 나오는 소리 같기도 하다. 거대한 오르간으로 유명한 어느 성당에 들어가서 오르간 소리를 듣고 서 있는 듯한 느낌이 든다. 나무의 모든 섬유가 팽팽한 수금의 현과 같다. 전신주 근처에 서자 발 밑에서 땅의 떨림이 느껴진다. 전선이 힘차게 진동한다. 전선이 잡아당기는 힘이 너무 커 전신주가 넘어질 것만 같다. 나무 속 벌레에게는 끔찍하고 괴로운 음악일 게 틀림없다. 이보다 더 좋은 구충제는 찾기 힘들 것이다. 벌레가 나무를 공격할 위험은 전혀 없다. 세차게 진동하는 소리가 벌레를 모두 공포로 죽게 만들 것만 같다.

9월 25일

직접 눈으로 보진 못했으나 박주가리 씨앗은 수백 마일을 날아간다고 하니, 뉴잉글랜드에서 맺힌 씨앗이 펜실베니아에 떨어져 싹을 띄울지도 모른다. 푹신한 솜털 같은 가시로 무장하고 비단 같은 부드러운 안감을 덧댄 작은 타원형의 금고에 100~200개가량의 배 모양의 씨앗이 들어 있으면서, 끝이 중심부와 이어진 극히 섬세하고 보드라운 실 다발을 통해 양분을 끌어들인다. 드디어 씨앗이 익어 엄마 나무에게서 양분을 받아들일 필요가 없어지면 젖을 떼고 꼬투리가 서리를 맞고 마르다가 터진다. 씨앗에 양분을 대주던 보드라운 실 다발의 끝이 중심부에서 떨어져나가면서 이제는 멀리 떨어진 들판으로 씨앗을 실어 나르는 거미줄 같이 떠다니는 기구가 된다. 이제 실 다발은 다 자란 씨앗을 그저 뜨게 할 뿐이다. 아주 가는 실보다 훨씬 더 가늘다. 이 계절에 이와 비슷한 방식으로 떠다니는 저 수많은 종류의 기구를 생각해보라. 나는 가을이 내보내는 저 모든 벤처들의 운명이나 성패가 궁금하다. 박주가리 씨앗이 하늘 높이 날아올라 사라지는 모습을 지켜본다.

9월 28일

농부들은 여느 것에 못지않게 철도와 기차에서 불안을 느낀다. 콩코드의 젊은 농부들과 그들의 아내들은 기적 소리를 듣고 세상이 온통 지나가는 모습을 지켜보면서, 다시 말해 누구는 사업차 날마다 대도시로 가고 누구는 캘리포니아로 떠나는 모습을 보면서, 이 한적하고 궁벽한 곳에서 구식 시골 농부의 삶을 계속 이어가야 할지 솔직히 마음을 정하지 못한다. 그들은 철로에서 멀리 떨어져 사는 사람들처럼 초조해한다. 이웃사람들이 너나없이 큰길로 몰려갈 때 큰길과 무연하게 살만한 인품과 용기를 가진 사람은 극히 드물다. 하지만 그들도 세상이 어떻게 돌아가는지 알게 된다면 거기에 끼어들려고 안달하지 않을 것이다.

9월 30일

훌륭한 가락을 내기 위해 원래 뿌리내렸던 곳에서 옮겨져 훈련을 받았다는 옛 크레모나[1]의 나무에 비유할 수 있는 이 나무의 섬유는 상당히 가치가 있으므로 이 전신주를 악기 제조업자에게 비싼 가격으로 내놓으면 어떨까 생각한다. 이 전신주는 음악에 푹 담가 놓았다가 다시 음악으로 말린 것이다. 앞으로 다가올 시대에 하프 재료로 이보다 더 안성맞춤인 재료는 없을 것이다.

10월 1일 오후 5시—

방금 헨리 윌리엄스라는 한 노예를 캐나다 행 열차에 태워 보냈다. 지난 10월 그는 버지니아 주 스탠포드에서 도망쳐 보스턴으로 왔다. 그리고 콘힐의 커피하우스에 있는 샤드랏의 저택에서 지냈다. 그는 어떤 대리인을 통해 아버지이기도 한 자신의 주인과 서신을 교환해왔다. 주인은 그의 몸값으로 600달러를 요구했고, 그는 500달러밖에 구할 수 없었다. 그는 윌리엄스라는 같은 이름을 가진 도망 노예와 함께 구속영장이 발부되었다는 소식을 들었다. 그는 동료 노예들과 고용주로부터 자신이 외출하자마자 경찰관 오거홀과 몇몇 사람이 찾아왔다는 말을 전해 듣고 어젯밤에 걸어서 콩코드까지 왔던 것이다. 그는 개리슨이 준 편지와 케임브리지의 러브조이 씨가 우리 가족에게 보내는 편지를 갖고 있었다. 그는 모금 중인 돈이 오기를 기다리며 우리 집에서 숙식을 해결했다. 정오에 그를 벌링턴으로 보낼 계획이었으나 차표를 사러 역에 가보

---

1. 이탈리아 북부에 있는 도시 이름.

니 보스턴 경찰로 보이는 사람 하나가 서성거리고 있었다. 나는 차마 정오 발 열차로 그를 보낼 수 없었다. 지적이고 품행이 단정한 그는 흑인과 백인 사이에 태어난 혼혈아였다.

10월 4일

마노는 내가 아는 사람 가운데 가장 시적인 농부다. 나는 그에게서 농부 인생의 시정을 가장 잘 느낄 수 있다. 그는 일을 좋아하지만 서두르거나 고되게 일하지 않는다. 자신의 힘을 최대한 발휘하고 노동 자체에서 무한한 만족을 얻는다. 농작물을 팔아서 금전상의 이득을 얻기를 결코 원하지 않고, 또 얻은 적도 없다. 노동이 그에게 주는 만족이 충분한 노동의 대가다. 그는 자신을 괴롭힐 만큼 많은 땅도 가지지 않았고, 억지로 해야 할 정도로 일이 많지도 않으며, 사람을 고용하지도 않았다. 단지 스스로 즐기며 살고 있는 것이다. 그는 소출을 많이 내는 것보다 일을 잘 하는 데 더 많은 주의를 기울인다. 자기 집 헛간의 핀과 못의 내력도 낱낱이 알고 있다. 판자 지붕을 다시 이어야 할 때도 사람을 고용해서 노동의 기쁨을 빼앗기는 일 따위는 하지 않는다. 반대로 농사일 도중 쉬는 짬짬이 숲으로 가서 좋은 리기다소나무 한 그루를 골라 베어낸 뒤에 손수, 또는 소나 수레에 싣고 제재소로 가지고 간다. 그래서 그는 자신의 헛간 지붕의 판자들의 이력도 낱낱이 알고 있다.

그에게 농사일은 수렵이나 천렵보다 더 오래 즐길 수 있는 오락이다. 남보다 서둘러 집 정원을 가꾼 적은 없지만 그의 정원은 어느 집 정원보다 꽃과 채소로 풍부하다. 그의 정원처럼 아름답고 단아한 정원은 마을 어디에서도 찾아볼 수 없다.

그는 곡물을 많이 탈곡하지 않지만 자신이 얻은 곡식에 만족한다. 헛간 마루는 떡갈나무 못으로 단단히 못질해놓았는데 그는 철못보다 나무못을 더 좋아한다. 철못은 녹슬면 집을 망친다는 것이다. 그는 어린아이가 장난감을 가지고 놀듯이 수확할 낟알의 이삭을 낱낱이 매만지며 즐거워한다. 그의 수확물은 아주 귀할 수밖에 없다. 그것들을 시장으로 내간다면 그가 고래고래 고함을 지를 게 분명하다. 그의 땅에는 잡초 씨조차 존재하지 않는다.

그는 바람이 몹시 부는 날이면 늪에 가서 소나무가 바람을 맞아 내는 신음소리를 듣기 좋아한다. 그는 쥐를 잡기 위해 헛간에 고양이 한 마리를 기른다. 음식, 옷, 가구 따위에 욕심을 부리지 않지만 그렇다고 인색한 것은 아니며 다만 단순할 뿐이다. 만일 누이가 먼저 죽는다면 늙어 공립 구빈원으로 가야 할지 모른다. 그러나 그는 부를 원치 않기 때문에 가난하지도 않다. 고되고 힘들게 일을 하면서도 다른 농부들로서는 도저히 이해할 수 없는 즐거움을 얻는다. 류머티즘과 떨리는 손 때문에 늘 고통을 겪지만 아직은 사시사철 건강을 유지하고 있는 것 같다. 그는 책은 손에 잡아본 적 없지만 가장 멋진 언어를 구사하는 사람이기도 하다.

10월 8일

J. P. 브라운의 밭 옆 숲가로 난 길에서 하얀 상수리를 몇 알 주

웠다. 예상과는 달리 쓴맛도 없고 밤 맛에 못지않게 아주 달고 맛있었다. 옛날에 사람들이 상수리를 곡식으로 삼았다는 사실은 그리 놀랍지 않다. 우리 생각과 달리 상수리는 결코 나쁜 음식이 아니다. 달콤한 빵 맛에 뒤지지 않는다. 오랫동안 방치되었던 견과의 맛을 알고 나니 온 세상이 더욱 감미로워진다. 상수리를 다시 인간들과 연관시켜본다. 윤기 흐르는 나뭇잎이 떨어진다. 그 나뭇잎 위로 상수리가 떨어진다. 나뭇잎 위에 떨어진 상수리의 색깔이 인간의 눈에 얼마나 곱게 비쳤겠는가? 상수리가 먹을 수 있는 열매임을 안 것, 그것은 한 사람의 인생 창고에 상상하기 어려울 만큼 큰 수확을 채운 것이다. 만일 달콤하고 영양분 많은 풀을 발견한다면 그 역시 대단히 기뻐할 일이다. 그런 일은 친구를 늘리고 적을 줄인다. 이 저무는 계절에 내가 숲에서 얼마나 더 쉽게 양식을 구할 수 있겠는가! 이 계절에 비둘기와 다람쥐의 양식인 도토리가 나의 양식으로 마련되어 있다. 신성한 도도나[1]의 열매인 도토리.

농부들이 초지를 넓히려 도랑을 파고, 옥수수를 따고, 사과를 모으고, 탈곡한다. 나는 잣밤이 사람의 양식으로 생겨난 것이라고 믿는다. 아가에게 엄마 젖이 그렇듯, 우리의 입맛에 딱 맞는다. 메밀잣밤나무는 사내아이들 사이에서 유명하고, 널리 알려져 있다.

말벌에게 오늘 같은 따뜻한 날은 하늘의 선물이다. 말벌들이 제니 던건의 집처럼 누렇게 변한 버려진 집 깨진 창문에서 윙윙거리고 있다. 숲에서 건초와 같은 마른 잎 냄새를 맡는다. 어떤 느릅나

---

1. 고대 그리스의 도도나에는 신성한 상수리나무 숲이 있었다.

무는 이미 잎을 남김없이 떨구었고, 참피나무 또한 마를 대로 말랐
다. 그러나 소나무는 아직도 솔잎을 떨군다.

10월 10일

이 계절에는 갓 떨어진 바삭바삭한 마른 잎의 색채가 얼마나
보기 좋은지 모른다. 형체와 잎맥이 아직 선명한 막 떨어진 잎에는
여전히 어떤 생명이 깃들어 있다. 밤나무 아래에는 낙엽이 땅을 거
의 뒤덮었다. 바라보든, 만지든, 냄새 맡든, 순수하고 건강한 자연
의 색깔인 황갈색 잎이 가볍고 깊게 누워 있다. 어느 잎에서나 몸
에 좋은 찻물이 우러날 것 같다. 어린 밤나무에서 거무스름해 보
이는 헐벗은 꼭지만 남겨놓고 잎이 바스락거리며 빠르게 떨어진
다. 숲을 걸으면 땅에 깔린 마른 잎, 특히 밤나무, 떡갈나무, 단풍나
무의 잎에서 요란한 소리가 들린다. 지금은 마른 잎을 즐기는 철이
다. 지금은 온 자연이 약용 향기로 가득한 일종의 마른 약초다.

10월 12일 일요일

나는 밝은 나날들이 연이어진 뒤에 오는 이런 구름 낀 소박한
오후를 무척 좋아한다. 생각을 집중하게 해주고, 이 아래의 천국
을 아름답게 만들어준다면, 구름이 하늘을 가린다한들 무슨 상관
이 있겠는가. 귀뚜라미 울음소리가 더 분명하게 들린다. 내 생각이
덜 헤매고, 덜 흩어진다. 나는 전에 내 생각의 흐름이 얼마나 얕았

는지 깨닫는다. 깊은 강은 어둡다. 하늘에 구름이 낀 것과 같다. 바닥에 햇빛이 비치는 얕은 강은 반짝이고 내 뺨에 부는 바람에도 더 많은 의미가 실려 있는 것 같다.

10월 13일

어제 오후부터 계속해서 가랑비가 내린다. 가끔 희미하게 햇빛이 비친다. 지난 24시간 동안 나무들은 많은 잎을 잃었다. 해가 너무 낮게 떠서 그 빛이 땅으로 스며든다. 이제는 가축이건 사람이건 땅에 그늘이 필요치 않다. 그늘보다 온기가 더 소중하다.

요나스 멜빈이 벡스토 습지 근처 바람에 쓰러진 한 단풍나무의 우듬지에서 25파운드의 꿀이 든 벌집을 발견했다고 한다. 교회당 굴뚝의 쓰지 않는 연기 통로에 지금 한 무리의 벌떼가 살고 있다. 이 밖에도 사라진 벌떼는 무수히 많으나 우리는 아직 그 소식을 듣지 못하고 있다.

10월 26일

나는 오늘 아침 크나큰 아쉬움을 느끼며 깨어났다. 나는 꿈속에서 말을 타고 가고 있었는데, 두 말이 서로 물어뜯으며 쉴 새 없이 싸우는 통에 근심 걱정이 많아졌다. 두 말을 떼어놓는 건 오로지 내 몫이었다. 다음에 나는 바다에서 스칸디나비아 사람들이 타는 그런 소형선을 타고 캐나다 펀디 만으로 갔다. 거기서 다시 배를 타고 내륙으로 들어가, 강 수원 근처의 얕은 물을 지나, 미러미시 만과 같은 대서양 만으로 흘러드는 더 깊은 강의 수로로 나아갔다. 문득 나는 다시 작은 놀잇배를 타고 바다를 항해하고 있었다. 닻은 놔둔 채 돛만 올려 닻이 멀리 바다 속에서 질질 끌리고 있었다. 익사한 사람들의 옷에서 떨어져 나온 단추들이 떠 있었는데, 돌연 내가 개를 기르지 않는다는 걸 알면서도 내 개가 보였다. 개는 바닷물에 턱까지 잠긴 채 찬바람에 곱은 네 다리를 움직이며 떠 있었다. 그러다가 다시 풀밭을 걷고 있었다. 걷기여서 평소보다 멀리까지 갔다가 거기서 올콧 씨를 만나 지난번에 우리가 읽은 멋지고 즐거운 시의 대구와 행들을 인용하고 평하기 시작했다. 전혀 알지 못하는 시구였는데도 꿈에서는 꽤 익은 시구들을 몇 개 인용했다. 내가 인용한 시구들은 대략 다음과 같은 것들이었다.

"인생이라는 짧은 막간극은 달콤했도다."
"젊음의 회상은 한숨이라네." 등등.

어느 시구에는 "기억"이라는 낱말도 들어 있었다! 그리고 깨어나는 순간 내가 뿔피리나 클라리넷이나 플루트 같은 악기였다는 생각이 들었고, 희미해지는 노랫소리도 들은 것 같았다. 플루트가 음악이 지나가는 통로이자 매개이듯, 내 몸이 멜로디의 통로이자 매개였다. 그때까지도 내 살은 곡조를 따라 울리며 떨었고, 내 신경은 수금의 현이었다. 그러므로 나는 커다란 아쉬움 속에서 깨어났다. 다시 말해서 온 세상에 퍼지는 영예로운 영감의 통로가 아니라, 단지 쓰레기가 가득 찬 작은 구멍이나 어쩌다가 바람이 지푸라기로 곡조를 울리는 거리나 도랑 같은 통로인 나를 발견했던 것이다.

나는 이 꿈을 어느 정도는 설명할 수 있다. 어제 저녁에는 일기를 쓰지 않았으나, 나는 스칸디나비아 사람들이 나오는 새뮤얼 랭의 여행 보고를 읽으면서 깊은 아쉬움을 느낀 것을 기억한다. 말하자면 나는 형언하기 어려운 만족감을 느끼면서 동시에 아쉬움을 느꼈기에 지난 며칠간의 저녁보다 어제 저녁이 더 풍요로웠다. 나는 깨어나면서 내 몸을 악기로 하여 연주되는 마지막 곡조 또는 악구를 들었다. 꿈속에서 나는 그런 존재였고, 다시 그런 존재가 될 수 있었다. 하지만 지금 내 몸은 그런 악기가 되기에는 얼마나 보잘 것 없는가! 한숨이 터져 나온다.

10월 27일

아침에 깨어나니 눈이 내리고 있었다. 뜻밖에도 땅이 하얗다. 간밤엔 비가 오고 날이 춥지 않았는데 전혀 예상치 못했던 일이다.

내 가슴 속에 쌓인 장애물이 마치 혼자서는 옮길 수 없는 화강암 벽돌처럼 여겨진다. 아침 햇살 같았던 그녀가[1] 이제는 더 이상 새벽별도 저녁별도 아니다. 우리는 만나면 만날수록 더욱더 멀어진다. 만나면 만날수록 우리의 헤어짐은 더욱더 빨라진다. 하늘에

---

1. 에머슨의 부인을 지칭하는 것으로 여겨진다.

서 밝게 빛나던 별 하나가 빛을 잃어가고 있다. 그 별을 제대로 관찰하지 못해서도, 그 별 자체에 무슨 잘못이 있어서도 아니다. 하늘의 운동 방향 자체가 별을 더욱더 멀리 떼어놓기 때문일 뿐이다.

11월 1일

단순 적절하게 사실을 진술하고, 경험을 완전히 소화하고, 분명히 '예'와 '아니오'를 말하는 공명정대한 사람, 풀밭 위를 나는 물새처럼, 새로운 강으로 옮겨간 뱀장어처럼 우리 심장을 꿰뚫었던 순수와 활력이 넘치는 진리를 마음에 굳게 간직한 채 어떤 어려움도 참고 견디는 사람은 참으로 보기 드물다. 사람은 말하기 전에 먼저 알아야 한다. 말로는 부분밖에 설명할 수 없다. 사람들은 절대적인 사물이 아니라 현존하는 제도나 인습에 매인 사물만 말할 따름이다. 진실로 절대적인 사실을 진술한다면 그 진술은 상식의 영역을 나와 신화적 의미나 보편적 의미를 획득할 것이다. 말하라, 그러면 말한 대로 이루어질 것이다. 자기 자신을 표현하려 들지 말고 그 이루어진 사실을 표현하라. 과학의 메마른 눈으로 사물을 보지 말라. 무능한 젊은이의 시심으로 보지 말라. 세계를 단지 혀로 맛보고 위장으로 소화시켜라. 사물들이 아주 드물고 우연한 방식으로만 이야기되는 것처럼 보일지 모른다. 안다면 언젠가는 말할 날이 있다. 사물을 피상적으로만 본다면 인간의 관습과 관련되어 있는 듯 보일 것이다. 나는 깊이 보고 그 이면을 표현하려 했다. 따라서 일상생활을 근거로 한 청중이나 독자는 나의 그러한 의도를 인식하지 못하고 그 의미도 이해하지 못한다. 이해하기 위해서는 어느 정도의 번역이 필요하다. 사냥꾼의 코트에서 사향뒤쥐 냄새가 풍겨 나오듯이 사물의 진리를 존중하는 자의 몸에서는 자연스럽게 진리의 냄새가 풍겨 나오게 마련이다. 진리에 흠뻑 젖어보지 못한 자는 진리를 전할 방도가 없다. 젊은이에게는 열정인 것이 성숙한 이에게는 기질이 된다. 그는 자극이나 흥분이나 열정에 빠지지 않으면서도 자신을 들뜨게 하고 젊음을 자극했던 세상을 가만히 관조할 수 있다. 사물이 의미심장해야 말도 의미심장해진다. 어떤 사물이 경박하고 피상적으로만 이야기되는 이유는 순전히 말하는 자의 잘못일 뿐이다. 신탁도 숙명도 아닌, 듣는 이를 설득하지 못하는 말이 무슨 쓸모가 있겠는가? 무엇보다도 가장 중요한 문제는 독특한 표현이다. 격식은 전혀 문제가 되지 않는다.

사람들은 법의 본질이 강요라는 사실을 인식하지 못하고 스스로를 낮춰 법에 복종한다. 그러나 자신이 법보다 우위에 있음을 느끼면 그 즉시 조심스럽게 법을 개정하여 다시 그 법에 복종한다.

11월 7일

여기저기에서 움푹 꺼졌다 미끄러지며 반짝이는 모래언덕들. 저 멀리 땅의 발판인 모래 비탈들. 바람이 휙 불자 계단으로 오르던 레위족 사제의 옷이 펄럭여 맨살이 드러나듯이 뉴잉글랜드의 옷이 바람에 날려 뉴잉글랜드의 맨살이 드러나는 곳. 나에게는 11월 하늘이 바라다보이는 이 모래언덕이 캘리포니아의 금을 모두

합친 것보다 더 가치 있고 소중하다. 팩톨러스 강가의 모래언덕이 생각난다. 색슨빌의 공장 종소리가 숲 너머에서 울려온다. 그 소리가 나의 환상을 더 분명하게 해준다. 여기 강기슭은 바닷가를 연상시킨다. 멀리 강기슭 근처 모래톱에 앉은 희미한 물체가 물개 두 마리로 보인다. 나는 즐거이 이 모래밭 위에 드러눕는다. 앞으로 수천 년 동안 어떤 인종의 뼈를 고이 묻어두기에 안성맞춤이다. 이 모래밭은 나의 집이자 고향의 흙이고 나는 뉴잉글랜드인이다. 오, 나의 뼈와 근육을 만든 너 땅이여. 오, 나의 형제인 너 태양이여.

11월 9일

채닝과 함께 산책을 나갔다. 여러 차례 채닝도 나처럼 수첩을 꺼내 필기를 하려다가 그만두었다. 그는 곧 수첩을 집어넣고 풍경을 대강 스케치하는 것으로 만족했다. 오랫동안 수첩에 글을 적는 나를 보며 그는 훌륭한, 아주 훌륭한 말만 적어야 한다고 말할지 모른다. 그는 단순한 사실들은 내게 넘겨버린다. 그리고 약간은 심술궂게 말할지도 모른다. "나는 보편성만을 추구한다. 제한된 특정한 것들을 추구하고 싶지 않다."

나 또한 사실 이외의 것들을 적고 싶은 마음이 간절하다. 사실들은 나의 그림의 골격 이상이 되어서는 안 된다. 사람들은 단지 내가 쓰고 있는 신화의 재료여야 한다. 흔한 말로 장사꾼이 돈을 벌고 농부가 농사를 짓는데 유리한 그런 사실들이어서는 안 된다. 내가 누구이고 어떻게 살고 있으며 어떤 생각을 하고 있는가를 말해주는 사실들이어야 한다. 지금 저녁 모임을 알리는 종소리가 포탄 발사 직후 대포에서 솟아나는 연기처럼 우렁차게 울려 퍼진다. 부피가 큰 그 소리가 내가 머물 집이다. 나의 사실은 일반적인 견해에 따르면 사실이 아닌 거짓이다. 나는 의미심장한 신화나 신화적 사실들만을 말하고자 한다. 정신이 지각하는 사실이자 몸이 생각하는 사상, 이런 것들만을 다루고자 한다. 희미하고 몽롱한 형태 또한 소중하다. 보고 있던 구름들이 다 흩어져 사라지고 높디높은 푸른 하늘의 심연을 들여다볼 때의 그 한없는 몽롱함을.

드퀸시가 고전 그리스어 작품들을 프랑스어를 읽듯이 술술 읽었다고 한 말은 진실이 아니라고 생각한다. 살인을 저지른 범인이 밝혀지듯이 작가의 독서도 드러나게 마련이다. 이 저자의 글에 나타나는 그리스 문학에 대한 언급을 보면 이러한 진술에 전혀 부합하지 않는다.

11월 11일

햇빛과 바람을 맞으며 주로 야외에서 사는 사람들은 얼굴이나 손 등이 비바람에 드러나면서 거칠어지듯, 성격 또한 어느 정도는 거칠어지고 두툼해져 일부 타고난 섬세한 감각을 잊는다. 반면에 주로 집안에 머물러 있는 사람들은 일부 감각이 얇아지는 것은 물론 보드라워지고 매끈매끈해지면서 더 예민해질지 모른다. 이 거침과 보드라움을 제대로 균형 잡는 일은 민감한 문제가 아닐 수 없다. 우리가 지금보다 햇빛과 바람을 덜 쐰다면 지적 성장에 미치는 영향을 좀 더 민감하게 받아들일 수 있을지 모른다. 손일을 너무 많이 하면 손이 굳어 섬세한 촉감을 잃어버린다. 하지만 그런 건 비듬처럼 손쉽게 떨어져나갈 것이고, 밤이 낮으로 바뀌고 겨울이 여름으로 바뀌듯 생각과 경험의 조화에서 어떤 자연스러운 해법을 찾을 수 있으리라는 것이 내 생각이다.

내가 두어날 가량 일이 있어서나 몸살 따위로 싫증을 느낄 때까지 방안에 갇혀 있을 때면, 대체로 낯설지만 어떤 부드러움 같은 것이 느껴지고 일부 감정의 문이 열리는 걸 깨닫는다. 고질병 환자처럼 인간에 대한 연민의 정이 솟아나기도 한다. 하지만 이 부드러움, 눈물이 솟구치는 이 부드러움이 무엇에 유익하단 말인가. 이것은 내가 아니라 내 안의 기질에 불과하다. 일전에 슬픈 이야기책을 읽으면서 운 생각이 나서 쓴 웃음이 나온다. 나는 쉽게 감동 받는 체질이 아니다. 나는 지금도 그렇다고 믿는다. 그 눈물은 단지 내 내장이 일으킨 현상에 지나지 않는다. 이렇게 연민의 정을 표출하는 일은 아주 드무나, 부끄러운 일이 아닐 수 없다. 이런 날에는 내 머리에 오한이 든다. 나도 창자가 있다는 걸 안 셈이다. 당시 내 창자는 뒤틀려 있었을 것이다.

지평선의 산들은 한 번도 찾아가보지 않은 이에게도 어떤 아름다움과 매력을 지니고 있다. 마찬가지로 찾아가본 이에게는 또 다른 아름다움과 매력을 지니고 있다. 우리가 올라가본 적 없고, 하룻밤도 야영해본 적 없는 저 지평선의 푸른 산이 영묘한 낙원처럼 보이는 건 사실이다. 하지만 지평선은 이런 식으로 자꾸만 멀어져갈 뿐이다. 이렇게 하여 우리의 삶 전체가 실패라는 것이 증명된다할지라도, 이 실패를 보상해주는 미래의 성공이란 게 틀림없이 있을 것이다. 따라서 미래가 더욱 찬연하리라는 건 변함이 없다.

11월 13일

페어헤이번 언덕까지 갔다.

해가 서쪽 구름 속으로 들어간, 춥고 어두운 오후다. 볼만한 것이 별로 없다. 잎을 떨군 나무들이 초라하게 서 있다. 하늘빛도 거의 보이지 않는다. 내 심장이나 파먹으면서 이빨로 삶을 붙들고 있어야 하는 그런 날이다. 지금은 질긴 나무껍질로 멍에를 만드는 철이다. 자신의 목에 걸 멍에다. 물질과 시간에 매인 나 자신을 본다. 실로 참기 어려운 날이다. 모기도 남김없이 떠났고, 벌레 한 마리 울지 않는다. 귀뚜라미도 겨울 숙소로 들어갔다. 친구들도 오래 전에 떠나버렸다. 혼자 남아 주머니에 손을 찔러넣은 채 언 땅을 걷는다. 아, 하지만 지금이 오히려 깊은 내면에 불을 밝힐 때가 아닐까? 이 차가운 공기 속에서 히코리와 백참나무는 더 밝게 타오르고 있지 않을까? 지금이 저 위대한 '과세평가인'이 내 사람됨에 세금을 매길 때가 아닐까? 내가 소유한 영혼에 매기는 세금. 땅이 얼어 꽃을 딸 수도, 방풍나물 뿌리를 캘 수도, 순무를 뽑아낼 수도 없는 날! 생각은 무엇으로 살아가야 하나? 자신이 하늘에서 훔쳐낸 불이 지금 무슨 쓸모가 있을까? 생각 하나하나가 당신의 뇌를 파먹는 콘도르가 된 것은 아닐까? 올 11월에는 인디언의 여름이 오지 않는다. 영원한 봄의 흔적이 조금도 보이지 않는다. 언 땅을 울리는 내 발소리 외에는 아무것도 들리지 않는다. 얼음과 눈으로 지은 차디찬 아름다움도 보이지 않고, 새나 개구리의 울음소리도 들리지 않는다. 나는 새끼를 배지 않은 암소처럼 메마르다. 땅은 삽질을 허락하지 않을 것이다. 들판 전체가 낡아지고 있다. 틀림없이 머지않아 언 땅에 흰 눈이 내려 쌓일 것이다. 하지만 언덕비탈에서 백참나무 가지에 매달린 잎이나, 여행자를 연상시키는 졸참나무의 붉은 잎처럼 자신 안의 담대한 생각은 겨우내 바스락거리고 있을 것이다. 또는 여름철에도 서늘한 상록의 생각이 눈 덮인 깨끗한 풍경과 대조를 이루고 있을 것이다. 어떤 온천에서는 물이 김을 내뿜으며 여전히 졸졸 흘러내리고 있을 것이다.

햇빛에 반짝이는 피터보로 산 위의 눈을 본다. 이렇게 멀리서 겨울을 들여다보고 있으니 기분이 유쾌해진다. 우리가 아직 도달하지 못한 겨울을 바라본다. 근처 경치는 보잘것없을지라도 지평선의 경치는 단순하고 장대하다. 눈 덮인 하얀 계곡에 햇빛이 환하게 빛난다. 반면에 우리 마을은 온통 응달이다. 찬 북서풍이 불고 있다.

홀브룩의 집에서 메리 에머슨 양[1]과 8시부터 10시까지 두 시간을 보내고 지금 막 그녀와 헤어졌다. 그녀는 내가 아는 여성 중 가장 재치 있고 쾌활하다. 그 어떤 여자와의 대화도 그녀와의 대화만큼 유익하지는 못했다. 그녀에게서는 경솔함을 전혀 찾아볼 수 없다. 상대방이 마음속에 있는 생각을 잘 표현할 수 있도록 도와준

---

1. 랄프 왈도 에머슨의 숙모. 부모를 일찍 여읜 에머슨 형제들을 혼자서 키웠다. 이 당시 그녀의 나이는 일흔 다섯이었다.

다. 그녀는 내가 아는 여자 중에서는 유일하게 사색가가 무엇을 생각하는지 끈기 있게 알아내고자 한다. 그녀가 가는 곳마다 그녀와 관계를 맺은 지식인이 있다. 말동무에게 최상의 생각을 말할 기회를 제공하는 재능이 그 누구보다 뛰어나다. 그것이 그녀의 가장 두드러진 장점이며 내가 그녀를 칭찬하는 가장 큰 이유다. 사고의 편향성에도 불구하고 그녀는 광범위한 생각을 호의를 가지고 받아들인다. 보통 사람들과는 달리 사고에 담긴 지성을 이해한다. 그녀는 보기 드문 천재다. 내가 아는 여성 중에서 여성이라는 것을 의식하지 않고 대화를 나눌 수 있는 유일한 여성이다. 그녀는 시와 철학에 대해 이해력이 깊다. 나는 이제까지 여성과 시적 경험을 허심탄회하게 이야기해본 적이 단 한 번도 없었다. 마가렛 풀러[1] 양만이 고려해볼 만한 유일한 여성이었지만 그것은 그녀를 알아서라기보다는 그녀의 명성 때문이었다. 오늘밤 에머슨 양은 여성은 거의 예외 없이 경박하다, 여자는 약한 그릇이다 등등의 표현까지 써가며 여성의 좋지 않은 면에 대해 이야기했다. 그녀는 어느 가정을 방문하든지 그 집의 부인보다는 그 모임의 '어릿광대'를 더 믿는다고 말했다. 그 점에 대해서는 그 여성의 남편들이 더 많은 의견을 가지고 있을 것이다.

---

1. 1810~1850. 가난 탓에 정규교육은 받지 못했으나 10살 이전에 이미 독학으로 9개 언어를 익혔다. 《다이얼》의 초대 편집장으로, 소로가 기고한 글에 혹독한 비판을 첨가하여 돌려보내기도 했다. 저서로 『1843년 호숫가의 여름』, 『19세기 여성』이 있다.

11월 14일

저녁에 파티에 갔다. 차라리 가지 않는 편이 더 좋았을 모임이었다. 30~40명의 참석자들이 덥고 좁은 방에 모여 떠들고 있었다. 대부분 젊은 여성들이었다. 두 사람을 소개받았다. 한 여성은 박새처럼 명랑하고 수다스러웠다. 물놀이를 하는 행락지의 수영복 사교에 익숙한 여성이니, 나와 같이 건조한 사내에게 재미를 느낄 리가 없다. 또 다른 여성은 예쁘장하다는 말을 듣는 여성이었다. 하지만 나는 그런 얼굴에서 인간미를 느낀 적이 드물다. 그녀 역시 예외는 아니었다. 게다가 주변에서 떠드는 소리 때문에 그녀가 무슨 말을 하는지 알아듣기 어려웠다. 다만 그녀의 입술이 부지런히 움직이고 있다는 것만은 알 수 있었다. 나는 한꺼번에 30~40명이 말을 하는 장소가 아닌, 어느 정도 침묵이 존재해서 대화 나누기에 좋은 그런 장소에 대해 생각해보았다. 오늘 오후만 해도 그런 곳에서 노인 요셉 호즈머 씨와 대화를 나누지 않았던가. 숲에서 그와 함께 크래커와 치즈를 나눠먹었다. 그리 말을 많이 하진 않았으나 나는 그가 하는 말을 모두 알아들었고 그 또한 그랬다. 그는 아주 편하게 휴식을 취하면서 말을 했고, 말하는 사이사이에 크래커와 치즈를 한가로이 입에 물었다. 그래서 그의 일부가 나에게 전달되었고, 나의 일부 또한 그에게 전달되었다고 믿는다.

이런 파티는 젊은 사람들을 결혼시키기 위해 사회가 만들어낸 기구 중 하나일 것이다. 그렇지만 자신이 한 번도 본 적 없고, 상대방 또한 자신을 전혀 본 적 없는 사람들을 만나러 가는 게 무슨 쓸모가 있을까? 내 친구 몇몇은 가끔씩 엉뚱한 짓을 하곤 한다. 그들은 자신이 예쁘다고 생각하거나 예쁘다는 말을 듣는 여성이 있으면 어떻게 하든지 그 여성과 대화를 나눈 다음에 내게 소개시켜주지 못해 안달이다.

고백컨대 나는 사교적인 감각을 잃어가고 있는 모양이다. 그래서 그런지 그저 그런 젊은 여성과 한 30분쯤 이야기를 나눠봐도 아무런 즐거움을 느끼지 못한다. 내 경험에 의하면 젊은 여자들과 교제하는 것은 백해무익하다. 그들은 대단히 가볍고 변덕스러워서 어느 여자가 어떤 장소에 나올지 안 나올지조차 종잡을 수 없다. 나는 뿌리를 내리고 정착한 이들, 일생 동안 변함이 없을 그런 이들과 대화 나누기를 더 좋아한다.

11월 15일

오늘은 비가 내려 집안에 하루 종일 머물러 있었다. 스토에버가 쓰고, 트랩이 번역한 『린네의 일생』을 재미있게 읽었다.

용두사미격으로 시를 짓는 채닝을 위해서는 라틴어 시 작문 공부가 대단히 좋은 훈련이 되리라 생각한다. 늘 무언가를 쓰지 않으면 안 되고 또 문법을 수시로 확인하고 사전을 자주 들여다보아야 하기 때문이다. 어떤 사람도 자신의 모국어 작품을 이제는 죽은 언어인 라틴어로 옮겨 훌륭한 라틴어 작품을 쓰기는 어렵다. 그러나 라틴어로 쓴 자신의 작품을 모국어로 옮겨 더 훌륭한 모국어 작품으로 만들기는 쉽다.

11월 16일 일요일

아주 오래된 낡은 계시가 참되다고 믿는 능력은 세상 사람들에게 최고의 지적 능력이라고 칭송받는다. 반면에 어떤 직접적인 계시, 즉 독창적인 사고는 세상이 혐오하는 미덕이다. 부모들은 자신이 직접 받은 계시를 식탁에서 어린 자녀들에게 말하기를 원하지 않는다. 그보다는 과거의 진리를 표현한 진술에 존경을 표하기를 원한다. 그들은 자신의 가문에서 예언자가 태어나기를 원하지 않는다. 예언자를 저주한다. 이야기를 사고에 한정시켜 본다면, 독창적인 사고야말로 가장 신성한 것이다. 하지만 이 지지부진한 세상은 재기발랄함이 사라져버린 고착된 사고를 가장 신성하게 여기라고 강요한다. 사람들은 지진이 났을 때보다 독창적인 사고를 접할 때 더 당황한다. 우리는 우리 안에서 꿈틀거리는 신성함을 억제하고 억압하면서 우리 바깥의 죽은 시체에게 무릎을 꿇고 경배한다. 나는 이른바 선한 사람들을 많이 만났다. 말할 기회가 있을 때마다 내 안의 신성함이 나에게 준 생각을 그들에게 자유롭게 말했다. 오래 전, 아주 오래 전에 살았던 사람이 있다. 그의 이름은 모세였고, 또 다른 이름은 예수였다. 만일 나의 생각이 그런 이들이 말한 것과 일치하지 않거나 일치하지 않는 듯 보이면 그 선한 사람들은 내가 하는 소리에 귀 기울이지 않았을 것이다. 그들은 자신들이 하느님을 사랑한다고 생각한다. 그런 생각들은 어린이들이 장난감 허수아비를 만들 때 재료로 쓰면 적당할 낡은 의복 쪼가리에 불과하다. 그들이 저 어린이들보다 하느님 나라에 더 가까이 갈 날이 있을까?

린네는 해롭고 추한 식물에 자신이 미워하는 적들의 이름을 붙였다. 따라서 린네의 이름 체계를 받아들인다면 누가 그의 친구고 원수인지 쉽게 알아볼 수 있다. 이보다 더 섬뜩한 복수가 있을까?

오늘 아침에 깨어나기 전에 어떤 생각인가를 했다. 정신이 들고 나서 누운 채 그 생각을 마음에 담아두려고 애썼지만 일어나서도 그 생각을 놓치지 않을 수 있을지 의심스러웠다. 아침 생각을 흘리지 않고 일어나는 것이 누워서 머리맡에 있는 물 컵을 집어 흘리지 않고 물을 마시는 것보다 훨씬 더 어려운 재간이다. 오늘 일기 첫머리에서 표현해보려고 애쓴 생각이 바로 이 생각이다.

11월 17일

법적 소유자가 누구든 간에 모든 물건은 가장 귀중하게 그것을 쓸 수 있는 사람의 손으로 넘어가는 경향이 있다. 이탈리아 박물학자 도나티의 물건을 배에서 훔친 한 도적이 희귀한 아프리카 식물 씨앗이 들어 있는 통을 발견하고서는 마르세유에서 그 통을 린네에게 보냈다. 도나티는 배가 난파되어 영영 돌아오지 못했다.

11월 18일

자신이 여기 있다는 걸 아는 사람은 여기 있다고 말하기 어렵고, 자신이 어디 가는지 아는 사람은 어디 간다고 말하기 어렵다. 자신의 일에 열중해 있는 사람이 일과 무관한 것들을 가장 예민하게 살펴보기에 가장 좋은 조건에 있는 경우가 드물지 않다.(방심한 상태에서의 주의력에 대한 워즈워스의 견해를 떠올려보라.) 가문비나무에 매달려 있는 이끼 같은 것들을 알기 위해서는 아주 오랫동안 그것과 친교를 나누어야 한다. 자고새나 토끼가 자신이 자주 가는 숲을 자세히 알아내 마침내 그 숲의 색채를 띠게 되듯 말이다. 과학자는 지식을 한껏 뽐내 이야기하는 반면에, 나무꾼은 전달하기 어려운 지식을 많이 갖고 있다.

11월 20일

손을 움직여서 열심히 그리고 꾸준히 해야 하는 노동, 특히 야외에서 하는 노동은 문필에 종사하는 이에게 그 가치가 매우 귀하다. 이런 노동은 문필가에게 직접적인 도움을 준다. 나는 6일 동안 숲에 가서 측량을 했다. 저녁에 집에 돌아오면 다소 지치고 힘이 들지만 음악이나 시에 평소보다 훨씬 민감해진 나 자신을 발견할 수 있었다. 방안의 공기 같은 사소한 것들의 모습이나 소리가 나를 황홀하게 한다. 마치 단식으로 왕성한 식욕을 얻은 것과 같다.

12월 12일

오, 나의 연인인 소나무 숲의 자연이여! 잠시 건망증을 겪고 난 후에 다시 돌아온 온전한 기억이여! 배고픈 자가 빵 껍질을 구하듯 나는 이렇게 너를 찾아왔노라.

나는 근 20여 일 동안 측량 일을 하면서 일거리를 쫓아다니느라 이 음식 저 음식 먹어야 하는, 다시 말해 빵을 우러러보는 듯한 거친 삶을 살면서 하찮기 이를 데 없는 생활을 했다. 그러다가 오늘밤 비로소 내 방에 장작불을 피우고 나 자신으로 돌아가려고 애쓴다. 나는 우주를 다스리는 힘과 하나 되기 원했다. 마을에서 멀리 떨어진 한적하고 기름진 초원을 굽이쳐 흐르는 진지하고 헌신적인 삶의 시내에 깊이 잠기길 원했다. 나의 가장 높고 신성한 내적 본성에 맞는 일을 단 한 차례라도 제대로 다시 하기를 원했다. 파릇파릇한 강둑 아래에서 헤엄치는 송어처럼 맑은 생각에 잠기길 원했다. 우연히 찾아든 나그네에게는 깊이 잠겨 수면에 떠오른 거품밖에 보이지 않게 되길 원했다. 나는 멀리 떨어진 생각의 왕국에서 살고 싶었다. 내 삶에 알맞은 수로를 따라, 자연스러운 흐름을 따라 흐르면서 여가와 평정을 얻고 싶었다. 나는 콩코드 마을과 칼라일 마을의 일이 아니라, 돈보다 더 나은 결과를 낳는 일을 하기 원했다.(하나의 성취를 이루기까지 얼마나 많은 인내와 희생과 손실이 뒤따르는가? 단순하게 말하는 법을 배우기까지 얼마나 오래 훈련해야 하고, 얼마나 많은 대가를 치러야 하는가.)

나는 장작불이 타오르는 동안 요즈음 거의 들여다본 적 없는 에머슨의 책 한 권을 집어 아무데나 펼치고 어떤 문장이 나한테 도움을 줄지 알아보고자 했다. 그러면서 며칠 전날 저녁 에머슨과 나눴던 대화를 생각해보았다. 에머슨은 마가렛 풀러가 변덕스럽고 미신적인 관습을 따랐다고 힘주어 말했다. 나로서는 이해하기 힘

든 태도였다. 하지만 에머슨은 마가렛 풀러가 '베르길리우스 점'[1]
과 같은 것들이 실제로 효험이 있다고 여기는 그런 여성이었다고
엄하게 못 박았다. 그녀의 가까운 친구들이라면 누구나 부적, 사
주, 암호 글자, 성경 점과 같은 몇 가지 예를 들 수 있었을 것이다.
'베르길리우스 점'은 그 중 하나였다.

어쨌든 나는 에머슨이 그런 관습을 나보다 훨씬 더 못마땅하게
여긴다는 걸 알 수 있었다. 그의 책을 펼치니 이런 문장들이 눈에
들어왔다. "그가 굳은 신뢰 속에서 꾸준히 나아간다면 잃어버린
채 답답하다고 여겨지는 시간 속에서도 마음 속으로는 쏟아져 들
어오는 보답을 알아차릴 수 있을 것이다. 자신과 마음이 맞지 않는
동료 때문에 지나치게 비탄에 잠길 필요는 없다. … 서로를 돌보는
사회라면 어떤 말을 하고, 어떤 행동을 하고, 어떤 기록을 하든 그
런 적대감에서 나오지는 않을 것이다. 자신이 무엇을 읽든, 무엇을
하든 그다지 큰 문제가 되지는 않을 것이다. 학식을 갖춰라. 그러
면 어느 것에서나 배워야 할 점이 있다." 등등.

이 글 대부분이 내 마음에 쏙 들었다. 여기에 인용한 글 또한
'베르길리우스 점'의 한 좋은 예가 아닐까. 놀라운 도덕적 사실들
을 분명히 나타낸 글이긴 하나, 이 우연의 일치가 무슨 중요성을
지니는가. 나는 낮 동안에 수십 번도 더 생각했으나 나의 판단에
만족하지 못했다. 그러다가 이 글이 내면 깊은 데서 나오는 암시라
는 그런 인상까지는 아니더라도, 이 우연의 일치로 어느 정도 기분

---

1. 베르길리우스의 서사시 『아이네이스』를 펼쳐 손가락에 닿는 구절에서 미래에 대한 충고
와 예언을 구하는 점으로, A.D. 2세기경부터 널리 행해졌다고 한다.

을 풀게 된 건 사실이다.

12월 14일

아이들은 한 주 전부터 스케이트를 타며 즐기는데, 나는 측량
하느라 스케이트를 탈 시간이 없다. 일거리를 쫓아 수시로 얼음장
을 건너다니면서도 얼음이 꽁꽁 얼었다는 사실조차 거의 의식하
지 못했다. 숲에서 열심히 일하는 일꾼들에게는 춥든, 덥든 계절이
그다지 큰 차이가 없다. 올 겨울에는 며칠 좀 추웠고, 2~3일은 꽤
따뜻했던 것으로 기억한다. 하루 종일 밖에 나가 있으니 몹시 춥지
않느냐고 내게 묻는 지인들에게 내가 해줄 말은 이 정도다.

12월 22일

한 벗은 내 인상이 차갑다고 말했다. 그 벗은 싹 틔워 꽃 피우는
봄의 대지처럼 나의 빛이 영속적이고, 나의 열이 고르게 지속됨을
모르기 때문에 그렇게 말한 게 아닐까? 나는 그저 말을 듣거나 말
하고 싶은 게 아니다. 내가 바라는 것은 너와 나의 관계다. 내가 누
군가와 헤어지는 까닭은 말에 실망해서라기보다는 내가 바라는
관계가 환영받지 못하고, 인정받지 못한다고 생각해서다. 내가 바
라는 대로 우리가 진실하고 명예로운 관계를 맺고 있다고 확신할
수만 있다면 나는 그 이상은 요구하지 않는다. 이 점을 내게 확신
시키는 데 말은 전혀 쓸모가 없다.

12월 23일

오늘 아침 깨어나 보니 눈이 내린다. 오래 전부터 내리는 폭설인 양 눈이 거의 수평으로 쌩쌩 달려온다. 정오가 조금 지나자 하늘이 맑아진다. 산책을 나간다. 한 열흘 가까이 무척 가볍고 물기 없는 눈만 내린다. 막 해가 나서 눈으로 덮인 숲을 환하게 비춘다. 멀리 떡갈나무 숲이 장엄하다. 온 천지가 맑고 꿋꿋한 겨울의 얼굴을 달고 있다. 눈 덮인 소나무들이 의연하게 서 있다. 가지가 엇갈린 곳에서는 눈이 오글오글 모여 있다가 이제 온 숲으로 서서히 흩어진다.

12월 25일 목요일

모양과 색채가 아름다운 구름들이 내 상상력에 말을 건다. 어떤 이들은 과학에 근거하여 이 아름다움을 오성으로 돌릴 뿐, 나처럼 상상력에 돌리지는 않을 것이다. 그러나 아름다움이란 아름다움이 암시하는 바이고, 내가 바라는 바는 그것의 상징이다. 과학의 이름으로 아름다움에서 상징성을 빼앗아간다면, 그것은 나에게 아무런 도움이 되지 않는다. 어떤 설명도 하지 않은 것과 같다. 20마일쯤 떨어진 지평선에 붉은 구름 한 송이가 걸려 있다. 당신은 저 구름이 다른 모든 빛을 흡수하고 적색만 되비치는 수증기 덩어리라고 말할 것이다. 하지만 그 말은 전혀 요점에 맞지 않다. 저 붉은 구름이 나를 자극하고, 내 피를 흥분시키고, 내 생각을 흘러가게 하여 형언키 어려운 새로운 상상을 불러일으킨다. 당신은 그 은밀한 영향에 근접조차 하지 못한다. 당신의 설명에 신비한 무언가가, 오성으로는 설명할 수 없는 무언가가 없다면 그것은 불충분하기 짝이 없는 설명이다. 내 상상력에 호소하는 무언가가 없다면 그런 설명이 무슨 쓸모가 있겠는가? 오성을 풍족하게 하나 상상력을 앗아가는 과학이란 피터에게서 빼앗아 폴이 가진 것을 늘려주는 것일 뿐 아니라, 폴에게 주는 것보다 피터에게서 더 많이 빼앗아가는 것과 다르지 않다. 바로 이런 식으로 과학은 오성에게 이야기하고, 오성은 과학에게 보고한다. 하지만 상상력은 그런 보고를 하지 않고, 과학 또한 상상력에게 그런 식으로 이야기하지 않는다. 증기기관에 대한 시인의 보고가 기계공에게는 그다지 도움이 되지 않는 것과 같다. 우리가 이런 식으로 모든 것을 순전히 기계적으로만 안다면 무엇을 안다고 말할 수 있겠는가.

12월 30일

오후에 페어헤이번 언덕을 오르다가 톱질하는 소리를 들었다. 조금 지난 뒤에 벼랑에서 소리 나는 쪽을 내려다보니 아래쪽 200미터 가량 떨어진 곳에서 나무꾼 두 명이 우람한 소나무 한 그루를 톱으로 썰고 있었다. 나는 소나무가 쓰러질 때까지 지켜보기로 했다. 이 소나무는 예전의 울창했던 소나무 숲이 잘려나갈 때 요행히 살아남았던 열두어 그루의 소나무 중에서도 마지막까지 살아남았던 나무였다. 이 나무는 15년 동안 어린 나무들만이 자라는 땅을 내려다보며 고독한 위엄 한가운데에서 바람에 흔들리고 있었다. 나무꾼들은 마치 우람한 나무줄기를 갉아먹는 비버나 해충 같았다. 소나무의 지름보다도 짧은 동가리톱을 든 난쟁이인형 같았다. 나중에 가서 재보니 소나무 높이가 30미터가 넘었다. 우리 마을에서 자라는 가장 높은 나무 중 하나에 속하는 나무였다. 얼어붙은 콩코드 강이나 코난텀 언덕에 서면 화살같이 곧았으나 언덕 쪽으로 약간 기운 이 소나무의 꼭대기를 볼 수 있었다. 소나무가 기울어지기 시작했다. 나는 주의 깊게 소나무가 쓰러지는 모습을 관찰했다. 드디어 톱질이 멎었다. 나무꾼들은 소나무를 더 빨리 쓰러뜨리려고 톱질한 자리에 도끼를 들이댔다. 소나무가 쓰러지기 시작했다. 약 20도가량 옆으로 기울었다. 곧 소나무가 '꽝'하고 쓰러지려니 생각하고 숨을 죽였다. 그러나 잘못된 생각이었다. 소나무는 꼼짝도 하지 않았다. 소나무는 약간 기운 채 여전히 그 자리에 서 있었다. 소나무가 쓰러지기까지는 15분가량이 더 걸렸다. 소나무의 무성한 가지는 여전히 바람에 물결치고 있었다. 한 세기 동안은 그대로 더 거기에 서 있을 듯한 기세였다. 바람은 쏴쏴 하며 솔잎 사이로 불어왔다. 이 소나무는 아직도 머스케타퀴드 강 위에서 바람에 물결치는 가장 위엄 있는 나무 중 하나였다. 햇빛이 솔잎에 반사되어 은빛으로 번쩍였다. 소나무는 아직도 인간이 다가갈 수 없는 자신의 아귀를 다람쥐의 안식처로 내놓고 있었다. 나무 이끼도 어느 것 하나 이 나무줄기를 떠나려 하지 않았다. 이 소나무가 뒤로 약간 기운 돛대라면 언덕은 선체였다. 이제 최후의 순간이 왔다. 나무 근처에 서 있던 인형 같은 인간들이 범죄 현장에서 도망치기 시작했다. 죄의 도구였던 톱과 도끼를 땅에 내동댕이쳤다. 소나무는 아주 위엄 있게 천천히 쓰러졌다. 여름 산들바람에 흔들리는 나무처럼 다시 곧 제자리로 돌아올 것만 같았다. 이제 소나무는 언덕에 쓰러져 계곡 바닥에 몸을 눕혔다. 서 있는 것에 싫증을 느낀 전사처럼, 지친 몸을 초록빛 망토로 감싸며 깃털처럼 부드럽게 땅바닥에 누웠다. 땅과 포옹한 소나무는 자신의 원소를 다시 흙으로 돌려보내기 위해 다시는 일어서지 않았다. 그런데 들어보라. 나는 이 광경을 눈으로 보기만 했지 듣지는 못했다. 그런데 이제 소리가 들려온다. 내가 있는 낭떠러지 쪽 바위에서 귀가 멍할 정도로 큰 소리가 들려온다. 나무도 죽을 때는 신음 소리를 낸다는 사실을 알리려는 것이다. 나무는 땅을 껴안으며 자신의 구성 원소를 흙과 뒤섞는다. 이제 또 다시(그리고 영원히) 사방은 조용하기만 하다.

나는 언덕을 내려가 소나무의 크기를 쟀다. 잘린 부분의 지름이 약 1미터 20센티이고 길이는 대략 30미터가량 되었다. 소나무가 쓰러진 곳에 도착해보니 나뭇가지의 반 이상이 이미 도끼에 찍혀 여기저기 널려있었다. 우아하게 뻗어 있던 우듬지는 유리처럼 언덕 위에 산산이 부서져 있었다. 나무 꼭대기에서는 1년생 어린 솔방울들이 나무꾼의 자비를 호소했으나 이미 허사였다. 벌써 도끼로 나무의 길이를 재고, 이 나무로 어떤 목재를 만들지 표시해두었다. 소나무가 이고 있던 하늘의 공간은 앞으로 200년 동안은 비어 있으리라. 소나무는 이제 단순한 재목에 불과했다. 나무꾼들이 하늘을 황폐하게 만든 것이다. 내년 봄에 머스케타퀴드 강변을 다시 찾아올 물수리는 늘 앉던 자리를 찾아 헛되이 공중을 배회할 것이다. 또 솔개는 새끼들을 보호해주던 고마운 소나무가 없어졌음을 알고 슬퍼할 것이다. 200년 동안 훌륭한 모습으로 자란 나무가, 한 단계 한 단계 서서히 자라 하늘 높이 솟은 소나무가 오늘 오후에 사라져버린 것이다. 올 정월 해동 때만 해도 소나무 꼭대기에서는 어린 새싹들이 온화한 날씨에 기뻐하며 한껏 부풀어 있지 않았던 가. 왜 마을에서는 조종이 울리지 않는가? 내 귀에는 아무런 종소리도 들리지 않는다. 거리에도 숲 속의 오솔길에도 조문객의 행렬은 보이지 않는다. 다람쥐는 또 다른 나무로 뛰어간다. 매는 하늘 저쪽에서 빙빙 돌다가 새로운 둥지로 내려앉는다. 나무꾼들이 다시 그 나무 밑동에서 도끼질할 준비를 하고 있다.

12월 31일

사흘 내내 따뜻한 날이 이어진다. 하늘이 어두워지더니 안개비가 내린다. 화창한 날과 마찬가지로 기운을 북돋워주는 날이다. 평소보다 공기에 더 많은 전류가 흐르기라도 하는 듯 안개비 속에 빛이 잠재해 있다. 이런 겨울철의 따뜻하고 안개 낀 날들은 우리를 들뜨게 한다.

봄처럼 안개 자욱한 날이 깨끗하고, 맑고, 밝은 겨울 하늘을 제대로 보지 못했음을 깨닫게 한다. 겨울 석양이 어떻게 여름 석양과 다른지 생각해보자. 여름 저녁에는 아름다운 푸른 하늘이 펼쳐진다. 그러나 요 며칠간의 저녁 하늘은 호박색이지 않은가. 겨울철 낮 하늘은 별들이 빛나는 여름철 밤하늘처럼 맑다.

소나무들이 껍질이 벗겨진 채 개간지에 서 있다. 솔방울 끝만

간신히 남아 스스로를 감싸주던 벗들의 애처로운 이야기를 들려준다. 여기 한 사나이가 있다. 주위는 헐벗었다. 언덕에는 어떤 벗도 남아 있지 않다. 외로운 여행자는 벗들은 가고 없는데, 왜 자신은 남아 있는지 영문을 모른 채 하늘을 올려다본다.

가장 고귀한 사회로 떠난 고독한 은자

　헨리 데이비드 소로는 할아버지 대에 영국 건지 섬에서 미국
으로 건너와 마지막으로 남은 프랑스인 선조의 남자 자손이었
다. 그의 성격은 강인한 앵글로색슨족의 장점과 이 혈통에서 이
어받은 특징이 독특하게 뒤섞여 있었다.

　소로는 1817년 7월 12일 매사추세츠 콩코드에서 태어났다.
1837년 하버드 대학을 졸업하고 문학 작품을 쓰려 애썼으나 크게
이름을 떨치지는 못했다. 인습 타파자인 그는 대학이 자신에게 큰
도움이 되었다고는 생각하지 않았으나 대학이 그에게 끼친 영향
은 무시할 수 없었다. 이후 소로는 형과 함께 사립학교를 세워 교
사로 일했으나 그리 오래가지는 않았다. 그의 부친은 연필을 만드
는 일을 했는데 소로는 한동안 이 수공업에 종사하면서 당시 제조
되던 연필보다 더 좋은 연필을 만드는 데 몰두했다. 그는 자신의

실험을 끝낸 후 보스턴으로 가서 여러 화학자들과 미술가들에게
자신의 제작품을 선보였다. 그는 런던 최상품에 못지않게 품질이
뛰어나다는 것을 증명하는 인증서를 받고 즐거운 마음으로 집으
로 돌아왔다. 친구들이 모여 "이제 부를 모을 수 있는 길이 열렸다"
며 기뻐하자 그는 돌연 더 이상 연필을 만들지 않겠다고 선언했다.
"나는 한번 했던 일은 다시는 하지 않아. 또다시 연필을 만들 생각
은 없어." 그는 예전처럼 산책을 다니며 다방면에 걸친 연구를 계
속했다. 그리하여 날마다 자연에 대한 새로운 지식을 얻어냈다. 자
연을 꼼꼼히 살피긴 했지만 기능적이고 교과서적인 과학에는 관
심이 없었다. 이런 연유로 그 당시에는 동물학이나 식물학에 대해
일언반구도 언급하지 않았다.

이즈음 그의 동창들은 대개 지적인 직업을 구하거나,[1] 아니면
돈을 잘 버는 일자리를 얻으려고 노력하고 있었다. 대학을 갓 나와
심신이 건강했던 젊은 소로 역시 같은 문제를 놓고 번민하지 않을
수 없었다. 그러므로 가족과 친지의 기대를 저버리고서 인습적인
길을 거부하고 자신만의 고독한 자유를 누리겠다는 결정을 내리
기까지는 쉽지 않았을 것이다. 게다가 그는 자립하려고 애썼을 뿐
아니라 모든 이에게 같은 의무를 부여하는 청렴하고 강직한 성격
이었다. 하지만 소로는 결코 머뭇거리지 않았다. 그는 타고난 프로
테스탄트였다. 한정된 기능이나 직업을 위해 자신의 큰 뜻을 굽히
려 하지 않았고, 훨씬 포괄적인 소명, 다시 말해 사는 것 답게 사는

---

1. 당시 하버드대학에는 과가 없었고, 대학을 졸업하면 대개 교사가 되거나 아니면 자격증
을 얻어 목사나, 변호사, 의사 등의 일을 했다.

길을 개척하려 애썼다. 그가 다른 이들의 의견을 무시하고 대든다면, 그것은 오로지 자신의 믿음대로 실천하고 싶어서였다. 그는 결코 게으르거나 제멋대로 행동한 적이 없었다. 돈이 필요하면 누군가에게 고용되어 오래 일하기보다 보트를 만들거나, 울타리를 치거나, 나무를 심거나, 접붙이기를 하거나, 측량 일을 하는 등 짧은 기간 자신에게 맞는 육체노동으로 돈을 버는 길을 택했다. 소로는 간소한 생활을 했고, 목공 기술을 갖췄으며, 산술에 뛰어났고, 강건한 습관을 지니고 있었기에 세상 어느 곳에 가더라도 능히 수완을 발휘하고, 어느 누구보다도 시간을 적게 들여가면서 생필품을 마련했을 것이다. 그는 이렇게 해서 자신의 여가를 확보했다.

소로는 자신의 흥미를 끄는 야산, 나무 따위의 크기와 거리와 높이, 호수나 강의 깊이와 넓이와 길이, 자신이 오르고자 하는 산 정상까지의 직선거리 따위를 기어코 알아내고야 마는 끈기와 수학 지식 덕분에 측량 기술을 터득했다. 그리고 콩코드 마을과 주변 마을을 두루 다니면서 이 고장에 대한 깊은 지식을 쌓았다. 덕분에 그는 토지 측량사가 되었고, 이는 여기저기를 떠돌아다니면서 자연을 연구하는데 도움이 되었다. 소로의 정확한 측량 기술은 사람들에게 인정받았으므로, 원하는 일거리를 쉽게 얻어낼 수 있었다.

소로는 측량 문제는 쉽게 풀 수 있었으나 날마다 직면하는 더 엄중한 문제들에 둘러싸여 있었다. 그는 모든 관습에 의문을 품었다. 그리고 자신의 모든 실천을 이상적인 기초 위에 놓길 원했다. 그는 극한까지 밀고 가는 프로테스탄트였다. 소로만큼 절제된 삶을 산 이는 찾아보기 어렵다. 어떤 지적인 직업도 갖지 않았고, 결혼한 적 없이 혼자 살면서 교회에도 나가지 않았으며 투표도 하지 않았다. 한번은 세금을 거부하기도 했다. 그는 육식을 하지 않았고, 술을 마시지 않았으며, 담배를 한 번도 피운 적이 없었다. 박물학자였으나 덫도, 총도 쓰지 않았다. 그는 슬기로웠으므로 스스로 사색과 자연의 학자가 되기로 마음먹었던 게 분명하다. 그는 돈을 모으는 재주는 없었으나, 가난하더라도 비열하거나 너절해지지 않는 법을 알고 있었다. 그는 미래를 그다지 걱정하지 않고 자기만의 삶의 방식에 빠져들었던 것 같다. 훗날 일기에 이 점을 재치 있게 인정하면서 이렇게 썼다. "나는 가끔씩 내게 큰 부가 주어졌더라도 내 삶의 목표는 조금도 변함이 없었을 것이고, 이 목표에 이르는 수단 또한 같았을 것이라는 생각을 하곤 한다." 그는 우아한 일상생활을 바라는 어떤 욕구도, 열정도, 기호도 갖고 있지 않았다. 그런 유혹과 맞설 필요조차 없었다. 또한 학식 있는 이들의 세련된 집, 옷, 태도, 이야기 따위를 무가치하게 여겼다. 선한 인디언들을 무척이나 좋아했고, 이런 세련됨을 대화의 장애물로 여겼으며, 가장 단순한 관계에서 사람들과 만나기를 원했다. 그는 만찬 초대를 거절했다. 누구에게나 각자의 길이 있으므로, 어떤 목적을 갖고 사람과 만나고 싶지는 않았기 때문이었다. 그는 이렇게 말했다. "그들은 많은 돈을 들여 떡 벌어지게 만찬을 차려 내놓는 데서 자부심을 느낀다. 하지만 나는 거의 어떤 돈도 들이지 않고 저녁을 내놓는 것을 자랑으로 여긴다." 어느 식탁에서는 어떤 요리를 좋아하느냐는 질문을 받자 "가장 가까운 음식이요"라고 응답했다. 그는 술맛을 좋아하지 않았고, 어떤 악덕에도 물들지 않았다. 그는 이렇게 말했다. "마른 나리 줄기보다 더 해로운 어떤 것도 피워본 적이 없다. 철나기 전에 간혹 그것에 탐닉해서 기쁨을 얻곤 했던 기억만 희미하게 있을 뿐이다. 당시엔 마른 나리 줄기가 흔했다."

그는 생필품을 최소화한 다음 스스로 마련함으로써 부유해질 생각을 했다. 여행 중에는 먼 곳에 볼 일이 있는 불가피한 경우가 아니면 기차를 이용하지 않았다. 그리고 여관에 묵기보다는 값이 쌀 뿐 아니라 쉽게 흥미로운 사람들과 만나고, 원하는 정보도 얻을 수 있는 농부나 어부의 집에서 묵으며 여행을 계속하곤 했다.

소로는 대담하고 강건한 군인 기질을 지니고 있었다. 따라서 나긋나긋한 모습을 보인 적이 거의 없었다. 허위를 드러내고 악폐를 웃음거리로 만들고 싶어 했다. 어쩌면 둥둥 울리는 북소리와 같은 진군 소리를 들으며 한껏 재능을 발휘하며 나아갔던 것이 아니었나 싶기도 하다. 그는 '아니요'라고 말하는 데 조금도 주저하지 않았다. '예'보다는 '아니요'라고 말하는 게 그에게는 훨씬 쉬웠을 것이다. 어떤 제안을 들으면 본능적으로 논박부터 했고, 사람들의 일상적인 사고의 한계를 대단히 못견뎌했다. 물론 이러한 기질은 인간관계를 약간 얼어붙게 했다. 결국 상대가 악의나 거짓이 없음을 알게 되더라도 이러한 기질이 대화를 망쳐버리곤 했다. 그는 너무 솔직하고 외곬이어서 자신과 대등한 상대와는 다정한 관계를 맺기 어려웠다. 그의 한 친구는 이렇게 말했다. "나는 소로를 사랑한다. 그렇지만 그를 좋아한다고 말할 수는 없다. 그의 팔을 잡고 있으면 느릅나무의 가지를 잡고 있는 듯한 느낌이 든다."

소로는 이렇게 금욕하는 은자였으나 실제로는 공감하기를 좋아했다. 어린아이들을 만나면 어린아이의 마음으로 아이들 무리에 기꺼이 끼어들어가 자신이 들과 강에서 겪은 다채로운 일화들을 들려주며 그들을 끊임없이 즐겁게 해주었다. 그리고 언제나 허클베리 파티를 이끌고, 밤송이와 포도송이를 찾아 나설 준비가 되어 있었다. 어느 날에는 한 공개 토론회에 대해 언급하면서, "강연이 청중으로 붐비면 제대로 된 강연이 아닙니다"라고 말했다. 내가 "누구나 읽을 수 있는 '로빈슨 크루소'와 같은 작품을 쓰고 싶지 않은 사람이 누가 있겠어요? 글이 글감을 제대로 다루지 못한 탓에 소수의 사람밖에는 즐길 수 없는 걸 유감으로 여기지 않을 사람이 누가 있겠어요?"라고 말했을 때 소로는 나의 말에 반대하고 나서면서, 소수의 사람들만이 참석하는 강연이 더 좋은 강연이라며 자신의 주장을 굽히지 않았다. 하지만 저녁 식사 시간에 그가 오늘 문화강좌에서 강연을 한다는 것을 알게 된 한 소녀가 그에게 "강연이 내가 듣고 싶은 그런 흥미롭고 멋진 이야기인지, 아니면 아무 관심 없는 고리타분한 철학적인 어떤 이야기인지" 물었다. 헨리는 그 소녀를 돌아보고 잠깐 생각하더니 잠시 뒤 강연에 참석할 소녀와 소녀의 남동생에게도 알맞을 내용이라고 말하면서, 그들에게도 좋은 강연이 될 것이라 믿고 싶어 하는 눈치였다.

소로는 진실의 대변인이자 행동가로 타고난 사람이었다. 그는 이 기질 탓에 줄곧 극적인 상황에 빠져들곤 했다. 어떤 경우에는 모든 마을 사람들이 소로가 어느 편을 택할지, 무슨 말을 할지 알고 싶어 했다. 그는 기대를 저버리진 않았으며, 긴급한 상황에서도 독자적인 판단을 내리곤 했다. 1845년에는 월든 호숫가에 작은 집을 손수 짓고, 2년 동안 혼자 살면서 노동과 공부를 병행했다. 그는 선천적으로 이런 삶이 잘 어울렸다. 그를 아는 사람이라면 아무도 이게 무슨 쓸데없는 짓이냐고 나무라지 못했을 것이다. 그는 마을 사람들과는 다르게 행동했으며 생각하는 방식은 더더욱 달랐다. 혼자 사는 이점이 사라지자 아무 미련 없이 숲에서 나왔다. 1847년에는 나랏돈이 잘못 쓰이고 있다고 생각해 인두세 내기를 거부해서 감옥에 갇히기도 했다. 하지만 한 친구가 대납해준 덕분에 풀려났다. 이와 같은 성가신 일들이 다음 해에도 이어졌으나, 친구의 대납을 받아들였듯 항의는 했더라도 저항하지는 않았던 것 같다. 사실 그는 무엇을 반대하거나 조롱하는 행위를 중요하다고 생각하지는 않았다. 소로는 자신의 의견을 납득할 수 있게 충분히 피력했을 뿐, 자신의 의견이 다수의 의견인 척 한 적은 없었다. 어느 날 그가 책을 빌리려고 대학 도서관에 갔을 때 일어난 일을 예로 들어보자. 사서는 도서 대출을 거부했다. 소로는 대학에서 기숙하는 졸업생, 성직자로 재직 중인 동창, 대학에서 반경 10마일 이내에 거주하는 주민에게만 서적 대출이 가능하다는 규칙과 관례를 알려주는 도서관장에게 규정의 문제점을 따졌다. 소로는 도서관장에게 철로로 인해 거리를 따지던 근거가 파괴되었으므로, 관장의 조건에 따르면 도서관은 쓸모가 없어졌고, 관장과 대학도 쓸모가 없어졌으며, 자신이 대학에서 얻은 유일한 이득이라면 도서관뿐이고, 이 순간 자신에게는 책이 절실하게 필요할 뿐만 아니라 그것도 다수의 책이 필요하다고 설명한 다음, 사서가 아닌 소로 자신이 그런 책들의 진정한 관리인임을 납득시켰다. 요컨대 관장은 소로가 도서관 규정을 아주 우스운 것으로 만들어버리는 녹록치 않은 상대임을 알고는 결국 소로에게 필요한 대로 책을 빌릴 수 있는 특전을 허락했다.

소로보다 더 진정한 미국인은 없다. 소로는 미국과 미국이 처한 상황을 진정으로 좋아했고, 영국이나 유럽의 방식과 기호에 대해 거의 경멸에 가까운 태도를 보였다. 런던을 아는 지인들로부터 뉴스나 재담을 전해 들으면 대개 이맛살을 찌푸리곤 했다. 그가 화를 내진 않았더라도 이런 일화들에서 피곤을 느꼈던 건 사실인 것 같다. 왜 그들은 가능한 한 멀리 떨어져 살면서 각자 혼자 힘으로 서려고 하지 않을까? 그가 찾은 것은 활기 넘치는 자연이었으므로, 그는 런던에 가느니 차라리 오리건에 가길 바랐을 것이다. 소로는 일기에 이렇게 썼다. "영국 어디를 가든 로마인들이 남긴 납골단지, 야영지, 도로, 주거지 같은 흔적을 찾아볼 수 있다. 하지만 뉴잉글랜드는 적어도 로마의 폐허 위에 세워지지 않았다. 우리는 이전 문명의 잿더미 위에 우리의 집을 지을 필요가 없다."

소로가 노예제, 관세, 그리고 더 나아가 정부의 철폐까지 옹호한 이상주의자이긴 하지만, 실제 정치에 개입한 적은 거의 없고, 거의 모든 부류의 개혁가들에 대해 반대의 입장을 취해왔다는 것을 기억해둘 필요가 있다. 그렇지만 그는 반노예 정당에 대해서만은 늘 변함없이 지지와 찬사를 보냈다. 그는 개인적으로 친분을 맺은 한 사내를 특별히 존중하고 존경했다. 캡틴 존 브라운이 체포되자 소로는 처음으로 존 브라운을 옹호하는 집회를 열기로 작정하고서 일요일 저녁에 공회당에서 존 브라운의 인품과 처지를 알리는 연설을 할 터이니 빠짐없이 와달라는 통지를 콩코드의 거의 모든 집에 보냈다. 그러자 공화당 노예폐지위원회는 그에게 아직은 시기상조이니 자제하는 편이 좋겠다는 전갈을 보냈다. 그는 이렇게 응답했다. "내가 통지를 보낸 건 충고를 바라서가 아니라 내가 연설을 한다는 걸 알리기 위해서입니다." 공회당 홀은 일찌감치 각 정파의 사람들로 꽉 들어찼다. 그들은 소로가 영웅에게 보내는 진지한 찬사에 귀를 기울였다. 놀랍게도 이 연설을 듣고 존 브라운에게 공감하게 된 사람들이 적지 않았다.

고대 그리스 철학자 플로티노스는 자신의 육체를 부끄럽게 여겼다고 한다. 여기에는 나름 타당한 이유가 있다. 그의 육체는 의지대로 따르지 않는 형편없는 종복이었고, 추상적 지능에 능한 이들이 흔히 그렇듯이 그 또한 물질세계를 다루는 데 그다지 능숙하지 못했다. 하지만 소로는 육신을 충분히 훈련시켜 의지대로 따르게 할 수 있었다. 그는 얼굴이 희고 단신이었으나 체격이 다부졌고, 푸른 눈이 진지하고 강렬했으며, 표정은 엄했다. 말년에는 수염이 덥수룩하게 자라 그의 얼굴을 덮었다. 그리고 예민한 감각을 지녔고, 뼈대가 튼튼하고 강인했으며, 손이 굳세어서 각종 연장을 능숙하게 다뤘다. 그리고 몸과 마음을 조율하는 능력이 놀라울 정도로 뛰어났다. 그는 100미터 정도는 어떤 측정 기구도 사용하지 않고 자신의 걸음으로 정확히 잴 수 있었다. 밤에 숲속을 거닐 때는 눈보다도 발로 길을 찾는 게 훨씬 더 수월하다고 말하기도 했다. 눈으로 나무의 높이를 거의 정확히 알아냈다. 송아지나 돼지의 무게도 장사꾼 못지않게 눈대중으로 알아냈다. 한번은 연필을 무더기로 집어넣은 2말이 넘는 통에서 빠르게 손으로 연필을 끄집어냈는데도 매번 어김없이 연필을 12자루씩 꺼낸 적도 있었다. 그는 수영, 달리기, 스케이트, 노 젓기에 능숙했다. 마을 걷기 대회를 연다면 그를 따라갈 사람은 아마 거의 없을 정도였다. 그는 언제나 성큼성큼 걷고 싶다고 말했다. 그가 걸어간 거리가 그대로 저술의 길이로 이어졌다. 그는 집안에 갇혀 있으면 거의 아무 것도 쓰지 못했다.

소로는 스콧의 소설에 나오는 직물 제조공의 딸 로즈 프래먹처럼 동시에 두 가지 일을 능숙하게 해내기도 했다.(직물 제조공은 자신의 딸이 무명과 삼베를 재면서 동시에 금실로 짠 천과 태피스트리도 짤 수 있는 자와 같다고 칭찬한다.) 소로의 슬기로움은 언제나 새로웠다. 내가 산에서 나무를 심다가 도토리를 반 말 정도 주웠을 때 그가 대부분은 썩은 거라면서 성한 도토리들을 골라내준 적이 있었다. 하지만 고르는 데 제법 시간이 걸리므로 그가 말했다. "물에 집어넣으면 성한 것들은 가라앉을 것 같구먼요." 실험삼아 해봤더니 그가 말한 대로였다. 소로는 정원, 집, 헛간과 같은 것들을 직접 설계해 손수 지을 수 있었고, '태평양 탐험대'와 같은 모험 단체라도 능히 이끌 능력을 지니고 있었으며, 개인의 일이든 공공의 일이든 심각한 문제가 생기면 그에 대해 적절히 자문해줄 수 있었다.

소로는 늘 오늘을 살았고, 지난날의 기억으로 괴로워하지 않았다. 어제 새로운 제안을 했더라도 오늘 또 다시 어제에 못지않은 획기적인 제안을 내놓곤 했다. 자신의 시간을 소중히 여기는 부지런하고 근면한 그는 마을에서 여가를 누리는 유일무이한 인물로 보였다. 언제라도 마음이 내키면 소풍을 떠나고, 늦도록 대화를 나눌 채비가 갖춰져 있었다. 으레 이렇게 하루하루를 빈틈없이 살아갔으나, 못마땅한 일이 닥치면 그의 신랄함이 여지없이 발휘되곤 했다. 소로는 단순한 식단의 음식을 먹기 좋아했으나, 어느 날 누군가가 채식을 강권하자 그는 무얼 먹느냐는 그다지 중요한 문제가 아니라면서 "들소를 총으로 쏴서 잡아먹는 사냥꾼이 그레이엄 하우스에서 기숙하면서 통밀을 먹는 사람보다 더 잘 살아요"라고 말했다. 또 언젠가는 이렇게 말했다. "철로 가까이에서 살아도 세상모르게 잠들 수 있습니다. 자연은 어떤 소리에 귀 기울일 가치가 있는지 잘 알고 있어요. 기차 바퀴 소리나 경적 소리는 무시하려면 무시할 수 있습니다. 마음이 경건하면 주변 모든 게 조용해집니다. 마음의 환희를 방해할 순 없죠." 그는 먼 데서 희귀한 식물을 보고나면 머지않아 자주 가는 곳에서도 같은 식물을 찾아내곤 한다며 이런 일들이 자주 되풀이된다고 적고 있다. 뛰어난 선수에게만 일어나는 이런 행운이 그에게 종종 일어나곤 했던 것이다. 어느 날 그가 낯선 이와 함께 걷고 있었다. 그 사람이 인디언 화살촉을 어디에 가야 찾을 수 있느냐고 묻자 그는 "어디에서나요"라고 대꾸했다. 그리고 즉시 몸을 구부려 땅에서 화살촉 하나를 집어 들었다. 워싱턴 산의 터커만 협곡에서는 비탈에서 굴러 발을 삔 적이 있었다. 그는 쓰러진 자리에서 일어나다가 난생 처음으로 국화과 식물인 아니카의 잎을 발견했다.

하지만 소로의 은자와 같은 단순한 삶에서 발하던 찬란한 빛은 그가 튼튼한 두 손, 날카로운 지각, 강한 의지를 갖춘 건강한 상식인이었다는 점만으로는 설명이 되지 않는다. 나는 여기에서 중요한 사실 하나를 덧붙이지 않을 수 없다. 그는 아주 드문 부류의 사람에게만 나타나는 뛰어난 지혜를 지니고 있어 물질세계를 수단이자 상징으로 보았다. 시인들이 이런 깨달음의 빛을 얼핏 보고서 자신들의 시에 어떤 광채를 덧보태는 경우가 가끔씩 있긴 하다. 하지만 그에게는 이 통찰이 늘 그를 따라다녔다. 기질 상의 어떤 결점이나 장애가 이 통찰을 가린 적이 있긴 해도, 그는 이 영묘한 시야를 결코 놓치지 않았다. 젊은 시절 어느 날엔가 그가 이런 말을 했다. "내세가 내 예술의 모든 것이에요. 내 연필로는 다른 건 그리지 않을 겁니다. 내 잭나이프로도 다른 건 깎지 않을 거구요. 나는 내세를 수단으로 사용하진 않아요." 이것이 그의 의견, 대화, 공부, 일, 인생 경로를 정한 시적 영감이자 천재성이었다. 따라서 그는 사람들의 엄격한 판관이 됐다. 그는 첫눈에 상대를 알아봤고, 일부 미세한 문화적 특징에는 무감각했으나 상대가 얼마나 통이 크고 무거운 사람인지 상세히 보고할 수 있었다. 그와 대화하다가 종종 갖게 되는 천재라는 인상은 여기에서 비롯되었다.

소로는 닥친 문제를 한 눈에 이해했고, 대화를 나누는 사람의 한계와 부족함을 꿰뚫어 보았다. 누구라도 저 끔찍한 눈을 피해갈 수는 없었다. 나는 민감한 젊은이들 몇 명을 오랫동안 알고 지냈다. 그러다 보면 어느 순간에 그가 바로 사람들이 해야 할 바를 알려줄 수 있는, 사람들이 찾고 있는 바로 그 사람, 사람 중의 사람이라는 믿음을 갖게 될 때가 있다. 소로는 사람들을 결코 애정 어린 태도로 대하지는 않았고, 속 좁은 타성을 꾸짖는 강단 설교자의 태도로 대했다. 그들의 집에 가서든, 심지어 자신의 집에서조차 자신이 그들을 받아들였음을 느릿느릿 인정하거나, 아니면 전혀 인정하지 않았다. 그의 친구들은 가끔씩 이런 말을 나누기도 했다. "소로가 그 사람들하고 걸을까?" "모르지. 소로에게는 산책만큼 중요한 게 없어. 동행을 위해 산책한 적은 없으니까." 소로는 번듯한 파티에 종종 초대를 받곤 했으나 늘 거절했다. 그를 따르는 친구들이 소로에게 자신들이 비용을 댈 테니 옐로우스톤 강이든, 서인도 제도든, 남미든 어디든 같이 가자고 제안한 적이 있었다. 하지만 그들은 모두 그의 단호한 거절에 머쓱해지지 않을 수 없었다. 모르는 사람이 이 이야기를 들으면, 소낙비 속에서 마차를 타라고 권유하는 신사에게 "그러면 댁은 무얼 타고 갑니까?"라고 반문한 영국 패션계의 맵시꾼 브럼멜이 생각날지도 모를 일이었다. 그의 친구들은 어떤 변명도 통하지 않는 저 힐난하는 침묵과 빈틈없이 밀려드는 언설을 아직도 잊지 못하고 있다!

소로는 자신의 재능을 고향 마을의 들판, 언덕, 강을 온전히 사랑하는 데 바쳤고, 그로 인해 모든 미국의 독서인들과 해외의 많은 사람들이 그의 고향 마을을 구석구석 알고 흥미를 갖게 되었다. 그는 자신이 그 둑에서 태어난 콩코드 강을 수원에서부터 메리맥 강으로 합류하는 지점까지 낱낱이 알고 있었다. 소로는 수많은 세월 동안 사철 밤낮 없이 이 강과 대화를 나누었다. 최근에 매사추세츠 주정부가 수자원 조사단을 콩코드 강에 파견해 강의 생태를 조사한 적이 있었다. 조사 결과를 보면, 여러 해 전 그가 개인적으로 조사한 결과와 일치했다. 하상과 강둑, 상공에서 일어나는 모든 일들, 그리고 어류와 어류의 산란과 둥지 짓기, 생활 방식과 먹이 등에 대한 그의 관찰은 한 치도 어긋나지 않았다. 1년에 딱 한번 어느 날 저녁에 물고기들이 포식하다 못해 배 터져 죽을 정도로 강에 가득 모여드는 하루살이 떼, 강 얕은 곳에 손수레 하나 분량의 조약돌들이 원뿔꼴로 쌓여 있는 작은 물고기들의 커다란 둥우리, 샛강을 자주 찾아오는 왜가리, 오리, 흑부리오리, 아비, 물수리들, 강둑의 뱀, 사향뒤쥐, 수달, 우드척, 여우, 그리고 둑에서 울어대는 개구리, 청개구리, 귀뚜라미, 거북이 이 모든 것들을 마을 사람들을 아는 것 못지않게 잘 알았다. 따라서 그는 이들 중 어느 하나라도 따로 떨어뜨려 이야기하면 터무니없는 곡해라고 느꼈다. 그러니 전시된 짐승의 뼈나, 알코올에 담긴 다람쥐나 새의 견본과 같은 것에 대해서는 더 말할 필요가 없었다. 그는 강 자체가 하나의 생물체인 양 그 거동을 이야기하기 좋아했다. 물론 그렇더라도 늘 관찰한 사실에 맞게 정확히 이야기했다. 그는 이렇게 강을 알듯이 이 고장의 많은 호수들을 알고 있었다.

박물학자들은 조사 도구로 현미경이나 알코올 통 따위를 중시한다. 그러나 자신의 고향 마을과 주변 지역을 자연을 관찰하기에 가장 좋은 곳이라고 추켜세우는 자못 진지한 주장에서 드러나듯, 그가 더 중요하게 사용한 무기는 그때그때의 생각과 기분이었다. 그는 매사추세츠 식물상植物相 안에 대부분의 떡갈나무류, 버드나무류, 최상의 소나무류, 물푸레나무, 단풍나무, 너도밤나무, 견과류 같은 미국의 거의 모든 중요한 식물들이 들어 있다고 말했다. 그는 친구에게 빌린 케인의 『북극 여행』을 돌려주면서 "여기 나타난 현상 대부분을 콩코드에서도 찾아낼 수 있을 거야"라고 말했다. 그는 일출과 일몰이 동시에 일어나고, 6개월이 지나면 낮이 5~6분에 불과한 극지가 약간 부러웠던 것 같다. 와추셋 산에서는 이런 놀라운 광경을 결코 볼 수 없었으니 말이다. 그는 어느 날 나와 함께 산책을 하다가 붉은 눈雪을 발견하고서는 콩코드에서도 큰가시연꽃을 찾아낼 수 있을지 모른다고 말했다. 그는 토착 야생초의 변호인이었고, 문명인보다 인디언을 더 좋아했듯 외래종 식물보다는 잡초가 더 좋다고 털어놓았다. 그리고 이웃의 버드나무 콩 버팀대가 자기 밭의 콩보다 더 잘 자라는 것을 보고 기뻐했다. 그는 말했다. "수많은 농부들이 봄여름 내내 호미질을 해대는 데도 어디에나 퍼져있는 이 잡초들을 보라. 시골길, 목초지, 들판, 텃밭 가리지 않고 어디서나 당당하게 솟아난다. 이 얼마나 놀라운 활력인가. 그런데도 우리는 개비름pigweed, 쓴쑥wormwood, 별꽃chickweed과 같은 천한 이름으로 이들을 모욕하고 있다." 그러면서 그는 이렇게 말했다. "이들을 더 훌륭한 이름인 암브로시아, 스텔라리아, 아마란스로 불러야 한다."

물론 세상 만물이 콩코드의 환경 안에 들어 있다고 생각하는 그의 이런 태도는 다른 경도나 위도의 지역에 대한 어떤 무지나 비하에서 생겨난 것은 아니다. 이것은 어느 곳이나 다를 바 없고, 각자 자신이 선 곳이 최상의 장소라는 확신을 익살스럽게 표현한 것에 불과하다. 그는 언젠가 이 생각을 이런 식으로 표현했다. "이 세상에서든 저 세상에서든, 당신 발밑의 한 조각 땅덩이가 어떤 땅덩이보다 단맛이 난다는 걸 느끼지 못한다면, 당신에게는 어떤 희망도 남아 있지 않다고 생각해야 할 겁니다."

소로가 자연을 관찰하는 데 쓴 또 하나의 무기는 끈기다. 그는 떠나간 새, 파충류, 물고기가 다시 돌아와서 하던 버릇대로 왔다 갔다 하다가 호기심에 차서 그에게로 와 그를 바라볼 때까지, 앉아 쉬던 바위에서 꼼짝도 않고 앉아 있었다.

소로와 함께 걷는 건 커다란 즐거움이자 특권이었다. 그는 여우나 새에 못지않게 이 고장을 잘 알았고, 자신이 찾아낸 길로 자유롭게 지나다녔다. 그는 땅과 눈 위에 남아 있는 흔적을 보고서 어떤 짐승이 자신보다 앞서 길을 지나갔는지 알아냈다. 누구라도 그의 뒤를 따르지 않을 도리가 없었을 것이나, 그 보상은 컸다. 그는 주머니에 일기장과 연필, 조류 관찰용 쌍안경, 현미경, 잭나이프, 삼실을 넣어두고, 식물을 끼워 넣을 낡은 음악책을 겨드랑이에 끼고 산책을 다녔다. 밀짚모자를 쓰고, 튼튼한 신발을 신고, 질긴 회색 바지를 입고 다니면서 떡갈나무 관목 숲이나 청가시나무 숲을 뚫고 나아가고, 매나 다람쥐의 둥지를 찾아 나무 위를 기어 올라갔다. 또 수생 식물을 찾아 물웅덩이 속으로 첨벙첨벙 걸어 들어가기도 했다. 따라서 그의 튼튼한 두 다리는 그의 갑주 중에서 무시할 수 없는 것이었다. 어느 날 소로는 조름나물을 찾고 있었다. 큰 물웅덩이 건너편에 돋아난 조름나물을 본 그는 조름나물에 핀 작은 꽃들을 살펴보고 나서 꽃이 핀 지 닷새가 지났다고 말했다. 그는 왼쪽 가슴에 달린 주머니에서 일기장을 꺼내더니 언제 만기가 돌아오는 지를 살피는 은행업자처럼 거기에 적힌, 이날 꽃을 피워야 할 모든 식물들의 이름을 읽어 내려갔다. 복주머니꽃은 내일이 만기였다. 그는 이 늪에서 실신했다가 깨어나더라도 식물을 보고 이틀 안에 지금이 한 해 중 어느 날인지 알아맞힐 수 있다고 자신했다. 딱새가 날더니 곧 이어 참한 콩새가 날아올랐다. 그는 텀벙거리다가 그 눈부신 주홍빛깔에 눈이 똥그래졌다. 소로는 그 맑고 고운 울음소리를 풍금조의 노랫소리에서 쉰 목소리가 제거된 소리에 견주었다. 곧 이어 그가 "휘파람 밤새"라고 부르는 새의 노래가 들려왔다. 그가 지난 12년 동안이나 찾아다녔으나 아직 정체를 확인하지 못한 새였다. 언제나 나무나 수풀 속으로 사라지는 바로 그 순간에야 이 새를 얼핏 보고서 찾아보았으나 모두 허사였다고 한다. 밤에 우는 소리와 낮에 우는 소리가 다른 유일한 새였다. 나는 그에게 이 새를 꼭 찾아내 기록에 올렸으면 좋겠다고 말하면서, 찾아내야 할 짐승들은 남김없이 찾아내야 하지 않겠느냐고 말했더니 그가 이렇게 응답했다. "평생을 찾아다녀도 찾지 못하는 것이 어느 날 갑자기 나타나 떼로 모여 모이를 쪼아대지요. 무언가를 꿈꾸듯 찾아다녀봤자 찾는 그 순간에 스스로 그 밥이 되고 말아요."

소로의 마음속에 깊이 자리 잡은 이런 꽃과 새에 대한 관심은 '절대 자연'과 연관이 있었다. 그러나 그는 이 '절대 자연'의 의미를 스스로 규정하려고는 하지 않았다. 그리고 자신의 관찰 기록을 자연사 학회에 제출하려고도 하지 않았다. "왜 그래야 하죠? 내 마음의 기록과 떼어놓는다면 이 서술들은 더 이상 나에게 진실도 아니고, 가치도 없어요. 내 마음의 기록이 이런 서술에 갇혀 있기를 바라지 않아요." 그는 남들에게는 없는 또 다른 감각을 써서 자연을 알아내는 것 같았다. 자신이 보고 들은 모든 것들을 마치 사진

을 찍듯이 기억 속에 저장해두고 있었다. 그러면서도 기억에 저장
해둬야 할 것들은 사실이 아니라, 사실이 마음에 미친 인상이나 효
과라는 것을 이 세상 어느 누구보다도 잘 아는 사람이 바로 소로였
다. 그의 마음속에서는 모든 사실이 자연의 질서와 아름다움의 한
전형으로서 빛을 발했다.

소로는 자연을 살피기 위해 태어난 사람이었다. 그는 가끔씩 자
신이 사냥개나 퓨마 같다고 느꼈으며, 인디언으로 태어났더라면
모피 사냥꾼이 되었을 것이라고 털어놓곤 했다. 하지만 매사추세
츠 문화에서 자라난 그는 식물학이나 어류학과 같은 밋밋한 형태
의 사냥에 나서지 않을 수 없었다. 그가 짐승과 나누는 친밀감은
토마스 풀러가 양봉학자 버틀러에 대해 평한 다음의 말에서 어느
정도 암시를 받을 수 있다. "그가 벌에게 이야기하지 않으면, 벌이
그에게 이야기하는 게 틀림없다." 뱀이 그의 다리를 똘똘 휘감고,
물고기가 그의 손바닥 안에서 헤엄쳤다. 그는 이 손바닥 안의 물고
기를 물 밖으로 끄집어냈고, 우드척의 꼬리를 잡고 굴에서 나오게
했으며, 사냥꾼의 위협으로부터 여우를 지켜주었다. 그는 도량이
큰 박물학자여서 어느 것 하나 감추려 하지 않았다. 당신이 원한다
면 왜가리 서식처로, 심지어 자신이 가장 소중히 여기는 식물들이
자라는 늪지로도 기꺼이 당신을 데려갔을 것이다. 자신이 위험을
무릅써야 하고, 당신 혼자서는 다시 찾아내지 못한다는 걸 알면서
도 말이다.

어떤 대학도 그에게 학위나 교수직 따위는 주지 않았다. 어떤
학술원도 그에게 자문위원이나 탐사위원이나 하다못해 회원 자격

증조차 준 적이 없다. 어쩌면 이런 학자 집단은 그의 신랄한 태도를 두려워했을지 모른다. 그렇지만 자연의 비밀과 진수를 그만큼 알고 있는 사람은 드물었다. 또한 자연과 종교를 그만큼 폭넓게 종합하려고 시도한 이는 없었다. 그는 어떤 사람이나 단체의 의견에는 티끌만큼의 존경도 표하지 않았고, 오직 진실 그 자체만을 존중했다. 또한 학자들끼리는 서로 깎아내리려는 경향이 있음을 알고 그들을 믿지 않았다. 처음에 그를 괴짜로 여기던 마을 사람들은 차차 그를 존경하고 따르게 되었다. 그를 측량 기사로 고용한 농부들은 얼마 지나지 않아 그의 측량 솜씨가 보기 드물게 뛰어나고, 자신의 땅에 깃든 나무, 새, 인디언 유물 등을 자신보다 더 많이 알고 있음을 알게 되었다. 농부들은 자신의 땅에 대해 소로 씨가 자기보다 더 많은 권리를 갖고 있다고 느꼈다. 또한 그들은 토박이로서 믿음직스럽게 이야기하는 그에게서 범상치 않은 인품을 느꼈다.

콩코드에는 돌화살촉, 끌, 막자, 도자기 조각과 같은 인디언 유물이 풍부했다. 소로는 인디언들이 자작나무 껍질로 카누를 만드는 모습을 보면서, 그리고 카누를 타고 여울을 오르내리면서 만족을 느꼈다. 돌화살촉 제작 방법을 무척 알고 싶어 했고, 만년에는 로키 산맥으로 떠나는 한 젊은이에게 그 방법을 알려줄 수 있는 인디언을 찾아달라고 부탁하면서 "그것만 배워오더라도 캘리포니아에 간 값은 충분히 하고도 남아요"라고 말했다. 이따금 여름철에는 소수의 페놉스코트족 인디언들이 콩코드를 찾아와 강둑에 텐트를 치고 몇 주간 머물기도 했다. 그는 인디언과 문답을 주고받는 것이 비버나 토끼와 교리문답을 하는 것과 그다지 다르지 않다는 것을 잘 알고 있었음에도, 결국에는 최고의 인디언과 친분을 맺을 수 있었다. 그는 마지막으로 메인 주를 찾아 몇 주간 머무르면서 자신의 안내를 맡은 올드타운의 총명한 인디언 조셉 폴리스에게서 커다란 기쁨을 느꼈다.

소로는 자연의 사실이 어떻든 차이를 두지 않고 관심을 기울였다. 깊은 지식으로 자연 어디에서나 유사한 법칙들을 찾아냈다. 나는 소로만큼 신속하게 단 하나의 사실에서 우주의 법칙을 추리해내는 천재는 여태까지 보지 못했다. 그는 어느 한 분야의 학식을 자랑하는 그런 사람이 아니었다. 눈을 뜨고 아름다움을 바라보았고, 귀를 기울여 음악을 들었다. 그는 어디를 가도 아름다움을 보고, 음악 소리를 들었다. 그는 가락이 단순할수록 최상의 음악이라고 생각했다. 따라서 전신줄이 윙윙 우는 소리에서 시적인 암시를 찾아내기도 했다.

소로의 시에는 좋은 시도, 그렇지 못한 시도 있을 것이다. 그가 서정시를 능숙하면서 기교 있게 써내고 싶어 했던 것은 분명하다. 그러나 그의 시의 원천은 무엇보다도 영적 자각에 있었다. 훌륭한 시 독자이자 비평가였던 그는 이 영적 자각에 근거하여 시들을 가려냈다. 어떤 시에 나타나는 시적 요소에 지나치게 관심을 두는 법이 없었다. 따라서 얄팍한 매력을 푸대접하고 경멸한 것은 이 영적 자각에 대한 갈망 탓이 아니었나 싶다. 그는 시집을 읽으면서 수많은 미묘한 리듬들은 대수롭지 않게 지나치면서도 생생한 연이나 행들은 남김없이 꿰뚫어보았을 것이다. 그는 산문에서도 시에 못지않은 시적 매력을 어떻게 찾아내야 하는지 잘 알고 있었다. 그러나 영적 아름다움에 깊이 매혹되어 있었으므로 실제로 쓰인 모든 시의 값어치를 비교적 가볍게 평가하는 편이었다. 그는 아이스킬로스와 핀다로스를 우러러보았지만, 누군가가 그들을 칭찬하자 이렇게 말했다. "아이스킬로스와 그리스 시인들은 아폴로와 오르페우스를 제대로 노래한 적이 없어요. 그들이 정작 해야 할 일은 나무들을 감동시키는 것이 아니라, 자신들의 머리에 든 모든 생각을 노래해서 새로운 생각을 불러들이는 그런 찬송가로 신들을 기리는 것이었어요." 그의 시는 결함이 있고, 거친 경우도 드물지 않았다. 그렇지만 금이 늘 순수하기만 한 것은 아니다. 가공하지 않은 금에는 불순물이 끼어 있다. 백리향과 마저럼marjoram(꿀풀과의 여러해살이풀) 자체가 꿀은 아니다. 그가 서정적으로 정교하거나 뛰어난 기교를 갖추진 못했을지라도, 시적 자질을 충분히 지니진 못했을지라도, 발상에 어려움을 겪은 적은 없었으니, 그의 천재성이 재능보다 앞선 탓이었다. 그는 인간의 삶을 향상시키고 위로하는 데 상상력이 중요하다는 걸 알고 있었다. 따라서 자신의 모든 생각을 상징으로 바꿔놓고 싶어 했다. 값어치가 있는 건 사실이 아니라 인상이다. 그는 늘 호기심을 잃지 않고 자신의 마음속 비밀을 더 깊이 알려고 했으므로 그가 있는 곳이 바로 시가 있는 곳이었다. 그는 자신 속 신성한 것들을 비속한 이들의 눈에 띄게 하고 싶지 않았으므로, 많은 것들을 숨겨두고 싶어 했다. 그리고 자신의 경험에 시적인 베일을 드리우는 방법을 알고 있었다. 『월든』의 독자들은 그의 실망을 보여주는 다음과 같은 불가사의한 구절을 기억하고 있을 것이다.

"나는 오래 전에 사냥개 한 마리와 구렁말 한 마리, 염주비둘기한 마리를 잃어버렸는데, 이놈들이 어디로 갔는지 지금도 알아내려 애쓰고 있다. 나는 많은 여행자를 만나 이놈들이 어디를 쏘다니기 좋아하고, 무어라고 불러야 대답하는지 알려주었다. 내가 만난여행자 한둘은 사냥개가 짖어대고, 구렁말이 터벅터벅 걷는 소리를 들었다거나, 심지어 염주비둘기가 구름 뒤로 사라지는 모습을보았노라고 말하기도 했다. 그들은 마치 자신의 짐승이라도 잃어버린 양 그놈들을 찾아내지 못해 안달하는 것처럼 보였다."

소로의 이런 수수께끼들은 풀어볼 만한 값어치가 있다. 그의 표현을 이해하지 못한다 해도 그의 글들은 충분한 근거가 있다는 것이 내 생각이다. '공감'이라는 제목의 시는 그의 철통같은 금욕주의 밑에 어떤 부드러움이 숨어 있는지를 보여준다. 이런 부드러움이 있었기에 그의 섬세한 지능이 활기를 띨 수 있었던 것이다. '연기'라는 고적적인 시를 보면 시모니데스가 연상되지만, 시모니데스의 어떤 시보다도 더 뛰어나다. 그의 연대기는 그의 시 속에서찾아볼 수 있다. 소로는 자신의 모든 시를 자신을 다스리고 생기를주는 신령, 만물의 근원에 대한 찬사로 여겼다.

전에는 듣지 못하던 내 귀가 듣고
보지 못하던 내 눈이 보고
세월을 살던 내가 순간을 살고
배운 지식밖에 모르던 내가 진리를 안다.

그리고 다음과 같은 종교적 시구에서 이런 면이 더 분명하게
드러난다.

지금은 주로 내 고장의 시간
지금은 내 삶의 다만 한창 때
나는 젊은 내게 사랑을 호소했으며
늙은 내게 사랑을 호소하고
나를 오늘밤으로 데려온
내게는 과분하며 애써 원치도 않는
말 못할 그 사랑을 의심치 않으리.

소로가 교회와 성직자에 대해 심술궂은 평을 자주 하긴 했더라
도 스스로는 행동으로나 생각으로나 어떤 불경도 저지르지 않는
사람으로, 나무랄 데 없이 드문 민감한 종교인이었다. 그의 독특
한 사고와 삶이 그를 고립으로 이끌었듯, 그를 사회·종교적 형식
과 멀어지게 한 것은 물론이다. 나무랄 일도 아니고, 애석해할 일
도 아니다. 오래전 아리스토텔레스의 설명을 참고해 그의 이야기
를 들어보자. "동료 시민들보다 한결 덕이 높은 이는 더 이상 그 도
시에 속하지 않는다. 그 스스로가 자신의 법이기 때문에 그에게는
도시의 법률이 적용되지 않는다."

소로는 진실 그 자체였으므로, 도덕률 선각자들의 확신을 자신
의 신성한 삶으로 체화한 것인지 모른다. 그것은 파기될 수 없는
확증적인 경험이었다. 그는 가장 속 깊고 엄격한 교제를 할 수 있

는 진리의 대변인이었고, 모든 영혼의 상처를 치료하는 의사였다. 그리고 우정의 비밀을 알고 있었고 위대한 정신과 믿음을 지녔으므로, 그를 깊이 아는 소수의 사람들이 고해 신부 겸 예언자로 의지하면서 숭배하다시피 한 벗이기도 했다. 소로는 종교나 헌신이 없다면 어떤 위대한 일도 결코 이루어낼 수 없으며, 외고집의 분리파 신자들이 정신적으로는 어려운 일을 더 잘 감당해냈다고 생각했다.

소로의 장점이 가끔씩 극단으로 치달은 건 사실이다. 이 자발적인 은자는 만년에 자신이 바라는 바 이상으로 외톨이로 남아 있었다. 그러나 누구라도 이것이 정확한 진리를 향한 그의 냉혹한 요구 탓임을 쉽게 알아볼 수 있었다. 그는 스스로 청렴하고 강직했을 뿐 아니라, 다른 이들도 그러기를 바랐다. 죄를 미워했고, 어떤 세속의 성공도 죄를 가리진 못한다고 생각했다. 그는 가난한 이들의 속임수는 물론, 품위를 갖춘 성공한 사람들의 속임수도 즉시 알아차렸고, 어느 것이나 예외 없이 경멸했다. 그의 추종자들이 그를 "저망할 소로"라고 부를 만큼 그의 태도는 위험할 정도로 숨김이 없었다. 그들은 그가 잠자코 있어야 할 때 말을 하고, 가고 없어야 할 때 남아 있다고 느꼈을지 모른다. 그가 정상적인 사회생활을 누리지 못한 것이 어느 정도는 이렇게 엄격하게 자신의 이상을 추구했기 때문이라고 나는 생각한다.

소로는 사물의 겉면에 숨은 이면을 찾아내는 사실주의 작가였으므로, 모든 진술을 역설로 표현하고자 했다. 이렇게 역설을 강조하는 그의 버릇이 그의 초기 저술을 얼마쯤 훼손시켰다. 그는 후기 저술에서도 명확한 말과 생각을 정반대로 뒤집어놓는 이 수사학의 방법에서 완전히 벗어나지는 못했다. 예를 들면 이렇다. 그는 거친wild 산맥과 겨울 숲이 아름다운 까닭을 유순한domestic 공기 덕으로 돌렸고, 눈과 얼음에서 무더움을 보곤 했으며, 황량함이 로마와 파리를 닮았다고 칭찬했다. "어찌나 메마른지 젖었다고 불러도 상관이 없을 듯하다."

순간을 과장하고, 어느 한 물체나 경치에서 자연의 모든 법칙을 읽는 그의 경향은 그와 인식을 같이하지 않는 이들에게는 해학적으로 보일지 모른다. 그에게 크기는 그다지 중요하지 않았다. 호수는 작은 바다고, 대서양은 좀 더 큰 월든 호수일 뿐이었다. 그는 모든 하찮은 사실에서 우주의 법칙을 찾아냈다. 현재 과학은 흠이 없는 척 한다고 오랫동안 못마땅해 하기도 했다.

소로의 재능이 관조와 명상에만 한정되어 있었다면 그의 인생이 나무랄 데 없었겠지만, 그의 활력과 실무 능력을 고려하면 그는 위대한 모험가로 타고난 인물이었으며, 지휘 능력도 탁월할 것 같았다. 따라서 나는 그가 그 희귀한 실행력을 발휘하지 않은 걸 대단히 유감으로 여기고, 그가 야망이 없었다는 점을 그의 한 가지 결점으로 여기지 않을 수 없다. 그는 야망이 결여되어 있었으므로 전 미국을 위해 나서는 것이 아니라 허클베리 파티의 대장으로 나섰다. 하루 날 잡아 콩 타작을 하는 것이 결국에는 왕국을 타작하는 데도 좋겠지만, 아무리 세월이 흘러도 콩은 그저 콩일 뿐이지 않은가!

하지만 실질적인 결점이든 외관상의 결점이든 이러한 결점들은 강건하고 슬기로운 영혼의 부단한 성장과 더불어 빠르게 사라져갔고, 새로운 업적들이 이런 아쉬움들을 지워버렸다. 그의 종신 훈장이었던 자연 연구는 그의 눈을 통해 세상을 보고 그의 모험에 귀 기울이는 그의 호기심 많은 친구들을 고무시켰다. 그의 친구들은 세상 온갖 일에 관심이 많은 이들이었다.

소로는 전통적인 단아함 따위는 우습게 여겼던 반면에, 스스로는 여러 가지로 예민한 면을 지니고 있었다. 어느 정도냐 하면, 자신의 발밑에서 자갈이 딸깍거리는 소리가 들리는 걸 몹시 싫어해 되도록 도로가 아닌 풀밭이나 산이나 숲을 걸으려 했다. 또 어찌나 후각이 예민한지 밤이면 집집마다 도살장처럼 기분 나쁜 냄새가 흘러나온다고 불평하기도 했다. 그는 전동싸리의 순수한 향내를 좋아했고, 수련을 가장 귀하게 여겼으며, 그 다음으로는 용담초, 떡쑥 등을 꼽았다. 해마다 7월 중순이 되면 참피나무 하나를 찾아가 꽃 피는 모습을 보곤 했다. 그는 자연을 조사할 때 시각보다는 후각을 더 신뢰했고, 냄새로 토질을 간파해냈다. 그리고 메아리를 대단히 좋아했으며, 메아리가 자신의 기질에 맞는 거의 유일한 소리라고 말하기도 했다. 소로는 자연을 너무나도 사랑했고, 자연의 고독 속에서 가장 행복했으므로 도시를 몹시 싫어하게 되었다. 그리고 도시의 인간과 주거지에 교묘히 덧붙여진 허위의 것들을 통탄스러워 했다. 인위의 도끼는 늘 그의 숲을 위협했다.

그는 이렇게 말했다. "저들이 구름을 베어 넘기지 못한다는 게 얼마나 다행스러운 일인가." "온갖 인물이 끈적끈적한 하얀 페인트 통을 들고 이 푸른 땅으로 몰려온다."

나는 소로의 생각과 느낌의 기록일 뿐 아니라 묘사가 뛰어나고 문학적으로 우수한 문장들의 보고이기도 한, 그의 미발표 원고에서 여기 몇 문장을 추려 내놓는다.

"어떤 상황적 증거들은 우유 속 송어처럼 고약한 냄새를 풍긴다."

"황어는 소금에 절여 끓인, 갈색 종이 맛 나는 부드러운 물고기다."

"사람들은 젊어선 왕궁이나 사원, 더 나아가 달에 다리를 놓으려고 재목을 모으지만, 결국 중년이 되면 그 재목으로 헛간을 짓는다."

"밤들내를 따라 지그재그로 오가는 잠자리 떼."

"설탕은 건강한 귀에 들려오는 소리만큼 입에 달지는 않다."

"나는 솔송나무 가지를 머리에 이고 있다. 잎사귀들이 얼얼하게 부서지는 소리가 내 귀에 겨자와 같다. 죽은 나무는 불을 사랑한다."

"블루버드는 등에 하늘을 이고 다니는 새다."

"풍금조는 불을 댕기는 것처럼 푸른 잎 사이사이를 날아다닌다."

"불은 가장 무던한 제3자다."

"자연은 잎 자체를 위해 양치식물을 만들어낸 다음, 이 가계家系가 무엇을 할 수 있었는지 보여준다."

"자작나무만큼 등이 곱고 발등이 멋진 나무는 없다."

"이 아름다운 무지개 색조가 어떻게 민물조개 껍데기 속으로 들어가 검은 콩코드 강바닥 진흙 속에 묻혔을까?"

"힘든 시대에는 아기의 신발이 제2의 발이다."

"우리가 두려워할 것은 오직 두려움 그 자체다."

"당신이 잊어버린 것들은 어떤 의미가 있을까? 잠깐의 한 생각이 온 세상의 머슴이다."

"인격의 파종기가 없는 사람에게서 어떻게 생각의 수확을 기대할 수 있겠는가?"

우리가 "떡쑥"이라 부르는 여름풀과 같은 속의 하나로, 식물학자들에게 잘 알려진 꽃이 있다. 풀솜나물을 닮은 이 꽃은 샤무아 영양도 감히 오르려고 하지 않는 티롤 산악의 가장 험악한 절벽에서 자라는데, 사냥꾼이 그 아름다움에 이끌려, 또는 자신의 사랑에 이끌려(스위스 처녀들이 이 꽃을 너무나도 소중히 여기므로) 꽃을 따려고 절벽에 올랐다가 꽃을 손에 쥔 채 떨어져 죽은 몸으로 발견되기도 한다. 식물학자들은 이 꽃을 "그나팔리움 레온토포디움"이라 부르지만, 스위스사람들은 '고결한 흰 빛'을 뜻하는 에델바이스라고 부른다. 나는 소로가 자신이 본 이 꽃을―당연한 권리로서―따겠다는 희망 속에서 살아왔다고 생각한다. 그가 시작한 연구는 너무나도 엄청난 규모여서 오랜 시간이 필요했다. 우리는 돌연 그가 떠나리라고는 예상하지 못했다. 미국은 아직까지 얼마나 위대한 아들을 잃었는지 모르고 있다. 그가 다른 사람은 끝마칠 수 없는 자신의 과업을 갑자기 중단해야 했다는 사실이 나에게는 어떤 권리를 침해받은 것만 같다. 그리고 진실로 그가 어떤 사람인지를 동료들에게 보여주기 전에 자연에서 떠나야 했던 것 또한 일종의 모독으로 느껴진다. 하지만 적어도 그 자신만은 만족해할 것이다. 그의 영혼은 가장 고귀한 사회에 있기를 원했다. 그는 짧은 생애 동안 이 세상에서 할 수 있는 모든 것을 다 했다. 지혜가 있는 곳이면

어디나, 덕이 있는 곳이면 어디나, 아름다움이 있는 곳이면 어디나
그는 그곳을 자신의 집으로 삼을 것이다.

랄프 왈도 에머슨Ralhp Waldo Emerson
(1803~1882, 미국의 시인, 사상가)

소로의 세계를 여행하는 법

나는 20년 전쯤에 도솔출판사의 의뢰로 오델 쉐퍼드라는 학자가 편집한『소로우의 일기』를 펴낸 바 있다. 이 책은 10년 가량 독자들의 관심을 받았다. 이것을 인연으로 여러 해에 걸쳐 소로와 관련한 책 몇 권을 옮겼고, 다시 4, 5년 전에 갈라파고스 출판사에서 소로가 최초로 쓴 책인『소로우의 강』을 완역해 펴냈다. 이 책은 소로가 생전에 출간한 두 권의 책 중 하나이나, 다른 하나인『월든』만큼 한국 독자들의 주목을 끌지는 못했다. 그렇더라도 소로 사후에 나온 여러 권의 책 중 여행기에 속하는『케이프코드』(바다를 다룬 책),『메인의 숲』(산과 숲을 다룬 책) 정도는 한국 독자들에게 소개할 필요가 있다고 느껴 최근 이 두 권을 옮겼으나, 한국 출판시장의 상황이 급격히 나빠지고 있어 출간을 하지 못하고 있던 터였다. 이 와중에 갈라파고스 출판사에서『소로의 일기』를 다시 내보자는 제안을 했다.

사실 소로는 방대한 양의 일기를 남겼다. 1904년에 출간된 영문판만 봐도 500쪽에 가까운 분량의 책이 14권이나 된다. 그래서 기존에 나온 책을 그대로 내기보다는 이 14권에서 추려내는 게 독자들에게도 옳겠다고 생각하여 우선 1~3권에서 우리 독자들에게 공감을 불러일으킬 만한 내용을 추려 내놓게 되었다.

소로가 책으로 낼 의도를 갖고 쓴 글들은 읽기가 쉽지 않다. 당시 미국에서는 소수의 지식층만이 책을 읽을 여유와 능력이 있었던 데다가, 책값도 만만치 않아 대체로 독서는 여러 사람이 한 자리에 모여 몇 문장씩 끊어 읽으면서 서로 감상평을 말하는 식으로 진행되었기 때문이다. 따라서 당시 책에 쓰인 글들은 압축된 문장이 많고, 게다가 한 문장이 거의 한 페이지에 달하는 경우가 드물지 않았다. 허나 일기에는 그런 제약이 없으므로, 소로는 그날 그날의 경험을 반추해보면서 얻은 생각들을 자유롭게 적어나갔다. 그러니 소로를 알고자 하는 독자들의 입문서로는 이 책이 더할 나위 없이 좋을 것이다.

소로는 첫 일기를 쓰면서 "진실이란 나를 더 나아지게 하는 모든 것이다"라는 독일 속담을 끌어다 썼고, 1851년 말의 어느 날의 일기에서는 "내가 나 자신에게 말하라가 내 일기의 모토다"라고 토로했듯, 이 소로의 일기는 진실을 찾아서 소로가 소로 자신에게로 떠나는 여행이라고 할 수 있다.

"우리의 인생을 가장 잘 상징하는 말이 '여행' 아니겠는가. 개인의 역사란 결국 '어디'에서 '어디'를 향해 가는 것 아니겠는가."

또 이 일기는 소로의 표현대로 하자면 "영혼의 물살이 오고 간
달력"이고, "추수가 끝난 들판의 이삭줍기"이며, "우편요금 선불로
신들에게 매일 한 장씩 써 보내는 편지"이고, "머리 위에 매달려 있
는 길가의 나뭇잎에 적은 기도"이자, "산과 들, 숲과 늪지를 여기저
기 뒤져 주워 모은 것"이다.

소로의 일기에는 당시의 역사, 사회적 상황이나 사상 경향, 독
서 체험과 관계된 글들도 상당수 들어 있다. 그러나 이 책에서는
지면상 주로 소로가 자연을 관찰하고 교감하면서 얻은 느낌과 일
상에서 깨닫게 된 삶의 지혜를 담은 글들을 주로 가려 옮겼다.

소로는 "삶 자체를 꾸준히 살피고 있지 못할 때에는 삶의 때가
덕지덕지 쌓여 삶 자체가 꾀죄죄해진다"면서, "하루를 제대로 살
아내는 일에 못지않게 중요한 일이 맑고 고요하게 삶 자체를 바라
보는 일"이라고 생각했다. 소로는 사람들과의 관계에서도 맑고 고
요한 이상을 좇으려 했기에 "어떤 사람을 알고 싶거든 그를 이상
화해보라. 그러면 자신의 생각이 즉시 분명해질 것이다"라고 말한
다. 그러면서 무한히 높은 단계의 삶을 추구하고자 애썼다.

"아이야, 마음에 깊이 새겨 결코 잊지 말아야 한다. 지금 네가 걷고
있는 삶보다 더 높은 단계의 삶, 무한히 더 높은 단계의 삶이 있다. 그
길은 멀고 험하지만 네 인생을 모두 바쳐서라도 꼭 도달해야 할 소중
한 길임을 절대로 잊지 말아라."

그러면서 어떤 불운에도 좌절하지 말고 헤쳐 나가야 한다며 이렇게 충고하고 있다.

"모진 불운으로 앞날을 헤아리기 어려운 어두운 순간들은 인생 행로의 걸림돌이 아니라 내가 올라서야 하는 내 앞의 계단이다. 이 계단을 성큼 올라서기 위해서는 운이 좋다고 해도 실망하는 마음을 가져야 하고, 햇빛이나 건강 따위에 매수되어서는 안 된다."

소로에 대해서 그렇듯, 이 일기에 대해서도 실로 많은 말을 할 수 있을 터이나, 이 일기 앞뒤로 편집자 서문과, 소로가 죽은 직후에 에머슨이 쓴 「소로 소전」이 덧붙여져 있어 독자들은 이 두 글에서 소로와 일기에 대한 대략적인 안내를 받을 수 있을 것이다. 그러므로 옮긴이의 덧붙임은 이 정도에서 그치기로 한다. 이 책이 어려운 시대를 살아가는 독자들에게 조금이나마 도움이 되었으면 좋겠다는 바람뿐이다.

어려운 사정에서도 이 책을 출간하기로 결심한 갈라파고스의 임병삼 사장님과 글을 다듬고 편집하는 노고를 아끼지 않은 백진희, 김혜원 두 분 편집자께 감사를 드린다.

2017년 7월
윤규상